KB066202

커다란 초록 천막 2

커다란 초록 천막 2

류드밀라 울리츠카야   승주연 옮김

은행나무세계문학 에세 · 11

은행나무

차례

2권

1권

기사가 있는 집

일리야가 밖으로 나왔을 때는 이미 날이 어두웠다. 밖에는 여전히 비가 내리고 있었다. 묘한 기분이 들었다. 그는 참패했다. 하지만 동시에 뭐라고 표현할 수 없을 정도로 엄청난 승리를 거머쥔 것 같은 기분이었다. 우승과 패배를 이렇게 동시에 겪을 수도 있을까? 그는 고리키 거리를 따라 천천히 걸었다. 사실 다른 대안은 없었다. 곰곰이 생각해보면 그의 출생증명서에 아버지에 관한 기록이 있으니 대안이 전혀 없는 것은 아니었다. 일리야의 아버지는 절반은 유대인이었고, 서류를 복원하면 자신이 4분의 1 정도는 유대인이라는 사실을 들춰내서 출국 신청을 할 수도 있을 것이다. 물론 그들이 그를 순순히 보내주진 않겠지만.

그는 아라그비 레스토랑 쪽으로 방향을 틀었는데 그곳에 공중전화기가 있었다. 그는 주머니에서 2코페이카짜리 동전 하나를 찾아서 넣고 전화를 걸었다.

"카탸! 잘 지냈어? 빅토르 율리예비치 선생님은 댁에 계셔? 볼셰비츠키 골목에 계신다고? 고마워. 잘 지내지? 안녕."

어머니가 돌아가신 후로 빅토르 율리예비치 선생님이 종종 어머니와 함께 살던 예전 집에서 지낸다는 것을 알고 있었던 일리야는 그곳으로 전화를 걸었다. 그의 뒤에 서 있던 여자가 다가왔다. 일리야는 한참 서서 상대가 전화를 받기만 기다렸다. 곧 그가 전화를 받자 지금 바로 집으로 찾아가도 되느냐고 물었다.

그는 옐리세옙스키 식료품점에 들러 아르메니아산 코냑을 샀다. 과거에는 선생님이 제자들에게 좋은 조지아 와인을 대접했지만, 이제는 제자들이 선생님께 아르메니아산 코냑을 대접했다.

그는 푸시킨스카야 거리에서 전차를 타고 치스티예 프루디 거리까지 갔다. 그런 다음 고향 집에 가듯이, 현관 위 벽감 속에 기사가 서 있는 그의 집을 향해 걸어갔다. 유사 고딕 양식의 차양 아래 서 있는 그 철의 남자는 이곳에서 혁명을 견뎌냈다. 그동안 골목 이름은 구샤트니코프에서 볼셰비츠키로 바뀌었으며, 기사는 훗날 이 건물 주소가 다시 옛날 주소로 바뀌리라는 사실을 알 리 없었다.

일리야는 4층으로 올라갔다. 다섯 개의 버튼이 있었다. 여러 개의 명판 중 하나에 '셍겔리'라고 적혀 있는 곳 앞에 서서 초인 종을 눌렀다. 기다란 문에는 잠금장치가 여섯 개나 있었는데 문 높이도 상당했지만 잠금장치가 달려 있는 높이도 꽤 높았다. 전에 살던 사람들의 키가 지금 이곳에 사는 사람들보다 컸던 것일까? 자물쇠는 하나 빼고는 모두 망가져 있었다.

그는 이곳에 산 지 몇 년이나 된 걸까? 1956년부터? 아니면 1955년부터? 어쨌거나 트리아농 친구들이 열세 살 때부터는 살고 있었다. 지금 일리야의 나이는 당시 선생님의 나이와 같았다. 아니, 대충 그쯤일 것이다. 한참을 기다려도 문은 열리지 않았다. 뚱뚱한 옆방 여자가 앞치마를 두른 채로 문을 열었다.

"집에 계시는데 못 들으시나 봐요."

그는 아르누보 건물 특유의 구릿빛의 동그랗고 비대칭적인 현관문 손잡이를 딸깍 소리가 날 때까지 몇 번 아래로 잡아당겼다. 그러고는 안으로 들어갔다. 선생님은 긴 소파에 머리를 뒤로 젖히고 입을 조금 벌리고 코도 골면서 자고 있었다. 스웨터 소매는 안쪽으로 꿰매여 있었다. 절단되고 남은 한쪽 팔은 어떻게 생겼을까?

면도도 안 하고 얼굴이 누렇게 뜬 노인이 자고 있다. 식탁을 덮고 있는 검붉은 식탁보는 절반쯤 식탁에서 벗겨져 있었고 드러난 부분에는 군데군데 얼룩이 졌고 그 위에는 두꺼운 공책과 볼펜, 요오드처럼 짙은 색 차가 담긴 컵이 있었다. 플러시 천으로 된 식탁보에 대고 글씨를 쓰는 건 힘들었으리라.

일리야는 트렌치코트를 벗고 식탁 앞에 앉았다. 단잠에 빠져든 노인을 깨울 생각은 없었다. 외모로 보면 이제 완전히 노인이다. 그는 너무 빨리 기력을 잃었다. 우리보다 열다섯 살쯤 위일 뿐인데. 맞아, 얼마 전에 45세 생일을 축하했으니까. 그런데 벌써 1년이 지났단 말인가? 불쌍한 사람. 그는 돈키호테와 세르반테스를 섞은 것처럼 아주 빛나고 우아했다. 사내아이들이 떼를 지어서 그를 따라다녔다. 여자아이들도. 우리 모두에게 지대한 영향력을 행사하고 정작 본인은 이렇게 쇠약해져버린 것이다. 그는 늙어버렸다. 카탸는 그를 버렸다. 하긴 그가 그녀를 버렸을지도 모를 일이다. 그는 학교에서도 쫓겨났다. 그 이후에는 소련군 박물관에서 몇 년간 관리자로 일했다. 책을 쓰고 있다고 했다. 2차 세계대전 관련 자료가 어마어마하게 많았던 그 박물관에서, 두려움이 인간의 성숙에 도움이 될 수도 있으리라는 새로운 아이디어가 그의 머릿속에 떠올랐다. 긍정적인 자극이 성숙함에 영향을 주지 못하는 곳에서는 두려움이 그 역할을 대신할 수 있다는 것이었다.

빅토르 율리예비치는, 혁명 이후 세대는 매우 이른 나이에 두려움이라는 예방접종을 받았는데 이것이 굉장히 강력했던 바람에 다른 자극이 더는 힘을 쓰지 못한다는 사실을 깨달았다. 그는 이제 친구가 된 제자들과 함께 이 문제에 대해 이야기했다. 미하는 이 아이디어를 듣고 흥분했고, 일리야도 마음에 들었다. 이런 내용이 담긴 그의 저서를 읽어보면 재미있을 터였다. 그들은 빅토르 율리예비치한테 서유럽 쪽 출판사에 원고를 전달해보겠다는 제안도 했다. 하지만 빅토르 율리예비치는 끝내 원고를 완성하지 못했다. 어쩌면 책 얘기를 너무 많이 해서 책이 공중에 흩어져버렸는지도 모른다. 그렇게 공기 중에 떠다니는 원고의 입자가 이 문제에 대해서 생각하는 사람들의 잠재의식 속으로 들어가서 그들의 생각을 바꾸고 있는지도 모른다.

큰 틀에서 보면 선생님의 생각은 전적으로 옳았다. 일리야는 눈을 감았다. '선생님은 비운의 천재다. 미하는 재능이 없는 시인이고 이상주의자다. 사냐는 음악가가 되는 꿈을 못다 이룬 음악가다. 나는 밀고자가 되었다. 참 멋진 팀이군. 하긴, 나는 그저 내 일을 할 뿐이다. 나는 다만 이 모든 것이 보존되길 원할 뿐이다. 만약 과거에 대한 기록이 전혀 남아 있지 않다면, 아무도 과거에 무슨 일이 일어났는지 알 수 없을 것이다. 끔찍한 페스트에 감염된 이 시기가 내 아카이브에 보존되는 것이다. 그럼 두려움은? 두려움은 과거에도 있었고 현재에도 있고 미래에도 있을 것

이다……'

무슨 일이 생긴 것은 분명한데 빅토르 율리예비치가 정확히 무슨 일을 겪었는지 알 수가 없다. 그에게 무슨 일이 생겼으며 왜 혼자 이곳에서 반쯤 취한 상태로 가장 훌륭한 러시아 책들에 둘러싸여 누워 있는지 언젠가 한번 물어봐야 할 것 같다.

아름다움, 진실, 혹은 근사하지만 비현실적인 무언가만이 세상을 구할 수 있는 유일한 것이라는 말은 사실일지도 모르지만 두려움은 늘 모든 것보다 강해서 모든 것을 파괴했다. 즉 아름다움에서 태어난 모든 것과 지혜로우며 영원한 모든 것의 태동을. 파스테르나크는 지고 만델시탐이 남을 텐데 그 이유는 후자의 작품에 시간에 대한 두려움이 더 여실히 드러나 있기 때문이다. 그에 반해 파스테르나크는 늘 시간과 화해하고 늘 시간의 편을 들려고 했다.

시간이 꽤 흘렀고, 일리야는 한 손가락으로 식탁보가 벗겨진 부분을 조용히 두드렸다. 그러자 선생이 소스라치게 놀라 입을 다물었다.

"아, 일리야, 자네를 기다리고 있었다네."

일리야는 트렌치코트 주머니에서 병 하나를 꺼내서는 식탁 위에 꺼내놓았다. 빅토르 율리예비치는 비틀거리면서 일어났다.

"알았어요, 알았어. 지금 내오리다."

그가 부산을 떨기 시작하더니, 장식장에서 코냑용 술잔 두 개를 꺼내고는 엷은 미소를 지었다.

"집에 먹을 건 하나도 없다네."

일리야는 주머니 속 깊숙이 손을 넣어서 레몬 하나를 꺼냈다.

"설탕이라도 주시든지요……."

"그건 있지."

빅토르 율리예비치는 배가 볼록한 술잔 두 개에 술을 따랐다. 손마디가 도드라지지 않고 길고 하얀 데다 손톱 정리도 잘된 선생님의 손가락은 참 고왔다. 그는 술잔의 기다란 손잡이 부분을 부드럽게 쥐었다.

"자, 그럼 이보게! 우리가 도착한 곳이 어디인지 알겠나?"

빅토르 율리예비치가 미소를 지으면서 말했다.

그의 왼쪽 이 두 개가 빠져 있는 것이 보였다. 일리야는 그에게 무엇을 묻고 싶었던가? 무슨 말을 하고 싶었던가? 특별히 할 말이 있었던 것은 아니다. 그냥 앉아서 같이 술을 마시고 서로를 위로하고 공감하는 사랑이 그리웠을 뿐이다. 둘은 말없이 술을 마셨다. 그러자 기분이 좀 풀렸다.

커피 얼룩

키가 183센티미터이며 남자 같은 팔다리 때문에 '베르스타'*
라는 별명을 갖고 있는 이르카 트로이츠카야는 아무한테도 자
기 아버지가 장군이라는 사실을 말하지 않았다. 어떤 기관에서
근무하는지는 더더욱 함구했다. 옷도 다른 아이들처럼 입고 다
녔다. 사실 소콜 역 근처에 있는 집의 장식장에는 또래 여자아이
들이 갖고 싶어 하는 것이 전부 있었지만 말이다.

더 정확히는 그들이 상상할 수 있는 물건들과 그들의 상상을
뛰어넘는 물건들 모두가 그녀의 집에 있었다. 하지만 대학생이
되었을 때 동기들은 그녀와 친하게 지내고 싶어 하지 않았다. 그

---

* 과거 러시아의 거리 단위로, 1베르스타는 대략 1킬로미터에 해당한다.

녀가 그들에게 다가가면 동기들은 하던 말을 멈추곤 했다. 식당 뿐만 아니라 흡연실에서도 그녀에게 담배를 빌리긴 했지만 말을 걸지는 않았다. 모두가 그녀를 피한 것은 아니고 그녀가 사귀고 싶었던 올가, 리하르드, 럅랴, 알라, 보스코보이니코프가 그랬다. 가장 속상한 것은 올가의 아버지도 장군이고, 리하르드의 아버지는 라트비아의 장관이며, 럅랴의 아버지는 중국 대사라는 점이었다. 그들은 왜 그녀를 깔보고 무시하는 걸까? 만나는 사람마다, 아버지가 KGB의 장군이기는 하지만 평생 해외에서 첩보 활동만 했다고 해명할 수는 없지 않은가?

언니 레나는 모스크바 국제관계대학교 졸업반이었는데, 그곳에서는 오히려 장군집 자제들이 무척 인기가 많았다. 특히 여학생들이 그랬다. 그들은 모두 취직도 하기 전에 재력이 비슷한 남자와 결혼했다. 당시는 이런 유의 결혼이 장려되던 시기였다. 여자아이들은 아무도 출세에 관심이 없었고 외교관들은 대학 교육을 마친 부인들을 원했다.

레나 앞에 교내 최고의 남자 동기와 선배들이 거의 줄을 서다시피 했다. 그러자 아버지는 그들을 두고 아내를 얻은 뒤에야 서품을 받는 정교회 신부들 같다고 농담 삼아 얘기했다. 실제로 이런 커플은 굉장히 좋은 곳으로 발령이 나곤 했다.

아버지는 굉장히 똑똑하고 명랑하고 잘생긴 사람이었다. 엄마는 그런 아빠와 비교했을 때 모든 점에서 부족했다. 키만 빼고 말이다. 이고리 블라디미로비치는 자기가 니나와 결혼한 이유는 키 큰 아들을 갖기 위해서였다고 입버릇처럼 말했지만 아내는 정작 딸만 둘을 낳았다. 여자들이 키가 커서 뭐 하나? 농구 선수라도 하면 모를까!

두 딸 모두 아버지보다 머리 반 정도만큼 키가 더 컸고 신발은 두 치수 더 큰 것을 신었다. 하지만 그들은 키 작은 아버지를 무척 좋아했다. 그와 함께 있으면 시간 가는 줄 몰랐다. 역사, 지리, 문학 등 어떤 분야에 대해서 대화를 나눠도 그는 막힘 없이 이야기했다. 그의 서재는 마치 대학 교수의 서재와 거의 비슷했다. 그의 할아버지가 대학 교수였는데, 마르크스주의와 레닌주의가 아직 확립되지 않았고, 레닌주의를 창시한 사람이 아직 대학에 다니면서 교과목은 등한시하던 아주 오래전에 카잔 대학교에서 로마법을 강의하던 사람이었다.

이고리 블라디미로비치는 딸들에게 말했다.

"공부하렴, 교양 있는 사람들의 삶이 무지한 사람들의 삶보다 더 흥미롭단다."

그러고는 책장 앞에 데리고 가서 책들을 손가락으로 짚으며 말했다.

"책을 못 읽겠거든 책등이라도 읽으렴. 아리스토텔레스, 플라톤, 플루타르코스. 이르카, 넌 대학에서 뭐라도 배우니까 괜찮은데, 레나, 넌 가끔 책이라도 읽으렴, 도움이 될 거다…….”

레나와 이르카는 값나가는 책들을 대충 훑어보았다. 그들은 어렸을 때부터 어디에 어떤 책이 있는지 알고 있었다.

책은 오래된 스웨덴제 책장에 꽂혀 있었고, 아래쪽 서랍은 닫혀 있고 위쪽 책장은 유리문을 아래에서 위로 열도록 만들어진 구조였다. 서랍에는 러시아어로 쓰여 있기는 하지만 해외에서 출간된 책들이 들어 있었는데, 아버지가 직장에서 가져온 것들로 특별히 아끼는 책들이었다.

레나는 책에 전혀 관심이 없었지만 이르카는 가끔 서재에서 책을 가져가서 읽곤 했다. 거기에는 구밀료프, 아흐마토바, 츠베타예바, 만델시탐처럼 도서관에서는 구할 수 없는 작가의 책들을 비롯해 재미있는 책이 많았다.

바로 이 책들 덕분에 학부 내에서 이르카의 지위에 변화가 생겼다. 절판된 후 다시 출간되지 않은 지 오래인 이 시집들은 아주 매력적인 낚싯바늘이 되었고 다들 그녀가 던진 낚싯바늘을 물었다. 그 뒤로 그녀는 아버지 서재에 있는 금서들을 한 권씩 대학에 가져가기 시작했다. 아버지한테는 물론 말하지 않았다. 사실 아버지도 구하기 힘든 시들을 좋아했고, 그중 많은 시를 줄줄 외우고 있었다.

덕분에 이르카 트로이츠카야의 인기가 올라갔는데, 아버지의 서재에 있는 책들을 한꺼번에 가져오지 않고 원하는 사람에 한해서 조금씩 책을 가져다주는 영민함도 한몫했다. 그녀는 흡연실에 금서들과 구하기 힘든 고가의 책들을 가져왔는데 모두 사미즈다트*인 데다 따끈따끈한 신간이었다. 대부분 YMCA 출판사에서 출간한 책들이었다. 바로 이때 처음으로 올가는 베르댜예프**라는 작가가 있다는 것을 알게 되었지만, 당시만 하더라도 그녀는 시를 더 선호했다. 그녀는 호다세비치의 시집 한 권을 읽으려고 집었다가 우연히 커피를 쏟았고 마치 어떤 그림인지 맞혀보라는 듯 표지에 흐릿한 나무와 길 모양의 얼룩이 생겨났다. 올가가 당황하고 걱정하자 이르카는 걱정하지 말라는 뜻으로 어깨만 으쓱할 뿐이었다.

그 무렵 나보코프의 작품이 처음으로 러시아에 들어왔다. 그것은 바로《사형장으로의 초대》였다. 이 책은 이르카와 같이 어울리는 무리들이 읽었다. 굉장히 놀라운 책이었다. 1936년에 베를린에서 러시아어로 출간된 너덜너덜한 책의 표지에는 독일어

---

* 소련 시대에 공식적으로 금지된 문학작품을 검열을 피해서 비밀리에 출판하거나 유통하는 행위 혹은 그렇게 만들어진 출판물.
** 니콜라이 베르댜예프(1874~1948). 소련의 철학자. 혁명 이후에 종교적 실존을 탐구했고, 이로 인해 추방돼 파리로 망명했다.

로 '친애하는 에드윈의 생일을 축하하며, 안나'라고 적혀 있었다. 이 책은 1930년대에 독일에서 러시아로 망명 온 독일계 유대인을 체포했을 때 압수한 것이었다. 표지에 적힌 에드윈이라는 사람은 이 책으로 러시아어를 배웠는데 여백에 연필로 단어 하나하나를 독일어로 번역해놓았다.

이 책은 그로부터 수년이 흐른 후에 이르카의 아버지인 트로이츠키 장군이 생일에 친구로부터 선물 받은 것이었다. 책들의 운명은 다양했다. 누군가가 없앤 책도 있었고, 사람들이 돌려본 책도 있었다. 나보코프의《재능》이라는 책은 손에서 손으로 전해졌는데 그 덕분에 사람들은 도서관에도 없고 교과서에도 실리지 않은 새로운 작가를 알게 되었다.

올가는 이 책을 자기가 좋아하는 교수에게 어서 가져다주고 싶었다. 그래서 그녀는 그에게 조심스럽게 나보코프에 대해서 물어봤고, 그러자 그는 눈썹을 치켜올리면서 물었다.

"어떤 작품 말인가?"

"《재능》이요."

얼마 전에 러시아 태생 캐나다인 학생이 나보코프의 책 한 권을 교수에게 가져왔던 터라 교수는 이미 그의 작품을 읽은 뒤였다.

"그럼요, 그럼."

교수는 침착하게 고개를 끄덕이면서 말했다.

"정말 놀라운 작가죠. 러시아어로 쓰인 작품 중에 그런 작품은 못 본 지 오래됐어요."

하지만 그는 또 어떤 책이 있는지 묻지는 않았다.

《사형장으로의 초대》는 젊은 어문학도들의 손에서 손으로 전해졌다. 철의 장막에 균열이 생긴 것이었다. 손이 떨리고 심장이 두근거렸다. 이것을 뭐라고 불러야 할까? 문학의 모든 위계질서를 처음부터 다시 정리하는 듯한 느낌이랄까? 새로운 천체가 은하계에 등장했고, 연결된 모든 것들이 흔들리기 시작했으며, 천체 전체의 메커니즘이 바로 눈앞에서 바뀌고, 문학작품의 절반이 자연 발화하여 재로 변해가는 기분이었다……

순도 1백 퍼센트의 다이아몬드 같은 작가였다. 이르카 트로이츠카야는 나보코프의 책을 전부 가져왔다.

우연한 기회에 교수의 집에 가택수색이 있어 원래는 장군의 집에 있던 바로 그《재능》이라는 책을 압수해 갔는데 이 책은 믿을 만한 사람들으로부터 전달받은 책이었다. 그래서 이르카 자신도 그 책이 그 책의 진정한 가치를 알아볼 줄 아는 사람의 손에 들어가게 될 줄은 몰랐다. 가택수색 시에 그가 책을 읽으면서 일부를 발췌한 메모도 발견되었다. 당시 그는 '조국으로의 귀환'이라는 제목의 기사를 쓰기 시작했지만 완성하지는 못한 상태였다. 안타깝지만 그가 미처 완성하지 못한 글들도 모두 압수당했다.

훗날 교수와 그의 공저자는 나보코프의 책과는 무관하게 그들이 함께 써서 서유럽에서 필명으로 출간된 책 때문에 감옥에 수감되었다. 그러자 그를 석방하고자 서명 운동이 시작됐고, 이와 관련하여 몇 사람이 사형을 당했으며, 대학생들은 재판을 받았고, 올가는 대학교에서 제적당했다. 이르카 트로이츠카야는 아무도 건드리지 않았다. 그녀는 교수와 공저자의 사면을 요청하는 편지에 서명하지도 않았고 올가와 친한 사람들 중 누구도 그녀를 반공 서적을 제공한 사람으로 지목하지 않았기 때문이다.

이르카는 일이 터지고 나서야 아버지에게 자기가 한 계몽 활동에 대해서 말했다. 아버지는 이번 생에 두려울 게 별로 없는 사람이었지만, 이번에는 소리를 지르며 노발대발했다. 연루된 사람들이 감옥에 들어가고 추방되고 제명되고 이 일이 잠잠해졌을 즈음 그는 분실한 책을 다시 구했다. 하지만 이번에는 미국에서 출간된 책이었다. 이르카의 장군 아버지도 교수처럼 나보코프의 작품성을 높이 평가했다.

지적 호기심이 많은 장군은 수감된 두 작가가 함께 쓴 책도 읽었는데, 꽤 괜찮은 작품들이긴 하지만 엄청난 파장을 불러일으킬 정도의 재능은 아니라고 평가했다. 이르카는 이 일로 아무런 해를 입지 않았지만 많이 힘들어했다. 그녀는 그 후로 올가를 한 번도 못 만나 연락이 끊긴 것이 안타까웠다. 이제 아버지의 반대 때문에 더는 대학교에 책을 가져가지 못했지만 다들 이르카와 친하게 지냈다.

이르카는 대학교를 졸업하고 나자 아주 좋은 곳에서 일을 하게 됐는데 작가 동맹 산하의 외국문학위원회에 배정된 것이었다. 아버지의 옛 친구가 작가 동맹의 업무를 감독하고 있어서 그를 통해 얻어낸 자리였다.

1970년에 이고리 블라디미로비치는 심장마비로 갑자기 세상을 떠났다. 그는 죽기 얼마 전 솔제니친이 노벨상을 수상하게 됐다는 소문을 듣고는 불만 섞인 투로 말했다.

"무슨 위원회가 그따위인가? 톨스토이도 못 받은 상을 솔제니친이 받다니?"

아버지가 죽고 나서 이르카는 우울증에 빠졌다. 근사한 직업을 비롯해 모든 것이 역겨웠고 아무것도 하고 싶지 않았다. 언니 레나는 스톡홀름에 살았다. 외교부에서 일하는 그녀의 남편은 스웨덴의 소련 대사관 문화부의 주재관으로 근무하고 있었다.

노벨상 위원회의 결정으로 인해 그는 앞으로 힘든 일을 많이 겪게 될 터였다.

한편 이르카에게는 그해에 놀라운 일이 생겼는데, 그녀가 길을 가고 있을 때 어떤 우아한 중년 여성이 다가와서 면접을 보러 오라고 제안했기 때문이다. 알고 보니 그 여성은 국내에서 가장 유명한 디자이너였다. 이르카는 이 제안을 받고 무척 기뻤다. 그녀는 면접에 갔고 그 자리에서 바로 채용되었다. 당시는 그녀처럼 키가 큰 모델이 없을 때였다.

훌륭한 출신 덕분에 이르카 트로이츠카야는 취직한 해에 바로 해외로 나갔다. 베오그라드를 시작으로 파리를 거쳐서 결국 밀라노에도 입성했다. 밀라노에서 그녀는 한 지역 신문사에서 패션 분야를 맡고 있는 기자로부터 뜻하지 않게 청혼을 받고는 그곳에 눌러앉았다. 그는 미남도, 백만장자도 아니었지만 그의 고향인 나폴리 근교에 있는 남부 지방에서 두 사람은 행복한 시간을 보냈다. 곧 이탈리아인 남편은 그가 속해 있던 공산당에서 나와 보잘것없는 기자직도 내려놓고 레스토랑을 하나 차리는데 훗날 그는 아주 작은 도시의 시장까지 되었다. 이르카는 슬라브어 문학 연구자도 통번역사도 되지 않았고 그 뒤로 단 한 번도 러시아에 가지 않았다.

한편, 트로이츠키 가문의 역사는 여기서 끝나지 않았다. 젊은 외교관은 솔제니친이 노벨상을 수상한 것과 관련한 파문을 수습할 힘이 없었지만, 외교부 지도부는 이 일의 책임을 고위직에 묻기보다는 밑에 있는 부하 직원들을 추궁하는 편을 선호했다. 게다가 외교부는 레나의 남편이 이 일을 수습하기 위해 충분한 노력을 기울이지 않았다고 여겼다. 설상가상으로 동생 이르카마저 해외로 나가서 돌아오지 않았다. 언니 레나의 남편은 억울하게도 노벨상 수상과 처제 이르카의 해외 도피 그리고 이 모든 일에 빠르게 대처하지 못한 자신의 무능력으로 큰 타격을 입게 되었다. 이 일로 인해 훌륭한 인적 사항을 갖춘 젊은 부부는 본국으로 돌아오라는 명령을 받고 스웨덴을 떠나게 됐다.

결국 졸지에 불운의 아이콘이 돼버린 외교관은 가족과 함께 모스크바로 돌아왔다. 이들에게는 쌍둥이인 두 아들이 있었는데, 다행히도 아이들은 모스크바 생활을 마음에 들어 했다. 레나는 남편이 부서에서 제7보좌관의 제5대리 업무를 마치고 외교부에서 돌아올 즈음 수프를 끓이고 그를 기다렸는데, 남편의 부서는 이미 20년째 해체 위기에 놓인 곳이었다. 이윽고 레나는 생계에 보태기 위해 학교에서 영어를 가르치기 시작했다. 니나 할머니는 감기가 폐렴으로 발전해서 돌아가시기 전까지 평범한 가정부처럼 차파옙스크 공원에서 아이들과 산책을 다녔다. 레나가 점을 보러 가기 전까지만 하더라도 상황은 굉장히 안 좋았다. 점쟁이 여자는 특이하게도 인도식으로 점을 쳤는데, 그녀는 레나에게 업보를 씻어내야 한다고 했다. 우선 부정을 많이 탄 집부터 청소하라고 지시했다. 그러면서 집을 수리하라고도 했다.

남편은 그런 아내가 무척 마음에 들지 않았다. 지금도 간신히 입에 풀칠을 하고 있는데 집을 수리하라는 말을 하니 마음에 들 리가 없었던 것이다.

비용을 아끼기 위해서 청소나 수리 전 준비 작업은 그들이 직접 하기로 했다. 우선 고인이 된 이고리 블라디미로비치의 서재에 있는 책장을 옮기기 위해 책장에 있던 책을 빼냈다. 가죽 표지로 싼 오래된 책들을 헌책방에 가져갔더니 뜻밖에도 큰돈을 손에 쥐었다. 전부 다 판 것도 아닌데 말이다. 그들은 장군의 집에 도서관과 박물관의 직인이 찍힌 책이 많다는 것을 알게 되었는데, 이 책들은 헌책방에서 받아주지 않았다.

책장 안쪽에서 레나의 남편은 엄청난 양의 반공 서적 컬렉션을 발견했는데, 당시 그에게 엄청난 타격을 준 노벨상 수상자가 최근에 쓴 책도 전부 소장하고 있었다.

"맞아요, 아버지는 책을 수집하셨어요."

레나가 설명했다.

"아버지는 가택수색을 해서 몰수한 책을 보실 수 있었어요. 친구들이 해외에 갔다가 들여온 것도 있어요. 아버지는 책 말고도 동전, 지폐, 우표 등도 수집을 많이 하셨어요."

레나의 남편은 장인처럼 고위직에 있지 않았기 때문에 집 안에 그런 것을 소장할 수 없었다. 그들은 밤늦게 금서들을 가져다가 쓰레기통에 버렸다.

다음 날 저녁에 그들은 벽지를 뜯어냈다. 두꺼운 내력벽 안에서 그들은 금고를 하나 발견했다. 금고 열쇠는 없었다. 가정용 공구로는 열 수 없었지만 금고는 벽에서 손쉽게 떨어져 나왔다. 그 시 않은 이 상자의 뒷면은 합판으로 돼 있었다. 그걸 떼어내자 지금도 여전히 통용되는 오래된 달러 몇 뭉치와 제정러시아 시대 금화 스물다섯 개가 나왔다. 남편은 실망감에 머리를 움켜쥐었다. 그렇다고 쓰레기통에 갖다 버릴 수도 없는 노릇이었다. 트로이츠키 장군 가족의 이야기는 여기서 끝난다.

그리고 지금 언급할 이야기는 이 가족과 아무런 연관이 없다.

이고리 체트베리코프의 보일러실 교대 근무는 아침 8시면 끝났고, 그는 새벽 6시마다 근처 쓰레기장을 한 바퀴 돌며 물건들을 줍곤 했다. 소콜 지역은 벌이가 짭짤한 곳이 아니었다. 옛날 집은 거의 남아 있지 않았고, 지금 남은 집들에는 전쟁 전후에 사람들이 들어와 살기 시작했다. 이 지역 주민들은 이사 오기 전에 자작나무 가구나 프랑스산 청동 제품들은 버리고 왔거나 아예 가져본 적도 없었다.

과거에는 모스크바에 속한 마을이었던 이곳 프세스뱌츠코예에는 간혹 소부르주아 계급의 물건이 쓰레기장에서 발견되는 경우가 있었다. 최근에는 누군가가 19세기 중엽의 여자 옷이 든 궤짝을 버렸다. 대부분의 옷은 어린아이들이 가져갔고, 이고리는 허리 부분이 풍성하게 퍼지는 갈색 드레스와 모피 망토, 여자아이가 입던 교복을 손에 넣었다.

이번에 이고리는 건물 주민들이 버린 쓰레기가 담긴 나무 궤짝 옆에 해외에서 출간된 금서들이 차곡차곡 쌓여 있는 것을 보고는 소리를 질렀다. 자세히 보지도 않고 그는 책들을 바로 보일러실로 끌고 갔고 그런 다음 전화를 걸기 위해 지하철역 방향으로 뛰어갔다. 그와 학교 동창이었던 일리야는 자다가 전화를 받고는 퉁명스럽게 말했다.

"미쳤어, 지금이 몇 시인지 알아?"

"어서 빨리 보일러실로 와. 차 끌고."

이고리가 쿠르차톱스키 대학교에서 불미스러운 일로 쫓겨났을 때 일리야가 지인을 통해서 보일러실에 취직시켜줬기 때문에 그는 이곳의 위치를 잘 알고 있었다.

30분 후에 일리야가 도착했다. 이들은 책들을 차에 싣고 한때 동전이나 책이 아닌 가구에 관심을 갖던 다른 장군의 집에 싣고 갔다. 장군은 마침 모스크바에 있는 아파트를 놔두고 별장에서 지내고 있었다.

코스탸는 학교에 가고 없었다. 올가는 남편에게 커피를 끓여 주고 책을 정리하려고 바닥에 앉았다. 죄다 이미 읽은 책들뿐이었다. 올가는 보존 상태가 좋은 책들 중에서 책 표지에 나무와 길 모양의 커피 얼룩이 져 있는 호다세비치의 책을 발견했다.

"이고리, 네가 일하는 소콜의 보일러실 말이야. 장군이 사는 건물에 있는 거야?"

"응. 그런데 왜?"

"아니야. 이 책들 전부 대학 다닐 때 읽었던 거거든. 책 주인이 죽었나 봐. 장군이었거든."

도망자

뇌우는 마치 오페라나 교향곡처럼, 서곡과 라이트모티브를 곁들여 물과 바람의 이중주를 연주하면서 새벽 2시 30분에 발생했다. 천둥이 계속 울렸고 번개는 번쩍거리며 하늘 위로 여러 기둥을 만들면서 올라갔으며, 그런 다음 인터미션이 있었고, 인터미션 뒤에는 제2막이 시작되었다. 마리야 니콜라예브나가 온종일 앓던 심장 통증이 갑자기 멎었고 포포프 대위를 거의 온종일 괴롭히던 두통도 멈췄다. 그는 심지어 출근하기 전에 두어 시간 잠도 잘 수 있었다. 유일하게 그가 미처 하지 못한 것은 서류에 도장을 찍는 것이었다. 하지만 이것은 다음에 해도 될 일이었다.

아침 9시 정각에 포포프는 초인종을 눌렀다. 상대는 한참 동안 문을 열지 않았고, 잠시 뒤에 집 안에서 나는 시끄럽고 어수선한 소리가 문밖까지 들렸다.

"거기 누구세요? 누구? 누구냐니까요?"

어떤 여자가 알 수 없는 상대를 향해 신경질적으로 말했다.

잠시 뒤에 문이 조금 열리기는 했지만, 체인의 안전고리는 벗기지 않은 채였다. 그와 함께 온 시프체프와 예멜리야넨크는 빨리 일을 끝내고 싶었기 때문에 제자리에서 발을 동동 굴렀다. 멍청한 인간들이었다. 포포프는 희미하게나마 빛이 새어 나오는 문틈으로 수첩을 보여줬다. 또다시 안에서 부산을 떠는지 잠시 시끄러운 소리가 들리더니 드디어 문이 열렸다.

그와 친분이 있는 주택관리공단 직원이 가택수색의 증인으로 왔다.

"무라토프 보리스 이바노비치 씨가 여기 살고 계신가요?"

이 말이 떨어지기가 무섭게 그들 앞에 무라토프가 나타났다. 그는 덩치가 크고 나이는 마흔쯤 되고 턱수염을 길렀으며 벨벳 재질의 파란색 가운을 입고 있었다.

'저런 가운은 우리 나라에서는 구하기 힘들지. 해외에서 들여온 거야. 저런 건 도대체 어디에서 구하는 거야?'

그의 모습을 보고 언짢아진 포포프가 생각했다.

"여권 보여주시죠."

포포프는 무척 정중하게 요청했다.

무라토프는 옆방으로 사라졌고 거기에서 그의 아내가 나왔는데 그녀는 미인이었고 역시 파란색 가운을 걸치고 있었다!

'맙소사, 한집에 똑같은 가운이 두 개나 있다니!'

"자, 확인하시죠."

포포프가 무라토프에게 압수수색영장을 내밀어서 보여줬다. 손에 쥐여준 건 아니고 멀찍이 떨어져서 보여준 것이다.

"제가 한번 봐도 될까요?"

무라토프가 한쪽 손을 뻗었다.

하지만 포포프는 서류를 물렸다.

"보시다시피 압수수색영장이고 자세히 보고 말고 할 것도 없습니다. 이대로 보시죠."

"영장인 것은 알겠습니다. 하지만 도장이 없네요."

"젠장칠. 별로 중요하지도 않은 걸 갖고 그러십니까? 영장인건 분명하고 도장은 나중에 제가 찍어 올 테니 걱정하지 마십시오."

화가 난 포포프가 말했다.

"먼저 도장을 찍어서 다시 오세요."

보리스 이바노비치는 뻔뻔하게 대답했다.

"저라면 좀 더 정중하게 행동할 겁니다. 우리랑 말다툼해봐야 좋을 거 없을 텐데요. 괜히 업무 방해 하지 마시고요."

이 말을 하고 그는 집 안으로 들어갔고 시프체프도 그를 따라 들어갔다. 예멜리야넨코는 좁은 현관에 서 있었는데 거기서는 현관문과 큰 방이 보였다.

"잠깐만요."

보리스 이바노비치는 이 말을 하고 작은 방 쪽으로 갔다.

방 두 개가 나란히 붙어 있는 뻔한 구조여서 안 봐도 훤했다. 통로방 옆에 방이 또 하나가 있고, 창고가 있을 것이며, 거기에 잡다한 물건이 다 있을 것이다. 포포프 대위는 이런 아파트를 많이 봐왔다.

무라토프가 문을 막아섰다. 무라토프는 얼굴을 붉히고 대위를 자기한테서 떨어지게 하고는 책상 서랍의 위 칸을 뒤지기 시작했다. 포포프는 화가 단단히 났다. 하지만 이번 실랑이에서는 무라토프가 옳았다. 엄밀히 말해서 영장은 효력이 없었다.

하지만 패배를 용납할 수 없었던 대위는 소리를 질렀다.

"서랍 건드리지 마시오! 이제부터는 우리가 살펴볼 테니까."

하지만 무라토프는 찾고 싶은 것을 바로 찾은 것 같았다. 그는 상단에 빨간색으로 정부 로고가 있고 '가장 위대한 사람'의 얼굴이 인쇄된, 누렇게 바랜 두꺼운 종이를 평평하게 폈다.

'명예 증서'였다.

화가는 대위의 코 바로 밑에 종이를 들이밀었지만 너무 가까운 나머지 아무것도 보이지 않았다.

포포프는 또다시 뒤통수가 아팠다.

"이러고도 무사할 줄 알아요?"

파란 눈에 핏기 없는 아내는 파란색 가운을 걸친 채로 남편한테 그만하라는 신호를 보냈고, 장모 마리야 니콜라예브나는 태연하게 차를 따랐다.

보리스 이바노비치가 종이를 조금 멀리 치우자 종이 내용이 시야에 들어오긴 했지만, 종이를 잡을 수 있는 거리는 아니었다.

"이대로 제가 쥐고 있는 상태로 보세요."

대위는 종이에 있는 내용을 살펴보며 곰곰이 생각했다. 그러고는 자기 팀을 데리고 떠났다. 군말 없이 말이다.

무라토프는 자기를 구해준 증서를 한쪽 구석으로 던졌다.

마리야 니콜라예브나는 빙 돌아서 보리스 이바노비치 앞에 찻잔과 샌드위치 접시를 놓았다.

장모에게 아내 나타샤의 모습이 보여서 좋아했는데 둘의 차이는 장모가 더 결단력이 있다는 점이었다. 한편 나타샤에게서 그는 장모와 비슷한 점을 발견했는데 조금씩 살이 붙고 입가에 주름이 지기 시작했으며 볼살이 살짝 처지는 것이 보였다. 건강하고 좋은 종자다. 조금은 지나치다 싶을 정도로 뚱뚱하기는 했지만 매력적이었다.

나타샤는 바닥에 떨어져 있는 증서를 집어 들었다.

"여보, 이게 뭐예요?"

보리스는 한 손가락으로 우아하게 반원을 그리는가 싶더니 손가락이 천장 쪽을 향한 곳에서 멈췄다. '엿듣고 있으니 조심하라'는 뜻이었다.

"나타샤, 나는 이 증서를 전 시대를 아우르는 인민의 지도자이자 스승인 블라디미르 일리치 레닌을 안치한 훌륭한 석관 두 개를 제작한 공을 인정받아서 받은 거야. 그리고 여기 이 서명이 중요한 거야. 국가의 최고 권력이 나한테 감사를 표한 거라고."

그는 큰 소리로 이렇게 말한 뒤 엄지손가락을 집게손가락과 중지 사이에 넣고 주먹을 쥐고는 천장을 향해 쳐들었다. 보리스 이바노비치의 엄지손가락은 큼직해서 구부린 집게손가락과 중지 사이에서 심하게 도드라져 보였다.

마리야 니콜라예브나는 미소를 지었다. 나타샤는 하얀 두 손으로 더 하얀 목을 감쌌다.

"이제 어쩌죠?"

그녀가 조용히 물었다.

보리스는 방 안 여기저기에 굴러다니는 얇은 회색 종이 한 장을 가져다가 그 위에 연필로 썼다.

'그가 사라졌는데 어디로 갔는지는 저도 몰라요.'

그런 다음 그 종이에 늘 자기를 그리던 방식대로 양쪽 어깨 사이에 깊숙이 들어간 커다란 머리, 넓게 퍼진 짧은 턱수염 그리고 머리카락이 없는 관자놀이를 포함한 이마를 그렸다.

"마리야 니콜라예브나, 차 한 잔만 더 주세요."

이윽고 찻잔이 달그락거리는 소리가 들렸다.

나타샤는 미동도 없이 자리에 앉아 있었다. 마리야 니콜라예브나는 다시 찻물을 올려놓으러 갔다.

보리스는 아내를 끌어안았다.

"이럴 줄 알았어. 모든 게 너무 무서워요."

그런 다음 그녀는 연필을 쥐고 종이의 한쪽 귀퉁이에 적었다.

'당신, 체포될 거예요.'

그러자 그가 적었다.

'난 30분 후에 집을 떠날 거요.'

그러고는 공중제비하듯 계단을 내려가는 자기 모습을 그렸다.

종이가 그림과 글씨로 가득 차자 그는 그걸 찢은 뒤에 불을 붙였다. 그런 다음 불이 거의 손가락 끝까지 올라올 때까지 기다렸다가 재떨이에 던졌다.

그러고는 새 종이를 가져다가 거리를 뛰어가는 자기 모습을 그렸다. 종이 위에는 '기차역'이라고 쓰고 나타샤와 다시 방 안으로 들어온 마리야 니콜라예브나한테 보여줬다. 장모가 아내보다 더 빨리 이해하고 고개를 끄덕였다.

"지금 당장."

보리스가 말했다.

"혼자서?"

나타샤가 말했다.

"응."

무라토프가 고개를 끄덕이면서 말했다.

그런 다음 무라토프는 포포프 대위가 자세히 살펴보려 했던 창고에 들어가서, 대위가 찾으려고 했던 것이 들어 있는 파일 하나를 꺼내 왔다.

그는 거기에서 그림이 잔뜩 그려진 종이 뭉치를 꺼내서는 그걸 들고 부엌으로 갔다.

마리야 니콜라예브나는 말없이 그의 뒤를 따라갔지만 그런 그가 안쓰러웠다.

무라토프는 오븐에서 오븐용 트레이를 꺼내서는 거기에 종이 몇 장을 넣고 성냥을 갖다 댔다. 그러자 마리야 니콜라예브나가 재빨리 성냥을 낚아챘다.

"보리스 이바노비치, 내가 여러 번 부탁했잖나. 내 살림에 관여하지 말라고……."

그는 다리를 쪼그리고 앉아서 부엌을 거의 차지한 채로 장모를 올려다봤다. 마리야 니콜라예브나는 그를 부엌 밖으로 살짝 밀어내고는 문지방 밑에서 닳고 닳은 리놀륨 끄트머리를 끌어내 들어 올렸다. 보리스 이바노비치는 감탄하는 표정을 지으면서 어깨를 으쓱했다. 그들은 마치 평생 이 일을 해온 사람들처럼 한 치의 오차도 없이 리놀륨 밑에 그림을 밀어 넣고는 낡은 리놀륨 끝을 다시 문지방 밑에 고정했다. 그러자 마치 아무 일도 없었던 것처럼 감쪽같았다. 보리스 이바노비치는 진심을 담아서 마리야 니콜라예브나의 한쪽 볼에 뽀뽀했다. 솔직히 불태우기는 아까웠기 때문이다.

그러고 나서 그는 서랍장 아래 칸에서 허리가 헐렁한 캔버스 천 반바지를 찾아 꺼냈고, 다용도실 옷걸이에 걸려 있는 낡은 밀짚모자를 챙겼다. 모두 이제는 고인이 된 장인의 유품이었다. 그는 이 모든 것을 한마디 말도 없이 했다.

"미쳤어, 미쳤어……."

나타샤가 되뇌었고 장모는 전화기를 가리켰는데 장모도 보리스처럼 누군가가 그들의 대화를 도청하고 있다고 확신하고 있었다. 장모가 큰 소리로 말했다.

"보리스, 점심으로 커틀릿을 만들어줄까?"

"커틀릿 좋죠."

25분 후 그는 집에서 나왔다. 턱수염은 깎았지만 콧수염은 놔 뒀다. 머리카락도 짧게 잘랐다. 안뜰을 지나가는데 물이 너무 차 올라서 보트를 타고 건너도 될 지경이었다. 어마어마한 물웅덩 이 속에 부러진 나뭇가지가 떠다녔고 마치 대홍수가 휩쓸고 지 나간 것 같았다. 보리스는 커다란 장바구니를 꺼내서 거기에 갈 아입을 속옷, 스웨터, 좋아하는 쿠션과 집에 있는 현금이란 현금 은 동전까지 탈탈 털어서 넣었다.

그를 감시하기 위해 남아 있던 시프체프와 예멜리야넨코는 아파트 단지 내에 있는 정자에 앉아서 담배를 피우고 있었다. 그 들은 맥주를 마시러 갈지에 대해 의논하고 있었다…….

한편 포포프 대위는 영장에 도장을 찍어서는 정확히 10시 15분에 도착했다. 아내이자 아파트를 임차한 장본인인 나타샤 무라토바는 이번에는 벨 소리가 나기 무섭게 바로 문을 열고는 무라토프가 일하러 갔다고 말했다. 그러자 포포프는 멍청한 자 기 부하 직원들을 노려봤다.

"일을 하지 않잖소! 어떤 회사로 일을 하러 갔다는 거요?"

포포프가 말했다.

"그는 화가예요. 회사에는 안 다니지만, 일은 많이 해요. 직접 보셨듯이 레닌의 석관도 그가 만들었죠."

장모도 거들었다.

"그 후로는 해고됐죠."

포포프가 식상한 정보를 덧붙였다.

"그러니까 일을 구하러 갔죠."

또다시 마리야 니콜라예브나가 대화에 끼어들었다.

"점심때쯤 온다는 말은 없었나요?"

대위가 질문했다.

"당연히 온다고 했죠."

'젠장칠, 도청하는 놈들한테 커틀릿을 미끼로 던져놓고 눈 깜짝할 새에 사라졌군!'

"점심때는 커틀릿을 먹겠다고 했어요. 그래서 기다리고 있는 중이랍니다."

대위는 곧바로 가택수색에 착수했다. 그는 산처럼 쌓인 종이를 하나하나 살펴봤다. 발견된 사미즈다트는 딱히 특별할 것이 없었다. 게다가 이번에 포포프의 관심사는 사미즈다트가 아니었다.

포포프의 서재에는 잡지 〈슈테른〉의 일부 페이지를 찍은 사진이 있었고 그는 사진에 찍힌 만화의 원본을 찾고 있었다. '소련 공산당의 영광'이라고 쓴 큰 글씨 밑에 이 성스러운 문구에 도달하려고 노력하는 일군의 인민과 개가 서 있는 캐리커처였다. 글씨들은 콜바사 소시지로 이뤄져 있었는데, 그 단면에는 군데군데 긴 하얀 지방과 끈으로 묶은 끝부분이 보였고 '2루블 20코페이카'라는 가격표도 달려 있었다.

다른 캐리커처에서도 콜바사로 레닌 묘를 표현했는데, '레닌'이라는 단어가 줄줄이 연결된 소시지로 그려져 있었다.

세 번째 캐리커처에는 레핀의 그림 '볼가강에서 배를 끄는 인부들'의 인부들이 넓은 끈으로 연결돼 있었는데 그들이 끄는 것은 배가 아니라 우주 로켓이었다.

당국에서는 오래전부터 이토록 모욕적인 그림을 그린 사람을 수배했고, 아주 우연한 기회로 찾아냈다. 이제 원본과 스케치만 찾으면 되는 상황이었다…….

포포프 대위는 밤이 늦어서야 떠났다. 그들은 압수한 사미즈다트를 세 자루 가득 쓸어 담아 질질 끌고 갔다. 하지만 포포프가 찾으려고 한 그림 석 점은 결국 찾지 못했다.

보리스 이바노비치는 이 무렵 킴리*에 있는 나루터에서 파와 파슬리를 팔려고 나왔다가 하나도 못 판 노파를 따라가고 있었다. 그는 노보-아카토보로 가는 마지막 보트를 놓치는 바람에 그녀의 집에서 하룻밤 묵게 된 것이었고, 그가 그날 그녀의 유일한 손님인 셈이었다. 그는 1루블을 주고 창고에서 건초 더미에

* 러시아 중서부에 위치한 트베리주에 있는 도시.

침대보를 씌우고 잤는데 이른 아침에 깨어나 우물가에서 세수하고 새벽 6시에는 벌써 보트를 탔다. 노파는 다행히도 좋은 사람이었고, 다음 날 그를 밀고하지 않았다.

둘째 날 저녁에 그는 멀고 험한 곳에 위치한 다닐로바 고르카에 있는 친구 니콜라이 미하일로비치의 낡은 농가에 도착했다. 그 역시 화가였다. 보리스는 그에게 모든 것을 사실대로 말하고 그의 가족이 여름에 지내는 별장이나 사우나에서 잠시 머물게 해달라고 했다. 마을 사람들에게는 사촌 형제라든가 그가 원하는 사람으로 위장해서 소개하면 되지 않겠느냐고 했다. 니콜라이 미하일로비치는 고개를 가로저으면서 있는 대로 소리를 질러댔지만 거절하지는 않았다. 보리스 이바노비치의 도주는 이렇게 시작되었다.

다닐로바 고르카는 시골이라기보다는 작은 마을에 가까워서 다섯 가구밖에 살지 않았다. 그중 하나는 니콜라이 미하일로비치의 집이고 다른 하나는 주인 여자가 죽은 뒤 벌써 2년째 매수인을 기다리고 있었다. 나머지 세 집의 주인들은 수년째 여름 한 철만 별장 삼아 묵는 세입자들을 받았다. 8월 말이면 세입자들은 대부분 떠났고 9월까지 남아 있는 사람은 거의 없었다.

니콜라이 미하일로비치의 어머니는 귀족 혈통이었고 아버지는 사제였는데 1937년에 총살당했기 때문에 니콜라이는 눈치도, 상황 판단도 빠른 편이었다. 니콜라이는 시골에 외지인이 많은 9월까지는 이곳에 사는 것이 상대적으로 안전하니 있어도 좋지만 외지인들이 떠나고 나면 주민이 10킬로미터당 한 명꼴로 아주 드물기 때문에 위험하다고 말했다.

농가는 꽉 차 있었다. 아이들, 노인들, 시집 안 간 친척 여자 둘, 얹혀사는 손님 몇 명까지 있었다. 다들 일을 많이 하고 있었지만 의무는 아니었다. 아침부터 밤까지 분주히 움직이기는 했지만 여유가 있어 보였다.

보리스에게는 이런 식의 시골 생활이 낯설었다. 그는 줄곧 도시에서 살아왔다. 그의 할아버지는 농노였는데 1883년부터 시틴* 밑에서 석판인쇄 일을 했고, 아버지는 인쇄소에서 근무하는 프롤레타리아 출신 판화가였는데 자칭 진정한 모스크바인이 된 뒤로는 랴잔**에 있는 고향 사람들과는 연락이 끊겼다고 했다.

보리스 이바노비치는 시골은 잘 몰라서 두려워했고 도시는 싫어했다. 어려서부터 그는 자모스크보레치예에 있는 인쇄소 근처에 살았고, 결혼하자마자 아내가 사는 하리토니옙스키 골목으로 이사했다.

---

*   이반 드미트리예비치 시틴(1851~1934). 러시아 기업인이자 출판업자.
**   러시아 오카강 유역에 위치한 항구도시.

흑해에 있는 소치 혹은 가그라에서 지낼 때 가장 행복했기 때문에 해마다 그곳 휴양지에 가곤 했다. 시골은 태어나서 단 한 번도 본 적이 없었다. 그런데 이렇게 갑작스럽게, 커다란 강이 근처에 있고 숲과 늪지대 사이에 위치한 외진 시골에 오게 된 것이었다. 그는 귀족 가문의 후손들도 매우 마음에 들었다. 더 이상 그들은 궁전에 살지 않았고, 사치스러운 것은 냄새도 맡지 않았을 뿐만 아니라 반세기 동안 극빈과 가난을 오가며 유배와 감옥을 전전한 덕분에 단단해졌으며 외국어를 한 가지도 못 할 정도로 무지하게 살았지만, 보리스 이바노비치가 콕 집어 설명할 수 없는 귀족적인 면모가 남아 있었다.

니콜라이의 딸들은 추운 지역에서 쓰는 벽난로인 페치카에 냄비를 올려놓고 죽을 끓이고, 페치카 안에 있는 오븐에다 파이를 굽고, 텃밭에서 일하고 강에서 빨래했다. 손자들은 낚시했고 손녀들을 비롯한 여자들은 숲에 가서 나무 열매와 버섯을 땄다. 남는 시간에는 그림을 그리고 노래하고 어린이들이 출연하는 연극 공연을 함께 만들면서 보냈다.

사흘 동안 묵을 예정으로 니콜라이 미하일로비치의 사촌 누이 아나스타샤가 왔다. 지나치게 활동적이고 성량이 풍부한 그녀는 보리스 이바노비치를 보자마자 마음에 들어 했고 그도 그녀에게 푹 빠졌다. 그는 쉬우면서도 똑똑한 사냥감이었다. 그들은 주어진 시간을 조금도 허투루 쓰지 않았다. 오랫동안 식탁 앞에 앉아 노래를 듣느라 첫날 밤이 짧아졌기 때문이다. 아나스타샤는 쩌렁쩌렁하고 요염하고 집시 같은 목소리로 노래를 불렀는데 그 점이 무척 마음에 들었다. 그녀는 아기처럼 부풀다 만작은 가슴을 갖고 있었고 코가 길었다. 모든 점에서 아내인 나타샤만 못했기 때문에 보리스 이바노비치는 그 뒤로 아주 오랫동안 그녀를 떠올리며 놀랐는데, 비쩍 마른 데다 동작도 부자연스웠던 그녀가 생명수처럼 그를 씻기고, 그의 뼈 하나하나, 혈관하나하나를 꺼내서 다시 빚어준 것 같았기 때문이다. 보리스는 마지막으로 언제 자신이 이토록 성욕이 왕성하고 강력한 남편의 모습이었는지 기억나지 않았다. 연애한 지 나흘째 되는 날 아나스타샤는 당직을 서야 해서 보트를 타고 떠났다. 그녀는 의사였고 심지어 과장이었다. 가족 모두가 그녀를 나루터에서 배웅했는데 그녀는 나루터에서도 맑은 목소리로 '마루센카는 하얀다리를 씻었다네'라는 노래를 부르며 멀어지는 보트 안에서 한참 동안 손수건을 흔들었고, 보트에서 쾌속정으로 갈아타기 위해 큰 나루터로 향했다.

'똑똑하고 음탕한 여자라니!'

보리스 이바노비치는 그녀를 떠올리면서 믿기 힘들다는 듯 감탄하면서 생각했다. 살아생전 그런 여자는 만나본 적 없었다.

44

한편 니콜라이 미하일로비치는 마치 그의 생각을 읽기라도 한 것처럼 조용히 그에게만 말했다.

"증조할머니인가 고조할머니인가가 푸시킨과 피가 섞여서…… 타고났어."

주님의 거룩한 변모 축일*에 사람들이 저녁부터 카시노에 있는 교회로 갔다. 처음에는 보트를 타고 갔고, 보트에서 내린 다음에는 버스로 갈아탔다. 피곤한 여정이었다.

그들은 교양 있는 신자들이었는데 그런 사람들을 만나기는 처음이었다.

"이 마을 사람들은 뭔가 반소련적인 삶을 살고 있는 것 같아."

그가 놀라움을 감추지 않고 말했다.

"아니, 보리스. 그냥 비소련적일 뿐이야."

니콜라이 미하일로비치가 웃으면서 말했다.

보리스는 계속 사방을 보면서 일출이나 나루터의 물을 자세히 살펴봤는데, 물속에는 치어와 올챙이들이 마치 무슨 목적이라도 있는 것처럼 이리저리 움직였고, 텅 빈 조개껍데기와 성상화에서나 봤을 법한 화려한 모양의 풀들이 있었는데 이 모든 것

---

* 다볼산에서 예수 그리스도가 영광스럽게 변모하여 신성을 드러낸 사건을 8월 6일에 기념한다.

이 놀라웠고, 이것들을 보는 것이 즐거웠다. 그는 많은 무리의 사람들과 함께 숲에 들어가서, 7월에는 드물었던 달콤한 보슬비를 맞으면서 무럭무럭 자라는 버섯을 따기도 했다.

보리스 이바노비치는 버섯 따기는 물론 낚시도 아주 좋아한데다 농사일에도 소질이 있었다. 그는 도끼 다루는 법을 금세 터득해서 니콜라이 미하일로비치가 창고를 수리하고 대문을 고치는 것도 도와주었다.

낮은 길었고 차를 마시면서 유유자적하는 기분 좋은 저녁이 이어졌으며, 밤은 순식간에 지나가서 잠이 들었는가 싶으면 어느새 아침이었다. 그리하여 보리스 이바노비치는 당국의 수사망을 피해서 도망 오기 전 모스크바에서 살 때는 경험하지 못했던 평안함을 느꼈다.

한 달 반이 지나는 동안 집으로부터 아무런 소식을 듣지 못했지만 그는 아내와 연락할 방법을 애써 찾지 않았다. 자기 때문에 아내에게 불미스러운 일이 생기지 않도록 하기 위한 것이라는 명분이 있었다. 하지만 사실은 나타샤의 걱정과 변덕, 두려움과 공포가 없으니 마음이 편해서 그랬던 것이다.

니콜라이 미하일로비치의 친척이 보리스 이바노비치가 보낸 엽서를 모스크바에 있는 우체통에 넣었는데 거기에는 '난 잘 지내고 있소, 걱정 마시오. 보고 싶고 사랑하오'라고 적혀 있었다.

8월에 저명한 화가의 딸인 니콜라이 미하일로비치의 아내가 큰아들 콜랴를 데리고 왔다. 두 딸은 늘 어머니 주위를 맴돌았는데 마치 귀빈이라도 되는 것처럼 '엄마, 엄마' 하고 부르면서 살뜰히 챙겼고, 서른 먹은 건장한 사내인 큰아들 또한 아버지 뒤를 졸졸 따라다녔다. 니콜라이 미하일로비치와 아내의 관계도 일반적이지 않았는데 그들은 호칭만 편하게 했을 뿐 서로를 깍듯이 존중했고 다정했다. 언성을 높이지 않고 서로 친절하게 대했으며, 해야 할 일이 있으면 미리 상의했는데, 자식은 어떻게 낳았을까 싶은 의구심이 들 정도로 서로 굉장히 예의를 지켰다.

자식들은 성인이 되어서도 아이 같았고 손자들 역시 조심스럽게 행동하며 자기 부모에게 예쁜 사과를 갖다주거나 뒤늦게 딸기가 영근 줄기로 꽃다발을 만들어 오기도 했는데 이 모습을 지켜보는 것은 흥미로웠다. 결국 보리스 이바노비치는 비인간적이고 파렴치한 국가에서 난폭하고 더럽고 무의미한 삶을 위해 자식을 낳아서는 안 된다고 생각해온 자신의 이론을 의심하기에 이르렀다. 그는 나타샤도 아이를 갖지 않는다는 조건으로 결혼했다.

나타샤는 그와 결혼한 지 벌써 8년이 되었지만 여전히 자식을 갖고 싶은 마음이 없었다. 문제는 다른 데 있었는데, 그녀에게 유머 감각이 부족했는지 남편의 사고 방식 때문에 함께 사는 것이 힘들었는지 알 수는 없지만 그녀는 날로 고약해지고 날카로워지는 그의 그림을 못마땅해했다. 다른 사람들에 비해 그들은 굉장히 풍족한 삶을 살았다. 그는 스트로가노프 산업미술학교 화가양성학과를 졸업한 터라 진짜 화가와는 거리가 있었고 음악으로 보면 일종의 연주자인 셈이었지만, 콤비나트에서 진짜 화가들보다 돈은 더 많이 벌었는데 콤비나트를 통해 수천 루블짜리 주문이 들어왔다.

이따금 유명인들의 개인적인 주문 작업을 하거나 철도 역무원들이나 야금술 전문가들을 위한 다양한 문화예술 공연장에 쓰일 금속 장식과 벽화 제작을 도왔는데, 모두 사회주의를 선전하는 곳이었다. 그런 작업을 하며 속에 분노가 쌓여갔던 그의 캐리커처는 조만간 완전히 공산주의로 바뀔 사회주의적 삶에 대한 비판의 수위를 한층 높여갔다.

그는 점점 더 그림에 빠져들었다. 직업적으로는 금속을 정밀히 다루는 장인이었지만 그에게 그림은 기쁨이자 휴식이자 사회에 대한 불만을 쏟아내는 도구가 되었다. 하루는 어떤 집에서 여는 전시회에 참여해달라는 부탁을 받았고, 그곳에서 치른 첫 번째 전시회에 참여한 핵심 반체제 화가들이 그의 재능을 알아봤다.

그 후로 그의 반공적 예술 작품을 좋아하는 팬들이 생겨났는

것을 모스크바로 실어 가기도 했다. 겨울에는 여름과 달리 물길이 많아 힘들었는데 먼저 기차를 타고 그다음에는 버스로 갈아타고 가서 숲을 지나 6킬로미터를 더 가야 했다. 다닐로바 고르카까지는 차도가 없기 때문에 트랙터로만 이동이 가능했다.

출발 직전에 니콜라이 미하일로비치가 보리스에게 물었다.

"뭐야, 보리스 이바노비치. 여기에서 아예 겨울을 날 생각인 거야?"

이곳에서 거의 두 달 동안 걱정 없이 살았지만 앞일이 걱정되었던 보리스는 바로 대답했다.

"니콜라이 미하일로비치, 나 사실 두려워. 경찰이 두려운 것이 아니라 자네의 페치카와 농가가 무서워. 어렸을 때부터 그랬는데 아직도 고쳐지지 않네."

"우리 아버지는 사제여서 우리 모두 어린 시절을 농가에서 보냈어. 별건 없지만 그래도 조심해야 할 것이 있기는 하지."

니콜라이 미하일로비치는 숱이 별로 없는 턱수염을 잠시 쓰다듬고 잠시 생각한 뒤에 제안했다.

"뉴라 할머니 댁에 묵던 도시 사람들이 떠났는데 할머니가 올해 부쩍 몸이 쇠약해지셨어. 보리스, 자네가 그 댁에 머물면 어떨까? 할머니께 얘기는 내가 해둘 테니. 할머니가 겨울 나는 걸 자네가 도와주면 좋겠어. 나는 12월에 올 테니. 내가 굳이 안 와도 되면 안 올 거고."

이들은 '니콜라이'나 '보리스'처럼 서로를 이름을 부를 때면 '당신'이라고 존칭을 쓰고, 부칭까지 붙여 격식을 차려서 부를 때면 '자네' 혹은 '너' 하는 식으로 말했다.

무라토프는 니콜라이 미하일로비치에게 두 가지 미션을 주었다. 그의 집에 미리 전화하거나 기별하지 말고 저녁에 가서 편지만 건넨 다음 신원은 밝히지 말라고 했다. 한 가지 부탁이 더 있었다. 친구 일리야를 만나서 안부를 전하고 그에게 '진행해'라는 한마디만 전하면 그가 뭘 해야 할지 이해할 거라고 했다.

시골로 오기 전에 일리야와 한 번 더 만나서 돈을 받은 뒤에 절반은 가족한테 주고 나머지 절반은 시골로 가져오라는 말도 했다. 돈이 얼마나 될지 그는 알지 못하며, 액수가 클 수도 있고 얼마 안 될 수도 있으며 어쩌면 전혀 없을 수도 있다고도 했다.

니콜라이 미하일로비치는 모스크바에 돌아간 그 주에 그가 부탁한 것을 전부 다 수행했다.

한편 무라토프는 뉴라의 집으로 거처를 옮겼다. 뉴라 할머니는 허리가 굽고 얼굴 한쪽이 비뚤어져 있고, 손가락도 심하게 휜데다 흉칙하고 커다란 두 손을 앞으로 뻗은 채로 다녔는데, 그 모습은 흡사 찻잔인지 대접인지를 들고 다니는 것 같았다. 할머니는 손이 펴지지 않아서, 일할 때면 집게발로 일하는 것 같아

서부

뉴라의 남편은 1930년에 집단화*를 할 때 죽었다. 전쟁이 발발했을 때 청소년이었던 세 아들은 한 명씩 차례로 죽었는데, 큰아들은 1941년, 둘째 아들은 1942년, 막내는 1945년에 명을 달리 했다.

"우리한테서 신도 빼앗아 갔지."

이 말을 하고 그녀는 캄캄한 구석에 만들어놓은 제단을 보고는 중얼거렸다.

"아니면 신이 우리한테 작별을 고했는지도 모르지."

이따금 저녁이 되면 옆집 할머니들이 놀러 올 때가 있었는데 이름은 마르파와 지나이다였고, 할머니보다 젊기는 해도 그들도 산전수전 다 겪은 이들이었다. 이들은 보리스 이바노비치가 가져온 차를 마셨고 뉴라는 그들이 있는 데서 그를 칭찬했다.

"이렇게 좋은 사람이 하늘에서 떨어졌지 뭐유? 보드카가 필요하면 보드카를 따라주고 차가 필요하면 차를 내오고⋯⋯."

보리스 이바노비치는 콜바사 생각을 잊은 지 오래인데, 이 지역에서 콜바사는 이미 오래전에 잊혔고 일상생활에서 사용되지

---

* 1928년부터 1937년까지 소련 정부는 농민들의 토지와 가축을 몰수하고 집단농장에서 일하도록 강요했다. 집단화의 목적은 집단농장을 통해 농업 생산성을 향상하는 데 있었다.

않는 물건처럼 그 상징적인 의미를 완전히 상실했다. 콜바사를 사려고 모스크바까지 기차를 타고 갈 돈도 없었고 오렌지는 니콜라이 미하일로비치가 가끔 대접할 때 말고는 거의 볼 일도 없었다.

이제 무라토프가 그리는 것은 오직 식탁 위에 차려진 음식 같은 것이었다. 껍질째 삶은, 작고 모양이 일정하지 않은 감자, 오크 통에 담갔던 오이를 칼로 으깬 것, 작은 비단그물버섯, 커다란 흑빵, 붉은 기가 도는 젖버섯 등과 같은 버섯류 등 식탁 위에는 단출하나마 풍성한 음식이 차려져 있었다. 식탁의 황후는 직접 만든 마개로 닫아놓은 탁한 가양주였다. 가끔 운이 좋으면 보드카가 있을 때도 있었다. 그곳에서 6킬로미터 떨어진 크루질리노에 있는 시골 가게까지는 빵이 배송되지 않았기 때문에 겨울이면 빵을 구하기 힘들어진 할머니들은 돌아가면서 빵을 구웠다.

니콜라이 미하일로비치의 집에 있던 종이는 보리스 이바노비치가 금세 다 써버렸다. 하지만 다행히도 볕이 잘 드는 방에 붙이려고 준비해둔 벽지 10롤을 찾아냈다. 도배는 수년째 미루다가 이제는 하려고 했다는 것마저 잊었다. 때마침 보리스 이바노비치는 그 벽지를 아주 유용하게 썼다. 처음에는 벽지 뒷면의 여러 색이 뒤섞인 회색 면에 그림을 그렸고, 그다음에는 앞면에 할

요를 부르자 둘 다 웃으면서 상황은 종료되었다. 그러고 나면 그들은 또다시 옛날이야기를 했는데 '콩산당원들'이 어떻게 시골에 있는 걸 싹 쓸어 가고 남자들을 데리고 갔는지 이야기했다. 한바탕 웃고는 또다시 술을 마셨다. 하지만 이들은 우울한 이야기는 하지 않았고 사소한 일로도 기뻐했고 별것 아닌 일에도 웃었는데 아무 이유 없이도 농담하고 장난치고 춤추고 노래했으며, 보리스 이바노비치를 조금 의식하기는 했지만 무엇보다 자기들이 좋아서 그렇게 했다.

보리스 이바노비치는 니콜라이 미하일로비치의 집에서 또 하나의 선물을 발견했는데 그것은 학생용 색연필 세 상자였다. 그는 돈벌이로 하는 용접 일을 하찮게 생각했고 자신을 데생 화가라고 생각했는데 이 색연필들이 그의 안에 있던 화가의 재능을 일깨워준 덕분에 파란색, 초록색, 검은색을 차례로 쓰면서 스케치를 했다. 그러고 나면 여러 겹으로 덧칠한 그림이 한 점 만들어졌는데, 이렇게 완성된 그림은 묘하게 아름다웠다.

이제 그는 자기가 사라져가는 세계를 그리는 학자가 된 것 같은 기분이 들었다. 노파들은 자기들이 지어낸 이야기를 하며 웃었고 그럴 때면 주름살 가득한 얼굴 표정이 밝아졌는데 그럴 때 보리스 이바노비치는 식탁 앞에 앉아서 그들의 모습을 화폭에 담았다. 하지만 이제는 벽지마저 얼마 남지 않았다.

눈이 내리는 황량하고 축축하던 가을은 하얀 겨울로 바뀌었고, 보리스에게 겨울은 그의 회색빛 삶에 드리운 밝고 강렬한 빛의 얼룩 혹은 햇빛이 비치는 숲속 공터 같은 시기로 기억되었다.

해가 짧은 11월 말, 햇빛이 밝게 비추는 낮 시간이면 보리스 이바노비치는 늘 마을 일대를 배회하곤 했다. 늪지대가 살짝 얼어서 안으로 더 깊게 들어갈 수도 있었지만 눈이 너무 많이 와서 발렌키*가 눈 속에 깊숙이 빠졌다.

한번은 그가 뼛속까지 몸이 꽁꽁 얼어붙은 채로 집에 왔는데 마당에 노파들이 다 모여서 내일 있을 명절을 기념해서 목욕을 한다면서 부산을 떨고 있었다.

"무슨 날인데 그러세요? 빨간 날인 11월 7일**도 아니고, 소련 헌법을 제정한 12월 5일도 아닌 것 같은데요?"

보리스 이바노비치가 말했다.

"우리 마을에서는 커다란 도입의 날이라고."

하지만 정작 도입의 의미에 대해 설명할 수 있는 사람은 아무도 없었다. 하지만 할머니들은 다 같이 목욕하는 데는 동의했다. 게다가 시기도 적합했다. 지난번에는 눈이 많이 왔던 성모가호

*   러시아의 겨울 장화.
**   1917년 10월 혁명을 기념하는 날.

보리스 이바노비치는 그 자리에서 몸이 얼어붙었다. 그들의 주름진 얼굴과 시커멓고 구부정한 손, 하도 걸어서 닳아버린 발바닥을 비롯해 그들의 바래고 낡은 옷이 숨기지 않는 모든 것에 익숙해져 있던 그였다. 하지만 지금 그는 그들의 알몸을 보았다. 눈을 뗄 수가 없었다. 풀어헤친 백발은 구부정한 척추를 따라 흘러내리고 있었다. 밭일을 많이 한 탓에 고목 뿌리처럼 구부러진 손발은 더 크고 못생겨 보였고 수십 년간 땅을 판 손가락들은 흙색을 띠고 있었다. 하지만 그들의 몸은 탈지유처럼 희다 못해 창백했다. 마르파의 경우 동물처럼 어두운색 젖꼭지가 달린 가슴이 있었고, 나머지 두 노파는 가슴 대신 흐늘거리는 투명한 주머니 두 개가 달려 있을 뿐이었다. 지나이다는 과거에 다리가 길고 예뻤을 것을 추측할 수 있었다. 다들 엉덩이는 완전히 납작해져서 쪼글쪼글한 주름을 통해 과거에 동그란 엉덩이가 있던 자리를 짐작할 수 있었다.

"뉴라, 내가 말했잖아. 난 무거운 걸 들면 안 돼. 자궁이 빠져나온단 말이야."

마르파는 들으라는 것처럼 자랑하고 싶은 마음을 억누르듯 말했고 그 순간 보리스 이바노비치는 그녀의 다리 사이에 핸드백 크기의 무언가가 덜렁거리는 것을 발견했다. 그 순간 인상을 찌푸리긴 했지만 어여쁜 세 명의 하르피아이*한테서 눈을 뗄 수가 없었다.

마르파가 쪼그리고 앉으면서 한때 여성성으로 충만했지만 이
제는 털도 빠지고 주름으로 쭈글쭈글해진 채 둔덕 깊숙이 덜렁
거리던 주머니를 감쪽같이 집어넣었다.

보리스 이바노비치는 미술을 독학한 것은 아니고 대학에서
미술 교육을 받았으며 판화가 가문 출신이었다. 어렸을 때부터
그는《신곡》에 삽입된 귀스타브 도레의 삽화를 알고 있었다. 여
자의 나체에 무척 관심이 많던 유년기에 그는 이 두꺼운 책을 낱
낱이 뜯어보았다. 하지만 그의 눈에서 2미터가량 떨어진 곳에서
분주히 움직이는 이 구부정한 존재들은 과거에 활기찼던 생명
의 흔적을 보여주고 있을 뿐이었다. 하지만 상상력을 십분 발휘
하면 휘어진 뼈들과 축 처진 피부 속에 한때 그들이 간직했던 여
성성을 발견할 수 있을지도 몰랐다.

'늙으면 성이 사라지는군.'

보리스 이바노비치는 이런 생각을 하자 끔찍해졌다.

'그럼 나는? 나도 이렇게 될까? 아니, 아니, 난 이렇게 되기 싫
어. 이렇게 늙어빠져서 쓸모없어지기 전에 내가 먼저 떠날래.'

이때 노파들이 그를 발견하고 박장대소했다.

---

*　그리스 신화에 나오는 날개 달린 정령들.

스가 생각한 것보다 큰 액수였다. 또한 아내의 안부와 편지도 전해주었다.

그들은 함께 6킬로미터 떨어진 옆 마을에 있는 가게로 갔다.

니콜라이 미하일로비치를 굉장히 존경하던 베르카라는 점원이 진열장에 숨겨두었던 보드카를 꺼내 왔다. 니콜라이 미하일로비치가 모스크바에서 보드카 두 병을 가져왔지만 보리스 이바노비치는 수중에 있는 큰돈을 쓸 절호의 기회를 놓치고 싶지 않았다. 사실 그동안 그는 동네 주민들이 그를 밀고할까 봐 두려워서 가게에도 가지 않았다.

그들은 가게에서 소박하게 과자, 개별 포장이 되지 않은 캐러멜, 청어, 식물성 기름, 보리쌀, 말린 완두콩 한 봉지, 네모난 고체형 체리 맛 키셀*, 치즈 스프레드와 소금 두 통을 구매한 뒤 배낭 두 개에 나눠 담았다. 보리스 이바노비치는 뭔가 제대로 된 음식 같은 걸 발견할 수 있을까 싶어서 열심히 주위를 둘러봤다. 한편 베르카는 새로 온 구매자가 자기가 만날 남자로 괜찮은지 살펴봤다. 전반적으로 나쁘지 않지만 그는 예쁜 점원보다는 음식에 관심이 있어 보였다.

니콜라이 미하일로비치는 배낭을 메고 어깨를 한 번 흔들어

---

* 설탕, 전분을 재료로 하여 만든 차가운 음료로, 러시아식 디저트이다.

서 구매한 것들이 고르게 자리를 잡도록 했는데 그러자 병들이 부딪히며 경쾌한 소리가 났다.

"여기 오래 계시나요? 놀러 오세요!"

베르카는 비트처럼 빨간 주먹으로 동그란 턱을 괴고는 말했다.

"아니, 베르카. 고맙지만 못 올 거예요. 전 하루만 있으려고 온 거라서. 장작만 옮겨놓고 불은 안 때놓은 상태예요. 제 친척인 스비스투니프 댁에서 하룻밤 묵고 집으로 가려고요."

"그럼 친구라도 우리한테 보내시든지요."

베르카가 키득거리면서 말했다.

"여자들끼리만 있으니까 심심해서 말이죠. 여기 온 지 꽤 되신 걸로 아는데 이곳 주민들이랑 왕래가 전혀 없으니까요……."

이때 비로소 니콜라이와 보리스는 근처 시골에는 이곳에 외지인이 살고 있다는 소문이 났음을 알게 되었다. 두 화가는 서로 이해했다는 눈빛을 주고받았다.

"우린 내일 떠날 거예요. 봄에 돌아오면 그때 자리를 만들어 보세요."

뉴라는 사내들이 올 때 즈음 감자를 넣은 파이를 잔뜩 구워놓고는 난로 뒤에 있는 자기 자리로 갔다. 지나이다와 마르파는 불편할까 봐 자리를 비켜줬다.

"부르는 편이 낫지 않을까?"

66

정든 멋진 곳을 떠날 마음을 굳힌 보리스 이바노비치가 물었다.

"오늘은 안 올 거야. 시골에서나마 가정교육을 잘 받은 여자들이니 첫날은 절대 오지 않을걸. 방해하기 싫은 건지 선물을 달라는 것처럼 보일까 봐 그런 건지는 모르겠지만 말이야. 옛날 여자들은 다들 그렇게 가정교육을 받은 것 같지만, 요즘 젊은 여편네들은 그때랑 달라. 점원 베르카만 하더라도 도둑에 겁대가리가 없는 년인데 지나이다의 조카라 원래는 그 댁에 주전부리라도 갖다드리러 와야 맞는데 안 하더라고. 지나이다의 아들은 벌써 2년째 집에서 놀고 있고 며느리는 술꾼인데 손주 하나가 작년에 물에 빠져 죽고 손녀가 하나 남았는데 지능에 문제가 있다지……."

이 말을 하고 니콜라이 미하일로비치는 손사래를 쳤다.

"이봐, 이바노비치, 우리 시골 사람들의 일이라는 게……."

콜랴가 지하실에서 가져온 먹을 것을 양손 가득 들고 나타났다.

"아빠, 하나도 언 것 없이 다 멀쩡해요. 감자도 상태가 좋고요. 하지만 지금 밖이 너무 추워서 역까지 가져가는 동안 얼 것 같아요. 오이랑 버섯은 몰라도 감자는 안 가져가는 게 좋을 것 같아요."

"아쉽네. 그래도 콜랴 네 말대로 하는 편이 좋을 것 같구나. 바깥 날씨가 추워져서 버스를 타고 가도 얼 수 있을 테니 말이야."

남자들끼리만 식탁에 둘러앉아 만남을 기념하면서 감자 껍질을 벗긴 뒤에 식물성 기름을 부었고, 온갖 종류의 시골식 안주와 파이를 먹었다. 하지만 통조림은 할머니들이 크리스마스 때 먹을 수 있도록 열지 않았다. 금식재가 이제 막 시작되었지만 그들은 상한 닭을 끓여 먹을 때 빼곤 1년 동안 내내 배를 곯기가 일쑤였다.

늦은 밤 10시 즈음 누가 문을 두드리는 소리가 들렸다. 니콜라이 미하일로비치는 재빨리 일어나서 보리스의 한 손에 술잔과 접시를 쥐여주고는 뉴라 할머니가 있는 난로 뒤로 밀어 넣었다. 그의 짐작대로 문밖에는 그의 먼 친척인 경찰관 니콜라이 스비스투노프가 서 있었다. 사실 이 근처 시골 마을에는 절반이 스비스투노프가 사람이고 나머지는 예로폐예프가 사람들이어서 친인척 관계가 의미가 없긴 했지만 말이다. 게다가 니콜라이라는 이름도 널리고 널렸다.

스비스투노프는 모자를 벗고 경찰용 털 코트의 단추를 끌렀다. 니콜라이 미하일로비치는 아무 말 없이 깨끗한 컵을 가져와서 절반 조금 넘게 술을 따랐다.

"내가 여기 고르카로 올라와서 보니까 난로도 안 때고 농가에 불도 꺼져 있어서 말이오."

스비스투노프가 말했다.

"이 집 전체가 따뜻하려면 사흘은 불을 때야 하죠. 집도 좀 살펴보고 지하실에 있는 오이랑 버섯도 좀 꺼내 가려고 온 거요. 뉴라 할머니 집에서 하룻밤 묵고 바로 도시로 가려고요."

다닐로바 고르카에는 길은 고사하고 스키 자국도 없었다. 니콜라이와 보리스가 걸어오며 생긴 오솔길이 있었고 그 길로 경찰관이 온 것이었다. 물론 새로 내린 눈이 그들의 발자국을 이미 지워가고 있었다.

"다시 돌아가려면 한 시간 이상 걸릴 거요."

스비스투노프는 이 말을 하고는 서둘러 갈 준비를 했다. 그는 지난주 트로이츠코예 마을에서 늑대를 보았고 또다시 마주치고 싶지는 않았다. 게다가 스비스투노프는 괜히 '누가 누구를 봤네. 뭐라고 했네' 하는 소리를 듣고 싶지도 않아서 뉴라 할머니 집에서 빨리 나가고 싶었다. 그가 직접 확인한 서류에 따르면 집에는 그가 아는 마을 사람들만 살고 있었고 외지인은 아무도 없었다.

그래도 마지막으로 질문했다.

"니콜라이 미하일로비치, 자네는 여기에서 외지인을 본 적이 없나?"

"외지인?"

화가는 반문했다.

"아니, 외지인은 본 적 없어. 다 마을 사람들이지."

스비스투노프는 좁은 오솔길을 따라서 숲을 지나 자기 집으로 갔다. 외지인도 늑대도 만나지 않았다.

보리스 이바노비치는 난로 뒤에서 나왔고, 아이처럼 작은 몸을 가진 뉴라 할머니는 좁고 긴 의자 위에 누워서 아이처럼 곤히 자고 있었다. 두 남자는 두 번째로 딴 보드카 한 병을 마저 마시고는 차를 마셨고, 그런 뒤에 보리스는 식탁을 닦고 그 위에 자기가 그린 그림 세 뭉치를 펼쳤다. 한 뭉치의 그림에는 노파들이 식탁 앞에 앉아서 대화하는 모습이 그려져 있었고, 두 번째 뭉치에는 감자와 절인 오이와 이름도 모르고 무엇에 쓰는 물건인지도 알 수 없고 이제는 사용하지 않을 것 같은 나무 집게, 뒤집개, 자기 식기 등이 그려진 정물화들이 있었다. 가장 큰 세 번째 뭉치는 벽지를 자른 것이었는데 겉면과 안쪽 모두에 나체의 할머니들과 툭 튀어나온 뼈, 다리 사이에 붙어 있는 주머니, 주름진 얼굴 등이 그려져 있었다. 그림 속 그들은 미소를 짓고 큰 소리로 웃고 있었다. 오랫동안 목욕을 못 하다가 드디어 뜨거운 물로 목욕을 할 수 있게 되어서 기분이 좋은 것 같았다.

니콜라이 미하일로비치는 한참 동안 그림을 보고 신음 소리를 내고 식식거리더니 말했다.

"보리스, 이제야 자네의 진짜 실력을 알았네! 물론 여기에 더 있는 것은 위험해. 자네가 어떤 생각을 하고 있는지, 앞으로 어떻게 살 생각인지 알 수는 없지만 이 그림들은 내가 모스크바에 갖다 놓겠네. 자네가 돌아올 때까지 보관하고 있지."

그는 미소를 지으면서 말을 이었다.

"물론 내가 그때까지 살아 있다면 말이지."

"그림 정말 괜찮아요? 나는 사실 그림이 좋은지 나쁜지에 대해서는 생각을 안 해봤거든요. 집에 두지 말고 일리야한테 넘기세요. 잘 팔아줄지도 모르죠."

보리스 이바노비치가 부탁했다.

그는 굉장히 만족스러웠다. 니콜라이 미하일로비치는 화가들 사이에서 존경받는 사람이었고 칭찬에 인색하기로 유명했기 때문이다.

다음 날 두 사람은 헤어졌다. 니콜라이 미하일로비치는 아들과 함께 모스크바로 향했고 보리스 이바노비치는 볼로그다로 갔다.

보리스 이바노비치는 꼬박 4년 동안 수배를 피해 도망 다녔다. 하지만 그는 결국 자신이 잡힐 것이라는 생각에 사로잡혀서 위험한 게임을 하듯 처음에는 볼로그다주에서, 그런 다음에는 트베리 시에 있는 성량이 풍부하고 활달한 아나스타샤의 집에서 살았고, 그 후에는 더 대담해져서 모스크바 근교에 있는 먼 친척의 별장으로 옮겨 지냈다. 그러고 나서 문득 그는 어쩌면 아무도 그를 찾지 않는지도 모른다는 생각이 들었다.

일리야는 그를 아주 많이 도와주었고 해외에서 좋은 값을 받고 판 그림을 제외하고는 그의 모든 그림을 보관했다. 해외에 나간 그림들에 대한 반응이 아주 좋아서 1976년 말에 쾰른에서 '러시아 누드화'라는 제목의 전시가 열리게 되었다. 간만의 온수욕을 즐기는 나체의 할머니들이 즐거워하는 모습이었다. 그들은 행복해 보였다.

그가 잡힌 때는 바로 이 무렵이었다. 이로써 4년 동안의 도주에 종지부를 찍게 된 것이다.

보리스 이바노비치는 고작 2년 형을 받았는데 그것도 '포르노그래피 유포'라는 명목으로 잡혀 들어간 것이었다! 반공적 콜바사도 소시지로 만든 레닌 묘도 아니고 다진 콜바사로 만든 머리 옆에 잘려나간 한쪽 귀를 포크로 찌르고 있는 지도자의 초상화 때문도 아니었다. 놀랍게도 그의 죄명은 포르노그래피였다! 게다가 소련 시대에는 포르노그래피 유포라는 죄로 감옥에 간 사람이 한 명도 없었기 때문에 그의 사례가 소련 역사상 최초가 되었다.

그는 아르한겔스크에 있는 수용소에서 2년을 채운 후 석방되었고 곧 라이카라는 이름의 체구가 작은 유대인 여자를 아내로 맞이했는데, 라이카는 오래전 바다나 강에 다니던 작은 돛단배처럼 아담하고 날렵하고 동작이 재빨랐고 아내로서 손색이 없었다. 그는 오래전에 만난 아나스타샤와 어딘가 닮은 구석이 있는 그녀와 함께 유럽으로 이민을 가서 그곳에서 최근까지 살았다.

예쁜 나타샤 역시 일이 잘 풀려서 보리스 이바노비치가 도망을 다니는 동안 지극히 정상적인 기술자 한 명을 만나서 보리스 이바노비치가 한때 무척 좋아하던 뚱뚱한 체형의 딸을 하나 낳았다. 마리야 니콜라예브나는 손녀를 돌보고 초라한 식사를 준비했다. 지금 사위도 사람이 점잖고 나쁘지 않았지만 보리스 이바노비치에 비할 바는 아니었다.

다닐로바 고르카에 살던 노파들은 모두 오래전에 죽었다. 해피엔드.

침수

여자아이가 2분 뒤에 바로 집 앞으로 왔기 때문에 정황상 아파트 1층 현관 앞에 있는 공중전화기로 걸었다는 것을 짐작할 수 있었다.

일리야는 아이의 부모가 감옥에 수감되기 전에 그들의 집에 몇 번 갔었지만 매번 아이가 집에 없거나 잠을 자고 있어서 그랬는지 아이를 본 기억이 없었다.

올가도 아이를 처음 보기는 마찬가지였다. 갸름하고 작은 얼굴형, 납작하게 펼친 듯한 연푸른색 눈동자, 다른 곳에 비해 엄청나게 큰 눈, 콧날이 좁고 꺾인 매부리코 등 한번 보면 잊기 힘든 얼굴이었다. 참으로 이상한 외모가 아닌가! 올가는 아이의 성격이 끔찍해서 아무도 아이를 당해내지 못한다고 일리야한테 들었던 기억이 났다. 올가는 아이의 아버지인 발렌틴 쿨라코프에 대해서는 익히 들어서 잘 알고 있었는데, 진정한 공산주의자라 자처하며, 노동운동대학교와 마르크스-레닌주의 연구소의 벽에 걸려 있는 다른 공산주의자들은 공산주의를 왜곡하거나 배신한 자들이라고 지탄했다.

올가는 그가 감옥에 수감되기 직전에 어디에서 일을 했으며 어떤 일로 쫓겨났는지에 관한 세밀한 부분에 대해서는 기억하지 못했다. 그는 자기 적이라고 생각하는 사람은 가능한 모든 수단과 방법을 동원해서 비난했으며 심지어 소련 공산당 중앙위원회에 몇 차례 서한도 보냈다. 하지만 그의 시도는 번번이 거부되었고, 그러자 쿨라코프는 진실을 밝히는 자신의 절규를 복사기로 여러 부 인쇄해서 이탈리아나 오스트리아 혹은 양쪽 나라 모두에 있는 공산당에 대범하고도 무책임한 서한을 보내기 시작했다.

당과 대학에서는 이런 그의 행동을 오랫동안 참아주다가 결국 그를 쫓아냈고, 그러자 그는 자제력을 잃고 지하에서 마르크스주의 잡지를 발행하기 시작했는데, 그걸 해외로 보내려는 시도를 하자 당국은 더는 그의 그런 행동을 묵과할 수 없게 되었다. 결국 그는 수감되었다. 그의 아내 지나도 수감되었는데 그녀는 어설픈 손재주로 잡지를 다시 타이핑하고 표지를 만드는 일을 했고 남편 못지않게 열성적이었다.

들리는 말에 따르면 발렌틴 쿨라코프는 마르크스와 엥겔스와 관련해서 뛰어난 전문가여서 대학에는 그와 견줄 만한 연구자가 많지 않다고 했다. 그는 한때 마르크스와 엥겔스 이론을 연구하기 위해서 독일어를 완벽히 익혔고, 죽기 전에 《1844년 경제학 철학 수고》를 원문으로 한 번 읽어보는 것이 소원이었다. 거기에는 마르크스가 이 시기 이후에는 언급하지 않은 무언가가 있었기 때문이다. 히틀러가 정권을 잡았을 때 독일 사회주의자들은 이 원고를 모스크바에 가져가는 데 성공했다.

"그게 무슨 의미가 있어요? 열쇠로 잠가놓고 아무도 못 읽게 하는걸."

발렌틴이 일리야에게 불평했다.

당시에 그들은 주로 도서관 흡연실에서 만났다. 바로 그 무렵에 일리야는 처음으로 그의 집에 갔고 발렌틴과 그의 아내 지나의 사진을 찍어주기도 했다. 올가는 일리야의 사진첩에 보관돼 있는 한 사진을 떠올렸다. 무척 흥미로운 커플이었는데, 남자는 머리숱이 많아 머리카락이 정수리에서 귀까지 두 개의 거대한 파도처럼 양쪽으로 쏟아져 내렸고, 여자는 투병 생활을 오래 한 아이처럼 짧은 머리카락에 머리숱이 적었고 얼굴은 인형 같았다.

문밖에는 짧은 소매에 옷깃이 낡은 상의를 입은 지저분한 여자아이가 서 있었고 아이 옆에는 중간 정도 몸집의 개 한 마리가 함께 있었다. 밝은 회색의 풍성한 털을 가진 개는 꼬리를 말고 얌전하게 앉아 있었는데 주인과 달리 말끔했다. 북부 지역의 개로, 허스키였다. 목걸이도 하고 있었는데 튼튼한 가죽 목줄에 연결돼 있었다.

"저는 마리나라고 해요. 일리야 아저씨가 제가 올 거라고 안 하시던가요?"

아이는 여전히 문밖에 서 있었다.

"그래, 그래, 들어와."

마리나는 조용히 기침하는 듯한 소리를 냈고, 개가 먼저 집 안에 들어갔다. 여자아이는 등에 배낭을 메고 있었다.

일리야가 방 밖으로 나와서 인사했다.

"앉아."

여자아이가 명령했다. 그러자 개가 앉아서 마치 '명령만 내리시면 분부대로 하겠습니다'고 하는 듯한 표정을 지으면서 주인을 바라봤다.

마리나는 목줄을 풀어서 일리야의 손에 쥐여주었다.

"이제 이 녀석은 선생님하고만 집 밖을 나갈 거예요. 다른 사람이랑은 안 나갈 거예요. '슈파치렌'*이라고 말씀하세요…….
그러면 갈 거예요."

독일어 단어를 듣자 개가 귀를 쫑긋 세웠다.

"알았어. 영리한 개구나."

올가가 미소 지으면서 말했다.

"게라가요? 영리하다고요? 얘는 천재예요. 허스키잖아요. 허
스키들은 개 중에서도 가장 똑똑하니까요!"

올가는 처음에 차를 권했다가 즉시 자신의 실수를 깨달았다.
고아가 된 여자아이에게 먹을 것을 주는 것이 우선일 터였다. 그
래서 그녀는 아이에게 먹을 것을 권했다.

"미리 말씀드리지만, 저 고기 안 먹어요."

'뻔뻔한 것 같으니…….'

올가가 이런 생각을 하는 줄 알 리 없는 마리나는 물고기처럼
작은 이빨을 드러내며 웃으면서 농담조로 상황을 설명했다.

"게라와 저는, 고기는 게라가 먹고 저는 고기만 빼고 다 먹기
로 서로 약속을 했거든요."

그리고 아이는 허스키가 얼마나 멋진 종자인지, 자기네 집안
은 전쟁이 발발하기 전부터 줄곧 허스키를 키웠는데, 그 이유

---

*   독일어로 '산책하다(spazieren)'라는 뜻이다.

는 아이의 할아버지가 북부 지역에 사는 민족들과 최초의 허스키 종을 연구했기 때문이고, 처음 새끼 허스키를 집에 데려온 것이 40년 전쯤이었고, 그때부터 쭉 허스키와 살았다는 이야기를 했다.

올가는 사라져가는 북방 민족 언어 사전을 만들던 아이의 어문학자 할아버지에 대한 기억이 어렴풋이나마 남아 있었는데…… 그 할아버지 역시 나중에 북부 지역의 수용소에 수감된 뒤로 소식을 알 수 없었다.

마리나는 메밀 죽을 먹고는 빵에 버터를 두껍게 발랐다. 양손은 마치 개가 아니라 새끼 고양이를 데리고 다닌 것처럼 온통 긁힌 상처투성이였고 손톱은 물어뜯어서 속살이 드러나 있었다. 아이는 죽을 다 먹고는 버터 바른 빵 네 조각과 식탁 위에 있던 치즈를 모조리 먹고, 고기를 안 먹는다고 했던 말을 잊었는지 명절 때 배급받은 훈제 콜바사도 2백 그램을 먹었다…….

'불쌍한 녀석.'

올가는 이런 생각을 하고 즉시 아이에게 달려와서는 물었다.

"어머, 내 정신 좀 봐, 살구 잼도 좋아하니?"

알고 보니 마리아는 살구 잼도 굉장히 좋아했다.

둘이서 잼을 반병 넘게 먹었을 때 일리야가 다시 부엌을 들여다보더니 역정을 내면서 말했다.

"어떻게 나만 빼고 먹을 수 있지?"

이 말을 하고 그가 남은 잼을 마저 먹었다.

코스탸가 학교에 다녀와서는 개를 보고 기뻐했지만 마리나는 개가 맞기는 한데 같이 놀았다가는 너를 찢어발길 수도 있다고 경고했다.

코스탸는 함께 놀지도 못할 개가 왜 필요한지 이해할 수 없었다.

올가는 정말로 걱정했는데 개가 아이를 물지도 몰랐기 때문이다.

"무는 게 아니라 갈기갈기 찢어놓는다고요."

마리나가 조용히 정정했다.

개는 아이가 처음에 명령한 대로 그 자리에 얌전히 앉아 있었다.

"올가, 애한테 방석 같은 거 좀 깔아줘."

아이가 갑자기 말을 놓았다.

차를 마시고 나서 마리나는 한 시간쯤 밖에 나갔다 와야 한다고 말했다. 개한테 누워 있으라고 명령하자 개는 올가가 준 어린이용 담요 위에 누웠다.

아이가 집을 비울 때면 일리야는 늘 발렌틴 쿨라코프 이야기를 올가에게 해주었다.

"이상한 건 우리의 의견이 일치하는 부분은 스탈린 하나밖에 없다는 거야. 하지만 그가 스탈린을 미워한 이유는 그의 혈통 때문도 아니고 공포 정치 때문도 아니고 자신의 신념이 모욕당했기 때문이야. 그의 의견에 따르면 '배신'이라는 것이 여러 단계에 걸쳐서 일어났는데, 스탈린이 레닌을 배신했지만 레닌도 스탈린에게 배신당하기 전에 이미 마르크스의 사상을 왜곡했고, 마르크스도 헤겔 철학을 정확하게 이해한 것은 아니었다는 거야……. 삶이 변증법적 유물론의 법칙에 입각하여 흘러가도록 하기 위해서는 모든 것이 하나의 공통분모로 평준화되어야 하고, 그러려면 모든 것을 고쳐야 하며, 스탈린이 사회주의 이념에 반대하는 범죄자라는 것을 까발려야 한다는 거야. 그들은 거대한 단체를 구성하고 있는데,《국가와 혁명》*에 있는 인용구 하나 때문에 불 속에 뛰어들 수도 있는 사람들이지."

　"우리 어머니도 그런 사람이니까 그런 말은 나한테 할 필요 없어."

　올가가 말했다.

　"당신 어머니랑 완전히 달라. 종자 자체가 다르다고! 당신 어머니는 위에서 믿으라고 명령하는 건 뭐든 다 믿으시잖아. 그런

---

*　블라디미르 레닌의 저서.

데 이 사람은 자기 머리로 생각하면서 진실을 찾고 문서를 확인하고 증거를 대조하는 사람이야."

일리야가 설명했다.

"아니, 우리 어머니도 뭔가 진심으로 믿는 게 있어."

올가는 자기 부모 편을 들려고 노력했다.

그러자 일리야가 볼멘소리로 말했다.

"믿기야 믿지. 상부의 지시를 믿는 거잖아. 다들 당신 어머니가 파스테르나크를 얼마나 비난했는지 알고 있다고!"

사위와 장모는 서로를 굉장히 미워하고 있었고 관계가 나아질 기미는 보이지 않았다. 일리야는 안토니나가 파스테르나크를 소련 작가 동맹에서 제명한 일로 그녀를 용서할 수 없었다. 당시 그녀는 서기로서 그 회의를 주재할 것을 제안받았고 멍청했거나 명예욕이 있었거나 혹은 두려워서 제안을 받아들였다. 이유야 어찌 되었건 이 얼마나 창피한 일이란 말인가!

장모는 장모대로 교양 없고 볼품없이 걷는 사위를 보면 화가 치밀었다. 그가 큰 소리로 웃는 것도 꼴 보기 싫었고, 그가 볼일을 보고 나온 뒤 화장실에 들어가면 냄새가 유독 역겹게 느껴질 정도였다.

'짐승 냄새가 나.'

일리야가 볼일을 보고 나온 후에 화장실에 들어갈 때면 그녀는 그에게서 유대인 특유의 냄새가 난다며 신문지 뭉치에 불을 붙여서 냄새를 없애곤 했다. 자기 딸이 이리도 악취를 풍기는 인간을 선택한 것을 못내 못마땅해하면서 말이다.

올가는 온 몸과 마음으로 남편을 사랑했기에 어머니와 일리야가 함께 있는 공간이면 어디든 가득 퍼지던 미움 때문에 불편했고 할 수 있는 한 그것을 중화하려고 노력했다.

"알았어, 일리야. 우리 엄마는 원래 그런 사람인 거 아니까 신경 끄면 되는데, 이 아이는 어떻게 돕지? 재단 측이 이 아이를 도울 수 있으려나?"

러시아를 떠들썩하게 한 작가는 감옥에서 출소하고 망명을 가서도 다른 사람들과 어울리지 못했는데, 그가 정치범들을 돕기 위해 만든 재단은 서유럽에서 받는 그의 인세를 러시아 쪽으로 송금하고 있었다. 이 돈으로 수용소에 식료품을 보내기도 하고, 죄수들의 가족들을 돕기도 하고, 누군가를 석방시키기도 하며, 치료비를 대기도 했다. 재단과 연관된 모든 사람들은 정직하고 믿을 만한 사람들이었지만 러시아식으로 체계가 없고 부주의했기 때문에 편지와 돈과 소포, 이 모든 것이 제대로 전달되지 않아서 필요한 사람에게 전달되지 않는 일이 부지기수였으며 정부 기관에서도 늘 잡으려고 혈안이 돼 있어서 우체국, 전달자, 암호, 혼돈으로 뒤엉킨 술래잡기는 러시아 전역을 무대로 벌어졌다…….

"도우려면 이런 애를 도와야지."

올가가 고집을 부렸다.

"아니, 올가, 자기는 이게 얼마나 복잡한지 몰라. 물론 거기에는 돈이 있고 이 돈은 감옥에 수감된 정치범들과 석방된 사람들을 위해 쓰일 거야. 하지만 그보다 먼저 설립자인 작가로부터 허락을 받아야 해."

"돈을 보낼 때마다 일일이 허락을 받아야 한다고?"

"그런 뜻이 아니야. 내가 알기로는 많은 사람들에게 정기적으로 식료품을 보내고 있고 명단을 매번 확인할 필요는 없지만 만약 새로운 누군가를 추가할 경우에는 확인이 필요한 거야."

"그런 건 누가 결정하는데?"

"글쎄, 지금 그게 중요해? 슬라바, 안드레이 아니면 비탸일 수도 있고, 누가 하는지는 중요하지 않아. 사람이 바뀌어도 일은 하게 돼 있으니. 그런데 그렇게 목록에 없는 사람한테 따로 물품을 전달하는 경우는 매번 작가한테 묻도록 돼 있어."

"당신 생각은 어때, 이 아이한테는 안 보내줄까?"

"내가 어떻게 알아? 그 작가가 마르크스주의자를 도와줄까 싶어. 그는 공산주의를 증오하거든. 그런데 다른 한편으로 보면 그 아이는 정치범의 딸 아닌가?"

"물론이지. 도와줘야지. 어린것이 가엾어서. 상처투성이에 굶주린 데다 자기는 고기를 못 먹어도 개에게는 주잖아……."

저녁이 다 돼서 나타난 마리나는 '프라하'라는 케이크를 가져왔다.

'가정교육을 전혀 못 받은 건 아닌가 봐.'

올가가 케이크를 가져온 아이의 행동을 이렇게 평가했다.

그들은 또다시 차를 마셨고 그런 다음 마리나는 기차를 타러 가기 전에 옷을 갈아입으러 갔다. 아이가 옷을 갈아입고 욕실에서 나왔을 때 올가는 외마디 비명을 질렀다. 아이는 작은 어린이용 상의 대신 밝은색 트렌치코트를 입고 굽 높은 부츠를 신고 있었다. 도시 근교 기숙사에 사는 술 취한 여자애처럼 진하게 눈화장도 했다.

"못 알아보겠죠? 그들도 못 알아볼 거예요! 내가 몇 번 시험해봤거든요. 일부러 이 넝마를 입고 다니는 건데 하도 이것만 입고 다녀서 그들은 내가 옷을 바꿔 입으면 잘 못 알아보더라고요. 이 점퍼는 여기 좀 두고 가도 될까요?"

아이는 점퍼를 둘둘 말아서 배낭에 밀어 넣고 낡은 굽 없는 샌들도 집어넣은 뒤에 배낭을 옷걸이에 걸었다.

"마리나, 내가 기차역까지 바래다줄까?"

일리야가 물었다.

"아니요, 그러는 건 옳지 않아요. 무슨 대단한 일을 하러 간다고요?"

이 말을 하면서 그녀는 고개를 내저었고, 그러자 머리카락이 두 갈래로 갈라졌다. 마리나는 손가락을 펼쳐서 이마에서 정수리 쪽으로 머리카락을 쓸어 넘기고는 핀을 꽂았다. 그러자 앞머리가 흘러내려 코를 덮었다. 그러자 아이는 앞머리에 입김을 불고 머리를 한 번 흔들었다.

일리야는 마리나가 아직 어린아이지만 상황 판단이 빠른 것을 보고 놀랐다…….

"대신 먼저 게라와 산책하러 나가셔야 해요. 처음에는 제가 보는 데서요, 알았죠?"

이번에도 아이의 생각이 옳았다.

'고 녀석 참 똑똑하단 말이야!'

일리야가 옷걸이에서 목줄을 벗겨내고는 마리나가 알려준 독일어로 '산책해'라고 명령했다. 그러자 개가 마리나를 한 번 쳐다봤고, 마리나가 '산책해'라고 허락했다. 그러자 개는 자신이 믿는 사람을 따라 순순히 밖으로 나갔다.

마리나가 올가 쪽으로 몸을 돌려서 말했다.

"나 사실 페테르부르크에 한 번도 가본 적 없어요. 친구 하나가 나보고 오라고 하는데 거기 백야도 있고 너무 좋다고……. 우리 집에 친구들이 놀러 온 적이 있어서 거기 가면 어떻게 놀지 조금은 알 것 같거든요. 재워준다고 약속했고요."

'몇 분 만에 꾀죄죄한 아이에서 기차역 근처에서 볼 법한 술집 여자로 변하다니 놀라워!'

올가는 놀라움을 감추지 못했고 또 한편으로는 겁이 났다.

'너무 빠지는 건 아니겠지?'

그러자 아이는 그녀의 생각을 알아차리기라도 한 것처럼 말했다.

"올가, 난 어느 쪽도 아니에요. 난 세 번째 부류예요!"

아이는 목이 조금 쉰 소리로 웃으면서 말했다.

"아니면 네 번째 부류든가!"

이렇게 말하더니 아이는 어조를 바꿔서 올가에게 앞으로 해야 할 일을 말했다.

"아저씨랑 개가 돌아오면 나갈게요. 나는 아침에 한 번, 저녁에 한 번 개랑 같이 산책을 나갔어요. 아침이라고 해봤자 12시쯤이에요. 이보다 일찍은 못 일어나거든요. 그리고 게라는 실컷 뛸 수 있게 해야 해요. 원래 허스키는 집에서 키우는 개가 아니에요. 허스키들은 추위에 강하고 운동을 많이 시켜야 해요. 난 어쩌면 내년에 아예 교외로 이사를 갈지도 몰라요. 그런 제안을 받았거든요……."

그러고는 대답할 마음도 없으면서 질문을 기다리는 듯한 묘한 얼굴로 올가를 쳐다봤다.

올가도 눈치가 없지는 않았지만 아무 질문도 하지 않았다. 독립심이 강한 마리나가 한편으로는 마음에 들면서 다른 한편으로는 이 독립심에서 비롯한 아이의 뻔뻔함이 너무 싫었다.

잠시 뒤에 여자아이가 떠나고 모두 잠자리에 들었다. 코스탸는 부엌 옆에 있는 작은 방에서 잤고, 현관 옆에 있는 이불 위에 게라가 누웠으며, 올가와 일리야는 머리판이 화려한 파도 무늬로 장식된 자작나무 침대에 누웠다. 이 자작나무는 올가의 첫 번째 결혼 때도 그랬고, 두 번째 결혼 생활에서도 제 역할을 잘해내고 있었다.

그날 밤은 편안하지 못했는데 처음에는 올가의 코에서 콧물이 나오기 시작했고, 잠시 뒤에는 기침을 했다. 하지만 아침 무렵에 잠에서 깼을 때 뭔가 이상한 일이 일어났는데 얼굴이 무거워진 것 같고 숨 쉬기가 힘들었다. 일리야를 흔들어 깨워봤지만 한참 동안 잠에서 깨지 않다가 눈을 뜨자 자리에서 벌떡 일어났다.

"무슨 일이야?"

"몸이 안 좋은 것 같아. 그럼 구급차를 불러야 하나?"

구급차는 20분 뒤에 도착했다.

증상의 원인도 빨리 파악됐는데 혈관부종이라고 했다. 혈관 주사를 맞고 20분간 기다렸다가 약효가 있는 것을 확인하고 출발하기 직전, 의사는 올가 아파나시예브나에게 알레르기 반응의 원인을 제공한 것은 개일 가능성이 크다고 말했다. 그러면서 지금 당장 개를 없애라고 했다.

올가는 아침 7시가 될 때까지 기다렸다가 타마라에게 전화해서 콧물을 훌쩍거리는 목소리로 지금 바로 집에 와달라고 부탁했다. 그들이 학교에 다닐 때는 타마라가 사는 소바치야 광장에서 올가의 집까지 5분이면 뛰어갈 수 있었지만 지금 있는 몰로됴즈나야 지하철역에서는 올가의 집까지 차로 40분이 걸렸다. 타마라는 오래 생각하지도 않고 아무런 질문도 하지 않았는데 '오라면 가야지' 하는 식이었다. 타마라는 서둘러 나갈 채비를 해서 한 시간 후에는 벌써 올가의 집에 와 있었다. 현관에서 중간 정도 크기의 개가 그녀를 맞이했다. 아니, 맞이했다기보다는 현관에 개가 앉아 있었는데 손님이 와도 전혀 미동이 없었다. 타마라를 마중 나온 것은 일리야였다. 그는 타마라의 트렌치코트를 걸고 올가가 누워 있는 침실 문을 열었다. 개는 여전히 문 옆에 조각상처럼 미동도 않고 앉아 있었다.

타마라는 부기가 가시지 않은 올가의 얼굴을 보고는 깜짝 놀랐다.

"이게 무슨 일이야?"

"혈관부종이래."

올가가 별일 아니라는 듯 손사래를 치면서 말했다.

"그게 중요한 게 아니야, 타마라. 일이 어떻게 된 거냐 하면, 얘는 쿨라코프 씨네 집 개야. 쿨라코프 씨의 가문에 대해서 들은 적 없니? 들어는 봤을 것 같은데? 뭐라고? 정말 못 들어봤어? 발렌틴 쿨라코프랑 지나 쿨라코바 말이야. 아니, 붉은광장은 무슨……. 그는 철학자이고 마르크스주의자인데 잡지를 발행했어. 아무튼 부부가 감옥에 들어간 지 벌써 1년이 넘었는데 열다섯 살짜리 여자아이가 하나 있어. 그러니까 지금은 열여섯 살인 거지……. 고아원에 안 넣은 게 천만다행이지. 처음에는 이모님 댁에 데려다 놓았는데 여자아이가 성격이 워낙 고약해서 일주일 뒤에 이모님 댁을 나와서 그 뒤로는 혼자 살았다나 봐. 우리랑 그쪽 집이랑 아는 지인이 있는데 뭐 그렇게 친하지는 않아. 그분들이 여자아이가 일주일 동안 페테르부르크에 가서 지내야 하니 우리한테 개를 잠시만 봐달라고 부탁한 거야. 우리는 물론 그런다고 했지. 그래서 어제 개가 우리 집에 왔는데 거의 노숙자나 다름없더라고. 개도 데리고 왔어. 그런데 너도 지금 보다시피 내가 개털 알레르기가 있는 거야. 별장에 데리고 가면 될 텐데 어머니는 절대 허락하지 않으실 거야. 어머니가 원래 시골 사람이잖아. 내 말뜻 알지? 어머니 생각에 개를 집 안에 들이는 것은 어불성설이라는 거야. 그렇다고 집 밖에 개집이 있는 것도 아니거든. 그대로 밖에 뒀다가는 도망쳐서 개를 잃어버릴 거야. 그런데 이 개는 잘 돌봐줘야 하거든."

타마라는 말없이 듣기만 했다. 그녀는 시골 사람도 아니었고 개를 실내에서 키우는 것이 당연하게 느껴졌는데, 그도 그럴 것이 생물학 연구소에서 일하면서 개라고는 철장 속에 갇혀 있거나 실험실 속 우리에 갇혀 있는 개만 봐왔기 때문이었다. 그녀도 동물을 집에서 키운 적은 없었다. 타마라의 엄마는 개를 무척 무서워했고 고양이는 싫어했다. 할머니가 살아 계실 때는 '마르키스'라는 이름의 늙은 고양이를 한 마리를 키우긴 했는데 할머니가 돌아가신 뒤로는 동물을 한 번도 키운 적이 없었다.

"그러니까 타마라, 개를 좀 맡아줘. 주인이 개를 찾으러 오면 너네 집으로 가라고 할게. 개 이름은 게라야."

"엄마가 요양원에 계시는 동안은 내가 데리고 있을게. 그런데 엄마가 오시면 나도 더는 못 데리고 있어, 올가."

타마라는 의외로 단호하게 대답했다.

"언제? 라이사 일리니치나 여사는 언제 오시는데?"

"사흘 뒤에 오실 거야."

타마라는 여전히 단호하게 대답했다.

올가는 코를 훌쩍거리면서 타마라의 고불고불한 머리카락에 뽀뽀했다.

"타마라, 너밖에 없어. 너랑 갈랴가 최고야! 엄마가 오시기 전까지만 봐주고, 엄마 오시면 그때 가서 어떻게 할지 생각해보자고."

"갈랴한테 물어보면 어때? 개가 개를 맡아줄지도 모르잖아."

타마라의 눈에 희망이 스쳐 지나갔다.

"픽이나! 반동분자의 개야. 마르크스주의자의 개라고 할 수도 있고! 이런 개를 KGB 요원 집에 두다니……."

올가는 이제 거의 원래대로 돌아온 자기 목소리로 웃었다.

"게다가 갈랴는 지금 휴가 중이잖아."

개를 옮기는 건 쉽지 않았다. 게라는 일리야의 차에 탈 생각이 없어 보였다. 게라는 침착한 표정으로 차의 열린 문 옆에 앉아서 노랗고 투명한 눈으로 먼 곳을 응시했다. 걸어서 가야겠다고 체념했을 즈음 타마라에게 좋은 생각이 떠올랐다.

"일리야, 차에 탄 다음 개한테 타라고 명령해봐요."

"어떻게 그런 생각을?"

일리야는 타마라를 칭찬하고 운전석에 앉아 옆자리 쪽으로 한 손을 뻗어서 '누워 있어!'라고 명령했다.

그러자 개가 순간적으로 뭔가 생각하는 표정을 짓고는 자리에서 일어나더니 가볍게 차에 올라타고는 앞발을 앞으로 쭉 뻗고는 누웠다. 그러고는 사람처럼 한숨을 쉬었다. 자리가 비좁아 보였지만 개는 순순히 따를 준비가 돼 있다는 표정을 지었다.

타마라가 뒷자리에 타자, 차가 출발했다.

저녁에 타마라한테서 전화가 왔는데 개가 자리에서 심하게 몸부림을 치더니 타마라가 잡고 있던 목줄을 달고 그대로 달아났다고 했다.

타마라는 동네를 한참 동안 돌아다니면서 사람들한테 허스키를 못 봤느냐고 물어보고 다녔지만 개를 본 사람은 없었다. 다음 날 타마라는 집 주변 건물과 몰로됴즈나야 역 근처에 전단지를 붙였다. 하지만 전단지를 보고 연락하는 사람은 없었다.

그동안 일리야는 재단 측에 연락해서 부모가 수용소에 있는 여자아이를 도와줄 수 없는지 물어봤다. 그러자 그쪽에서 검토해보겠노라고 했다.

사흘 뒤에 마리나는 이른 아침에 현관 벨을 눌렀다.

올가는 아이를 보자마자 개가 없어진 상황을 이야기해주었다. 마리나는 양손으로 머리를 움켜쥐고 현관 바닥에 주저앉았다. 아이가 손을 머리에서 치우자 온통 붉은 반점으로 뒤덮인 얼굴이 보였다.

"맙소사, 이게 무슨 일이니? 알레르기니?"

놀란 올가가 큰 소리로 물었다.

"아니에요. 저 욕실에 가야 해요! 괜히 나갔나 봐요. 안 좋은 일만 있었어요."

마리나는 트렌치코트를 입은 채로 코를 훌쩍이면서 욕실로 뛰어 들어갔다.

아이는 코스탸가 깰 때까지 한참 동안 욕실에서 씻었다. 마침내 코스탸가 이를 닦고 등교 준비를 해야 할 시간이 됐다. 올가는 욕실 문을 두드렸고 즉시 문이 열렸다. 아이는 생선 가시처럼 비쩍 마르고 온통 붉은 반점으로 뒤덮인 데다 온몸에 멍이 든 채로 젖은 팬티와 브래지어만 입고 올가 앞에 서 있었다. 그녀의 옷은 전부 욕조 속에 떠다녔고 수면은 와인색의 작은 덩어리들로 덮여 있었다. 맙소사, 그건 빈대였다.

올가는 코스탸에게 세수는 부엌에서 하라고 말했다. 이어서 서둘러 아침을 먹이고는 학교에 보냈다. 그러고는 서랍장에서 잠옷을 꺼내서 마리나에게 주었다.

"커피 마시자."

일리야는 집에 없었다. 그가 집에 없었기 때문에 그 둘은 마치 친자매처럼 허심탄회한 대화를 나눴는데 군대를 이룬 빈대의 공격을 받은 마리나는 넋이 나간 상태였다.

"첫날 밤은 술만 퍼마셨어요. 친구가 한 명 있었는데 엄청 지저분한 애거든요. 근데 걔가 자꾸 나더러 오라고 하더니 한밤중에 나를 모르는 사람들 틈에 두고는 자기 혼자 어떤 여자아이랑 가버린 거예요. 아침에 그 사람들이랑 페테르부르크에 갔는데 비도 오고 춥고, 보드카도 마시고 파이 비슷한 것도 사 먹었어요. 하루 종일 돌아다니다가 밤이 됐는데 잘 데도 없고 친구란 애는 완전히 사라져버린 거예요. 걔네 집에 전화해보니까 일주일째 집에 안 왔다는 거예요. 그러니 어떡해요? 그길로 기차역에 갔는데 표가 하나도 없더라고요. 혼자서 친구의 친구한테 전화했더니 자기랑 잠깐 놀자고 했어요. 그래서 걔를 모스크바 기차역에서 세 시간을 기다렸죠. 세 시간 뒤에 나타난 계집애는 낯짝이 끔찍하긴 했지만, 걔랑 같이 갔어요.

걔가 나를 젊은 애들이 다니는 카페 '몰로됴즈니'랑 비슷한 '사이곤'이란 데에 데려간 거예요. 거기서는 사람도 사귀고 좋았어요. 그러고는 교외 페테르고프 궁*으로 가서 거기에서 이틀 있었어요. 돈도 떨어지고 다들 뿔뿔이 흩어졌는데, 두 명이랑 남게 됐고, 게네는 저를 텅 빈 대학교 기숙사로 데리고 갔어요. 대학생들은 방학을 맞이해서 집으로 갔는지 한 명도 없었는데 불량배들 얼굴이 언뜻 보이더라고요. 아무튼 그러니까…… 결국 방에서 같이 잠을 잤어요. 그다음에 일어난 일 중에 아줌마가 충격

*　러시아의 페테르고프에 위치한 표트르 대제의 여름 궁전으로 유명하다.

을 받을 수도 있으니까 조금 건너뛸게요. 나는 마지막 순간까지 무슨 일이 일어나고 있는지 이해하지 못했지만 비명을 지르지는 않았어요. 스스로 택한 거니 누굴 탓하겠어요? 저항하고 얻어맞았죠. 몸부림을 쳐봤지만 걔들은 건장한 사내들이었고, 나는 금세 제압당했어요. 그런 뒤에는 죽은 사람처럼 쓰러졌죠. 솔직히 술을 너무 많이 마셨어요. 새벽에 잠에서 깼는데 몸이 불에 덴 것처럼 뜨거운 거예요. 젠장, 새벽인데도 백야라 밖이 환했죠. 난 원래 밤을 좋아하는데 거기는 밤이고 낮이고 끝도 없이 어슴푸레하니 기분이 안 좋더라고요. 게다가 온몸이 불덩이였어요. 겨우 눈을 크게 떠보니 벽에 온통 점이 찍혀 있는데 그 점이 나한테로 다가오는 거예요. 보니까 몸이 온통 빈대투성이더라고요. 평생 그렇게 빈대가 그렇게 많은 건 그때 처음 봤어요. 어마어마하게 많은 빈대가 무리를 지었더라고요. 복도 끝에 있는 화장실에는 세면대밖에 없어서 씻을 데조차 없었어요. 그래서 나갈 채비를 했죠. 나가기 전에 보니 남자 한 명은 쓰러져 있고, 나머지 한 명은 곯아떨어져 있더라고요. 그 남자 주머니를 뒤져서 있는 돈을 다 꺼내보니 기차표를 두 장도 살 수 있겠더라고요. 놀랐어요? 네, 나 원래 이런 애예요. 이해해요……. 그러고는 둘 중에 누가 나를 성폭행했을까 생각해봤어요. 어쩌면 둘 다 그랬을지도 모르죠. 기억도 전혀 안 나는 거예요. 하긴 지금 와서 그게 무슨 상관이 있겠어요. 나는 바로 그곳을 나왔어요. 그러고는 기차를 타러 바로 모스크바 기차역으로 갔어요. 표가 없었는데 기차역 직원한테 돈을 주니 자기 자리에 앉게 해줬어요. 오는 동안 내내 잤어요. 온몸은 근질근질하지 꼴은 꾀죄죄하지. 트렌치코트에 달린 털에 붙은 빈대가 거기에서 점점 내려와서 내 피를 빨아 먹는 걸 조금 전에 알았어요. 내가 얘네들을 다 물에 넣고 끓는 물을 부어서 이젠 다 죽었을 거예요. 걱정하지 마요. 올가, 뭐 하는 거예요? 울어요? 왜 울어요? 울지 마요, 나도 울고 싶어진단 말이에요. 그런데 게라까지 사라지고!"

아이의 눈에서 눈물이 주르륵 흘러서 보조개를 지나 턱으로 향했다. 그들은 꼭 끌어안고 하염없이 눈물을 흘렸는데 짜디짠 눈물이 꼭 피 같았다.

"괜찮아, 괜찮아. 다 잘될 거야."

올가가 속삭였다.

"게라도 찾을 거고, 부모님도 풀려날 거고, 다 잘될 거야……."

이제 막 진정한 것 같던 마리나가 다시 통곡하기 시작했다.

"잘되기는 뭐가 잘돼요? 뭐가요? 그 멍청이들이 돌아오면 또다시 악몽이 시작될 거예요. 부모들은 환자예요, 감옥이 아니라 정신병원에 넣어야 한다고요. 그 인간들만 없으면 걱정할 게 없어요. 나는 열 살 때 처음으로 집에서 가출했거든요. 그때는 왜 그랬는지 몰랐는데 이제는 그 이유를 알 것 같아요. 부모한테는 내가 필요 없어요! 나는 부모한테 방해만 돼요! 다른 아이들은 다 제대로 된 삶이라는 게 있는데, 우리 집은 허구한 날 부엌에서 회의니 토론이니……. 마르크스, 레닌, 레닌, 마르크스! 증오해요. 지금도 내가 어떻게 살아야 할지 모르겠어요. 부모님이 풀려나면, 글쎄요……."

커피는 식은 지 오래였다.

"데워줘요."

마리나가 부탁했다.

"내가 새로 끓일게……."

"제정신이에요? 데우면 될걸……. 담배 가진 거 없어요?"

올가는 일리야랑 함께 지낸 몇 년 동안 끝내 담배를 못 배워서 담배를 피우지 않았다. 올가는 일리야가 두고 간 담배가 없는지 방 안을 살펴봤다. 그들은 데운 커피를 마시고 커피 물을 더 올렸다. 올가는 그녀를 집에서 재우고 싶었지만 마침 오늘은 어머니가 다음 날 작가 동맹에서 운영하는 병원에 검사를 하러 가야 해서 집에 와서 주무시기로 한 터였다.

"내가 바래다줄게."

올가는 마리나와 같이 15번 전차를 타고 츠베트노이 가로수 길로 향했는데, 옛 트루브나야 거리에 있는 3층짜리 건물 1층에 쿨라코프 가족이 살았다.

그곳에서는 또 다른 불미스러운 일이 그들을 기다리고 있었다. 아파트 1층 현관에는 전기가 안 들어와서 어두운 데다 악취도 났다. 나무 바닥에는 군데군데 웅덩이가 있었다. 현관문에 있는 스프링 때문에 문은 큰 소리를 내면서 닫혔다.

"올가, 문 좀 잡아줘요, 아무것도 안 보여요."

마리나가 자세히 들여다보니 현관문은 망가졌고, 문기둥에는 웬 종이가 붙어 있었다.

"또 왔다 갔네요……."

그들은 집 안에 들어갔다. 마리나가 조명 스위치를 탈카닥 눌러봤지만 전기가 들어오지 않았다. 집 전체가 물에 잠겨 있었다. 침수는 오늘이 아니라 며칠 전에 일어난 것 같았다. 물은 조금씩 빠지고 있었다. 물을 잔뜩 머금은 책들은 마치 익사한 사람처럼 물 위에 떠 있었다. 게다가 악취가 코를 찔렀다.

이때 마리나가 갑자기 큰 소리로 웃기 시작했다. 올가는 애가 미친 건 아닌가 싶어서 겁이 났다.

"선반 아래쪽이 다 젖었어요! 봐요, 올가! 물이 어디까지 찼나 보세요! 소파도 베개도 이불도 전부 다 젖었어요! 다행이지 뭐예요! 불이 났더라면 더 재미있었을 텐데! 아니, 침수가 더 나아요! 올가, 같이 이거 전부 다 버려요! 젠장맞을 이것들을 다 버려버리자고요! KGB 요원들이 안 가져간 거 전부 다요! 플라톤! 아리스토텔레스! 헤겔! 독일어로 된 것도요! 카를 마르크스도! 엥겔스도!"

아이는 선반으로 달려들어 젖은 책들과 하나도 젖지 않은 책들을 아래로 던졌고, 그러자 책들은 철퍼덕거리면서 악취 나는 얕은 물 위로 떨어졌다. 그림 조각, 벽지 조각, 꽃병 등도 물 위를 떠다니고 있었다…….

"은회색 바다 위로 바람이 먹구름을 모으며, 구름과 바다 사이를 바다제비 한 마리가 검은 번개처럼 우아하게 비상하네!

날개로 파도를 건드리는가 하면, 화살처럼 먹구름을 향해 날아오르면서 소리 지르고

먹구름은 우렁차게 울어대는 새소리를 들으며 희열을 느낀다네!"*

마리나는 빈대 잡는 목욕을 한 뒤에 올가가 준 옷(올가의 검은색 상의와 일리야의 혁대가 달려 있는 바지)을 입고 방 안을

---

* 막심 고리키의 '바다제비의 노래'의 일부이며, '바다제비'는 혁명의 의지를 불태우는 민중을 가리킨다.

분주하게 왔다 갔다 하면서 책을 선반에서 끄집어내서 던지고 악을 쓰며 소리를 질렀다.

"이 외침 속에 폭풍우를 향한 열망이 있으니. 먹구름은 이 외침 속에서 노여움과 열정의 불길과 승리에 대한 확신을 듣는다. ……폭풍우 소리가 더 크게 울려 퍼지길! 올가, 아줌마는 아무것도 몰라! 난 신동이라고요! 나는 여기 있는 거 다 읽었어요! 플라톤의 《국가》도 읽었어요! 열네 살 때 아리스토텔레스의 책을 읽었어요! 헤겔의 책은 안 읽었지만, 《공산당선언》은 읽었다고요! 마르크스라면 이제 치가 떨려요! 침수! 우리 집이 침수됐다고요! 드디어 우리 집이 물에 잠겼어요! 전부 다 버리고 수리를 할 거예요! 혼자서! 여기 있는 거 다 씻어내고 하얗게 만들 거예요! 전부 다 눈부시게 하얗게 만들 거예요!"

올가는 아이가 원하는 대로 그렇게 되리라는 것을 깨달았고, 흠뻑 젖은 책을 꺼내 쓰레기장에 가져가서 버렸다. 파란색 표지에 레닌이 그려진 책도, 빨간색 표지에 스탈린이 그려진 책도, 역사적 유물론도 변증법적 유물론도 정치경제학도 전부…….

"빈대랑 같이! 우리 집에도 빈대가 있긴 해요! 그래도 페테르고프보다는 적어요……. 그래도 많긴 하죠!"

마리나가 소리 질렀다.

순간 올가는 기분이 좋아졌다. 이것이야말로 진정한《아버지와 아들》* 아니던가! 마리나의 부모는 결국 석방될 것이었다. 발렌틴은 2년 뒤, 지나는 1년 뒤에 풀려날 거고, 그런 후에 두 사람 모두 3년간 유배를 갈 거고, 그들이 다시 이곳에 돌아왔을 때쯤 집은 깨끗하고 새하얄 것이다.

다만 제멋대로인 데다 용감하고, 절망에 빠져 있으며 온통 빈대에 물린 데다 두 명의 알코올중독자들한테 성폭행까지 당했으며, 스스로에게 몰인정하고 부모님에 대해서도 냉혹한 여리고 작은 이 여자아이가 혼자서 어떻게 그 시간을 버텨낼지 걱정이었다.

거친 나무판자로 엄청나게 크게 만든 쓰레기통에 세 번째로 찾아갔을 때 올가는 거기에 앉아 있는 중간 정도 크기의 개 한 마리를 발견했다. 게라였다……. 혼자서 몰로됴즈나야 역에서 츠베트노이 가로수길에 있는 집으로 돌아온 것이었다. 반체제 인사의 개다웠다.

* 이반 투르게네프의 장편소설《아버지와 아들》을 가리킨다.

햄릿의 그림자

    일리야는 연극 초연 전날의 최종 리허설을 볼 수 있는 출입증을 받아서 집에 왔다. 출입증을 구해준 사람은 일리야의 오랜 친구이자 극장의 조명 감독인 알리크였다. 초연은 말할 것도 없고 공연 표는 이미 오래전에 매진되고 여기저기 나눠준 뒤였기 때문에 구할 수 없었다. 출입증은 1인용이었고 올가 한 명만 등록된 것이었다. 출입증을 받은 올가의 얼굴에서 빛이 났다.

    연극은 가족과 친지를 위해 상연됐으며 자리는 꽉 찼고 통로에 앉아 있는 사람들도 있었다. 하지만 객석 앞쪽 2열은 연극에 참여하는 스태프를 위한 자리였는데 거의 비어 있었다. 류비모프는 그곳에 전투 직전의 지휘관처럼 앉아 있었는데 직접 용맹스러운 왕이나 위대한 악당이나 하느님을 연기할 수도 있을 것 같았다. 개구리처럼 큰 입을 가진 화가는 인상을 찌푸리고 앉아 있었으며, 젊고 날씬한 데다 근육질인 작곡가와 조연출 그리고 그 밖에 연극 제작에 관여한 몇 명의 스태프가 그 자리에 앉아 있었다.

올가가 홀에 들어갔을 때 그녀는 마치 중요한 시험을 앞둔 사람처럼 긴장감과 더불어 다소 차분한 환희를 느꼈다. '극장' '연출가' '햄릿' '셰익스피어' '비소츠키'까지 포함해서 거장들의 이름과 직업은 모두 확대한 것처럼 커다랗게 대문자로 적혀 있었다. 올가는 뒤쪽의 측면 자리에 앉아서도 한참 동안 흥분을 가라앉히기 힘들었는데 객석에 앉은 사람들조차 너무 대단한 사람들이어서 그들이 한자리에 모인 것 자체가 엄청난 사건과 같아 보였기 때문이다. 그런데 이때 그녀는 누군가 뒤에서 자신의 어깨에 손을 얹는 것을 느꼈고, 이내 묵직하고 듣기 좋은 목소리로 누군가가 조심스럽게 물었다.

"올가?"

올가가 뒤를 돌아봤다. 뚱뚱한 동양인 특유의 외모를 가진 남자인데 어쩐지 낯이 익었다.

"카리크?"

올가는 대학 동기를 보고는 그가 콤소몰과 대학교에서 그녀를 제명당하게 한 장본인이라는 것을 잊은 채 반가워했다. 실제로 그녀는 콤소몰에 이어 대학교에서도 제명되는 수순을 밟았다.

그는 그녀를 보자 반가운 마음에 활짝 웃었고, 순간 올가는 그가 그때 자기에게 한 짓을 까맣게 잊은 모양이라고 생각했다. 사실 그녀도 잊고 살아오기는 했다.

'하긴, 이제 와서 다 무슨 소용이람!'

그때 황토색 막이 먼지구름을 일으키면서 술렁이더니 스르륵 열렸고 순간 모든 동작이 멈추며 트레이닝복 비슷한 검은색 옷차림으로 키가 크지 않은 비소츠키가 나왔다. 햄릿 역을 맡은 그가 객석 쪽은 보지 않은 채로 무대 깊숙한 곳에서 혼잣말처럼 말했다.

"소란이 멈추었다. 나는 무대로 나왔다……."

그러자 올가는 팔과 등에 소름이 돋았다. 연극은 처음부터 끝까지 어찌나 재미있던지 눈을 뗄 수 없을 정도였고 대사는 난생처음 듣는 것처럼 새로웠다.

올가는 카리크에 대해 까맣게 잊고 있다가 극장의 북적거리는 옷 보관소에서 그를 다시 만났을 때 마치 그날 처음 본 사람처럼 대했다.

"올가, 넌 하나도 안 변했구나."

이마가 벗겨지고 뚱뚱한, 동양적인 외모의 그 남자는 그녀에게 미소를 지었다. 대학교에 다닐 때 그는 올가를 무척 좋아해서 그녀에게 구애할 생각까지 있었지만 당시 그녀는 범접할 수 없을 만큼 높은 곳에 있었다. 하지만 이제는 그도 꽤 높은 자리에 있었다. 게다가 그는 젊었을 때보다 지금 올가의 모습이 더 좋았다. 울어서 얼굴이 통통 부어 있고 눈에서는 빛이 났고 아이처럼 가녀린 모습을 하고 있었다. 젊은 시절 그는 통통한 여자를 좋아해서 아내도 눈사람처럼 동글동글한 여자를 선택했다. 하지만 최근 들어서 카리크는 가녀리고 빛나는 여자들에게 점점 더 끌렸다. 희귀한 새 같은 여자들 말이다.

그는 그녀의 손에서 번호표를 가져가 그녀의 점퍼를 대신 찾아와 건네주었다. 모자가 달린 점퍼였지만 계절에 맞지 않게 얇았다.

"내가 바래다줄게."

사실 이것은 제안이라기보다는 통보에 가까운 말이었고 그녀는 고개를 끄덕였다.

"고마워."

그가 팔짱을 꼈다.

"어때, 지하철을 타고 갈까, 아니면 잠시 걸을래? 안 춥겠어? 옷이 굉장히 얇던데."

"난 괜찮아. 아버지가 볼로그다 사람이고 나도 북부 지역 출신이라서."

"나는 바쿠 출신이잖아. 모스크바에 오래 살았는데도 이쪽 추위에 적응이 안 되네."

"연극 정말 훌륭했어! 정말 천재적이야! 사실 나는 소브레멘니크 극장보다 타간카 거리에 있는 이 극장이 더 좋더라고. 비교도 안 될 정도야!"

그들은 타간카에서 코텔리니키까지 한참을 걸어가서 우스틴스키 다리 앞에 있는 전차 선로를 횡단하곤 솔랸카 거리를 지나서 류비모프와 비소츠키 그리고 답답한 삶 가운데 유일한 낙인 현대 예술에 관한 이야기를 이어갔다…….

카리크는 올가의 말에 귀 기울이면서 동조하다가 누구랑 어떻게 사는지에 관한 사적인 질문으로 화제를 바꿨다.

"재혼한 거 빼곤 똑같지 뭐."

"일은 어때?"

"글쎄……. 일은 늘 구하러 다니지, 물론. 직장은 안 다니고, 보고서를 쓰기도 하고 수업을 들으러 다니기도 하고 가끔은 번역도 하고 지내."

"너 어떤 언어 잘하지? 프랑스어, 맞지?"

카리크가 관심을 보였다.

"프랑스어는 아주 잘해서 동시통역도 가능하고 번역도 할 수 있는데 스페인어는 그보다는 못해도 잘하는 편이야. 최근에는 이탈리아어에 푹 빠졌어. 이탈리아어는 언어가 아니라 노래 같아서 내 머리가 스펀지처럼 빨아들이더라고. 이탈리아어는 거의 1년 만에 완전히 습득한 것 같아. 하지만 늘 이 일 저 일 찾으러 다니다 보니까 어떨 때는 일이 몰리고 어떨 때는 또 일이 너무 없고······."

"스페인어는 쿠바식 스페인어가 아니라 정통 스페인어인 거지?"

그가 물었다.

"정통 스페인어지."

올가가 한숨을 쉬면서 말했다.

"하지만 카리크 너도 알다시피 난 학위가 없어. 나 5학년 때 학교에서 제적당한 거 혹시 기억나?"

카리크가 웃으면서 말했다.

"내가 그걸 어떻게 잊냐? 내가 널 그렇게 만든 장본인인데······. 내가 마침 입당해서 공산청년동맹에서 활동했을 때니까. 너도 알다시피 학위 논문 심사는 코앞이지, 난 너처럼 5개 국어를 하는 것도 아니었어. 그건 그렇고 나는 언어에 소질이 없었어. 아르메니아어는 모국어고 아제르바이잔어는 집에서 써서 알았고 러시아어는 학교에서 썼지. 집에서도 썼고. 그런데 캅카스인들은 아무리 노력해도 특유의 억양이 없어지지 않아. 영국에 어학연수도 갔는데 소용이 없더라고. 그래서 결국 스파이는 못 됐지."

"뭐 어때? 어쨌든 KGB 요원이 됐잖아!"

올가가 웃으면서 말했다.

"올가, 너네 아버지도 여기서 일하신 거 아니었어?"

카리크는 조금도 서운해하는 기색 없이 웃으면서 질문했다.

"아니, 아버지는 군인이셨는데 건축 관련 부서에서 일하셨고 지금은 은퇴하셨어. 우리 집에서는 엄마가 열성 당원이셔."

"그래, 기억해. 너네 부모님 계급이 굉장히 높았잖아. 우리 할아버지는 목동이었고 아버지는 시장에서 라바시*를 구워서 팔았는데 애가 여덟이었지. 너랑 나의 신분 차이가 느껴지지?"

올가는 두 사람 집안의 격차가 느껴져서 문득 불편해졌다.

"일 관련해서는 내가 널 도와줄 수 있어. 지금 외국문학위원회에서 일하고 있거든. 직원으로 등록할 수는 없지만 일거리는 줄 수 있어. 마침 통번역사가 일을 그만뒀는데 그 사람이 우리 동기인 이르카 트로이츠카야라 너도 알 거야! 2주쯤 뒤에 굉장히 유명한 미국인 작가가 오기로 돼 있어. 레닌그라드나 타슈켄

---

*   이란, 아프가니스탄 등의 중동 국가에서 만들어 먹는 얇고 하얀 빵.

트 등에 출장을 가서 하는 일이야. 수행하고 차에 태워 데려오고 뭐 그런 일이야. 어때? 해볼래? 잘할 자신 있지?"

'오, 맙소사, 아주 양심이 없는 친구는 아니었군! 콤소몰에서 나를 쫓아낸 죄를 용서받고 싶어 하는 거야⋯⋯.'

그들이 제르진스키 광장까지 걸어갔을 때 올가는 몸이 꽁꽁 얼어서 지하철 안으로 들어가고 싶었다. 그는 그녀를 지하철 입구까지 바래다주고 헤어졌다. 전화번호를 교환하지는 않았다.

카리크가 이틀 뒤에 전화했을 때 올가는 그들이 나눈 대화는 까맣게 잊었지만 햄릿만은 기억나서 계속해서 햄릿 이야기를 했다. 때마침 그 연극은 시즌 초연인 데다 연극계에서 엄청난 사건이었기 때문에 모스크바 전체가 떠들썩할 때였다. 류비모프가 연출한 공연은 시련을 당하기 일쑤였는데 준비한 연극을 못 올리게 되기도 하고 연습 자체를 금지하는 경우도 있어서 모두들 그가 연출하는 연극은 서둘러 보러 갔다.

카리크는 전화를 걸어서는 당일에 자기한테 들러달라고 부탁했다. 올가는 본관 입구에서 3분 거리에 살았다. 마당을 지나서 가면 3분도 안 걸렸다.

그는 세로 줄무늬 양복을 입고 있었는데 문학 재단에서 맞춰 준 것임을 올가는 한눈에 알아봤다. 목에 맨 넥타이도 줄무늬였다. 카페에 내려가서 그가 다리를 꼬고 앉았을 때 보니 양말도 줄

무늬 양말을 신고 있었다. 하지만 올가는 그런 그를 절대 비웃지 않았다. 물론 그녀는 그의 할아버지는 목동이었고 아버지는 시장에서 빵을 구웠다는 사실을 여전히 기억하고 있었다.

"두 사람이 올 거야. 한 명은 작가이고 나머지 한 명은 교수인데 두 사람 모두 굉장히 유명한 사람들이야. 작가는 콜롬비아 출신이고 교수는 스페인 사람인데 유명한가 봐. 파트타임 계약서를 쓰고, 업무 교육은 내가 직접 미리 시켜줄게! 두 사람 모두 2월 1일에 올 거야."

그날 외국문학위원회에 갑작스럽게 불미스러운 일이 생겼다. 전날 극좌익 성향의 저명한 서독의 젊은 시인이 위원회를 방문했다. 그것은 사실상 떠나기 직전의 마지막 환송회였고 그날 저녁 그는 서독으로 떠났다. 일전에 위원회는 독일 친위대원을 연상시키는 허연 얼굴을 한 그 시인을 바쿠에서 열리는 작가 컨퍼런스에 데려갔는데 그가 그곳에서 통번역사의 딸과 눈이 맞았던 것이다. 그 바람에 현재 외국문학위원회 전체가 술렁이고 있었다.

그가 어제 공식 환송회에 데리고 온 어리고 경박한 여자는 마치 턱수염 끝에 매달린 콧물처럼 그에게 매달려 있었고, 결국 환송회가 끝날 무렵 그는 뼈만 앙상한, 1.5미터에 달하는 자신의 다리 위에 그녀를 앉히기에 이르렀다. 한편 역시 시인이자 스탈린상 수상자인 그녀의 어머니는 그가 마야콥스키를 흉내 내서 끄적인 시를 러시아어로 번역한 사람이었는데 뇌졸중 직전처럼 얼굴이 빨개졌지만, 딸의 그런 모습을 보고도 못 본 척했다.

상황이 이렇다 보니 사람들은 올가에게는 신경도 쓰지 않았다. 한편 올가는 작가의 딸을 저명한 사람들의 자녀들이 다니는 국제아동센터 아르테크의 캠프에서 처음 알았고 그 뒤에는 페레델키노 마을 출신 청년 모임에서 보고 마지막으로 어문학부에서 봤기 때문에 잘 알고 있었다.

이때 카리크가 뾰로통한 표정을 짓고 있는 나이 든 여자와 함께 등장했다.

"올가, 이분은 우리 경리과의 여신인 베라 알렉세예브나셔. 너한테 경비를 조금 주시고 어디에 어떻게 써야 할지 설명해주실 거야. 설명 듣고 내 방에 잠깐 들러."

작가들과 함께 일한 열흘 동안 올가의 세계관은 완전히 흔들렸다. 건장하고 턱수염을 기른 작가는 헤밍웨이 같기도 하고 동시에 피델 카스트로 같기도 했는데 그는 미사여구를 늘어놓으며 그녀를 반겼다. 올가는 그 미사여구들의 뜻을 시간이 조금 지나서야 이해했다.

"오, 성모마리아! 나는 KGB 요원들이 우리를 수행할 거라고 생각했는데 우리한테 천사를 보내줬군요. 독차지하지 못해서 아쉽긴 하지만요!"

올가는 그에게 형식적인 악수를 청하기 위해 손을 내밀었지만 그는 그녀의 머리에 키스를 했다. 동행인 교수는 이 우스꽝스러운 연극을 보면서 못마땅한 표정을 지었다.

올가는 관용차로 그들을 메트로폴 호텔까지 바래다주었다. 로비에서 더 필요한 것이 없는지 물은 뒤에 올가는 그들의 손에 작은 파일 두 개와 약간의 현금이 든 봉투 두 개를 쥐여주었다. 그러고는 서명을 부탁했다.

작가가 교수의 귀에 대고 귓속말로 뭐라고 말하자 교수의 얼굴이 파랗게 질리더니 올가의 귀에 대고 알아들을 수 없는 말을 했다. 그녀가 이해한 유일한 단어는 '똥'을 뜻하는 '메르드(merde)'였다.

작가는 큰 소리로 웃더니 교수의 배를 팔꿈치로 살짝 찔렀다. 올가는 호텔 프런트에서 체크인을 한 뒤에 그들에게 열쇠를 건넸다.

"전 여기서 기다릴게요. 조금 있다가 같이 저녁 식사 하러 가시죠."

올가는 벽에 붙어 있는 벨벳 소재의 소파에 앉아서 잠시 생각에 잠겼다.

'꽤 흥미진진하기는 하지만 이 일을 하는 게 아니었어. 무슨

이런 일이 다 있담. 하인처럼 여기 이러고 앉아서……. 굴욕적인 일이야.'

턱수염을 기른 남자가 먼저 내려왔고 올가는 즉시 하던 생각을 지웠다. 그는 우호적인 미소를 짓더니 그녀의 한쪽 귀에 대고 비밀 얘기라도 하는 듯이 속삭였다.

"아까 그 친구 의기소침한 것 봤어요? 내가 그 사람한테 이건 KGB에서 우리한테 주는 하루 치 경비라고 귀에 대고 말했거든! 그러니까 우리가 돈을 받았다는 서명을 해야 한다고 말이야! 어�찌나 융통성이라고는 없는지 나는 그 친구 놀리는 게 참 재미있다니까."

10분이 지나자 교수도 내려왔다. 그렇게 그들은 함께 레스토랑으로 향했다. 두 사람은 레스토랑 벽면의 스투코와 거울을 보느라 이리저리 두리번거리며 정신이 없었고 작가는 혀를 차며 말했다.

"공산주의 나라답게 화려하단 말이야!"

보기와 달리 그는 대식가여서 여러 종류의 샐러드와 수프에 메인 요리도 두 개나 시켰다. 와인도 한 병 반을 마시고는 이 지역 음식에 관해 설명을 좀 해달라고 요구했다. 반면에 교수는 점 잖게 행동했고 피곤해 보였다. 저녁 식사가 끝나자 작가는 올가에게 그들을 당장 붉은광장에 데리고 가달라고 요구했다.

"나도 가고 싶은데……."

교수가 일어나면서 말했다.

"붉은광장은 아주 가까워서 2분 거리에 있어요."

올가가 고개를 끄덕이면서 말했다.

"자네는 안 가는 편이 좋을 것 같아. 내가 여기에 1957년 청년 축제 때 왔었거든. 여기서는 레닌 묘에 다가갈 때는 무릎을 꿇은 상태로만 다가갈 수 있어."

그러자 교수는 얼굴이 사색이 돼서는 손사래를 치면서 말했다.

"아니, 아니, 파블로, 난 아무 데도 안 가겠네! 난 호텔 방에 있을게."

올가는 즉시 자신도 모르게 그의 농담에 동조하고 있다는 것을 깨달았다. 작가는 그녀에게 '나 좀 도와줘'라는 뜻으로 살짝 윙크했다.

"이제는 안 그래요! 무릎은 꿇지 않아도 돼요. 원하는 사람에 한해서만 하도록……."

작가는 큰 소리로 웃었다. 그러자 교수 역시 고개를 젓더니 웃기 시작했다.

"넌 정말이지 못 말려. 너 자꾸 날……."

올가는 그가 그다음에 말한 단어의 의미를 이해하지 못했지만, 어떤 의미일지 짐작은 가능했다.

굉장히 빡빡한 일정이었다. 하루에 두 번씩 작가들과 하는 공식 일정이 있었고, 아침 식사, 점심 식사, 저녁 식사, 볼쇼이 극장, 트레치야코프 미술관 등……. 시간이 갈수록 작가는 마치 이번 여행에서 뭔가 다른 것을 기대한 사람처럼 지루해했다.

이때 마침 레닌그라드에 가게 되었다. 레닌그라드에서 작가는 즐거운 시간을 보냈는데, 처음 와본 곳인데다 이번에는 도시 관광을 제대로 시켜줬기 때문이다. 한편으로는 암스테르담과 비슷하고 약간 억지를 부리면 베네치아를 연상시키기도 한다며 작가는 그 도시를 무척 마음에 들어 했다.

올가에게는 사실상 소련 국경 너머의 모든 도시들이 문학적 신기루와 상상력의 영역에 속했다. 머나먼 바나나 공화국 출신의 이 작가는 남아메리카에 살았지만, 파리와 뉴욕에서 공부했고 유럽 전역을 돌아다니며 어디에 가든 많이 먹고 마시고, 많이 읽고, 쓰고 싶은 것을 쓰는 세계 시민이었기 때문에 올가는 그의 말에 맞장구칠 수 없었다. 그는 레닌그라드에 있는 동안 온갖 것에 끊임없이 감탄했다. 심지어 레닌그라드에 끊임없이 내리는 진눈깨비도 좋아했다. 올가는 아침에 호텔 복도에서 척탄병처럼 건장한 창녀가 그의 객실에서 나오는 것을 발견했다.

'모른 척하자.'

이런 생각을 하면서 올가는 엘리베이터로 갔다.

일정상 마지막 행선지는 타슈켄트였다. 경유한 데다 지연돼서 만족스러운 비행은 아니었다. 게다가 공항에서 한참을 떨어야 했다. 그렇게 그들은 타슈켄트에 도착했다. 밖으로 나왔더니 밝고 따뜻했으며 바로 눈앞에 펼쳐진 지평선에서 해가 솟았다.

올가는 중앙아시아에는 한 번도 온 적은 없지만 오래전부터 이 미지의 땅에 와보고 싶었다. 일리야가 이곳에 있는 지역들을 좋아해서 함께 가보려고 했지만 잘 안 됐다. 결국 그들은 발트해 연안까지밖에 못 갔다.

애석하게도 그들은 타슈켄트에서 관광은 하지 못했다. 둘째 날 저녁에 소란을 피우고 서둘러 떠나야 했기 때문이다.

첫날 아침에 그들을 데리고 간 곳은 스탈린식 막사 같은 곳이었는데 그곳에서 그들은 중앙아시아식으로 식탁이 차려진 기다란 홀로 안내되었다. 수 미터에 달하는 기다란 식탁 앞에는 투베테이카*를 쓴 중앙아시아 남자들과 투베테이카를 쓰지 않은 중앙아시아 출신이 아닌 남자들이 앉아 있었는데, 다들 중년인 데다 똑같은 양복에 똑같은 넥타이를 매고 있었다. 때는 따뜻하다 못해 덥다고 할 수 있는 2월이었고 홀 안은 1년 묵은 땀 냄새로 진동했다. 환영회에는 당 지도부와 타슈켄트의 고위직 공무원

*　카자흐스탄, 우즈베키스탄 등 중앙아시아 무슬림이 착용하는 전통 모자.

등 주요 인사들이 자리했다.

무슨 연유에서인지는 모르지만 친선국의 정부 측 사절단을 맞이한다고 오해한 것 같았다.

그들에게는 사절단을 보내는 나라가 칠레든 페루든 콜롬비아든 어느 나라이든 상관없었다. 사절단을 맞이하면 그만이었다. 그들의 일이라는 것은 연설하는 것이었다.

첫 연설부터 올가의 통역은 배제되었기 때문에 그녀는 당황했다. 올가는 파블로에게 다가가서 이 소식을 알렸다. 그는 고개를 끄덕이더니 그녀에게 아무거나 좋으니 러시아 시를 읽어달라고 부탁했는데, 그는 러시아어의 발음을 좋아했을 뿐 아니라 기억력이 좋아서 금세 외우곤 했다.

"알았어요. 푸시킨의 운문소설 《예브게니 오네긴》을 읽어줄게요."

이렇게 해서 속삭임 낭독이 시작되었는데 낭독은 철저히 연사들의 연설 템포에 맞춰서 이뤄졌다. 올가는 연사들의 말이 끊기는 부분이나 연사가 바뀌는 부분에 맞춰서 연을 쪼개기도 했다.

하지만 4장에서 파블로는 지치고 말았다. 교수는 자리에서 쓰러지기 직전이었다.

"자, 이제 이런 짓은 그만할 때가 된 것 같아. 호세, 제발 부탁이니 평생 단 한 번만이라도 나 좀 도와줘."

파블로가 교수에게 부탁했다.

마지막 연사까지 한참 남은 상태에서 연사가 연설을 마치자 모두들 박수를 쳤고, 파블로는 마지못해 끌려가는 친구와 끌지 않아도 자진해서 빠져나갈 준비가 된 올가를 끌고 귀빈석을 빠져나왔다. 그는 붉은 플러시 천으로 장식된 연단 옆에 서서 연사처럼 큰 목소리로 말했다.

"우리 나라에서는 친구들에게 감사를 표하는 뜻에서 노래를 부르는 관례가 있습니다. 콜럼버스가 5백 년 전에 스페인으로부터 아메리카 대륙에 들여온 노래인데 제가 좋아하는 노래이기도 해서 그 곡을 부르겠습니다."

이어서 그는 노래를 부르기 시작했다. 그가 부른 것은 '라 마코리나(La Macorina)'라는 노래로, 당시 선풍적인 인기를 끌었지만 타슈켄트는 고사하고 모스크바 사람들도 알지 못했다. 그는 양손을 흔들면서 자리에서 점프하면서 호세를 끌어들였다. 끊임없이 조롱당하며 똑똑한 형 역할을 하는 데 신물이 났던 그도 이번만큼은 가수의 지시에 따랐다.

파블로는 "여기에 네 손을 대줘, 마코리나!"라는 후렴구만 열 번을 불렀고, 창의적으로 호세의 한 손을 자신의 다양한 신체 부위에 갖다 대면서 점점 남성의 주요 부위 근처로 가져갔다.

파블로는 노래를 끝낸 뒤에 주먹 쥔 손을 들어서 자기 나라에서도 이제 잘 쓰지 않고 이 나라에는 전혀 알려진 바가 없는 제스처를 취하면서 올가에게 말했다.

"이제 통역해! 마르크스-엥겔스-레닌-스탈린주의가 성공하기를! 만국의 노동자들이여, 단결하라!"

이 말을 하고 저 혼자 박수를 쳤고, 투베테이카를 쓴 남자들이 영문도 모른 채로 덩달아 박수를 쳤다. 올가 옆에는 행사를 책임지는 고위직 공무원이 서 있었는데 안색이 어찌나 창백하던지 중앙아시아의 뜨거운 태양에 그을린 얼굴에도 티가 날 정도였다. 그는 올가의 귀에 대고 속삭였다.

"올가 아파나시예브나! 지금 이게 무슨 일이에요? 왜 저러는 거죠? 책임은 우리가 져야 한단 말이에요! 행사가 엉망이 됐잖아요!"

"올가, 이 남자한테 우리는 오늘 떠날 테니 비행기표 날짜를 변경해달라고 말해줘요. 내일 정상급의 중요한 자리에 가야 하니 이제 우리한테 신경 끄라고 말해줘요!"

콜롬비아 작가는 자신의 통통한 볼을 볼록하게 만들었고 그러자 숱 많은 콧수염이 움직였다. 그는 답답하다는 듯 눈을 홉뜨고는 말했다.

"무슨 말이든 좀 해봐요!"

올가는 그의 말을 통역했다.

"그럼 그토록 구경하고 싶어 하던 중앙아시아는 어쩌고?"

"질리도록 봤어, 이젠 충분해! 질렸다고!"

"오늘 날짜로 모스크바 호텔은 예약이 안 됐는데요!"

올가는 갑작스러운 그의 결정을 돌려보려고 합리적인 이유를 댔지만 파블로는 막무가내였다.

"당신 집 부엌에서 재워주면 되잖아!"

"미쳤어요, 부엌이라뇨?"

그는 주위를 둘러봤고 열다섯 명 정도가 영문을 모른 채로 그의 뒤에 서서 대기하고 있었다.

"죄송하지만 우리 손님들이 내일 소련 공산당 중앙위원회 행사가 있어서 오늘 떠나셔야 한답니다."

"이거야, 원! 큰일 났네요! 저 사람은 자기가 무슨 짓을 하고 있는지 알고는 있는 겁니까?"

행사 책임자가 올가의 귀에 대고 귓속말을 했다.

종막은 올가가 경리과에 지출 내역서를 제출한 사흘 뒤에 있었다. 전화벨 소리가 울렸다.

"카리크 아베티소비치 씨가 잠깐 들르시랍니다."

경리과 여자가 올가에게 전했다.

카리크는 황제 같은 표정을 하고 탁자 앞에 앉아 있었다.

"무슨 일이 있었는지 말 좀 해줄래?"

올가는 전부 다 솔직하게 이야기했다.

"음……. 우선 보고서를 써."

"보고서라니? 벌써 냈잖아."

"그건 지출 내역 보고서고 이건 KGB에 낼 거야."

카리크가 차갑게 말했다.

"무슨 말이야?"

올가가 화를 내면서 말했다.

"보고서는 절대 안 쓸 거야. 이런 얘기는 없었잖아."

"우리가 어떻게 하기로 얘기했더라?"

올가는 고개를 숙이고는 생각했다.

'내가 왜 이런 바보 짓을!'

이제 그녀가 보고서를 쓰면 지금까지 쌓은 좋은 평판은 영원히 사라질 터였다. 이렇게 해서 밀고자가 되는 것이다.

그녀는 양심이 더 중요하다고 생각하고 방금 경리과에서 받은 급료를 가방에서 꺼냈다.

"이걸로 내가 여기에서 일은 안 한 걸로 하자고. 여기 내가 받을 보수를 내놓을 테니 대신 이 일은 여기에서 덮었으면 해."

"우리 좀 걸을까? 날씨도 좋은데."

카리크가 통통한 손가락으로 머리 위에 원을 하나 그리더니 제안했다.

'아, 너도 도청이 두려운 거구나.'

올가가 회심의 미소를 지으면서 생각했다.

두 사람은 말없이 밖으로 나갔다. 그녀가 앞에서 걷고 그가 그녀 뒤를 따라갔다. 그들은 보롭스키 거리를 건너고 트루브니콥스키 골목에서 제일 처음 마주친 공터로 방향을 틀었다. 그러고는 벤치에 앉았다.

"뭐가 두려운 거야? 게임에는 규칙이라는 것이 있고, 그 규칙대로만 하면 돼. 중요한 건 정직한 사람이 되는 거야. 나는 지금껏 살면서 아무한테도 해를 끼친 적이 없어. 오히려 많은 사람들을 도우면서 살아왔어. 규칙은 지키면서 말이지."

올가는 자기가 얼마나 멍청한 짓을 했는지 후회막급이었다.

'바보! 멍청한 년! 저질!'

"이 파블로란 사람은 다른 규칙을 갖고 있나 보지? 봐봐, 그는 공산주의자이지만 자기 당원들이랑 죄다 싸우고 나니 눈에 뵈는 게 없는 거야. 이런 일로 맞거나 칼부림을 당한 적이 없으니 무서운 게 없지. 우리 가족은 터키에서 도망쳤어. 거기 남아 있던 아르메니아인들은 모두 학살당했고. 어땠는지 알아? 가난한 사람들은 거기 남고 부자들은 도망쳤어. 돈이 있는 놈들은 목숨을 건진 거지. 이제는 상황이 달라졌어. 이제는 권력이 목숨을 부지하게 해줘. 파블로란 작자는 어떻난 말이야. 그냥 난봉

꾼이라고! 부도덕한 사람이야! 그게 사실이야! 결혼을 세 번 했고, 레닌그라드에 있을 땐 창녀들을 호텔에 끌어들였어! 네가 못 봤다면 보고서에 적지 마! 정치적으로 따지자면 괜찮아. 정치에 관한 말은 안 하고 요리조리 피하면서 노래나 부르는 작자란 말이지. 내 말이 틀렸어? 그렇게 적어, 요리조리 피하면서 노래나 부른다고 말이야. 사실만을 적으란 말이야. 진실을 알고 싶어? 어쩌면 내가 모르는 게 있을 수도 있겠지! 하지만 규칙은 존중해야 해. 내가 지나치게 당에 충성하는 것 같아? 물론 내가 당에 충성하는 것은 사실이지만 내 사람을 배신하지는 않아. 너는 나한테 자초지종을 묻지도 않고 내가 너를 콤소몰에서 무슨 이유로 쫓아냈을지만 생각하고 있지? 네가 실수했기 때문이야. 왜 교수 편을 들고 편지에 서명했어? 그는 규칙을 어긴 데다 모두를 위험에 빠뜨렸다고! 얼마나 많은 사람이 그 사람 때문에 직장을 잃었나 몰라……. 그 사람이 어떤 사람인지 알아? 넌 모를 수도 있지만, 그는 우리와 같이 일했던 사람이야. 그것도 1950년부터! 보고서를 제출해왔다고. 내가 직접 관리한 사람이야. 어머니를 걸고 맹세해! 그런데 그 사람 지금은 어디 있는지 알아?"

올가는 그에 관해 그런 추악한 소문이 있다는 것을 알고 있었다. 올가는 어깨를 으쓱했다.

"그는 석방되고 나서 파리로 갔어! 자기 사람은 배신하지 않는 것이 규칙이기 때문이야. 범법 행위를 저질러 형을 받았고 그다음에는 석방되었어. 그런데 지금까지도 그 사람 때문에 얼마나 많은 사람이 감옥에 있느냐고! 질 나쁜 사람이야! 그런 사람은 존경받을 가치가 없어! 네가 더 깊이 빠지지 못하도록 한 걸 오히려 고마워해야 해. 어쩌면 지금쯤 네가 그렇게 감싸고 도는 파블로가 어딘가에 앉아서 우리가 그를 어떻게 환대했는지, 누가 뭐라고 말했는지에 관한 보고서를 적고 있을지도 모를 일이지. '규칙대로 사는 것'이 가장 중요한 규칙이라서 다들 그렇게 살고 있는 거라고."

'그는 진심으로 이야기하고 있어. 규칙에 목숨을 건 거야. 불쌍한 녀석, 시골에서 채소나 카펫이나 팔면 좋을 사람인데 이런 곳에 앉혀놓았으니.'

올가는 그의 상기된 얼굴을 관찰했다. 그가 이마에 맺힌 땀을 닦았다. 사실 그들은 눈 덮인 벤치 위에 앉아 있었고, 더울 리는 없었다.

"내가 너한테 바라는 건 보고서밖에 없어. 누가 거기 있었고, 뭘 봤고, 뭘 말했는지 말이야. 호세란 친구도 흥미로운 녀석이야. 러시아에 그의 형제 가족이 살거든. 형제는 내전 때 죽었고 그의 조카들은 거기서 빼내 와 지금 모스크바에 사는데 그들과 만난 거야. 넌 몰랐어? 못 본 걸 쓰라고 하진 않았어. 모스크바를 떠나기 직전에 어떤 사내가 그의 호텔 객실에 왔었어. 못 봤어? 그 사람이 조카야. 교수가 그에게 돈과 자기 짐을 건넸어. 못 봤어? 이런 걸 쓰라는 뜻은 아니야……."

아하, 그들은 전부 다 알고 있었던 것이다. 호세는 그의 조카들이 러시아에 살고 있다는 사실을 그녀에게 숨기지 않았다. 그의 부탁으로 그중 한 명에게 전화한 사람은 그녀였다. 사실 이 여행은 자신의 스페인 친구가 러시아에서 친척들과 만나도록 하기 위해서 파블로가 기획한 것이었다.

하지만 카리크는 그녀가 아는 것을 그도 알고 있다고 말하고 있었고, 그녀가 아는 것을 전부 보고서에 쓰라고 강요하지는 않는다고 말했다.

"가지. 사실대로 한 장만 적으면 돼. 필요하다고 생각하는 걸 적어. 거절하면 이제 너한테 일을 안 줄 거야. 내 말대로 하면 너를 염두에 둘게. 하지만 싫든 좋든 보고서는 써야 해."

그들은 텅 빈 복도를 따라 카리크의 사무실로 갔다. 직원들은 모두 퇴근하고 없었다. 그녀를 본 사람은 아무도 없었다. 결국 아무도 아무것도 알아내지 못했다. 일리야만 모른다면 다른 것은 어떻게 돼도 좋았다.

좋은 표

류드밀라는 서른 살쯤 되었을 때 자기가 노처녀라는 사실을 받아들였다. 결혼한 친구들이 애를 줄줄이 낳고 힘들게 집안일을 하는 모습을 보면 전혀 부럽지 않기 때문에 혼자 사는 것도 나쁘지 않다고 생각했다. 그녀는 처음에는 백마 탄 왕자를 기다렸고, 그다음에는 형편없는 사랑이라도 좋으니 사랑에 빠져보기를 바랐고, 결국에는 그냥 점잖은 사람을 만나기를 기다리면서 수년을 보내다 보니 다소 무료하지만 근심 걱정 없는 나날이 천천히 흘러갔다.

일리야는 그녀의 인생에 서서히 모습을 드러냈다. 그녀는 도서관을 자주 찾는 수십 명의 도서관 방문객들 중에서 키가 크고 곱슬머리인 일리야를 알아보기 시작했다. 구면이라는 뜻의 시선은 어느새 가벼운 고갯짓으로 바뀌었다. 한번은 도서관 문을 닫기 직전에 옷 보관소 앞에서 마주쳤는데 의도한 것은 아니지만 같이 나가게 되었다. 둘은 함께 지하철 쪽으로 걸어갔는데 말없이 걷기가 뭣해서 대화를 트게 되었다. 류드밀라와 일리야는 서로 이름을 말하며 통성명도 했다.

반년 뒤 일리야는 류드밀라를 집까지 바래다줬는데 그날 그녀는 아버지를 위해 도서관에서 빌린 상당히 두꺼운 책 다섯 권을 들고 가야 했다. 아버지는 농학자였는데 일리야가 봤을 때 신통치 않았다. 류드밀라는 티미랴제프 농업대학교가 있는 지역에 살고 있었다. 노보슬로보츠카야 역에서 다시 버스를 타고 거의 한 시간을 더 가야 하는 곳이었다. 그녀는 특이하게도 19세기 말에 농업대학교 교수를 위해 지은 크고 오래된 별장에서 살고 있었던 것이다.

일리야가 돌아가려니 이미 늦은 밤이었고, 버스도 이미 차고지에 들어가서 운행하지 않았기 때문에 류드밀라는 일리야에게 자기 집에서 자고 가라고 권했다. 농사짓던 시절부터 이른 아침에 일어나서 해가 지기가 무섭게 잠을 자던 습관을 유지하던 농학자는 이미 깊은 잠에 빠져 있었다. 엄마를 일찍 여읜 류드밀라를 키워준 유모 클라바는 그날 마침 자매 집에 가고 없었다. 만약 유모가 집에 있었다면 시나리오는 다른 방향으로 흘렀을 가능성이 농후하다.

착색 유리가 끼워진 찬장과 선반과 냅킨, 사모바르*용 탁자가 있는 식당에서 간단하게 저녁 식사를 한 후에 류드밀라는 일리야의 잠자리를 소파에 만들어주고 화장실 위치를 알려주고는 잘 자라는 인사를 하고는 갔다가 잠시 후에 수건을 갖고 다시 왔다.

"아까 드렸어야 하는데 깜빡했어요."

류드밀라가 미소를 지으면서 말했다.

그녀는 파란색 플란넬 가운으로 갈아입었는데 가운 밑으로 풍성한 주름 장식이 달린 하늘색 잠옷이 보였다. 올림머리는 푼 채였고, 그녀가 소파 옆에 있는 의자에 수건을 놓으려고 몸을 숙일 때 길게 한 갈래로 땋았던 머리카락이 그녀의 가슴으로 흘러내렸다. 창밖에는 푸르스름하고 강렬한 보름달이 환하게 비추어 눈 더미가 하얗게 반짝거렸으며, 오래된 집에서 느껴지는 편안함(일리야는 순간 '귀족의 대저택 같아' 하고 생각했다)에서 비롯한 로맨틱한 기분이 들어서 일리야는 류드밀라를 자기 쪽으로 끌어당겼고 그녀는 순순히 그의 품에 안겼다.

---

*   러시아 가정에서 물을 끓일 때 사용하던 주전자로, 18세기에 홍차가 보급되면서 함께 발달했다.

일리야는 아침에 떠났고 밤에 있었던 모험에 대해서는 조금도 신경 쓰지 않았다. 주말에는 류드밀라를 도서관에서 만나서는 집까지 바래다주었다. 그러고는 또다시 자고 갔다. 이번에도 유모는 없었다.

그들이 연애를 한 것은 아니었다. 물론 이것은 친구들 사이에서 여자를 잘 꼬시기로 유명했고 실제로 예쁜 여자들을 많이 만나봐서 연애가 무엇인지 잘 알고 있었던 일리야의 생각이었다. 하지만 눈에 띄게 예쁘지도 않고 한 번도 전성기를 맞이했던 적이 없었을 것 같은 류드밀라를 얻는 데는 아무 노력도 필요하지 않았다. 그녀는 불쑥 그의 품에 안기게 된 것이었다.

일리야는 자주 만나지도 않는 데다 강렬한 설렘도 느껴지지 않는 그녀와 지루한 감은 있지만 충분히 견딜 만한 결혼을 할 수 있을지도 모른다는 것은 생각조차 하지 않았다.

그들의 뜨뜻미지근한 관계가 3년째 이어지던 어느 날 류드밀라가 임신했는데, 그때 그녀의 나이는 일리야보다 열 살 많은 서른네 살이었다. 그들은 출산을 앞둔 어느 날 혼인신고를 했지만 류드밀라는 이 결혼에 적극적이지 않았다. 일리야가 그녀에게 청혼했을 때 그녀는 크게 기뻐하지 않았고, 자기가 뭔가 고귀한 행위를 한다는 자부심을 갖고 있었던 일리야는 실망했다.

관대한 아버지의 이름을 딴 것인지, 무심한 학자인 외할아버지 일리야 이바노비치의 이름을 딴 것인지 알 수는 없지만 아들 '일리야'가 태어나면서 일리야는 류드밀라가 사는 별장으로 완전히 이사했고, 이사 오면서 자기가 소장하고 있던 책 중 가장 중요한 책들도 가져왔다. 유모는 류드밀라 방 옆에 있는 자기 방을 젊은 남편에게 양보하지 않았다. 그래서 그는 춥기는 하지만 넓은 2층 방을 쓰게 되었다.

류드밀라는 어떤 토양학 관련 실험실의 책임 연구원이었는데 박사 논문은 이미 오래전에 통과됐고, 만약 임신만 아니었다면 박사후 논문도 썼을 것이다. 아이가 조용하고 말도 잘 듣는 데다 유모 클라바가 아이를 전적으로 돌봐주고 있었지만 류드밀라는 무슨 연유에서인지 학문 연구를 계속 하고 싶다는 열의를 상실했고 박사후 논문은 결국 주제만 정하고 쓰지도 못한 채 중단하고 말았다.

일리야는 류드밀라의 집에 사는 것이 점점 마음에 들었다. 별장이 밀집한 크지 않은 마을의 한쪽은 도시와 인접해 있지만, 다른 한쪽은 농업 관련 실험을 위한 들판이 있었고 근처에는 보리수나무와 전나무로 이루어진 오래된 가로수길과 연못, 사라진 지 오래된 발굽 달린 야생동물을 위한 사료 통이 있는 어마어마하게 큰 티미랴젭스키 공원이 자리 잡고 있었다.

이따금 일리야는 일주일 동안 내내 집에만 있다가 며칠씩 나가서 안 돌아오곤 했다. 류드밀라는 어디에 가서 누구를 만나는지 묻지 않았고 돈에 대해서도 마찬가지였다. 그가 오면 기뻐하는 것 같았지만, 그가 나가서 한동안 집을 비워도 나무라지 않았다. 다만 가능하다면 미리 얘기를 해달라는 부탁만 할 뿐이었다.

아들은 일리야를 닮아서 곱슬머리에 얼굴이 길었다. 잘 울지도 않고 잘 웃지도 않아서 일리야는 아이의 성격이 엄마를 닮았다고 생각했다. 하지만 세 살 무렵 이상한 점이 발견되었는데 말도 잘하고 어렵지 않은 시는 들으면 외우기도 하는 아이가 "너 먹고 싶어?"라고 물으면 "너…… 싶어"라고 대답하는 것이었다. 유모 클라바는 그가 다른 아이들보다 영리해서 그런 것이고 커서 학자가 될 거니까 걱정할 필요가 없다고 말했다. 다섯 살이 되었을 때 그는 푸시킨의 동화 몇 편을 통째로 외워서 유모를 놀라게 만들었지만 의사소통 문제는 나아질 기미가 보이지 않았다. 결국 전문가를 불렀고 '자폐'라는 진단을 받았다. 그러자 인상을 찌푸리고 뭔가에 집중하는 것이나 사교성이 부족한 것, 대화를 어떻게 해야 할지 모르는 것과 같이 조금 이상하다고 느꼈던 모든 행동들이 이해되었다. 게다가 의사는 앞으로 증세가 호전될 것이라는 희망적인 말은 전혀 하지 않았다.

그해에 어린 일리야는 학교에 입학해야 했는데 티미랴젭스키의 집에 아이의 아버지는 이제 없었다. 그는 결혼할 때와 마찬가지로 서서히 집에서 멀어졌다.

바로 그해에 류드밀라의 아버지인 농학자 일리야 이바노비치가 죽었고 고인이 된 아버지의 별장을 차지하기를 원하는 새로운 학자가 나타났다. 잠깐 동안 학교 측과 다툼이 있고 나서 류드밀라는 실험실 책임 연구원이었음에도 별장을 떠나야만 했고 빼앗긴 별장 대신 근처 골목에 있는 방 세 개짜리 아파트를 배정받았다. 이사 가는 날 일리야는 책을 끈으로 묶어서 싸는 일, 그릇을 상자에 포장하는 일, 짐을 승합차에 싣는 일 등을 도와줬다.

하지만 새로 이사 간 아파트에서 그는 하루도 머물지 않았다. 그는 자기가 수집한 책이 든 트렁크를 들고, 류드밀라도 누군지 알 것 같은 새로운 아내가 사는 집으로 옮길 채비를 했다. 그는 현관으로 나와서 아들의 머리에 뽀뽀했다.

"엄마 말 잘 듣고 엄마 속상하게 하지 마."

이 말을 하면서 일리야는 아들과 작별 인사를 했다.

"엄마 속상하게 하지 마."

아들이 대답했다.

이번에도 일리야는 몸을 움츠렸는데 불쌍한 아들이 그의 말을 따라 할 때면 그 말이 작은 메아리처럼 들려와 종종 자신을 조롱하는 것처럼 느껴졌기 때문이다.

이사하느라 온통 먼지를 뒤집어 쓴 데다 머리카락이 하얗게
센 뚱뚱한 류드밀라는 문 앞에 서 있었고 또래 아이들보다 키가
큰 아들 일리야는 어머니 품에 안겨 있었다.

"다음번에 집에 오면 선반 좀 달아주지 않을래요?"

류드밀라가 말했다.

"달아주지 않을래요, 달아주지 않을래요."

아들이 그녀의 말을 따라 했다.

양파처럼 발그레하고 입꼬리에 웃음이 숨겨져 있고 볼에는
아이 같은 보조개가 있는 올가……. 버스로 노보슬로보츠카야
역까지 가서, 거기서 리시스카야 역까지 간 다음, 기차로 나하빈
까지 간 뒤에 만원 버스를 타고 올가네 별장에 도착하면 그곳에
서는 강아지 짖는 소리, 눈싸움, 스키, 언덕, 수다스러운 코스탸
가 일리야를 기다리고 있었다. 밤마다 타자기 치는 소리가 들리
고 붉은 등과 검은색 큐벳이 있는 벽장이 있고 올가는 큰 소리로
웃고 재잘거렸다. 그곳에는 열정과 사랑이 있었다.

일리야는 가끔 아들 일리야를 보러 갔다. 책과 블록 장난감을
갖고 말이다. 갈 때마다 상황은 더 나빠졌는데 뚱뚱한 류드밀라

는 과묵했고 비쩍 마른 유모 클라바와 곱슬머리가 위로 쭉 뻗친 일리야의 몸은 마치 좁은 공간에서 자라는 식물처럼 길쭉하고 병약했다. 그는 우울한 어조로 다른 사람이 한 말의 끝부분을 따라 했다. 카세트 플레이어는 그가 좋아하는 장난감이었고, 그는 라디오로 시를 들었는데 한 번 들은 시도 아주 잘 기억했다. 하지만 그가 시를 얼마나 이해했는지는 아무도 몰랐다. 그에게 이해한 것을 말해달라고 부탁하면 그는 몇 시간이고 라디오 방송 성우의 목소리를 흉내 내면서 시를 낭독했다. 하지만 책 읽는 법은 끝내 깨우치지 못했다. 대신에 계산은 굉장히 빨랐다. 그는 음악 듣는 것을 좋아했고 동물에 대한 방송을 좋아했다. 하지만 집에서 키우던 고양이는 무서워했다. 유모와 함께 산책할 때 길에서 개를 만날 때도 있었는데 개도 무서워했다.

일리야는 류드밀라와 이혼했다. 이혼하고 얼마 안 있어서 유모가 죽었고, 그 뒤로 반년 동안 일리야는 아들을 두 번 보러 왔는데 류드밀라는 반년 후에 아이를 데리고 이스라엘로 갈 수 있게 허락해달라고 부탁했다. 이 무렵 마침 일리야 주변에 있는 모든 사람들이 해외로 망명을 가려고 애쓰고 있을 때였지만 류드밀라의 입에서 이런 부탁을 듣게 될 줄은 몰랐기에 적이 놀랐다.

"류드밀라, 이스라엘이라니? 갑자기 왜 이스라엘로 간다는 거야?"

"돌아가신 우리 엄마가 굉장히 꼼꼼한 분이셔서 서류를 하나도 안 잃어버리고 모아두셨더라고. 어머니가 돌아가시고 나서야 외할머니 사망 확인서를 발견했는데 할머니는 1922년에 돌아가셨거든. 할머니 성은 바르바넬이고. 전체 이름은 알타 핀하소브나 바르바넬. 유명한 랍비 가문 출신이야. 엄마는 할머니 출생증명서와 혼인 후에 성을 바꾼 것에 대한 확인서까지 하나도 빠짐없이 다 갖고 계셨어. 할머니는 결혼하고 나서 성이 키타예바로 바뀌었거든. 엄마와 관련된 서류도 모두 다 갖고 있어……. 유대인들이 바르바넬이라는 성을 들으면 고개를 내저으면서 흐뭇한 표정을 지을 정도야."

류드밀라는 이번에도 무표정한 얼굴로 시큰둥한 말투로 말했는데 늘 보던 온화한 미소는 얼굴에 남아 있었다.

동그란 입에 반달 모양의 눈썹을 가진 그녀는 전형적인 슬라브인 특유의 얼굴을 갖고 있었다.

"바르바넬? 어떤 가문인데?"

"사실 아브라바넬이라는 성인데 변형한 거야. 유서 깊은 세파르디 유대인* 가문인데 죄다 탈무드를 연구하는 학자들이야."

"맙소사! 상상이 안 돼! 당신이랑 이스라엘! 이 무슨 말도 안

---

* 스페인을 비롯한 이베리아반도 지역의 유대인.

되는 조합이야! 당신 거기서 뭘 할 생각인데?"

일리야는 류드밀라의 말을 듣고 큰 충격에 빠졌다.

"나는 사실 어디든 상관없어. 이스라엘이 아니어도 돼. 이스라엘에서 초청장이 왔을 뿐이고 어디에 갈지는 나도 잘 모르겠어. 미국에 갈 수도 있고……."

"좋아, 다 좋은데……. 그런데 도대체 무슨 생각으로 떠나겠다는 건지 설명이나 좀 해줘, 젠장!"

일리야는 도무지 진정이 되지 않았다.

"이해하고 말고 할 게 뭐가 있어, 일리야! 난 쉰이 다 돼가는데 심장이 안 좋아. 우리 엄마가 급성 심근경색으로 마흔세 살의 나이로 돌아가셨어. 내가 죽으면 일리야를 맡아줄 사람이 없어. 거기는 병원들이 좋아서 애도 받아줄 거고 나 없어도 살 수 있을 거야. 그런데 여기서 내가 죽으면 애는 어떻게 해?"

이때 어린 일리야가 방에 들어왔다. 키는 비정상적으로 컸고 병 때문에 체형도 기형적으로 변했다. 손은 지나치게 컸고 가느다란 손가락을 축 늘어뜨리고 있었으며 턱은 작고 눈은 움푹 꺼져 있었다. 불쌍한 녀석 같으니……. 자폐만 해도 충분히 딱한 아이에게 희귀 질환 증세가 또 발견되었던 것이다.

"……내가 죽으면, 내가 죽으면, 내가 죽으면……."

그는 위협적으로 발음했다.

류드밀라는 아들을 앉히고는 손에 사과 하나를 쥐여주었다.

"그곳 병원은 좋아서 환자를 인격적으로 대하고 간호도 잘해 줘. 다른 대안이 없어."

류드밀라는 굉장히 차분하게 말했다.

"다른 대안이 없어."

아들 일리야가 이상하게 기쁜 어조로 따라 했다.

일리야는 바로 그날 저녁에 류드밀라가 준비한 서류에 그도 동의한다는 서명을 했다.

그 뒤로도 그는 아들을 몇 번 더 봤다. 마지막으로 본 것은 공항에 가는 그들을 배웅할 때였다.

일리야가 공항으로 떠나기 전에 올가가 그의 손에 커다란 곰 인형을 쥐여주면서 말했다.

"이별 선물이라고 생각하고 아이한테 전해줘요."

"굉장히 큰데."

일리야는 한 손에 인형을 들고 무게를 가늠해봤다.

"아이도 크잖아. 아이가 꽤 큰 걸로 아는데."

일리야는 아들에게 한 번도 봉제 인형을 선물한 적이 없던 데다 이젠 너무 많이 커버려서 더더욱 선물할 이유가 없었다. 아들 일리야는 곰 인형을 보자마자 인형을 싸고 있던 셀로판 포장지를 뜯더니 부드러운 곰 인형의 가슴에 얼굴을 묻었다.

"올가와 코스탸가 너한테 전해주라고 한 곰이야."

일리야는 이렇게 중얼거린 뒤에 불쌍한 아들이 알 리 없는 자기 식구 이름을 얘기한 자신을 원망했다.

"곰, 곰."

아들은 기뻐했지만 일리야는 한편으로는 불편하고 또 한편으로는 마음이 아파서 인상을 찌푸렸다.

다리가 긴 아들이 편하게 앉을 수 있도록 하기 위해서 류드밀라는 승무원에게 1열 좌석을 달라고 부탁했고 아들 일리야가 자기 나라에서 들은 마지막 말을 반복하면서 자리를 잡는 동안 일리야는 이미 레치노이 역에 다 와갔다.

'좋은 표, 좋은 표……'

미국에서 일리야를 병원에 입원시키려고 결심하기 전까지 류드밀라는 마음고생을 많이 했다. 해를 거듭할수록 아이가 점점 공격적으로 변했기 때문에 혼자서는 감당이 안 돼 어쩔 수 없이 병원에 보낸 것이었다. 2년간의 병원 생활 뒤에는 기숙학교 같은 곳으로 보냈는데 그곳에서 그는 직업 교육을 받았고, 그 과정을 이수한 뒤에는 단순한 일을 할 수 있는 기회가 주어졌다.

류드밀라는 일요일마다 그를 면회했다. 갈 때마다 그가 좋아하는 화이트 초콜릿과 커다란 콜라 몇 병을 가져갔다. 그녀가 배정받은 가난한 사람들을 위한 집이 있는 브라이턴 비치에서 멀리 떨어진 퀸스까지는 편도만 두 시간 넘게 걸리는 거리였다. 그녀는 6년 동안 매주 일요일이면 아들을 면회하러 갔고 매번 집으로 돌아와서는 자선단체에서 나눠준 2인용 침대에 쓰러져서 눈을 감고 아이가 따뜻한 곳에서 배도 곯지 않고 치료도 받을 수 있게 된 데 대해 하느님께 감사 기도를 했다. 그러던 어느 날부터인가 그녀는 아들한테 가지 않았지만 아들은 그것을 눈치채지 못한 것 같았다.

사회성을 기르는 프로그램은 굉장히 좋아서 1년이 더 지나자 일리야는 난생처음으로 일을 하게 되었는데 일주일에 두 번 그 기관에서 배정해준 한 버스 정류장에 있는 가판대에서 신문을 팔았다. 일을 하고 받은 10달러로 작은 단골 가게에 가서 판 모양의 화이트 초콜릿과 콜라 한 병, 로또 같은 자신이 사고 싶은 것을 샀다. 그가 손가락으로 판 초콜릿을 가리키면 점원이 말했다.

"초콜릿?"

"초콜릿, 초콜릿."

일리야가 대답했다.

그런 다음에는 로또 표를 가리켰고, 그러면 점원이 그에게 동봉된 종이봉투를 내밀면서 말했다.

"자, 좋은 표를 골랐네……."

"좋은 표."

그가 따라 했다.

그의 삶은 너무 잘 풀려서 이제 같이 텔레비전을 볼 수 있는 친구들도 생겼다. 류드밀라가 발길을 끊은 때부터 러시아어 단어는 수많은 시를 외우던 그의 이상한 기억 속에서 완전히 사라진 듯했고, 수년 동안 외국에 살면서 러시아어는 어느덧 외국어가 돼버렸다.

5월 마지막 주에 일리야는 가판대에서 오전까지만 일하고 10달러를 받아서 판 초콜릿과 콜라 그리고 로또를 샀다. 그런데 그날 그가 산 로또가 1등을 했고, 덕분에 그는 상금으로 420만 달러를 받게 되었다.

그가 살던 기숙학교는 가난한 사람들을 위한 곳이었다. 따라서 백만장자는 그곳에서 살 수 없었다.

백만장자가 된 그는 그의 앞에 발생한 어려운 과제를 어떻게 풀어야 할지 몰랐다. 법에 따르면 그는 금치산자로 간주되어 후견인이 필요했다. 하지만 그의 어머니는 죽고 없었다. 그래서 아버지 일리야 브랸스키를 수소문했다. 오랫동안 수소문한 끝에 아버지가 뮌헨에 살고 있다는 사실이 밝혀졌다. 하지만 그의 흔적을 발견했을 때는 그도 얼마 전에 죽은 뒤였다. 변호사들은 그의 이복형제인 코스탸를 수소문했다.

그들은 코스탸를 불러들였고 그는 뉴욕으로 날아갔다. 그는 일리야와 첫 번째 부인 사이에 아들이 있다는 사실을 어렴풋이 기억했다. 의사들은 그에게 그의 형제가 병을 앓고 있다는 사실에 대해 미리 알려주었다. 코스탸는 그를 보고 경악을 금치 못했지만 티를 내지는 않았다. 그는 비쩍 마른 거구의 한쪽 어깨를 토닥거리면서 러시아어로 말했다.

"안녕, 형."

그러자 그는 밝은 미소를 지어 보였다.

"안녕, 형."

코스탸가 지갑에서 일리야의 사진을 꺼냈다.

"여기 일리야."

일리야는 사진을 두 손으로 잡더니 표정이 밝아졌다.

"일리야."

"난 코스탸야."

일리야는 잠시 생각하더니 어렵게 발음했다.

"곰."

하지만 코스탸는 올가가 그에게 보낸 이별 선물에 대해 아는 것이 전혀 없었다.

일리야는 '곰'이라는 단어를 몇 번 반복했고 그런 다음 시를 낭독하기 시작했는데…….

사색에 잠겨 교외를 배회하다
공동묘지에 들러,
철제 격자 펜스, 묘비, 화려한 관들…….*

그는 시를 끝까지 낭송했다.
"더 해줘."
코스탸가 부탁했다.

그러자 일리야는 병으로 온전하지는 않지만 여전히 뛰어난 기억력을 자랑하는 머릿속에서 또 다른 시 한 편을 끄집어냈다.

그는 고인이 된 아버지 일리야가 좋아하던 모든 시를 그의 억양과 목소리를 흉내 내면서 한참 동안 낭송했다.

코스탸는 이미 나이가 들었지만 병 때문에 끝내 어른이 되지 못한 그를 보면서 재치 있고 생기 있으며 재능 있던 계부를 떠올림과 동시에 이제 복지 시설이 아니라 부자들을 위한 요양 시설을 찾아 자신이 후견인 등록을 하고 정산해서 그가 다시금 인간

---

* 푸시킨의 시 '사색에 잠겨 교외를 배회하다' 중에서.

다운 삶을 살 수 있게 만들어야겠다고 생각했다.

그런 다음 그는 새로 생긴 형제를 데리고 카페로 갔다. 그러자 일리야는 한 손가락으로 베리류를 넣어서 만든 커다란 케이크를 가리켰다.

"한 조각만, 아니면 케이크 하나를 다?"

코스탸가 물었다.

"하나를 다."

일리야가 수줍은 듯 눈을 내리깔고 대답했다. 코스탸는 잠시 생각한 뒤에 다시 질문했다.

"케이크 하나를 다, 아니면 1인분만?"

일리야는 아까보다 더 수줍은 듯 엄청나게 큰 치수의 자신의 운동화를 보면서 입을 다물었다.

"알았어. 나름의 논리가 있구나."

코스탸가 고개를 끄덕이면서 말했다.

"논리."

일리야가 코스탸의 말에 기분 좋게 수긍한 뒤 말 잘 듣는 아이처럼 테이블 앞에 앉았다.

웨이트리스가 일리야가 먹을 케이크와 콜라 그리고 코스탸가 주문한 얼음이 들어간 생수를 가져왔다. 6월 중순밖에 되지 않은 뉴욕엔 더위가 벌써 시작되었지만, 궁색한 그곳에 에어컨이 있을 리 만무했다.

일리야는 아이처럼 좋아하면서 플라스틱 포크로 케이크 조각을 차례대로 먹어 없앴다. 일리야의 머리카락은 고인이 된 아버지와 똑같아서 어두운 갈색 곱슬머리였는데 벌써 흰머리가 드문드문 보였다. 얼굴에도 아버지의 모습이 남아 있긴 했지만 조금 왜곡돼 있었다.

코스탸는 영화 속 한 장면을 떠올리듯이 과거 일이 기억났다. 여덟 살이었던 자신과 일리야와 엄마 셋이서 발다이 호수나 일멘 호수, 아니 어쩌면 플레셰예보 호수 근처에 앉아서 모닥불 옆에서 일몰을 감상했는데, 계부는 길고 더러운 손가락으로 구운 감자에 묻은 재를 떨어내고 있었다. 호수 위로는 석양이 뿜어내는 분홍색과 빨간색, 노란색 빛이 일렁거리고 엄마는 윤기 나는 빨간 머리를 나풀대며 소리 내어 웃고 계부도 웃고 행복감에 젖은 코스탸도 웃으면서 그들을 영원히 사랑하리라 다짐했다.

불쌍한 일리야! 불쌍한 올가!

불쌍한 토끼

의사 드미트리 스테파노비치 둘린은 자기 인생에 대해서 곰곰이 생각한 뒤에 그냥 성공적인 것이 아니라 과분할 만큼 성공적인 삶이라고 평가했다. 사실 이런 생각을 자주 하지는 않았다. 대신 매주 수요일이면 어서 빨리 보고 싶어서 팔짝팔짝 뛰는 딸 마리나가 보는 앞에서 낡은 수건에 싼 새끼 토끼의 귀를 잡고 서류 가방에서 꺼낼 때면 그는 일종의 고귀한 만족감을 느끼곤 하는 것이었다. 딸은 부드러운 회색빛 새끼 토끼와 닮았는데 윗입술이 토끼와 비슷했다. 다만 토끼의 귀는 흰색이었고, 마리나는 토끼의 귀가 있을 자리에 하늘색 리본을 늘어뜨리고 있었다. 딸이 토끼와 같이 있는 모습을 사진으로 찍어두지 않은 것이 아쉬웠다.

드미트리 스테파노비치는 새끼 토끼를 딸에게 주었고 수건은 아내 니나에게 주었는데, 그러면 니나는 수건에 묻은 사료 알갱이를 쓰레기통에 떨어낸 다음 수건을 욕실에 가져가서 빨았다. 그것은 그가 매주 토요일이면 집에 가져왔다가 월요일이면 다시 토끼를 실험실로 가져갈 때 이용하는 토끼 전용 수건이었다.

그는 매번 다른 새끼 토끼를 가져왔는데 실험용 동물들이 들어 있는 우리에서 제일 먼저 집히는 토끼들이었다. 물론 실험군이 아니라 대조군에 속한 토끼였다. 실험군에 속한 토끼 중에도 비교적 건강한 동물들이 있었지만 이 토끼들은 둘린이 어렸을 때부터 농도를 낮춘 알코올을 투여해 알코올중독에 걸린 토끼들을 교미해 태어난 것들이었다. 둘린은 이렇게 태어난 토끼들을 관찰했다. 그의 논문 제목이 바로 '알코올이 새끼 토끼에 미치는 영향'이었기 때문이다. 알코올이 인간의 후손에게 미치는 영향은 이미 잘 알려져 있었다. 둘린이 시간제로 고용한 연구원 마샤가 바로 이런 부모님 밑에서 태어났는데, 눈알이 자주 미세하게 흔들리는 안구진탕증이 있었고 손가락이 떨리는 수전증도 있었다. 알코올중독자들 사이에서 칠삭둥이로 태어났지만 그녀의 경우 다행히도 뇌 손상은 없었다. 이를 통해 알 수 있는 것은 알코올중독자들도 똑똑한 자식을 낳을 수 있다는 것이었다.

마리나는 이와 관련해서 걱정할 필요가 전혀 없었는데, 아버지는 알코올 자체를 싫어해서 술도 안 마셨고 담배도 안 피우는 등 모든 점에서 건강한 생활 습관이 몸에 밴 사람이었다. 어머니의 경우 술은 1년에 석 잔 정도 입에 댔는데 그나마도 명절에만 마셨다.

마리나는 새끼 토끼를 자기 방에 데려가서 인형 침대에 누이고 장난 삼아 세수도 시키고 끌어안기도 하고 뽀뽀도 하고 당근도 먹였다.

드미트리 스테파노비치는 시골 출신이어서 동물을 많이 봐왔고 포돌스크 시가 커져서 그들이 살던 작은 시골 마을을 흡수해 도시 사람처럼 살게 되기 전까지는 계속 시골 사람처럼 살았다. 하지만 그런 뒤에도 둘린이 도시적인 삶을 살게 되기까지는 시간이 꽤 걸렸다. 도무지 이해할 수 없는 계획에 따라 5층짜리 건물들이 지어졌는데 모든 시골집을 다 부순 것은 아니고 이 건물이 들어설 부지를 차지하고 있던 집들만 철거했다. 둘린의 집은 부수지 않았지만 농장 일은 못 하게 되었는데, 닭과 고양이, 개만 남기고 염소 한 마리와 새끼 돼지 한 마리를 먼 시골에 사는 할머니 자매에게 보냈기 때문이었다.

그 무렵 젖소는 더는 키우지 않았다.

집 옆에 있는 우물은 무슨 연유에서인지 메워버렸고 급수 시설은 설치되지 않았다. 그래서 물을 긷기 위해서 수도가 있는 곳까지 1.5킬로미터를 걸었다. 이렇게 해서 어린 드미트리는 도시와 시골을 오가면서 살았는데 시골집에서 입는 거지 같은 옷을 입고 도시 학교로 등교했고, 공부도 잘 못해서 대다수의 도시 아이들 사이에서 무시당하는 소수의 시골 아이 중 한 명이었다.

어머니는 기력이 있을 때는 공부를 못한다는 이유로 가녀린 주먹으로 마구 때렸고 높고 째지는 목소리로 제풀에 쓰러질 때까지 고래고래 소리를 질러댔다. 세월이 흘러 드미트리가 의사가 되었을 때 그는 어머니의 과거 증상에 '히스테리'라는 진단을 내렸다. 갑상샘저하증도 의심스러웠다. 하지만 드미트리가 정확한 진단을 내릴 수 있게 되었을 때 어머니는 이미 이 세상 사람이 아니었다.

어린 드미트리는 삼촌 콜랴한테도 벌을 받았는데, 삼촌의 경우 때리지는 않고 한쪽 귓불의 윗부분을 엄지손가락과 집게손가락으로 솜씨 좋게 잡아당기기만 했다. 그가 벌을 받을 때 어머니는 삼촌을 말리지 않았고 드미트리는 그런 어머니가 야속했다. 다행히도 할머니는 드미트리 편을 들어줬다. 술을 많이 마셔서 비쩍 마른 콜랴 삼촌은 시골 사내였고 혼자 사는 여자들을 자주 기웃거려서 할머니는 그를 바람둥이라며 무시하면서도 무서워했다. 그 두 사람은 거의 동시에 죽었는데 콜랴 삼촌은 알코올 중독으로, 할머니는 노환으로 죽었다. 드미트리와 달리 어머니는 정말 운이 나빴다. 어머니는 사람들이 그들의 농가를 철거하러 왔을 때 자신의 어머니처럼 쓰러졌고 그렇게 숨을 거두고 말았다. 새집인 데다 가스도 뜨거운 물도 나오는 원룸으로 옮기는 것은 보지도 못했다. 어머니는 군인의 미망인이라든지 3급 장애인이라든지 공산당 우수 노동자라는 서류를 낼 것도 없이 아파트를 거저 받게 된 것이었다. 아무 이유도 없이 말이다. 포돌스크에 있는 새 아파트를 모스크바 아파트에 있는 방 하나와 맞교환해서 어머니를 모스크바에 모시려고 한 드미트리의 꿈은 결국 헛된 것이 되었다. 결국 운 나쁜 어머니 덕분에 아들은 아파트를 교환해서 이사를 하는 수고를 덜게 되었다.

그는 늘 자기 어머니를 딱하게 여겼다. 하지만 어머니와 달리 그는 일찍, 그것도 아주 일찍 언젠가 그곳을 떠나 자기 몸에서 지긋지긋한 촌사람의 흔적을 도려내리라 마음먹었다. 초등학교부터 7년간 학교에 다닌 뒤에 그는 준의사 양성 학교에 입학했다. 마침 그 학교에는 사내아이들이 적어서 귀한 몸이었던 데다 그는 성실했다. 그 후 군에 입대해서는 전공 분야에 맞춰 군의관으로 복무했다. 군 복무 후에는 포돌스크를 떠나서 모스크바에 있는 의대에 시험을 보지 않고 특별 전형으로 입학했다. 그때부터 그는 진짜 도시 사람이 되었다.

둘린에게 시골 생활에서 남은 것이라고는 동물과 소통하는 버릇뿐이었다. 그는 집에서 고양이를 키우던 것도 종종 그리웠다. 마리나에게 매주 토요일마다 토끼를 갖다준 것도 동물을 두 손으로 안고 있으면 온기가 전해져서 기분이 좋아졌기 때문이다. 하지만 니나는 집에서 동물 키우는 것을 싫어해서 고양이를 못 키우게 했다. 그리고 둘린은 니나가 원치 않는 것은 하지 않았다.

그들은 의대 3학년에 재학 중일 때 결혼했다. 드미트리는 니나보다 여섯 살 연상이었고, 후줄근한 차림의 그녀는 훤칠한 키에 진지하고 겸손한 그의 모습에 반했다. 그녀는 그에게 실망하지 않았고 그는 그녀에게 무척 고마워했다. 모스크바 거주 등록을 하게 해주고 신경학과 전공의 과정을 마치고 대학원 박사과정도 마치도록 옆에서 도와준 아내에게 드미트리는 늘 고마운 마음을 갖고 있었다. 사실 이 일은 그가 원한 것이 아니라 니나가 지인들을 동원해 연구소에 있는 자리를 하나 찾아내서 남편을 거기에 앉힌 것이었다. 니나 자신은 지역 병원에서 일했기 때문에 그들은 금세 아파트를 받을 수 있었다.

처음에 둘린은 대학원 박사과정의 필요성을 못 느껴서 안 하겠다고 버텼다. 박사 학위를 받는 것이 소원이라면 아내가 박사 학위를 받으면 될 것이 아닌가 하고 말이다. 하지만 니나의 생각은 달랐다. 결국 신경학 전공이었던 둘린은 정신과 박사과정에 입학하기 위해 정신과 교과서를 읽고 내용을 습득한 뒤 대학원에 입학했다. 그는 알코올중독 관련 주제를 연구하도록 배정받았고, 알코올중독자들의 심리 변화, 알코올중독자들의 행동 변화, 섬망 증상을 포함해서 당시 연구할 수 있는 것은 모두 연구했다.

3년 동안 마리나는 그가 집에 데리고 오는 토끼와 놀았는데 둘린은 이 시기 동안 알코올 섭취를 거부하는 실험용 토끼들에게 희석한 알코올을 깔때기로 주입했다. 그렇게 둘린은 박사 논문 심사를 통과해 연구원이 되었다. 그때부터 그는 집에 새끼 토끼를 집에 데려오지 않았고 대신 마리나가 아버지와 함께 실험동물 사육장에 견학을 오곤 했는데 거기에는 토끼도 있고 흰 쥐도 있고 개와 고양이도 있었다. 원숭이를 사육한 적도 있었다.

둘린이 논문을 다 써갈 무렵 연구 결과는 그가 예측한 대로 나왔고 어떤 새로운 발견도 없었기 때문에 문득 자신이 잘하고 있는지 의구심이 들기 시작했다. 그때 실험실 책임자이자 논문 지도 교수였던 카르포프 교수가 그를 안심시켰다.

"자신에게 관대하지 않은 것은 학자에게는 큰 장점입니다. 정말이지 평생 그 어떤 발견도 하지 않은 채로 평생 존경받는 학자로 사는 분들도 있어요. 우리는 학문을 움직이는 말과 같은 존재여서 종종 의심스러운 발견을 하는 사람들보다는 오히려 우리 같은 사람이 학문을 발전시킨답니다. 천재들은…… 그들에게는 그들의 역할이 있는 거지요!"

둘린은 책임자가 누구를 빗대어 말하는지 너무나도 잘 알고 있었다. 그가 말하는 천재란 바로 빈베르크를 두고 한 말이었다. 둘린은 빈베르크의 실험실에서 발생한 화재를 계기로 그와 우연히 친해졌다. 2년 전에 둘린이 그가 있는 층에 혼자만 남아 뭔가를 계산하고 있었는데 그곳 배선에서 화재가 발생했다. 그는 코가 예민해서 화재를 감지하고 소방차를 불렀고, 소방대원들이 도착하기 전에 차단기를 내리고 혼자 전부 불을 껐다. 정작 실험실에는 소방대원들을 들여보내지 않았는데, 외부인이 들어오면 물건이 분실되는 등 안 좋은 일만 생기기 때문이었다. 소방서 총책임자와 화재 관련해서 얘기를 하고 그가 실험실 내부를 전부 둘러보게 한 뒤에 사고 경위서에 서명했다. 빈베르크는 그날 그런 둘린을 마음에 들어 했다. 그때부터 둘린은 그를 만나러 오고는 했다.

빈베르크는 진정한 교수이자 엄청난 학력을 자랑하는 사람이었다. 게다가 엄청난 괴짜여서 학문에 관해 얘기하는 것을 좋아했다. 그는 먹는 것보다 질문받는 것을 좋아해서 언제 어디서든 늘 강의할 준비가 돼 있는 사람이었다. 직위가 높지도, 그다지 지적 능력이 뛰어나지도 않았던 둘린은 모두가 아는 유명인과 친분을 쌓는 것을 생각해본 적도 없었다. 하지만 화재 사건 덕분에 둘린은 거의 매일 저녁 빈베르크의 연구소에 차를 마시러 들를 수 있게 되었다.

그로부터 둘린 박사는 프로이트 박사의 이론, 융 박사의 원형 개념 그리고 군중심리학처럼 소련 교과서에는 없는 내용에 대해서 듣게 되었다. 빈베르크는 원래 노인학과 어떤 노인성 정신질환을 연구했지만 박학다식해서 어떤 학문에 대해 대화를 해도 무척 흥미로운 이론을 펼칠 수 있었다. 물론 알코올중독도 예외는 아니었다.

빈베르크는 전쟁이 발발하기도 전에 독일을 떠나 소련으로 망명을 왔고, 많은 이들은 그런 그의 의도를 의심했다. 망명 온지 한 달이 되었을 때 소련은 그를 체포해 독일군이 찾지 못하도록 근 20년 동안 수용소에 가두었고, 스탈린이 죽자 그를 체포한 것은 실수였다며 그의 명예를 회복시켜주었다. 그는 수용소에서 석방되고 몇 년 만에 학계에서 자기 자리를 차지했다. 얼마나 오랜 세월을 수용소에서 보냈던가! 그곳에서도 병원 의사로 일하면서도 학자로서 많은 연구를 할 수 있을 것 같았는데 결과적으로 그는 현대 과학과 보조를 맞추지 않고 앞을 내다봤으며 단행본 두 권을 바로 쓰고는 논문 발표도 없이 박사 학위를 받았다. 소련 전역에 있는 정신과 의사들이 그에게 상담을 받기 위해 다녀갔다. 엄청난 권위자가 된 것이었다. 하지만 모두가 인정한 것은 아니었다. 그를 싫어하는 사람들도 많았다. 그는 외지인 중의 외지인이었으며, 게다가 유대인이자 독일에서 온 사람이었는데 허황된 내용을 전파하는 데다 소련 내에서는 굉장히 생소한, 유럽인이라는 우월감까지 갖고 있어서 그를 싫어하는 사람들이 많았다.

"드미트리 스테파노비치! 지금껏 알코올중독의 사회구조적 측면과 알코올중독자의 사회적 행동은 그 누구도 연구한 적이 없죠. 이걸 연구하기에 러시아만큼 좋은 나라도 없다고 봅니다. 나라 전체가 거대한 실험실이라고 해도 과언이 아닐 정도입니다. 하지만 알코올 소비와 공격적인 행동 간의 상호 연관성에 대한 통계자료는 어디에 있나요? 그런 통계는 없습니다. 내가 조금만 더 젊었다면 반드시 이 문제에 대해 연구했을 겁니다. 전망이 아주 밝은 분야입니다. 그러니 연구하세요! 반면에 소매틱스*는 그다지 흥미로운 분야가 아닙니다. 이건 유전자적 단계에서 연구해야 의미가 있습니다. 그리고 토끼는 좋은 실험 대상이 아닙니다. 토끼는 초파리와 다릅니다! 다른 한편으로 보면 알코올탈수소효소는 단순한 효소이고, 모두 동일한 것을

---

* 근육의 움직임을 의식하고 통제함으로써 몸을 회복하는 운동법을 뜻한다.

갖고 있어요. 아니, 아니, 내가 박사라면 알코올중독자의 폭력성을 연구했을 겁니다."

빈베르크는 문법적으로는 손색이 없지만 다소 경직된 독일식 억양이 섞인 러시아어로 그에게 말했다.

하지만 둘린의 연구에서는 알코올중독으로 인한 폭력성이 전혀 관찰되지 않았다. 알코올중독 증세를 보이는 토끼들은 처음에는 몸을 미세하게 흔든 뒤에 잠이 들었다. 식욕도 감퇴하고 체중도 줄긴 했지만 그들은 사람을 물지도 않고 공격하지도 않는 등 여전히 온순했다. 한마디로 말해서 어떤 공격성도 보이지 않았다. 게다가 알코올에 중독된 암컷들과 교미한 수컷 토끼의 경우, 교수의 주장과 달리 공격적으로 변하기는커녕 오히려 강하기로 소문난 토끼 특유의 생식력이 감퇴했다. 따라서 해당 수컷이 더는 제 역할을 하지 못하자 종족을 번식시킬 목적으로 아직 어린 수컷 토끼를 투입해야 했다.

둘린이 겨우 용기를 내 빈베르크 교수에게 그가 한 실험들은 알코올중독 토끼들의 공격성을 전혀 증명하지 못했다고 말하자 교수는 웃으면서 말했다.

"드미트리 스테파노비치, 고차신경활동은 어쩌고요? 사람은 토끼와 달리 상당히 복잡한 생명체입니다! 게다가 토끼는 초식동물이며 사람들은 육식동물에 가깝다고 볼 수 있습니다. 식품에 대한 기호도 측면에서 보면 사람은 잡식동물인 곰에 가깝단 말입니다! 섭취하는 식료품의 종류만 봐도 호모사피엔스에 견줄 만한 종은 없다고 봅니다. 인도에서는 채식하는 사람을 굉장히 많이 만날 수 있고 북부 지역에 사는 민족들은 종자를 주로 섭취합니다. 따라서 두 부류 모두 이론적으로는 높은 공격성을 보이지 않을 것으로 추측할 수 있습니다."

교수는 마치 환자를 진료하려는 듯이 각질이 일어난 깨끗한 두 손바닥을 문지르면서 자기가 펼친 논리를 흡족해했다.

"흥미로워요, 흥미로워! 내 생각에는 생화학부터 시작하는 게 좋을 것 같소. 데어 멘슈 이스트, 바스 에어 이스트(Der Mensch ist, was er isst).* 게다가 사람은 술도 마시죠!"

이 말을 하고 그는 아무런 이유 없이 보르쿠타에 있는 치과에서 빈 출신의 치과 의사가 해준 금속 재질의 이빨을 보여주면서 웃었다. 둘린은 과거에 학교에서 배운 독일어가 떠올랐는지 문맥상 의미를 이해한 건지는 모르지만 박사가 말한 문장을 '사람을 그가 먹는 음식으로 판단한다'라는 의미로 이해했다.

빈베르크는 인류학이면 인류학, 라틴어면 라틴어, 유전학까지 모르는 것이 없었다. 하지만 치과에 갈 시간은 없는 것 같았

---

*   독일어로 '당신이 먹는 것이 곧 당신이다'라는 뜻.

다. 책을 읽고, 생각하느라 바쁜 데다 머릿속에 시대를 앞서가는 이상한 생각이 떠오르면 이것을 메모하는데 정신이 팔려 있었기 때문이리라.

그는 둘린을 포함해 만나는 모든 사람들에게 굉장히 많은 이야기를 들려주었다. 하지만 집 안에서만 하는 이야기도 있었다.

"참 미성숙한 나라야!"

그는 수용소에 있던 병원에서 만난 아내에게 말했다.

"러시아는 어린아이들의 나라라고! 문화는 어른들의 자연적 충동을 봉쇄해. 하지만 아이들은 예외지. 문화가 없으니 봉쇄도 없지. 러시아인들은 부모를 공경하고 순종하면서도 동시에 통제가 안 되는 아이같이 미성숙한 공격성이 있어."

베라 사무일로브나는 무시하듯이 손사래를 쳤는데, 그와 대화할 때 그렇게 손사랫짓할 수 있는 유일한 사람이었다.

"에드윈, 무슨 그렇게 바보 같은 소리가 다 있어요? 독일 사람들은 어떤데요? 독일은 유럽에서 가장 수준 높은 문화를 자랑하는 나라가 아니던가요? 그렇다면 그들의 문화는 왜 원시적인 자연적 충동을 그대로 표출하는 거죠?"

베라 사무일로브나는 도박을 하는 젊은이처럼 남편에게 달려들었고, 에드윈 야코블레비치 빈베르크는 마치 코에 그의 지성이 집중돼 있기라도 하는 듯이 습관적으로 코를 만지작거렸다.

"메커니즘이 달라, 베라. 메커니즘이 다르다고. 다스 이스트 클라어. 젤프스트페어슈텐들리히(Das ist klar. Selbstverständlich).* 이건 증명이 가능해. 의식 수준, 그걸 생각해야 해!"

그렇게 말한 다음 그는 머릿속으로 자기가 한 말의 학문적 근거를 찾기 위해서 고민하느라 한참 동안 침묵했다.

그들 사이에 자식은 없었다. 수용소에 있을 때 아들을 하나 낳았지만 그곳에서 죽었다. 그 뒤로 그들은 모든 힘과 우연찮게 살아남은 재능을 직업에 쏟아부었다. 베라 사무일로브나는 전공인 내분비학에 미쳐 있어서 인류의 영생과 연관이 있다고도 볼 수 있는 인공호르몬을 합성했다. 빈베르크는 아내의 연구를 인정하지 않았다. 영생에는 전혀 관심이 없었기 때문이다. 이 부분에서 두 사람의 학문적 관심이 첨예하게 대립했는데 노인학은 영생과 절대로 맞지 않았기 때문이다. 빈베르크는 그렇게 믿었다. 하지만 베라는 호르몬을 믿었다.

부부는 밤마다 이야기할 거리가 많았다. 전쟁 전에 누리던 음악대학교, 도서관, 학문과 문학을 전부 잃고 수용소 막사와 병원, 열악한 환경에서 다양한 질병을 치료한 뒤에 비로소 책과 레코드판으로 가득한 자그맣고 따뜻한 집에서 부른 배를 두드리

---

* 독일어로 '그건 명백해. 자명하다고'라는 뜻.

면서 함께 앉아 있노라면 무척 행복했다.

둘린은 전처럼 알코올중독을 연구했지만 이제는 학문적인 관점을 고수하지 않고 자신의 지식을 일에 적용했다. 그가 근무한 부서에서 알코올중독자들을 치료하고 있었지만, 결과는 썩 좋지 않았다. 급여는 170루블* 이상으로 좋은 편이었다.

3년이 지났고, 이번에는 니나의 도움 없이 그에게 좋은 일이 생겼다. 여성 연구원 한 명이 퇴직하는 바람에 책임 연구원 직이 공석이 된 데다, 박사후 논문까지 이미 써놓은 가장 촉망받는 루자예프 박사가 갑자기 카잔 의대에 학과장으로 가게 된 것이었다.

한꺼번에 두 자리가 비었고 신청자를 모집하는 공고가 났다. 둘린은 지원할 생각도 안 했지만 학과장이 그에게 서류를 준비하라고 말했다. 그리하여 1972년 가을에 둘린은 드디어 책임 연구원이 되었다! 사실 이것은 고속 승진이었고, 적응하는 데 겨울 한 철이 걸렸다. 아침마다 안전한 면도칼에 거품을 묻혀서 볼부터 턱까지 수염을 밀면서 그는 거울 속 자기 자신에게 혼잣말

---

* 소련 시대 평균 급여는 130루블 정도였고, 연구원의 경우 평균 급여가 120루블 선이었다.

로 "드미트리 스테파노비치 둘린, 책임 연구원님!" 하고 말했다. 여기까지 오는 데 10년에서 15년은 족히 걸릴 거라고 생각했는데 이렇게 쉽게 올라오다니 믿어지지 않았다.

한편으로는 자랑스러웠지만 다른 한편으로는 걱정이 됐다…….

부서 일은 잘되었다. 이제 그는 알코올중독성 편집증을 연구했는데 병실 두 개를 맡아 거기에 있는 환자들을 연구하고 치료했다. 망상에 기인한 질투, 심각한 환각 증세, 피해망상에 시달리고 지나치게 흥분하거나 반대로 지나치게 의기소침한 이들은 항정신병제로 인해서 화를 잘 내거나 반대로 몸이 축 늘어지곤 했고, 지적장애가 있는 보드라운 토끼와 공통점이 적었다. 잠시라도 한눈을 팔면 그중 많은 이들이 공격적으로 돌변하곤 했다. 침대에 묶어두는 사람도 있고, 진정제를 투여해서 진정시키는 경우도 있었지만, 가장 공격적인 환자인 경우 자신의 질병으로부터 벗어나 곧바로 하느님 품으로 가기 위해서 유리창을 깨는 사람도 있었다. 그의 부서를 통틀어 철창이 없는 창문은 두 개밖에 없었는데 그중 하나는 과장실 창문이고 나머지 하나는 치료실 창문이었다. 그러던 중 초봄에 환자 한 명이 창밖으로 뛰어내리는 사고가 있었다. 2층이어서 큰 화는 면했다. 하지만 한쪽 팔이 부러졌다. 그런데 그는 전 국민의 사랑을 받고 존경받는 배우였기 때문에 모두들 충격이 어마어마했다. 그가 앓고 있는 섬망은 굉장히 흔한 것이었는데, 그는 작은 인간들이 자신을 쫓아다닌다면서 두려움에 떨며 끊임없이 그 작은 인간들을 자기 몸에서 떨어내면서 그들로부터 벗어나려고 애썼다.

둘린은 아미탈과 할로페리돌을 이용해서 그를 괴롭히는 작은 인간들을 쫓아냈다.

얼마 뒤에 배우는 회복되었고 예쁜 아내가 그를 데리러 왔는데 그녀도 배우였다. 간호사들에게는 초콜릿 여섯 상자를, 의사에게는 환자의 초상화를 선물했는데, 그 초상화는 지금도 커다란 사인과 함께 그의 진료실에 걸려 있다. 술을 안 마시는 둘린은 코냑 한 병을 선물로 받았다. 둘린은 굉장히 흡족했는데, 코냑을 받았기 때문이 아니라, 입원할 때만 하더라도 사지가 멀쩡했던 배우가 깁스를 한 채 퇴원했는데도 아무 소란도 뒷말도 없었기 때문이었다. 사실 그 사고는 그들의 부주의에서 비롯한 것이었다.

그는 자신의 편집증 환자들을 싫어한 정도가 아니라 경멸했다. 그래서 그들 모두를 없는 사람 취급했지만 내심 알코올중독의 경우는 진짜 병이 아니라 흔히 있을 수 있는 인간의 타락 정도로 여겼다. 한편 아내 니나는 지역 병원에서 아침부터 밤까지 청진기를 환자의 몸에 대고 진단하고 배를 만지면서 촉진했으며, 병가용 진단서와 처방전을 써주는 등 평범한 의사가 하는 일을 수행하고 있었다. 둘린은 이곳에서 자기가 하는 일이 그저 학술적인 말장난이 아닌지 의심했다. 하지만 전반적으로는 일에 만족했다. 좋은 직장이었다.

한번은 한여름 휴가철에 원장실 비서인 엘레오노라 빅토로브나가 둘린을 호출했는데, 그 여자는 검은 머리에 눈썹이 진한, 전성기에 접어든 미인이었고 병원 내에서 엄청난 권력을 휘두르고 있었다. 그런 그녀가 그를 쳐다보고 고개를 끄덕이고는 불만 섞인 미소를 지어 보였다.

"드미트리 스테파노비치 선생님, 특수 병동에 선생님께서 상담을 좀 해주셨으면 하는 환자가 있습니다."

둘린은 초조해졌다. 말이 좋아 부탁이지 사실은 명령이었다. 특수 병동에 정치범들이 수용돼 있다는 것은 누구나 아는 사실이었고, 그곳에서 일하는 직원들은 모두 출입증을 갖고 드나들었으며 하나같이 특이하고 과묵했다. 외부에서는 그곳에서 일어나는 일에 관여하려고 하지 않았다. 상담이 필요하면 과장인 카르포프를 불렀는데 마침 그는 휴가 중이었다. 책임 연구원이자 공훈 의사인 쿨첸코는 레닌그라드에서 하는 컨퍼런스에 참석하러 떠나고 없었다. 둘린은 거절 의사를 밝혔다.

"엘레오노라 빅토로브나! 저도 그러고 싶은 마음은 굴뚝같지만 말입니다. 그럴 수가 없습니다. 저한테는 출입증이 없거든 요."

엘레오노라 빅토로브나는 정수리와 뒤통수 부분이 풍성한, 유행하는 올림머리를 손으로 가다듬으면서 미소를 지으며 말했다.

"출입증은 저희가 만들어놨어요. 여기 서명하세요."

이 말을 하고 그녀는 그에게 공작석 거치대에 꽂혀 있던 공작석 펜을 내밀었다. 둘린은 펜을 받아 들고도 여전히 거절 의사를 밝혔다.

"제가 단 한 번도 의료 감정에 참여한 적이 없어서 말입니다. 카르포프 과장은 2주 후면 돌아올 거고 쿨첸코는 다음 주 월요일이면 출근할 겁니다."

엘레오노라 빅토로브나의 입이 일그러졌다.

"전문의라면 누구든 의료 감정에 참여할 수 있다는 걸 모르셨어요? 선생님은 의료 감정을 하셔야 할 의무가 있단 말입니다! 법에 명시돼 있어요. 게다가 지금은 상담만 하시는 거고요."

무언의 압박이나 다름없는 엘레오노라 빅토로브나의 침묵이 잠시 이어졌고, 둘린은 거부가 무의미하다는 것을 깨달았다. 그는 결국 서류에 서명했다…….

"목요일 11시쯤 특수 병동에 오세요. 출입증은 주문해놓을 겁니다. 지금은 특수 병동 과장님인 딤시츠 교수님이 선생님과 애기를 좀 나누길 원하십니다. 곧 원장실에서 나오실 테니 여기에서 기다리세요."

"네, 그럼요, 그렇게 할게요."

둘린은 불길한 예감을 느꼈지만 고개를 끄덕이며 말했다.

그는 불길한 예감이 드는 붉은색 천이 씌워진 의자에 앉았다. 딤시츠라는 사람에 대해 안 좋은 이야기를 들은 적이 있었지만 정확히 어떤 내용이었는지 기억나지 않았다.

얼마나 시간이 지났을까? 드디어 원장실 문이 열리고 희멀건 대머리에 오른쪽에서 왼쪽으로 가로지르는 형태의 숱이 많지 않은 회색 부분 가발을 쓴 뚱뚱하고 작달막한 사람이 나왔다.

"예핌 세묘노비치, 둘린 박사님이 기다리고 계십니다. 뵙고 싶다고 하셨지요."

엘레오노라가 딤시츠를 보면서 자리에서 일어났다.

나이 든 미인은 그보다 머리 하나만큼 커서 그에게 허리를 숙여 인사했다. 그녀 앞에 선 그는 난쟁이 요정처럼 작아 보였다. 하지만 그녀에게서는 그를 두려워하는 기운이, 그에게서는 그녀를 위협하는 기운이 뿜어져 나오고 있었다. 둘린의 불길한 예감은 커져만 갔고 그는 마치 외국어로 연기하는 연극을 지켜보는 것처럼 지금 일어나는 일이 생경했다.

누구도 둘린에게 엘레오노라가 딤시츠와 결혼했었고 전쟁이 발발하기 직전에 그를 떠나 새파랗게 젊은 남자한테 갔지만 그 남자는 행방불명이 됐고, 1946년에 다시 딤시츠에게 돌아와서 그와 잠시 살다가 또다시 그를 버렸다는 사실을 말해주지 않았다. 따라서 둘린은 자기도 모르는 새 복잡하고 미묘한 관계의 관찰자가 돼 있었다.

딤시츠가 둘린 쪽으로 시선을 돌려서 말했다.

"네, 네, 좋습니다. 혹시 전에 정신질환 의료 감정에 참여한 적이 있나요?"

둘린은 알코올중독 치료와 관련한 의료 감정 일은 수도 없이 많이 해왔다. 하지만 그 순간 그는 무슨 연유에서인지 당황해서 겨드랑이와 등, 가슴에 땀이 났다.

"네, 물론입니다."

난쟁이는 그를 평가하고 있었다. 점수는 높지 않아 보였다.

"선생님과 미리 얘기를 좀 하고 싶었는데 지금은 시간이 없네요. 목요일 10시 반에 오셔서 환자를 보시기 전에 제 진료실에 잠깐 들르세요."

이 말을 하고 딤시츠는 작은 구두 굽을 또각거리면서 계단을 따라 3층으로 올라갔다.

'아동용 신발을 신나 보군.'

둘린은 경멸하듯 생각했다. 그의 생각은 옳았다. 교수의 발 치수는 220밀리미터였다.

땀에 흠뻑 젖었다가 완전히 마른 뒤 여전히 두려운 기운에 휩싸인 채로 둘린은 저녁 7시가 넘은 시각에 의료원에서 나오면서 빈베르크와 마주쳤다. 비쩍 마른 데다 자세가 꼿꼿하며 닳아 빠진 회색 양복에 줄무늬 실크 넥타이를 매고 오드콜로뉴를 뿌린 그는 평소처럼 우아했다.

'확실히 넥타이 때문만은 아니야. 원래 저렇게 타고난 거야. 비스킷처럼 메마르고 비쩍 말랐어.'

둘린은 그를 보면서 생각했다.

둘린 자신은 최근 2, 3년 동안 돌아가신 어머니 몫과 할머니 몫 그리고 정신과 의사만 알 수 있는 마음속 깊숙이 자리한 배고팠던 어린아이의 몫까지 많이 먹었고 살이 쪘다.

그들은 함께 지하철역 방향으로 걸었다.

"특수 병동의 의료 감정 일을 맡는 것 때문에 호출을 받았어요."

둘린은 그를 보자마자 바로 보고하듯 말했다.

빈베르크는 깔끔히 손질한 눈썹을 치켜올리면서 말했다.

"그런 일이 있었군요? 신뢰를 받았나 봅니다. 드미트리 스테파노비치, 선생님은 공산당 당원인가요?"

"물론이죠. 학교를 졸업하고 군 복무도 했으니까요. 당시에는 당에 안 들어가는 사람이 없었습니다."

"그렇군요, 당의 규정이니까. 안 갈 수 없겠군요."

빈베르크가 말했다.

"보통 카르포프 선생님이…… 그분은 휴가 중입니다."

둘린은 변명하듯 말을 꺼냈고, 자기도 그런 자기 자신에게 놀랐다.

"아마 거기에 알코올중독자가 있거나 아니면 알코올중독과 관련된 일이 있나 봅니다. 에드윈 야코블레비치 선생님, 우리 나라에서는 배우도, 학자도, 우주 비행사도 모두 하나같이 술을 마십니다. 얼마 전에 우리……."

그리고 둘린은 그에게 공훈 배우와 관련된 불미스러운 사건 하나를 이야기해주었다.

"수용소에 있을 때 굉장히 재능이 뛰어난 작가와 같은 방을 썼거든요. 굉장히 교양 있는 사람이었어요. 감옥에서도 감을 잃지 않기 위해서 릴케의 시를 번역할 정도였습니다. 참, 릴케의 시는 모르겠군요. 이곳 세르비아 국립 의료원에서 그 작가는 1930년대 초에 의료 감정을 받았고, 그는 자기를 알코올중독자로 인정해주길 무척 바랐습니다. 결국 그 사람 뜻대로 됐죠. 당시 그는 감옥에 가지 않고 병원으로 보내졌습니다. 그렇게 3년 동안 치료를 받았습니다. 하느님께 감사하면서 책도 읽으면서 시간을 보냈습니다. 하지만 이후에 결국 감옥에 가게 되었죠. 맞아요, 릴케. 릴케 얘기를 하다가……. 아이러니하게도, 전쟁이 발발하기 전만 하더라도 박해당하는 사람들이 정신병원에 가서 당국의 박해를 피했지만, 지금은 다름 아닌 정신병원에서 박해를……."

"저는 딤시츠 박사가 얘기 좀 하자고 불러서 갔던 것뿐인데요……."

둘린은 조용히 항변했다.

하지만 빈베르크는 그의 말을 못 들은 사람처럼 갑자기 둘린 쪽으로 몸을 홱 틀더니 말했다.

"죄송하지만 제가 서점에 가는 걸 깜빡했군요! 다음에 봅시다!"

그런 다음 그는 메트로스트로옙스카야 거리 방향으로 걷기 시작했다.

빈베르크는 혼란스러웠다. 혼자서 화재를 진압했던 결단력 있는 젊은이, 어리석고 식견은 좁지만 양심적이고 점잖은 축에 속하는 이 젊은이가 그에게 조언을 구하려고 한 것 같았기 때문이다.

순박하고 양심적인 바보한테 무슨 말을 해주면 좋을 것인가?

똑똑한 사람이어도 이 상황에서 빠져나오기는 어려워 보였다. 빈베르크는 서점을 지나쳤다. 서점 얘기는 그저 둘러대느라 한 얘기였다.

그의 아버지 야코프 빈베르크는 베를린에서 저명한 변호사였는데 히틀러가 집권했을 때 이렇게 말했다.

"변호사로서 나는 항상 빠져나갈 출구를 찾아내왔고, 모든 일에는 적어도 하나 이상의 출구가 있다는 것을 알고 있습니다. 대개는 출구가 두세 개쯤 됩니다. 하지만 이번 정권은 어떤 출구도 존재하지 않습니다."

야코프 빈베르크는 결국 자기 말이 옳았다는 것을 끝내 알지 못한 채 죽었다.

'이 정권도 사람에게 빠져나갈 구멍을 주지 않는군. 단 하나의 출구도 허락하지 않아. 늘 명예와 양심을 가진 사람들을 굴복시킨단 말이야.'

빈베르크는 이렇듯 슬픈 상념에 빠져들었다.

특수 병동은 다른 건물에 있었는데 지하철로 세 정류장 거리에 있었다. 목요일 10시 30분에 둘린은 을씨년스러운 문에 달린 벨을 눌렀다. 그러자 흰 가운을 걸친 여자 수위가 문을 열었다.

"누굴 찾아오신 거죠?"

둘린은 출입증을 보여주었다.

"면담을 하러 왔습니다. 딤시츠 교수님을 뵙기로 했습니다."

"잠시만요."

그 여자는 고개를 끄덕이더니 바로 코앞에서 문을 세게 닫았다. 몇 분이 지나서 문이 다시 열렸는데 이번에 문을 연 사람은 키가 크고 머리를 화려하게 손질한 다른 여자였다. 그녀는 분홍색 원피스를 입고 있었다.

'저지 원단이군. 니나는 저지라면 사족을 못 쓰는데…… . 어디에서 구했는지 물어볼 수도 없고…… .'

둘린이 생각했다.

"안녕하세요, 안녕하세요! 기다리고 있었습니다."

여자가 억센 손을 내밀면서 말했다.

"마르가리타 글레보브나입니다. 제가 환자 주치의입니다. 예픔 세묘노비치 선생님이 기다리고 계십니다. 선생님을 뵙고 나면 제가 환자를 보여드리죠."

겉으로 봤을 때 복도나 문 모두 일반 병동과 다를 바 없어 보였다. 복도에 지나가는 사람이 아무도 없다는 점만 빼면 말이다.

병실 문은 무거운 이중문이었는데 구리 명패가 달려 있었다. 진료실은 놀랍도록 넓었고 깨끗이 살균돼 있었다. 깨끗한 작업대 위에는 종이 한 장, 먼지 한 점 없었다. 책상 앞에 앉은 난쟁이는 지난번과 달리 꽤 상냥했다.

"드미트리 스테파노비치 선생님, 앉으시지요."

둘린은 방 한가운데 놓인 불편한 책상 앞에 앉았다. 반들거리는 수많은 나무쪽을 이어 붙인 쪽매가 그와 과장 사이를 가로막고 있었다. 너비가 3미터는 돼 보였다.

'수사관 같군.'

둘린이 생각했다. 그는 언젠가 KGB 사무실에서 이런 의자에 앉은 적이 있다. 같은 학년의 학생 한 명이 어떤 불미스러운 일을 저질러서 둘린도 불려 가기는 했지만 그곳의 영리한 직원들은 둘린이 그 일과 전혀 무관하다는 것을 알고 그를 바로 풀어주었다.

딤시츠도 살면서 이렇게 상대방과 멀리 떨어진 자리에 앉을 일이 있었다. 물론 탐탁지 않은 경험이었다. 하지만 강렬한 인상을 받은 건 사실이었다.

"그러니까……."

딤시츠는 입을 거의 열지 않고서 말을 했다.

"우리 병동에 무척 흥미로운 환자가 한 명 있습니다."

그 말과 함께 갑자기 마분지로 된 서류철이 등장했다.

딤시츠가 멀리 떨어진 자기 자리에 앉은 채로 그에게 가까이 다가오라는 뜻으로 파일을 흔들었다.

'해보자 이거지.'

둘린은 그런 그가 무척 마음에 안 들었다.

"공훈을 세운 사람입니다. 소령이었습니다."

딤시츠는 또박또박 말했다.

"참전한 경험이 있습니다. 두 번 부상당했고 뇌진탕 증상이 있습니다. 큰 업적을 여러 번 세웠습니다. 상도 받았지요. 하지만 전부 잃었습니다. 돌발 행동을 합니다. 술을 마시고 있는데…… 정신적으로도 다소 문제가 있어 보입니다. 자기 자신을 과대평가하고 과대망상도 있어요. 외래병원 위원회 측에서 내린 진단 결과도 있습니다. 내 생각이기는 하지만 그들의 진단이 정확하지 않은 것 같습니다. 선생님이 다시 진단을 내려주셨으면 좋겠습니다!"

그는 마지막 몇 단어를 발음할 때 특별히 음절 하나하나에 강세를 두면서 강조하듯 발음했다.

구토가 나올 것처럼 깊은 불안이 둘린을 엄습했다.

'하긴, 뭣 하러 걱정한담?'

둘린은 이런 생각이 들었다. 하지만 박사가 계속해서 말했기 때문에 그의 생각은 여기에서 멈췄다.

"여기에 환자의 병력과 최종 소견서가 있습니다. 이게 위원회 측에서 내린 결론입니다. 정확한 진단을 내리려면 알코올중독의 정도를 평가해야 할 겁니다. 그리고 환자의 병력 칸에, 왜 그런 결과가 나왔는지에 대한 소견을 적어야 할 겁니다."

딤시츠는 파일을 펼쳐서 그 안에 있는 서류를 하나하나 살펴보기 시작했다.

"지난번 의료 감정 결과도 있는데, 외래병원에서 실시한 겁니다. 자, 1968년의 감정 결과입니다. 하지만 우리는 그 결과에 의문을 품고 있는 상황입니다. 우리는 선생님이 환자를 좀 보시고 선생님의 의견을 얘기해주셨으면 합니다. 우리 생각에는 말이죠……. 아무튼 선생님이 환자를 보시고 말씀해주셨으면 해서……."

그가 둘린에게 다가가자 둘린은 자리에서 일어나서 파일을 챙겼다.

"위원회 측 소견이 좋지는 않습니다만……. 편집증 증세도 있고 말입니다. 혹시 알코올중독성 편집증은 아닐까요? 그건 선생님이 전문가시니 선생님이 판단해주시면 될 것 같습니다. 우리나름대로 잠정적인 결론을 내리기는 했습니다만, 아무튼 선생님께서 환자를 한번 보시죠. 마르가리타 글레보브나!"

그러자 마르가리타 글레보브나가 땅에서 솟아나기라도 한 것처럼 갑자기 등장했다.

"알코올중독 증세를 의심할 만한 일이 있었습니까?"

둘린이 조심스럽게 물었다.

"음……."

딤시츠가 모호한 대답을 했다.

"사실 중독 증세를 의심할 만한 일이 있긴 했는데, 체포 당시에 술에 취해 있었습니다."

딤시츠는 자리에서 일어났다. 이것으로 그와의 공식 면담은 끝났다.

마르가리타 글레보브나는 둘린을 복도로 데리고 나갔다.

그녀는 입꼬리를 손가락 두 개로 문질렀는데 립스틱이 번진 것을 수정하려는 것 같았다.

"이곳 의사 휴게실에서 서류를 좀 보고 계시면 제가 환자를 데려오겠습니다."

둘린은 파일을 펼쳐서 병력을 살펴보기 시작했다. 환자의 이름은 표트르 페트로비치 니치포루크이며, 나이는 예순두 살이다. 부상을 두 번 당했고, 한 번 뇌진탕 증세를 겪었기 때문에 인체에 결함이 있다는 것인데……. 하긴, 인체 결함이 없는 사람도 있나? 정신과 의사와 나눈 대화도 메모가 돼 있는데……. 무슨 조서도 아니고……. 드미트리 스테파노비치는 자기 눈을 의심했다. 표트르 페트로비치의 이야기가 읽기 두려울 정도로 끔찍한 것이었기 때문이다. 정말이지 말도 안 되는 것이었다!

'당신은 무슨 목적으로 지하조직을 만들었나요?'

그는 반동분자, 진정한 반동분자였던 것이다! 그다음에는 이런 내용이 있었다…….

'조직명은 진정한 레닌주의자들의 연합이군요.'

그렇다면 반동분자가 아니라 그 반대란 얘기인데……. 그렇다면 그는 누구란 말인가?

'표트르 페트로비치, 선생님 급여는 얼마나 되나요?'

정신과 의사의 질문치고는 이상했다. 아, 그렇군…… 그런 거였어. 7백 루블. 둘린은 그런 급여가 존재한다는 것조차 몰랐다……. 대화는 계속 이어졌는데…….

'표트르 페트로비치, 아니 그런 급여를 받고도 뭐가 부족해서 그러셨습니까? 정부에서는 선생님께 부족한 것 없이 모두 제공했는데 말입니다.'

정말이지 이해할 수가 없군. 그런 급여를 받고도 정부에 불만을 품는다? 이런, 이런……. 소련군이 체코슬로바키아에 진군한 것이 마음에 안 들었던 것이군……. 그러니까…… 그걸 공개적으로 비판했군……. 국가를 중상모략했어……. 이제야 이해가 가는군. 하지만 그는 왜 이런 말을 정신과 의사한테 한 걸까, 무슨 목적으로?

이때 빨간 색연필로 밑줄 그어진 '영성 단체' '도덕적 완전성' '1국 1당주의 체제하의 반인민적 권력' '사회주의의 성스러움'

그리고 마지막으로 '이상한 아저씨다. 미친 게 아니라 살짝 맛이 갔다'와 같은 단어들을 발견하고 둘린은 대략적인 결론을 내렸다. 그는 40분 동안 거기에 적힌 기록을 자세히 살펴봤다.

곧 환자를 휴게실로 데리고 왔는데 키가 크고 비쩍 말랐으며 환자복을 입고 펠트 슬리퍼를 신고 있었다. 그는 들어와서 양손을 등 뒤에 숨기고 고개는 살짝 아래로 떨군 채로 문 옆에 섰다. 그와 함께 한 남자가 같이 들어왔는데 그보다 키가 작은 사람이었고 그는 문 옆에 있는 의자에 앉았다.

"안녕하세요, 표트르 페트로비치, 저는 의학 박사이자 정신과 의사인 드미트리 스테파노비치 둘린입니다. 선생님을 진료하고 대화를 좀 할까 해서 왔어요. 이리 들어오시지요."

둘린이 자기 옆에 있는 의자를 가리키면서 말했다.

"몸은 좀 어떠세요? 어디 불편하신 데는 없으세요?"

전에 장군이었던 그는 미소를 지으면서 둘린을 한번 쳐다봤다. 그의 시선은 지나치리만치 오래 머물렀고 집요했다.

"나이 들면 다 그런 거죠. 특별히 아픈 데는 없습니다."

그는 울긋불긋한 반점으로 뒤덮인 커다란 손을 무릎 위에 얹어서 깍지를 꼈다.

둘린이 그의 손을 보고 말했다.

"건선이 오래됐나요?"

"젊을 때부터 이랬어요. 전쟁이 끝나고 나서부터 이렇답니다. 전쟁 때는 평범한 질병을 앓는 사람이 적었죠. 그럴 여유도 없었고요. 하지만 전쟁이 끝나고 나자 심장도 위도 간도 안 좋아지더라고요."

그는 '간'이라는 단어를 발음할 때 특별히 더 길게 조소하듯 발음했다. 둘린은 학교에서 배운 대로 니치포루크의 흰자위막, 피부 상태, 입속 점막 상태를 관찰했다. 그 결과…… 영양실조였고 빈혈이었다……. 피 검사 결과도…… 역시 빈혈이었다…….

"표트르 페트로비치, 오늘이 무슨 날이죠?"

둘린이 조용히 물었다.

"나쁜 날이요."

환자가 단답형으로 대답했다.

"날짜는 기억하세요?"

둘린이 다시 한번 질문했다.

"아…….."

환자가 웃으면서 말을 꺼냈다.

"19월 43일, 이런 거 말씀이세요? 오늘은 1973년 7월 22일입니다. 정확히 32년 하고도 한 달 전에 독일군이 소련을 침공했죠."

퇴역 장군은 놀리듯이 말했다. 아니, 시의적절하지는 않았지만 이건 알코올중독자 특유의 유머 같았다! 아무튼 둘린은 그가 마음에 들었다. 둘린은 진료실 침대에 그를 눕히고 배를 눌러봤다. 간이 부어 있었다. 알코올중독으로 인한 간기능부전 같아 보였다. 게다가 몸은 굉장히 말랐다.

"키는 어떻게 되죠? …… 몸무게는?"

"정확히 183센티미터입니다. 몸무게는 모르겠습니다."

마르가리타 글레보브나와 문 옆에 앉아 있던 남자는 움직이지 않았다. 석조상처럼 미동이 없었다.

"좋아요! 이제 눈을 감고 오른손 검지를 코끝에 대보세요. 이제 왼손 검지로 똑같이 해보세요……. 몇 년도에 태어나셨죠? 생년월일을 말해주세요."

그는 미소를 지으면서 대답했다.

"예수 탄생으로부터 1910년 9월 10일입니다. 물론 율리우스력으로 말입니다."

"좋습니다."

둘린이 활기찬 목소리로 대답했다.

"그런데 선생님은 늘 율리우스력을 사용하시나요?"

"물론 아닙니다. 소련은 1918년 2월에 그레고리우스력으로 전환했고, 그해 2월 14일 이후에는 모든 날짜를 그레고리우스력으로 계산했지요. 하지만 그 전까지는 율리우스력으로 따졌으니까요. 논리적이죠?"

"네, 그런 것 같네요."

둘린이 그의 말에 동의했다.

'그가 말한 이 두 역법을 백과사전에서 찾아봐야겠군'.

　물론 굉장히 교양 있는 할아버지이긴 하지만 교양 있는 사람들일수록 다루기가 더 힘든 부분이 있었다. 그는 물론 수용아*가 확장돼 있고 원인은 다양하다. 알코올중독의 결과로 볼 수도 있고 알코올중독성 편집증으로 발전됐다고 볼 수도 있다. 이건 해석하기 나름이다.

"고향이 어디죠, 표트르 페트로비치 씨?"

"폴타프의 가댜치스키예 있는 빌리키예 토폴리 마을에서 태어났습니다. 아버지는 시골의 인텔리겐치아였는데 인민 학교 선생님이셨습니다."

"알겠습니다, 그건 이해했습니다. 그럼 유전적 요인은 어떨까요, 표트르 페트로비치? 선생님의 아버지는 술을 드셨나요?"

둘린은 본론으로 넘어갔다.

"저도 이해합니다, 선생님. 술을 마셨지요. 우리 아버지도 마셨고. 할아버지도 술을 드셨어요. 증조할아버지도. 그리고 저도

*　특정 정보 처리에 관여하는 세포가 응답을 일으키는 자극의 영역.

180

술을 주시면 받아 마셨습니다."

그는 아주 밝은 미소를 지었다. 그의 미소는 조소도 악의도 전혀 없는 선한 미소였다.

"표트르 페트로비치, 그러면 선생님은 언제부터 술을 드시기 시작하셨습니까?"

"그건 잘 모르겠습니다. 명절이 되면 아이들을 포함해서 모두 술을 마셨습니다. 아버지는 점심을 드실 때면 늘 술을 마셨는데 꼭 한 잔씩 드셨어요. 저도 이런 관례를 존중했습니다."

"지금도 드시나요?"

표트르 페트로비치는 환한 미소를 지으면서 말했다.

"아니, 선생님! 여기서는 술을 안 주지 않습니까? 선생님, 저는 전쟁이 시작되던 때부터 제가 술을 안 마신 날이 없었는데 보드카가 있으면 보드카를 마시고 그날그날 형편에 따라 집에 있는 술을 마셨습니다. 솔직히 술 생각이 간절합니다!"

갑자기 표트르 페트로비치가 지나치게 긴장을 푸는 통에 둘린은 마음이 불편해졌다.

"욕구가 있나요? 그러니까 마시고 싶은 욕구가 있나요?"

둘린은 문제를 더 깊이 파고들었다.

"술 없이 못 살 것 같은 건 전혀 아니고요. 마시고 싶긴 합니다. 평생 술을 마셔왔으니까요."

'환자가 하는 말로 미루어 짐작하건대 수년 동안에 걸쳐서 술을 정기적으로 마시긴 했지만 과음을 하지는 않은 것 같다.'

둘린은 양심적으로 이렇게 메모했다.

문 옆에 말없이 있던 마르가리타 글레보브나는 인상을 잔뜩 찌푸리면서 문 옆 의자에 앉아 있는 남자와 귓속말하기 시작했다.

"선생님, 러시아 사람이 술을 안 마시다니 될 말입니까? 보드카는 사람을 위로해주고 삶을 부드럽게 만들어준단 말입니다. 혹시 모르셨어요?"

이 말은 들은 둘린은 그제야 표트르 페트로비치가 자신을 알코올중독자 치료 병원에 보내주기를 원한다는 것을 깨달았다. 다시 한번 차트를 자세히 살펴보니, 의사들의 기록에 따르면 1968년부터 1972년까지 총 4년 동안 표트르 페트로비치는 감옥에 수감돼 있었고 현재 그의 몸 상태는 좋지 않았다. 파일에는 오래전 리가에서 한 외래 진료 감정 결과도 있었는데 '인지 능력에는 문제가 없고, 질의 응답에 협조적이며, 답변은 논리적이고 질문의 의도대로 정확하게 답변한다'라고 쓰여 있었다. 자신의 행동을 정확하게 인지하고 책임질 줄 아는 사람이라는 것이다. 그런데 그가 서명해야 하는 새로운 문서는 그의 병명이 '알코올중독성 편집증'이라고 돼 있었다. 굉장히 의심스러운 부분이었다.

둘린은 양심상 이 진단에 동의할 수가 없었다. 그는 쪽지 시험을 보러 온 초등학생처럼 고집을 부려 다수의 의견을 저버리고 올바른 해답을 찾아냈고, 그는 '알코올중독성 편집증'이라는 병명 앞에 '비정형적'이라는 단어를 하나 더 추가했다. 그러자 모든 것이 정리됐다. 그러니까 표트르 페트로비치는 미친 사람이 아니라 그냥 괴짜라는 것이다. 하지만 치료를 받아보는 것도 나쁘지 않을 듯싶었다.

병원에서 지낸다면 최소한 영양 상태는 지금보다 나을 것 같았다. 그제야 그가 왜 술을 좋아한다는 이야기를 할 때 그렇게 신이 났는지 이해가 됐다. 그는 그런 식으로 둘린에게 치료를 받는 데 동의한다는 것을 우회적으로 표현한 것이었다. 마침 빈베르크로부터 자신을 미친 사람으로 인정해 병원에 보내주길 간절히 바랐던 릴케인가 누구인가에 대한 일화를 들은 일도 떠올랐다.

그들은 조금 더 얘기를 나눴고 그 후에 둘린은 가벼운 마음으로 다음과 같은 결론을 내렸다.

'알코올중독으로 인한 내장 손상이 관찰된다. 중추신경계에 몇 가지 변화가 눈에 띄는데 알코올성 뇌질환, 역행성 건망 증세가 있다. 병명은 비정형적 알코올중독성 편집증……'

이렇게 쓴 후에 둘린은 멋지게 서명했다. 그리고 시계를 보니

2시 30분이었다.

'2시 반이라. 망할 놈의 아스클레피오스* 때문에 점심을 놓쳤군. 간호사가 내 몫을 남겨놓았을까?'

허기진 장군은 큰 기대 없는 추측을 해보았다.

둘린은 자기 병동에 와서, 니나가 싸준 샌드위치를 서류 가방에서 꺼낸 다음 우유를 한 잔 따랐다. 병동 조리사는 항상 그의 몫으로 우유를 5백 밀리리터씩 남겨두었다. 식사를 끝낸 뒤 그는 오래전부터 책상 위에 있던 잡지 두 권을 봤다. 이제 도서관에 반납해야 할 때가 된 것들이었다. 그러고 나서 그는 빈베르크에게 갔다. 그곳은 전에 세탁실로 쓰던 곳인데 이제는 진료실인지 창고인지 분간하기 힘들 만큼 책으로 가득 차 있었고 대부분은 외서들이었다.

'여기서 빈베르크가 지식을 얻고 있었군. 그에게는 외국어를 한다는 장점이 있지.'

순박한 둘린은 생각했다.

때는 저녁이었고 의사들은 이미 진즉에 퇴근하고 없었다. 빈

---

* 그리스 신화에 나오는 의술의 신.

184

베르크의 책상 위에는 산더미처럼 쌓인 잡지, 편지, 날카로운 필기구로 고딕체로 잔뜩 무언가를 써놓은 회색빛 종이 위에 흰색 커버의 레코드판이 있었다.

"다닐 샤프란의 음반을 받았습니다. 1946년에 쇼스타코비치가 작곡한 첼로 소나타의 초연 음반입니다. 쇼스타코비치도 연주합니다."

이 말을 하면서 교수는 손톱을 길게 기른 가무잡잡한 손으로 음반을 부드럽게 쓰다듬었다.

"다닐 샤프란은 당시 고작 스물세 살밖에 안 됐습니다. 천재적인, 정말로 천재적인 첼리스트죠……."

'민족성 하고는……. 자기 나라 사람들만 좋아한다니까.'

둘린은 그런 그가 못마땅했지만 문득 깨달았다.

'하긴, 그게 뭐가 나쁘단 말인가? 팔이 안으로 굽는 것은 당연한 이치가 아니던가.'

"상담을 하고 왔습니다."

둘린은 빈베르크에게 보고하듯 말했다.

하지만 정작 상대는 지난번에 그들이 나눈 대화를 기억하지 못하는 듯했다. 그의 말뜻을 이해하지 못한 것 같은 표정을 짓고 있었기 때문이다.

"알코올중독이라는 진단을 내렸습니다. 이제 전문 병원으로 보내지 않을까 싶습니다."

"뭐라고요?"

빈베르크가 반문했다.

"뭐라고 하셨죠? 방금 그가 알코올중독 치료 병원으로 갈 거라고 말씀하셨나요?"

"사실 어떤 식으로 결론이 나도 상관없지 않나요, 에드윈 야코블레비치 박사님? 그가 너무 말라서 병원에 입원하면 최소한 지금보다 영양 상태는 나아질 거라 생각했습니다. 수용소보다는 낫겠죠."

자기가 좋은 일을 했다고 생각했던 둘린은 갑자기 기분이 가라앉았다.

"둘린, 당신이 무슨 짓을 했는지 알기나 합니까? 아니면 당신 정말 바보입니까?"

교수가 말했다.

그러자 둘린은 혼란스러웠다. 그는 빈베르크와 만나 학문적인 대화를 나누는 것을 늘 영광으로 생각했는데, 갑자기 아무런 이유도 없이 그를 바보라고 불렀기 때문이다. 둘린은 굉장히 서운했다.

"아니, 에드윈 야코블레비치 선생님, 저한테 미친 사람으로 취급당해 수용소 신세만은 면하고 싶어 한 릴케인가 하는 사

람에 대해서 말씀하신 분은 선생님이십니다. 선생님께서 저한
테……."

둘린이 변명하듯이 중얼거렸다.

"우리가 그런 얘기를 했다고요? 30년대만 하더라도 할로페리
돌이 없었어요. 아미나진도! 스텔라진도! 없었다고요! 드미트
리 스테파노비치, 당신은 지금 그를 고문실로 보낸 거예요. 나를
밀고해도 좋아요."

그는 고개를 떨구고 레코드판을 뚫어지게 쳐다봤다.

'다닐 샤프란의 연주라…….'

그는 입을 다문 채 입술을 삐죽거렸다.

'얼마나 비열한가……. 어딜 가나 비열한 인간들뿐이니…….'

"그럼 어떻게 합니까? 제가 이 상황에서 어떻게 해야 했나
요?"

둘린은 절망 섞인 목소리로 나지막하게 물었다.

"그 사람은 멀쩡했어요……. 하지만…… 도대체 제가 어떻게
해야 했을까요?"

빈베르크는 레코드판을 잠시 돌리더니 양손을 책상 위에 올
려놓았다.

'떠나, 떠나, 어서 떠나야 해. 무슨 이런 민족이 다 있담! 자기
자신을 이렇게도 미워하다니!'

그는 생각했다.

그런 다음 그는 불편한 미소를 짓더니 알아들을 수 없는 말을 했다.

"글쎄요. 중국의 한 현자가 말하길 모든 문제에는 일곱 가지 해답이 있다고 합니다. 이 문제에 대한 해답은 각자 알겠지요. 드미트리 스테파노비치, 나의 무례를 용서하세요."

베라 사무일로브나는 남편이 그늘진 얼굴로 외투를 거칠게 벗고 그녀가 그의 앞에 수프를 내놓았을 때 아무 감정 없이 고개를 끄덕이며 '당케(Danke)'라고 하는 걸로 봐서 오늘따라 기분이 많이 안 좋다는 것을 바로 알아챘다. 영리한 그녀는 아무것도 묻지 않고 그를 가만히 내버려뒀는데 지나고 나면 이렇게 귀족처럼 우아하게 침묵해준 것에 대해 그는 늘 그녀에게 고마워하곤 했다.

한편 에드윈 야코블레비치는 어리석지만 사랑스럽고 성실한 사람에게 상처를 준 일에 대해 때늦은 후회를 했다. 사실 정직한 빈베르크 자신도 수년 전에 바로 그 특수 병동의 의료 감정에 참여했을 때 소련 정부에 대해 그와 완벽하게 일치하는 의견을 갖고 있던 죄수의 정신 상태가 정상이 아니라는 결론을 내리지 않았던가? 의학적 관점에서 봤을 때 그는 정말로 정신질환을 앓고 있었다. 전형적인 양극성 장애를 앓고 있었던 것이다. 이곳에 있던 사람들 중 정부와 다른 생각을 갖고 있거나 집단적으로 소련 정부에 반대하는 서한에 서명한 사람들과 스스로를 반체제 인사들이라고 일컫는 정신병자들은 비전문가로서 보나 의료인으로서 보나 미친 사람들이었기 때문에 과거 감옥에 수감된 적 있는 빈베르크가 그들을 도울 방법은 없었다.

'이것은 물론 러시아식 급진주의다. 러시아인들은 원래 타고난 급진주의자들이며, 이들은 절대 합리적인 사고를 하지 못한다.'

빈베르크는 서서히 진정하면서 이렇게 생각했다.

자기도 모르는 새 그의 생각은 입 밖으로 나와서 독백으로 변해 있었다.

"히틀러가 권력을 잡았을 때 의식 있는 지식인들은 망명했고, 정부에 충성하는 사람들은…… 출구가 없었어, 출구가……. 하지만 의사의 경우는 상황이 다르지. 치료만 하면 되니까. 직업을 통한 출구……. 수용소 병원에서도 말이야. 부상, 궤양, 결핵, 심근경색……. 직업적 명예가 가장 높은 가치지. 정치 이념보다도 더 높지. 이것은 의심의 여지가 없어. 없고말고……. 하지만, 하지만……. 베라, 베라! 내가 현 정부와 투쟁하는 사람들을 모두 봤는데 그들은 정상과 비정상 사이에 있는 경계선, 그것도 가느다란 경계선에 서 있었어. 유모차에 아이를 태운 채로 광장으로 나온 여자, 당신 기억나? 인간에게는 자기 보호 본능이라는 게 존재해. 어머니에게 자식의 보호를 강요하는 모성 본능이라는 것도 있지. 하지만 사회정의 보호 본능 같은 건 없단 말이야! 베라, 양심은 생존과 대치되는 거야."

아내는 그의 맞은편 스툴에 앉아 있었는데, 그들의 1.5평짜리 부엌에는 등받이 의자 두 개를 놓을 자리가 없었기 때문이다. 그래도 식탁, 2구 가스레인지와 겨울이면 온기가 나오는 라디에이터, 여름이면 창문 밑에 무성하게 자라나는 잡초 같은 것은 있었다.

베라는 자신의 흐릿한 실루엣 외에는 아무것도 보이지 않는 시커먼 유리를 들여다봤다. 그녀 역시 양심이 생존과 대치된다는 것을 알고 있었다. 그렇다, 한 종의 생물학적 진화는 살아 숨 쉬는 양심을 가진 사람들을 씻어내버린다. 결국 가장 강한 자만 살아남는다. 다시 떠올리고 싶지 않은 것들이 떠올랐다. 수용소, 배고픔, 굴욕, 지옥……

"에드윈, 그라쳅스키가 당신한테 그 레코드판 갖다줬어요?"

에드윈 야코블레비치는 갑자기 하던 말을 멈추고 웃더니 부엌에서 나갔다. 말은 충분히 했다. 그만하면 됐다.

그는 서류 가방에서 첼로 소나타 레코드판을 꺼내서 턴테이블에 꽂았다. 베라는 어느새 그들끼리 큰방이라고 부르는 방에 있는 안락의자에 앉아 있었다.

그 음반은 쇼스타코비치가 굉장히 이른 시기에 연주한 것이 었다. 훗날 1950년에 쇼스타코비치가 로스트로포비치와 함께 이 소나타를 녹음했는데, 처음 연주했을 때와 달리 약간의 변화를 주었다.

빈베르크는 긴장했고 조상들로부터 물려받은 풍성한 머리카락에 둘러싸인 귀가 움직거리는 것 같았다. 음악에 조예가 깊은 베라 사무일로브나는 전에는 다닐 샤프란이 내는 음색이 로스트로포비치보다 더 풍부하고 다채롭다고 생각했다. 하지만 이 음반은 그녀가 다소 무미건조하고 거칠다고 생각한 쇼스타코비치의 곡이었다. 남편은 이 연주를 들으면서 타협하지 않으려는 고집과 내면의 강한 갈등을 느꼈다. 세 번째 파트의 피아노 카덴차는 베토벤의 후기 소나타와 비슷했다.

"출구 없음. 완벽한 절망 상태. 안 그래, 베라?"

빈베르크와 얘기를 나눈 뒤 둘린은 곧장 동물 사육장으로 갔다. 그곳에는 자물쇠로 잠긴 장식장이 있었고 거기에는 의료용 알코올이 숨겨져 있었다. 그는 거기서 알코올이 담긴 5백 밀리리터짜리 삼각 플라스크 비커를 집어 들고는 토끼한테 줄 때처럼 계량컵에 알코올과 수돗물을 절반씩 넣어서 희석한 다음 계량컵째로 인상을 찌푸리면서 2백 밀리리터를 다 마셨다. 그런 후에 비커를 서류 가방에 넣었는데 서류 가방 안에서 자리를 잘 잡지는 못했지만 코르크 마개로 단단히 고정해서 옆으로 눕혀 가져가도 될 정도였다. 그러고는 전차를 타러 갔다. 전차를 타자 취기가 올랐다. 니나는 시립 피오네르의 집에서 하는 생물학 동아리에 갔다 오는 마리나를 마중 나갔는데, 나이가 아직 어려서 피오네르에 들어갈 수는 없었지만 생물학에 관심이 아주 많은 딸을 그곳에서 받아준 것이었다. 그래서 집에는 아무도 없었다.

집에서 그는 알코올을 더 희석한 뒤 또다시 2백 밀리리터를 들이켰다. 정말이지 끔찍한 맛이었다. 사람들은 어떻게 이런 걸 마신단 말인가? 그 순간 긴장이 풀어지더니 불쌍한 머리 주위로 방이 심하게 흔들리는 것처럼 어지러웠다. 하지만 잠은 오지 않았다. 작은 가시가 뇌에 박혀서 뇌를 계속 찌르는 것처럼 '도대체 '네' '아니요' 말고 또 어떤 해답이 있길래 해답이 일곱 개나 된다는 거지?'라는 생각이 계속 그를 괴롭혔다.

잠시 뒤에 니나가 집에 왔고 남편이 뭘 하고 있는지 이해할 수 없었다. 그러다 이내 그가 만취 상태라는 것을 깨달았다. 처음에는 웃으면서 말했다.

"술에 취한 불쌍한 토끼 같으니!"

니나는 남편에게 진한 차를 마시게 하고 재우려 했지만 그는 잘 생각은 하지 않고 그 뒤로도 한참 동안 일곱 개의 질문이니 일곱 개의 답변이니 하는 말을 중얼거렸고, 새벽 무렵에야 그녀는 그가 괴로워하는 이유를 깨달았다.

마지막으로 둘린은 남은 알코올을 또 물에 희석했지만 심한 경련을 일으키며 구토를 하는 바람에 다 마시지는 못했다. 구토후 그는 잠자리에 누웠지만 오한 때문에 몸을 계속 떨었다.

니나는 그를 눕히고는 지쳐서 의자에 앉아 화가 나서 구시렁거렸다. 잠자리에 들지는 않았다. 잠시 뒤에 잠옷 차림으로 마리나가 침실에 와서 머리가 아파서 잠을 잘 수 없다고 말했다. 그 순간 둘린은 도시의 학교에서 급우들이 그를 놀린 일, 캄졸키나 선생님이 그에게 고래고래 소리를 지른 일, 어머니한테 맞던 일, 술 취한 콜랴 외삼촌이 그의 귀를 잡아당기던 일 등 그가 살면서 겪었던 모든 안 좋은 일이 한꺼번에 생각났다. 그래서 그는 울기 시작했다.

둘린은 한 마리 토끼가 되어 울었다.

니나가 말했던 것처럼 말이다.

편도 여행

일리야의 목에는 국경 수비대원들이 꺼내 감광되는 바람에 못 쓰게 된 필름을 뺀 사진기가 걸려 있었고, 어깨에는 반쯤 빈 배낭을 메고 있었다. 배낭 안에는 갈아입을 속옷과 그가 벌써 2년 동안 늘 지니고 다닌 영어 교과서가 들어 있었다. 일리야는 새로 산 누빔 점퍼와 낡은 청바지를 입고 있었다. 올가가 검은색과 회색 실로 떠준 목도리도 두르고 있었는데 노화가 진행되고 있는 그의 머리카락과 같은 색이었다.

비행기에 연결된 탑승 계단 옆에 사람들이 길게 줄을 서 있었다. 그중 절반 이상이 소련 사람들이었다. 그들은 소련 사람이 아닌 사람들과 달리 옷차림이 남루하고 정도의 차이는 있지만 대체로 긴장해 있었다. 옆에 서 있던 노인은 카라쿨 양털 모자를 쓰고 있었으며 딸꾹질을 했고, 일리야 쪽에서는 안 보이는 어떤 여자는 사람들로 가득 찬 그곳에서 신경질적으로 키득거리고 있었다. 일리야는 비행기 안에 들어가서 의자에 앉아 이륙할 순간만을 간절히 기다렸다. 이미 돌이킬 수 없이 멀리 와버린 것이 분명한데도 그는 어서 속히 땅에서 떨어지고 싶었다. 게다가 화장실도 급했다.

올가와 코스탸가 창가에 서서 손을 흔들고 있고 다른 지인들도 그가 탑승 계단을 올라 비행기로 들어갈 때 그들에게 손을 흔들어주기만을 기다리고 있으리라는 것을 알고 있었지만 그는 그들이 서 있을 법한 투명한 유리 통로를 눈으로 찾으려는 시도조차 하지 않았다. 어차피 서로 너무 멀리 떨어져 있어서 누가 누군지도 알아보기 힘들었을 테니까 말이다. 그런 그가 탑승 계단 꼭대기에 도달했을 때는 공산당원들을 향해 미소를 짓던 브레즈네프처럼 애매한 방향으로 몸을 돌리고는 손을 흔들었다.

그는 영화 속 한 장면 같다는 생각을 하며 혼자 미소를 지었고 마음이 편안해졌다. 그의 자리는 끝에서 두 번째 줄 창가 쪽자리였다. 모든 좌석이 다 차 있었다.

비행기가 드디어 이륙했을 때 일리야는 혼잣말을 했다.

'자유다! 모든 것에서 해방됐다!'

비행기가 힘겹게 하늘로 더 높이 올라가자 다들 몸이 조금 납

작게 눌리는 듯했다. 하지만 일리야는 몸이 더 가벼워지는 듯한 기분이 들었다. 그대로 끝없는 해방감이 주는 힘으로 모터도 없이 하늘을 날 수 있을 것만 같았다.

탑승 계단 옆에서 신경질적으로 키득거리던 여자는 이제 조금 앞쪽 통로에 앉아 큰 소리로 웃으면서 흐느끼기 시작했다. 농구 선수처럼 키가 큰 승무원이 물컵을 들고 지나갔다.

'그래, 그래, 키 큰 여자……. 좋은 거야. 여자가 키가 크다는 건…….'

일리야는 머릿속에 떠오른 생각을 끝까지 이어가지 못했다.

창밖에 보이던 회색빛 어둠이 밝아지더니 비행기는 마침내 파랗고 맑은 하늘에 도달해 있었다. 아래로 보이는 두껍고 촘촘한 흰 구름은 마치 되직한 쌀죽 같았고 연극의 무대 장식처럼 엉성해 보였다. 비행기는 저주받은 삶의 폐허와 서로 끈적끈적하게 뒤얽힌 혼돈과 공포, 창피함과 거짓을 뒤로한 채 하늘로 상승해 열심히 서쪽으로 나아갔고, 그는 자유와 높은 고도의 공기, 그러니까 비행기 내부의 인공적인 공기를 흡입했다. 앞으로 놀랍도록 텅 빈 삶이 그를 기다리고 있었으며, 이전에 잘못 쓴 것들을 모두 지우고 깨끗한 종이 위에 새로운 삶이 다시 쓰이기 시작할 터였다.

이때 옆에 앉은 늙은 유대인 여자가 새로 해 넣은 금니를 반짝이면서 그의 소매를 잡아당기며 말했다.

"실례지만 저랑 자리 좀 바꿔주시지 않겠어요?"

여자는 일리야가 동의해줄 거라 확신하면서 안전벨트를 끌르려고 애썼다.

"아니요."

일리야는 짧게 대답했다.

"왜죠?"

기분이 상한 여자가 물었다.

"싫으니까요."

그는 고개를 그 여자 쪽으로 돌리지도 않은 채 대답했다.

"그러니까 왜 싫으냐고요?"

여자는 자기 귀를 믿기 힘들다는 듯이 물었다.

그는 그 여자에게 대답할 필요성을 못 느꼈다. 그녀는 그가 등진 과거의 한 조각이었기 때문이다.

"하지만 전 지금 가운데에서 옴짝달싹도 못 한단 말이에요."

당황한 여자는 이렇게 말하고는 옆쪽 통로 자리에 앉은 남자한테 말했다.

"실례지만 저랑 자리 좀 바꾸지 않으실래요?"

"죄송하지만 무슨 말씀이신지 이해를 못 했습니다. 뭐라고 하셨죠?"

남자의 말에는 외국인 특유의 억양이 묻어났다.

일리야는 그 남자 쪽을 쳐다봤다. 머리가 하얗게 센 노인인데 뼈만 앙상한 한 손에 독일 신문을 들고 있었다. 일리야는 흥미를 느꼈다. 질문, 수수께끼, 수많은 디테일은 그가 가장 좋아하는 것이었다. 노인은 외국 브랜드로 보이는 실크 재질의 줄무늬 넥타이를 매고 있었고 하얗고 오톨도톨한, 알 수 없는 직물로 만든 와이셔츠에 낡은 재킷을 걸치고 있었는데 독일 신문이 가장 눈에 띄었다.

"사실 창가 쪽으로 가려고 했어요. 그런데 이 남자가 비켜주지 않아서 통로 쪽으로라도 옮겨볼까 하고요."

여자는 여전히 신경질적으로 안전벨트를 끌르려고 애썼지만 일리야는 모른 척했다. 그는 '별 뻔뻔한 여자도 다 있다'는 식의 짜증 섞인 호기심으로 그 여자를 건너다볼 뿐이었다.

노인이 일어나자 키가 상당히 크다는 걸 알 수 있었고 그는 비쩍 마른 데다 외모만 봐서는 완전한 외국인이었다. 낡은 재킷만 아니라면…….

"잠깐만요, 제가 벨트 푸는 걸 도와드릴게요."

노인은 벨트라는 덫에 걸린 여자를 풀어준 뒤에 통로 쪽으로 나왔다. 그러자 그녀는 즉시 그의 자리에 털썩 앉았다.

"딱 봐도 교양 있는 사람이구먼."

그 여자는 노인의 행동을 칭찬하며 일리야를 나무라듯 큰 소리로 말했다.

"죄송하지만 제가 먼저 안으로 들어가면 그때 앉으세요."

그는 고개를 떨군 채로 그녀가 일어나길 기다리면서 통로에 서 있었다.

"아, 네."

그 여자는 고개를 끄덕이면서 엉덩이를 들었다.

일리야는 조소하면서 '참 뻔뻔한 여자죠'라는 의미를 담아 노인을 쳐다봤지만 노인의 시선에서 동조를 읽어내지는 못했다.

그들은 이렇게 해서 서로 자리를 맞바꾸었다. 노인은 앉아서 일리야를 쳐다보면서 고개를 끄덕였다. 그러고는 신문을 펼쳤다. 신문 이름은 보이지 않았다.

그 여자는 노인을 가만히 놔두지 않았다.

"어머, 신문을 외국어로 읽으시네요?"

"네."

그는 고개를 끄덕이면서 대답했다.

일리야는 창문 쪽으로 고개를 돌렸다. 하늘은 빛났지만 더는 환희를 느끼지 못했다. 그는 이 특이한 남자와 얘기를 나눠보고 싶었지만 여자가 그를 귀찮게 한 뒤라 조심스러웠다.

여자는 계속 그를 귀찮게 했다.

"어머, 어떤 외국어죠?"

"현재는 독일어로 된 걸 읽고 있습니다."

노인은 여전히 시선을 신문에 둔 채 미소를 지으면서 말했다.

잠시 침묵한 후에 그녀는 또다시 그에게 귓속말한 다음 큰 소리로 질문했다.

"실례지만, 혹시 유대인이신가요?"

"네."

그가 미소를 지으면서 말했다.

"그런데 어디로 가시는 거죠, 이스라엘, 아니면 미국?"

'유대인 특유의 얼굴이군.'

일리야는 생각했다. 그리고 자기도 모르는 새 두 사람의 대화에 귀를 기울이고 있었다.

"1933년까지는 독일에서 살았습니다. 지금은 고향으로 돌아가는 중이고요. 러시아에서도 오래 살았습니다."

"그러니까 외국인이시군요?"

여자는 진심으로 감탄하는 것 같았다.

그는 미소를 지으면서 대답했다.

"이젠 그렇죠."

"어쩐지 우리 나라 사람이랑 분위기가 다르더라니…… 전 빈까지 간 다음에 미국으로 가요. 아들이 거기에 있거든요. 처음에는 가기 싫었는데 생각을 고쳐먹고 가기로 했죠. 전부 다 두고 가는 게 아깝긴 하지만요."

대화를 하고 싶었던 그녀에게 마침 좋은 상대가 나타난 것 같았다.

독일 사람은 예의 바르고 사려 깊은 남자였고 이 이상한 여자가 하는 바보 같은 질문들에도 대답해주었다. 일리야는 노인이 히틀러가 정권을 잡은 1933년에 독일을 떠났다는 것을 토대로 그가 어떤 사람인지 단번에 파악했다. 그는 아마 공산주의자였을 것이다. 러시아에서는 감옥에도 갔을 것이다. 그것이 그의 약력일 것이다. 물론 훗날 서독 시민권을 다시 취득했을 것이다. 정말로 그와 대화를 나누면 재미있을 것 같았다.

일리야는 창문 쪽으로 고개를 돌렸지만 비행기가 상승할 때 그를 덮쳤던 황홀한 기분은 흩어졌고 들뜬 기분도 가라앉았다. 이제 그는 빈에 오겠다고 약속했던 피에르가 마중을 나올지, 만약 오지 않는다면 자신이 이민자로 가득한 임시 수용소 같은 곳으로 가야 할지에 대해 생각했다.

아니, 아니, 수용소에 가지는 않을 것이다. 최악의 경우라 해도, 그에게는 지인들도 있고 친구들도 있어서 그가 전화하면 돈도 보내줄 거고 피에르도 그를 도와줄 터였다. 어쩌면 이탈리아나…… 프랑스로 가는 방법도 있다. 거기에는 그와 친분이 있는 니콜이라는 여자가 있었다. 도움을 요청할 사람은 있고 누구든 도와줄 것이다. 게다가 거기 가서 그의 수집품 일부를 팔면 될 것이다. 이런 생각을 하자 처음에 가졌던 환희가 서서히 되돌아왔다.

기내식도 훌륭했다. 그로부터 한 시간이 더 지났다.

'창밖에 산이 보였는데, 설마 알프스산맥인가?'

그는 심지어 '알프스산맥'이라는 말을 소리 내어 발음했다.

그의 옆에서 조는 것 같던 노인이 갑자기 고개를 번쩍 들더니 일리야에게 말했다.

"승무원 좀 불러주세요. 제가 몸이 안 좋아요."

일리야는 호출 버튼을 눌렀다. 노인이 눈을 감았다. 핏기 하나 없는 얼굴에 벌어진 입으로 공기를 들이마시고 있었다.

"어서요…… 의사를……."

그가 쉰 목소리로 말했다.

경련을 일으키고 쌕쌕거리면서 공기를 들이마시던 그는 의자 등받이에 몸을 젖히고는 입을 벌린 채 아무 미동이 없었다.

여자는 자기 옆에 앉은 사람을 쳐다보면서 사색이 되었다.

승무원이 다가왔다. 승무원은 노인의 한쪽 손을 잡고는 맥박을 찾았다.

가장 먼저 상황을 파악한 옆자리 여자는 통로에 서서 큰 소리로 흐느꼈다.

"아아, 아아, 아아아……."

그때 일리야는 그의 옆에 앉아 있던 남자가 죽었다는 것을 깨달았다.

에드윈 야코블레비치 빈베르크의 이민은 이렇게 끝났다.

농인 악마들

대부분의 사람에게는 잠재적 가능성이라는 봉오리가 터지고 운명을 결정짓는 만남이 발생하며, 연락이 단절되었다가 경로가 바뀌고, 낮은 지대에 있던 삶이 고산지대로 올라가는 특별한 해 혹은 계절이 존재한다. 1922년 미하는 알레나를 만나서 그녀를 너무나도 많이 사랑하게 된 나머지, 밤마다 사랑스러운 아가씨들과 가벼운 데이트를 즐기고 기숙사에서 그 일을 했던 이전의 삶이 유리컵처럼 깨졌고 이제 과거의 삶에서 남은 것은 아무 짝에도 쓸모없는 기억의 파편 뿐이었다.

이보다 덜 중요한 두 번째 사건은 그보다 조금 더 일찍 일어났는데 알레나와의 만남 못지않게 미하에게 지대한 영향을 끼친 이 사건은 그의 직업과 연관이 있었다. 대학교 4학년 1학기가 막 시작된 무렵 미하는 러시아 문학에 대한 사랑이 식은 것은 아니지만 하루가 멀다 하고 발달장애학과 쪽으로 가서 특수교육학 수업을 들었는데, 거의 1백 년 동안 청각장애아, 농아, 난청 아동들의 언어 발달을 연구해온 교육자들을 대표하는 이 분야 권위자 중의 권위자인 야코프 페트로비치 린크가 강의를 맡았다.

린크의 첫 강의에 미하를 데려온 사람은 여자 친구였고, 몇 주 후에 미하는 어문학부를 떠나지 않고 특수교육학 공부를 병행하고 싶다는 열망에 휩싸였다. 그는 린크 교수의 특별한 배려 덕분에 특별 과목 몇 개 시험을 봐서 통과했고, 그렇게 해서 그의 '이중생활'이 시작되었는데 어문학과 특수교육학은 굉장히 잘 어울렸다.

그는 두 개의 학부를 오가며 공부했고 시간이 흐를수록 특수교육학에 조금 더 매력을 느꼈다.

섬세한 정신분석 전문가라면 미하의 새로운 분야에 대한 관심이 무엇에 기인한 것인지 알아낼 수도 있었겠지만 그런 일은 일어나지 않았고, 말을 더듬던 민나의 그림자는 미하에게 더는 신경이 쓰이지 않았으며 이번만큼은 모든 사람들에 대한 죄책감도 느껴지지 않았다. 알레나가 등장하자 최근 3년간 애정 전선에서 거둔 소소한 쾌거의 기억도, 어릴 적 민나 때문에 생긴

트라우마도 몽땅 사라졌다. 하긴, 회상할 거리가 있기나 했던가?

지적장애가 있던 민나는 말수가 적었고 아무도 귀찮게 하지 않으면서 27년을 살았고 죽을 때도 조용히 죽었다. 게냐 고모는 딸의 죽음을 집에서 키우던 애완동물이 죽은 것 정도로 생각했다. 다른 사람들은 누구한테도 해를 끼친 적 없고 옅은 미소를 짓던, 키가 작고 소심한 여자아이가 사라진 것을 전혀 눈치채지 못했다. 그리고 미하는 카툴루스가 쓴 시에서 레스비아라는 여인이 참새 한 마리가 죽은 것을 두고 깊이 애도했던 일을 떠올렸다.

민나의 나무 침대와 자기 전 옷을 개켜 올려두던 어린이용 의자를 집에서 치운 지 얼마 되지 않아 게냐 고모는 마음의 짐을 벗어버렸다. 그녀는 깊은 만족감과 함께 병리학적 자부심까지 슬쩍 내비치며 이따금 "마음고생을 얼마나 많이 했나 몰라, 얼마나 많은 일을 겪었는지, 이러기도 쉽지 않을 텐데!"라는 말을 주문처럼 반복하고는 했다.

그녀는 미하와 함께 살기 시작한 순간부터 무려 12년 동안 그를 잘 부려먹었다. 미하는 식료품을 사 오고 방을 청소하고 부엌을 포함해 함께 사용하는 공간을 순번이 돌아올 때마다 청소해야 했다. 하루에 세 번이나 약국에 다녀오라거나, 파이의 절반을 주며 자신의 자매인 파냐에게 보내거나 또 다른 자매인 라예치카에게서 홀로데츠* 한 대접을 받아 오라고 하는 등 게냐 고모가 불쑥 생각해낸 자질구레한 심부름을 해야 했다.

그는 벌써 10년째 불평 하나 없이, 심지어 기쁜 마음으로 고모가 시키는 심부름을 놀라울 만큼 재빨리 해내고 있었다. 고모는 양자로 삼은 조카를 사랑했고 그와 계속 같이 살고 싶었다. 하지만 모든 자유로운 남녀가 제짝을 찾아야 한다는 유대식 중매 본능에 따라 이따금 그에게 먼 친척 중 참한 유대인 아가씨들을 소개해주고는 했다. 하지만 바로 이 결혼 전선에서 그녀는 참패를 겪었는데 그녀의 친아들 마를렌이 기대를 저버리고 러시아 여자와 결혼한 것이었다. 비록 마를렌의 아내는 참한 여자이긴 했지만 그녀는 여전히 이 사실을 받아들일 수가 없었다.

10월 초에 게냐 고모는 점심 식사에 먼 친척인 엘라라는 아가씨를 초대했다. 말수가 적고 온몸은 동글동글한 데다 다리는 병을 거꾸로 세워놓은 모양이었다. 이 엘라라는 아가씨는 초콜릿이 든 커다란 타원형 상자를 하나 가져왔는데 고모는 초콜릿이 당뇨병의 직접적인 원인이라고 믿었기에 초콜릿은 입에도 대지

---

* 돼지나 소의 다리뼈를 넣고 끓인 후에 식혀서 묵처럼 만든 러시아 전통 음식.

않았다. 그녀는 이것 말고도 수많은 편견에 사로잡혀 있었다. 고모는 뛰어가는 사슴이 그려진 초콜릿 상자를 장식장 위에 올려놓고는 육수로 만든 수프를 내왔다.

미하는 요리 세 개가 나올 동안 얌전히 앉아서 요리 하나하나의 맛을 칭찬했는데 엘라는 눈을 내리깔고 식욕이 전혀 없는지 말없이 숟가락만 움직일 뿐이었다. 그녀 역시 늘 실패로 끝나고 마는 친척 남자들과의 중매 자리가 힘들고 불편했던 것이리라. 점심 식사가 끝난 뒤에 게냐 고모가 눈썹을 움직여 신호를 보내자 미하는 엘라를 지하철역까지 바래다주러 갔다. 그런 뒤 집에 도착하자 고모가 인형처럼 반듯하게 가르마를 탄 머리를 가로저으면서 볼멘소리로 그에게 말했다.

"엘라한테 신경을 더 썼으면 좋았을 텐데 말이다. 대학도 나왔고 외동딸인 데다 마리나 로샤에 큰 아파트도 한 채 갖고 있어서 네 짝으로는 아주 과분해! 그래, 너보다 나이가 조금 많긴 하지만 말이다. 그래도 같은 유대인이잖니!"

사실 그녀는 과거와 달리 죄다 반유대주의자와 도둑으로 변해버린 이웃에 둘러싸인 아파트를 빨리 떠나고 싶었다.

하지만 미하는 미대 1학년에 재학 중인 알레나라는 예쁜 여자아이의 생일 파티에 초대받았기 때문에 관심은 온통 초콜릿 상자에 집중돼 있었다. 그녀는 이제 막 대학에 입학했지만 등장과 거의 동시에 주목을 받았다. 그녀는 보티첼리가 사랑한 여인의 얼굴을 갖고 있었고 말수가 적고 중성적인 매력이 있었을 뿐만 아니라 주위 사람들에게 무심하고 거만했다. 다들 그녀와 교제하고 싶어 했지만 그녀는 손으로 잡으려고 하면 빠져나가는 물과 같은 존재였다. 그런 그녀가 생일 전날 미하한테 다가와서 자기 생일 파티에 초대한 것이었다!

당시 학교에는 전국적인 명성을 얻기 시작한, 기타를 치며 노래하는 음유시인 몇 명이 재학 중이었기 때문에 미하는 같은 학부의 구애자 중에서는 많이 기운다고 할 수 있었다. 미하도 시를 쓰기는 했지만 자기가 쓴 시를 기타를 치면서 부를 줄은 몰랐다. 하지만 그는 눈에 띄게 빨간 머리카락을 갖고 있는 데다 평화주의자여서 특히 다른 도시에서 온 여학생들 사이에서 인기가 많았기 때문에 대학생들끼리 모이는 파티에는 늘 초대되었다.

마음 같아서는 어서 빨리 알레나의 생일 파티에 달려가고 싶었지만 그는 가장 저렴한 선물을 살 돈도 없었기 때문에 결국 가난한 사람 특유의 자존심을 내세워 생일 파티에 안 가기로 결심했다. 일리야는 어딘가로 떠나고 없었고 안나 알렉산드로브나한테는 지난달에 빌린 15루블도 아직 갚지 못했기 때문에 돈을 빌릴 데도 없었다. 게냐 고모에게는 장학금을 받은 순간부터 손을 벌리지 않았다. 그런데 장학금은 벌써 다 써버리고 없었다.

장식장 위에 있는 예쁜 초콜릿 상자라면 선물로 손색이 없을 것 같았다. 물론 조금 고리타분한 선물이기는 하지만 그래도 선물은 선물이니까…….

그는 유대인 여자랑 결혼하는 것에 관한 고모의 일장 설교를 끝까지 들었다. 그는 이미 귀에 못이 박히도록 들은 고모의 말을 다 들은 뒤에 초콜릿 상자를 다른 사람에게 선물로 줘도 되는지 물었다. 초콜릿 상자와 관련해서는 고모도 계획이 있었지만 미하는 자신만의 작은 지렛대를 사용하기로 마음먹고 지나가는 말처럼 다음과 같이 말했다.

"모레 아침, 묘지에 데려다드리는 거 안 까먹었어요!"

게냐 고모는 연극이나 영화, 살아 있는 친척들을 보는 것보다 보스트랴콥스키 공동묘지에 가는 것을 훨씬 좋아했다. 하지만 거리가 멀었기 때문에 절대로 혼자 가는 법은 없었다.

고모는 미하의 셈법을 이해했다. 덕분에 미하는 초콜릿 상자를 받아서 상자에 그려진 사슴처럼 알레나가 사는 프라브다 거리로 달려갔다. 그리고 그곳에서 그의 운명을 결정짓는 사건이 발생했다! 바로 사랑에 빠진 것이었다. 그는 어릴 적 사냐의 집에 처음 갔을 때 이미 한번 겪었던 것처럼 완전히 돌이킬 수 없을 만큼 사랑에 빠졌다. 그는 먼저 집 그리고 집주인이자 알레나의 아버지인 세르게이 보리소비치 체르노퍄토프와 그의 아내인 발렌티나 그리고 양배추 파이, 비네그레트*와 지금껏 단 한 번도 들은 적 없는, 놀라운 조지 거슈윈의 음악이 수록된 고관절 엑스 레이 필름 음반**에도 사랑에 빠졌다. 물론 그중에서도 그가 가 장 많이 사랑한 대상은 알레나였는데 집에서 본 알레나는 전혀 거만하거나 고고하지 않았고 반대로 조용하고 사랑스러웠으며 온갖 여성적 매력을 잔뜩 뽐내고 있었다.

발코니에서 그들은 정신을 잃을 정도로 키스를 나눴다. 미하 의 몸은 그녀의 가녀린 팔뚝과 만지면 부서질 것 같은 손, 어린 아이의 것처럼 여린 손가락에 처음 닿았을 때 확 타올랐지만 그 의 열정을 놀랍도록 감미로운 사랑이 억제했다.

어디서나 볼 수 있는 사과처럼 평범한 재능을 가진 사람이 있 는가 하면, 수학, 음악, 그림, 심지어 버섯 채집, 탁구 같은 분야 에서 특출한 재능을 타고난 사람들도 있다. 미하의 경우는 조금 더 미묘했다. 얼핏 봤을 때는 아무 재능도 없어 보였지만 시나 음악, 그림에 얼마간 소질이 있었기 때문이다.

---

* 러시아식 샐러드.
** 소련 시대에 금지된 재즈 등 서구 음악을 레코드판 대신 의료용 엑스레이 필름 에 기록해 몰래 유통했다.

더 나아가 그의 진짜 재능은 육안으로는 보이지 않았다. 그는 늘 남을 도울 준비가 돼 있었으며 무한한 연민을 가지고 있었다. 그의 다른 모든 장점은 전 세계를 품을 수 있을 그의 연민에 비하면 부차적이었다.

어문학 공부는 쉽고 재미있었지만 특수교육에 대한 관심은 그의 마음속 깊은 곳에서 우러난 것으로, 타인의 감정에 쉬 이입하는 그의 타고난 재능에서 비롯한 것이다. 처음부터 그는 아이들에게 문학 수업을 하고 싶은 열망에 불타올랐고, 한때 율리예비치 선생님이 그랬던 것처럼 자신도 교실에 들어가서 그 공간을 향해, 공기 중으로, 우주를 향해 러시아 최고의 시를 낭독하는 상상을 했다. 그러면 교실에 줄지어 앉은 사내아이와 여자아이들 가운데 몇 명은 그 소리에서 의미의 씨앗을 받아들일 터였다.

학교를 배정받기 전에 미하는 린크 교수에게 가서 그가 청각장애 학생들을 위한 학교에 배정받을 수 있도록 도와달라고 부탁했다. 자신이야말로 그들에게 보석 같은 시와 소설을 읽어줄 수 있는 적임자라고 생각했기 때문이다.

야코프 페트로비치 린크는 안경 너머로 미하의 얼굴을 쳐다보더니 직업보다는 인생에 대해 잠시 꼬치꼬치 캐묻고는 지금껏 강의해오면서 발달장애학에 관심을 갖는 어문학도는 그가 처음이라고 말했다.

"청각장애아와 농아들을 가르치는 굉장히 좋은 특수학교가 있는데, 당신이 거기에 가면 학교에 도움도 되고 강의 실력도 키울 수 있을 겁니다. 모스크바주에 있는 자그마한 마을에 있는데 그곳에 상주하면서 가르쳐야 합니다. 마침 러시아어와 문학 선생님이 필요하다고 합니다. 한번 가서 보고 오세요. 다녀와 마음에 든다고 하면 대화를 다시 해보죠."

야코프 페트로비치가 그에게 제안했다.

미하는 세 시간이 걸려 그곳에 도착했는데 처음에 자고르스크까지는 기차로 갔고, 그런 다음에는 한참을 기다려서 버스를 타고 갔으며, 버스에서 내린 뒤에는 숲길로 30분가량 걸어갔다.

때는 이른 봄이었고 보슬비가 내리고 있었으며 비 사이로 흐릿한 초록색 풀이 보였다. 비는 작년에 난 풀 위로 조용히 떨어졌고, 낙엽 사이에서 새로 자라난 풀도 올라왔는데 마치 새싹이 움트며 작은 소리를 내는 듯한 착각이 들었다. 새 한 마리가 일정한 휴지를 두고 끽끽 울어댔다. 어쩌면 새가 아니라 한 마리 들짐승일지도 모른다. 문득 미하는 이곳에 사는 아이들의 귀에는 생명이 숨 쉬는 이 소리가 가 닿지 않겠다는 생각이 들었다. 한편 도시에 사는 사람들도 도시의 소음 때문에 이런 소리를 못 듣기는 매한가지일 것이다. 그러자 순간 시상이 떠올랐다.

적막 속 비가 내리고, 풀이 자라며

소리가 탄생한다네

타-다-다-닥…… 타-다-다-닥……

강, 고통, 갈고리…….

압운이 하나도 없다…….

적막 속에 비를 맞으며 풀이 자라네

그곳에 교향곡의 태아가 탄생한다네

타-다-다-닥…… 타-다-다-닥……

빈사와 범람의 태아가 타닥타닥.

이제는 제법 시에 가까웠다……. 그는 정확한 압운을 좋아했지만, 그가 사용하기 전에 다른 모든 시인들이 이미 이런 유의 압운을 수없이 사용했다는 사실이 괴로웠다. 그는 결국 이미 다른 사람들이 오래전에 만들어놓은 압운이라는 철로를 따라가고 있었고 이 과정에 심취했지만 이 철로가 멀리 못 가리라는 것을 어렴풋이 깨달았다. 게다가 이때는 아직 브로드스키가 호흡이 긴 시로 독자들의 사랑을 받기 전이었는데, 훗날 그는 시의 부피를 늘리기 위해서 '타닥타닥' 같은 온갖 무의미한 단어들을 넣는 행위를 비판했던 것이다.

숲을 지나자 작은 마을이 등장했다. 2층짜리 목조 주택은 야트막한 언덕 위에 있었고 주위에 시골집 비슷한 주택이 열 채 정도 있었다. 담장은 낡았고, 바람 빠진 풍선이 달린 나지막한 기둥들을 박아 만든 울타리는 군데군데 회색 말뚝 울타리로 교체되어 있었다. 대문은 이미 사라진 지 오래였다. 듬성듬성 심긴 굵직한 보리수나무는 과거에 나 있던 가로수길의 잔재였다. 점심시간이 지난 뒤였고 아무도 보이지 않았다. 질퍽질퍽하고 풀이 아직 자라지 않은 땅을 밟으면서 현관으로 다가가서 문을 두드렸지만 아무도 문을 열어주지 않았다. 잠시 기다리자 문이 활짝 열리더니 웬 걸레가 헤엄치는 양동이를 든 여자가 그의 앞에 서 있었다.

그가 웃으면서 먼저 인사했다. 징조나 비밀스러운 표시를 신봉하는 게냐 고모는 더러운 물이나마 가득 찬 양동이를 보면서 굉장히 좋은 시작이라고 생각했을 것이다.

정말로 이때부터는 이보다 좋을 수 없을 만큼 만사가 잘 풀렸다. 교장실에는 여자 세 명과 숱 적은 콧수염을 기른 늙은 남자가 함께 차를 마시면서 잼을 먹고 있었다. 그는 교장이 여자라는 것은 알고 있었고 콧수염이 조금 난 아르메니아 여자가 교장일 거라고 단정 지었다.

"안녕하세요, 마르가리타 아베티소브나 선생님을 좀 뵈러 왔습니다. 저는 야코프 페트로비치 교수님 추천으로 왔습니다."

그가 미처 교수의 성을 말하기도 전에 그들 모두 미소를 짓더니 그에게 차를 따르고 작은 접시에 잼을 덜어주려고 달려들었다.

이때 문을 노크하는 소리가 들리더니 열두 살쯤 돼 보이는 사내아이가 들어와서는 수어로 뭐라고 표현했다.

"사샤, 무슨 일이니?"

그들 모두 한목소리로 아이에게 물었다.

"말해봐, 넌 할 수 있어. 말해봐, 말하라니까. 잘해왔잖아."

"앙-아-지-가 도-망-가-서-요."

그가 힘들게 발음했다.

네 명이서 그를 에워쌌고 그중 머리카락을 가늘게 한 갈래로 땋아서 뒤통수에 붙인 키 작은 여자가 음절 하나하나를 힘주어 발음하면서 질문했다.

"어-떤 강아지? 노치카 아니면 리지크?"

"보-트카."

대답하는 사내아이의 얼굴에 기쁜 기색이 역력했다.

"노-치-카구나. 걱정 마, 사샤. 개는 돌아올 거야."

소년은 또다시 수화를 했는데 양손을 포개 위로 올렸다. 이것은 질문이었다.

"배고파지면 올 거야."

콧수염 난 여자가 말했다.

'이 여자가 교장이 분명해.'

미하가 단정 지었다.

사내아이는 또다시 무언가를 손으로 표현했다.

"사샤, 내 말 좀 들어봐. 배가 고프면 올 거야."

여자는 '고'라는 음절을 발음할 때 입술을 심하게 앞으로 내밀었다.

사내아이는 고개를 끄덕이고는 나갔다.

"사샤는 우리 학교에서 공부한 지 반년밖에 안 됐어요. 굉장히 늦게 공부를 시작했죠."

머리를 하나로 땋은 여자가 자부심이 느껴지는 투로 말했다.

"네, 고작 반년밖에 안 됐어요."

콧수염 난 여자도 그 여자의 말에 힘을 실어주었다.

"정확히는 5개월이에요, 마르가리타 아베티소브나 선생님."

콧수염을 기른 글레프 이바노비치가 상대의 말을 정정했다. 굉장히 정중하게 말했기 때문에 미하는 자신의 생각이 옳았다는 것을 깨달았다.

차를 마신 지 10분이 지났을 즈음 미하는 그들이 자신을 선생님으로 고용하지 않으면 청소부나 난방을 책임지는 직원이나 체육 교사라도 시켜달라고 부탁하기로 마음먹었다.

그들은 미하에게 교실을 구경시켜주었는데 학급은 총 네 반이었고, 아이들의 수는 총 42명이었다.

한 교실에서 여자아이 하나가 칠판 앞에 서서 수어로 무언가를 이야기하고 있었다. 교실에 있는 다른 학생들은 그것을 지켜보면서 여자아이의 이야기를 들었다.

"우리는 원칙적으로 수어를 거부합니다. 만약 우리 교수법으로 일찍부터 공부한다면 우리 아이들의 대부분은 말하는 법을 익힐 것이라고 생각합니다."

"저도 여기서 일하고 싶습니다. 저는 두 살 때부터 일곱 살 때까지 친척이 저를 데려가기 전까지 고아원에서 지냈습니다. 제가 여기에 적합하지 않을지도 모르겠습니다만……. 아직은 많이 서툴지만 수어도 배우기 시작했고요……. 만약 저를 고용하신다면……."

직원들은 양팔을 벌리고 그를 환영했다.

그는 모든 졸업생이 몹시 형편없다고 생각할 만한 교원 계약서에 서명했고, 대학 졸업 후 쓸 수 있는 휴가도 쓰지 않은 채 바로 출근했다.

미하가 기숙학교에 취직한 것을 반기는 사람은 아무도 없었다. 그가 일요일 즈음 집에 오겠다고 했지만 게냐 고모는 그가 떠나던 날 고인을 떠나보내듯 서럽게 울었고, 미하 대신 어머니의 심부름을 일부 떠맡게 된 마를렌 역시 불만을 품었으며, 정기적으로 불이 붙었다가 식곤 하던 연애 상대인 알레나는 때마침 관계가 최악이었지만 좁은 어깨를 으쓱하면서 뭐 하러 기숙학교를 가는지 이해 못 하겠다는 내색을 했다. 알레나의 아버지 체르노퍄토프는 굉장히 똑똑했는데 직장은 시내에서 가까울수록 좋으며 지방은 사람 살 곳이 못 된다고 생각하고 있었다.

안나 알렉산드로브나 역시 걱정을 했지만 커리어보다는 위생을 더 우려했다. 그녀는 미하가 지저분한 데서 살아서 조만간 몸에 이가 들끓을 거라 생각했다. 사냐는 음대에서 그렇게 깊은 산속까지 찾아가려면 굉장히 오래 걸릴 거라고 생각하기는 했지만 아무 말도 하지 않았다. 일리야는 마침 함께 일을 해보려고 한 시점에 친구와 멀어지게 돼 기분이 상했다.

미하는 농아들과 청각장애아들에게 러시아어와 문학을 가르쳤다. 그는 언어재활사와 함께 일했고 이윽고 눈에 띄는 성과를 내기 시작했다. 미하는 야코프 페트로비치가 칭찬할 정도로 상당히 기발한 방법을 생각해냈다. 그는 교육 과정에 리듬법을 도입해서 다양한 시구를 손뼉을 치면서 표현했고, 그러면 아이들은 약강격과 강약격*을 웅얼거리면서 표현했다. 선생의 칭찬을 듣고 아이들은 얼마나 행복했으며 수업이 끝난 뒤 미하는 얼마나 따뜻하게 그들을 내보냈던가!

이곳은 모든 것이 부족했지만 교육기관으로서는 더할 나위 없이 좋은 곳이었다. 정부 지원금은 굉장히 적었고, 특근 수당을 더해도 교사들의 급여 역시 그들이 제공하는 양질의 교육과 아이들과 함께 보내는 시간에 비하면 턱없이 적었으며, 교구 역시 턱없이 부족했지만, 교사들의 희생정신과 투철한 직업의식 외에도 눈에 띄는 놀라운 결과에 대한 자부심이 이 모든 어려움을 보상했다. 창의력과 사랑으로 가득한 그곳의 분위기 역시 한몫했다.

아이들의 3분의 1 정도는 고아원에서 왔고, 나머지 아이들은 세상과 소통하는 데 어려움을 덜어주길 원하는 부모들이 데려왔다. 그런데 고아원에서 온 아이들이 부모가 데려온 아이들보다 교육의 결과가 더 좋았는데 고아원에서 온 아이들의 경우 수년에 걸쳐서 기숙사에서 지내면서 공부를 했지만 부모가 있는 아이들은 짧게는 1년, 길게는 2년 뒤에 부모가 데리고 갔기 때

---

* 약강격은 약한(짧은) 음절 뒤에 강한(긴) 음절이 따라오는 형태이며, 강약격은 그 반대다.

문이었다.

거의 매주 일요일이면 미하는 모스크바의 게냐 고모 집을 방문해서 바닥과 창문을 닦는 것부터 식료품을 구매하는 것까지 그가 없는 일주일 동안 못다 한 집안일을 하면서 시간을 보냈다. 미하가 대학교에 입학한 때부터 수년 동안 지속된 친척들의 재정 지원은 끊겼고, 그때부터 고모는 인색해지고 까탈스러워졌다. 콜바사는 꼭 미코야놉스키 제품을 고집했고 치즈는 포셰혼스키 치즈를 고집했으며 우유는 오스탄킨스키 우유만 마셨고 생선은 살아 있는 잉어나 냉동된 민물 농어만 좋아했는데, 생선 파는 가게는 일요일에 문을 닫았기 때문에 미하는 이따금 토요일에도 잉어를 사기 위해 모스크바에 오고는 했다.

미하는 집안일을 다 마치고 나면 그를 기다리는 알레나에게로 달려갔다. 그녀는 속눈썹에 마스카라를 칠한 날도 칠하지 않은 날도 있었는데, 마스카라를 칠했는지의 여부로 그날 그녀의 기분을 추측하곤 했다. 그녀가 왜 그렇게 변덕스러운지 그는 알 길이 없었고, 추궁해보려고도 했지만 그럴 때면 그녀는 어깨를 으쓱하고 어깨로 흘러내린 머리카락을 휘날리며 아무런 설명 없이 사라지곤 했다.

그런 날 중에서도 집에 손님이 없고 세르게이 보리소비치의 기분이 좋을 때면 미하는 그와 부엌에 앉아서 차나 보드카를 마셨다.

'참 멋진 사람이야! 참 기구한 인생을 산 사람이야!'

미하는 세르게이 보리소비치를 보면서 감탄했다. 그의 아버지는 바투미* 출신인데 스탈린의 오랜 전우 가운데 한 명이었고, 스탈린이 젊은 시절 친구들을 대부분 처단한 1937년에 누구보다도 늦게 살해당했다. 세르게이 보리소비치는 아직 학생이던 때에 아버지가 체포되고 일주일이 지나서 소년원에 수감되었다. 열여덟 살이 되었을 때에는 수용소로 보내졌다. 1942년에는 수용소에서 풀려나서 유배를 갔다. 카라간다**에서 그는 알제리 여자를 만났는데 이름은 발렌티나였고 애칭은 발류샤였다. 그가 '반역자의 아내들을 위한 아크몰린스키 수용소'라는 사탄적인 명칭을 알게 된 것도 그 무렵이었다. 수천 명에 달하는 아내들 중에는 마야 플리세츠카야의 어머니, 바실리 악쇼노프의 어머니, 불라트 오쿠자바의 어머니도 있었다.*** 반면에 알레나의 외할머니는 랴잔 출신의 대표적인 공산당원의 미망인이었다.

발렌티나는 반역자 가족의 일원으로 분류되었다. 아버지가 총

---

* 조지아의 휴양도시로 흑해 연안에 위치한다.

** 카자흐스탄의 도시.

*** 마야 플리세츠카야는 발레리나, 바실리 악쇼노프는 극작가, 불라트 오쿠자바는 음유시인이다. 모두 소련 시대의 유명한 예술가들이다.

살당하고 어머니마저 체포되었을 때 그녀의 나이는 열일곱 살이었고 고아원으로 보내진 2만 5천 명에 달하는 어린 '반역자 가족의 일원' 가운데 한 명이 될 뻔했지만 기적적으로 그곳을 빠져나왔다. 그녀는 어머니를 따라 떠나서 강제 이주민들이 모여 사는 말리노프카라는 마을에 도달했다. 어머니는 1년 후에 돌아가셨다.

그곳에서 그녀는 세르게이와 운명적으로 만났는데 두 사람 모두 스무 살이었고 가정을 일구고 싶었다. 이렇게 해서 그들은 서로를 의지하면서 굉장히 어린 나이에 결혼하게 되었다. 그리고 1943년에 알레나가 태어났다. 1947년에 러시아로 돌아와도 된다는 허가가 떨어져서 그들은 발렌티나의 친척들이 사는 로스토프나도누****로 향했다. 세르게이는 고등학교 교과과정 시험을 통과하고 대학교에 입학했다. 그가 꿈꾸던 진짜 삶이 시작되는 것 같았다. 하지만 1949년에 그는 또다시 감옥에 수감되었다. 스탈린의 손아귀가 그를 놓아주지 않았던 것이다. 1954년에 그는 석방되었고, 세 번째로 새로운 삶을 시작했는데…….

알레나는 이 이야기를 귀에 못이 박히도록 들었다. 그래서 세르게이가 그때 이야기를 시작할 때면 자기 방에 들어가서 문을 잠그고 음악을 틀었다. 이따금 거친 종이 위에 사각사각거리며

**** 러시아 남서쪽에 위치한 대도시.

굉장히 복잡한 문양을 그리면서 몇 시간이고 자기 방에서 안 나오는가 하면, 미하한테는 아무런 관심을 두지 않고 아무 말도 없이 아예 집에서 나가기도 했다.

미하는 세르게이 보리소비치와 앉아 대화를 나누는 사이 점점 똑똑해지고 있었다. 어찌나 생생히 이야기를 들려주던지……. 이 얼마나 대단한 재능이란 말인가! 전사인쇄*되는 그림처럼 그는 무엇이든 정확히 포착하고는 그다음에는 또렷한 그림으로 나타내 보이는 것이었다. 인생을 이해하는 깊이도 어마어마했는데, 인생의 몰인정함과 모순성과 잔인함에 대해서는 또 얼마나 잘 알았던가!

사람들은 어떻고! 세르게이 보리소비치를 보러 오는 사람들은 굉장히 다양하면서도 하나같이 확신에 차 있었고, 권력에 타협하지 않는 불굴의 의지를 갖고 있었으며, 권력의 속성과 권력 깊숙이 뿌리내린 부조리함까지도 잘 이해하고 있는 사람들이었다. 그중에는 유전학자도 철학자도 수학자도 있었다. 그리고 이들의 중심에는 강인하고 빠릿빠릿하고 똑똑하며 인민을 위해

---

* 종이에 인쇄한 그림을 도자기, 유리, 금속, 플라스틱 등의 표면에 옮겨 베끼는 인쇄 방식.

헌신하는 활동가 세르게이 보리소비치가 있었다.

미하는 그의 모습 속에서 군데군데 알레나가 발산하는 여성적 매력을 발견했고, 그래서 그를 좋아했다. 이를테면 눈가에 살짝 잡히는 주름은 위로 향했고 입꼬리에 있는 옅은 주름은 아래로 처졌으며 체르케스인**답게 뼈가 가늘고 동작이 가벼웠다. 알레나의 경우 어머니를 닮아서 얼굴선이 가늘고 피부가 하얬지만 세르게이 보리소비치의 경우 체르케스인의 피가 섞였기 때문에 피부가 가무잡잡하고 머리카락이 검었다. 아버지로도 형제로도 친구로도 손색이 없는 진짜 남자 중의 남자였다. 미하는 부성애에 목말라 있었다. 한편 세르게이 보리소비치는 미하에게 따뜻하면서도 지나치리만치 거만한 태도를 취했다. 사실 그는 모든 사람을 그런 식으로 조금은 무시하듯이 대했다.

이따금 알레나가 속눈썹에 마스카라를 칠하고 미하를 향해 호감을 드러낼 때면 그는 그녀가 가고 싶은 곳이면 어디든 따라갔는데, 그런 날에 그들은 손을 잡고 모스크바 시내를 거닐었고 미하는 행복에 겨워 그녀의 가녀린 손을 잡았고 그녀의 머리카락을 만지고 머리카락에서 나는 자극적이면서도 감미로운 냄새

**　러시아 남부 북캅카스 일대의 원주민.

를 음미했다. 그리고 그는 가슴속 깊은 이야기를 머리에 떠오르는 대로 쏟아내고 시를 낭독해주었다. 마야콥스키의 시는 이미 터득했고 파스테르나크의 시도 완벽하게 이해했으며 최근 들어서 만델시탐의 시에 빠져 있었다. 브로드스키의 시는 조금 더 늦게 읽기 시작했다. 그녀는 말없이 그의 말을 들으면서 이따금 반응했다. 그녀가 그를 대하는 태도에서도 거만함이 묻어났다.

미하가 밀랴예보에서 지내는 동안 무척 행복했던 때는 총 세 번이었는데, 그가 기숙학교에서 살기 시작한 1962년 겨울과 1963년 봄 그리고 마지막으로 1964년 말이었다. 알레나는 갑자기 주중에 그가 있는 기숙학교로 와서 미하가 지내는 직원용 숙소에서 잠을 자고 갔고 이때마다 미하는 갑자기 찾아온 행복에 몸 둘 바를 몰랐다.

그렇기 때문에 그녀의 감정이 식을 때나 그녀가 멀어질 때 미하는 더욱더 힘들어했고 이해할 수 없었다. 그럴 때면 그는 온전히 일에 몰입했고, 귀가 들리지 않는 아이들은 그가 알레나를 그리워할 시간을 전혀 남겨두지 않고 그의 삶을 가득 채우곤 했다.

기숙사에 사는 아이들도 아버지의 사랑이 그립기는 마찬가지였는데 선생님들 중에 남자는 글레프 이바노비치와 미하뿐이어서 아이들은 그 두 사람에게 무척 의지했다. 큰 아이들은 조금 더 점잖게 행동하기는 했지만 그들도 두 선생님한테서 떨어지지 않으려고 했다.

야코프 페트로비치 린크는 한 달에 한 번씩 미하를 세미나에 불러들여서 그가 평생 노력해온 숙원 사업에 관심을 갖게 만들어보려고 애썼다. 그는 거의 10년째 모스크바 소재의 한 교육대학교와 러시아 의학 아카데미 산하에 특수아동교육센터를 설립하는 일을 추진하고 있었는데 이미 상부의 승인도 받았고 지지도 얻었다. 하지만 국가라는 기계의 관성이 워낙 커서 군수산업이나 우주 관련 산업과 관련된 것이 아니면 한 사람이 새로운 뭔가를 만들기는 너무 힘들었다. 린크는 미하가 자신의 숙원 사업을 이어갈 수 있는 제자 중 한 명이 될 거라 생각했다.

야코프 페트로비치는 미하를 도왔는데 그에게 현대 프랑스 연구자들과 미국 연구자들의 보고서를 읽으라고 주고 그에게 글을 한 편 기고하라는 제안까지 했고 미하는 이를 즐겁게 해냈다. 야코프 페트로비치는 그가 쓴 글을 꼼꼼하게 읽어보고는 '글도 잘 쓰는군!' 하고 생각했다.

그는 수십 년에 걸쳐서 제자와 조교들을 치아와 취향과 머리카락 색까지 볼 정도로 신중하게 골랐다……. 미하가 3년 동안 자발적으로 기숙학교에서 노예처럼 일을 하고 난 후에 린크는 그에게 대학원 박사과정에 대한 이야기를 꺼냈고, 이것은 물론 원격 수업 형태였다. 제자들과 헤어지는 것이 싫었던 미하도 원격 대학원이라면 진학할 용의가 있었다.

미하는 대학원 박사과정 입학시험을 굉장히 잘 쳤고 이제는 입학 통지서만을 남겨놓고 있었다. 사실상 이것은 형식적인 절차에 불과했다. 그는 추상적이고 이론적인 연구에는 관심이 없었다. 그보다는 실제 교육 현장에서 도움이 되는 이론을 연구하고 싶었다. 몇 년에 걸쳐서 정확한 방법으로 실험하면 바로 결과를 얻을 수 있는 그런 연구 말이다. 시각장애아들은 앞을 보지 못했고, 청각장애아들은 듣지 못했으며, 언어장애아들은 단어들을 발음하는 법을 몰랐지만 그들 중 일부는 조금이나마 말하는 법을 배웠고, 그들에게 굳게 닫혀 있던 세계로 조금씩 들어가고 있었다……. 그런 그들의 손을 잡고 그들을 인도하는 것은 얼마나 큰 기쁨이란 말인가!

아이러니하게도 모든 사람의 예상과 달리 미하가 트리아농에 속한 세 명 가운데 가장 성공한 사람이 되었다. 사냐는 모스크바 국립 언어대학교를 자퇴하고 또다시 음대에서 공부를 시작했고, 일리야는 레닌그라드 영화예술대학교에 대해서는 까맣게 잊었고 사진 찍는 기술은 이미 다른 사람을 가르칠 수준이라고 확신했기에 굳이 공부를 계속할 마음은 없었다. 또한 일리야는 새로운 사람들과 재미있는 인맥을 많이 쌓게 됐는데 특히 새로운 민주주의 인권 운동과 관련된 사람들을 많이 알게 되었다. 일리야와 미하의 공통 관심사는 여전히 시문학이었는데, 일리야는 여전히 헌책방을 다니면서 시집을 사 모았고, 덕분에 흥미로운 책을 많이 소장하고 있었다.

한번은 미하가 자신이 이뤄낸 성과를 나누기 위해서 일리야의 집에 간 적이 있었다. 하지만 일리야의 반응이 영 시원찮았다. 사실 그날 일리야도 자기가 찾던 것을 찾아서 무척 기분이 좋았던 탓이다. 그것은 1912년 상트페테르부르크에서 발간되자마자 러시아정교회의 최고 기구인 성 시노드 측으로부터 찢어 없애라는 판결을 받은 블라디미르 나르부트의 시집《할렐루야》였다. 그가 구한 것은 몇 안 남은 이 시집 가운데 한 부로, 무척 구하기 힘든 책이었다.

미하가 시집을 펼치자 정말로 시편 148편의 '할렐루야'가 나왔다.

땅에서도 야훼를 찬양하여라, 큰 물고기도 깊은 바다도,
번개와 우박, 눈과 안개도, 당신 말씀대로 몰아치는 된바람도,
이 산 저 산 모든 언덕도, 과일나무와 모든 송백도,
들짐승, 집짐승, 길짐승, 날짐승……

일리야는 조심스럽게 미하의 손에서 시집을 빼앗았다.

"이 시는 유명한 거고 너한테 다른 걸 보여줄게. 이거야."

…… 서 있는 늪이 노래하는데,

멈춰버린 강이 아니라네!

오래전 붉은 금빛으로

녹이 조금 슬었구나

가벼운 긴 다리로

거미가 잔물결 위로 뛴다네.

초록빛 길들이 떠내려가도,

피는 어디로도 사라지지 않으리……!*

"이제 누가 나르부트를 알까? 사라졌어! 정말 많은 사람들이
사라졌다고! 넌 농아들을 가르치느라 요즘 세상에서 무슨 일이
일어나고 있는지는 모르나 보구나?"

"너 무슨 말 하는 거야?"

미하는 자기가 뭔가 중요한 것을 놓친 것 같은 생각에 조금
겁이 났다.

* 블라디미르 나르부트의 시 '늪' 중에서.

"작가 두 명이 체포됐어."

지적 호기심이 강한 미하도 한밤중에 하는 라디오 방송을 통해 누군가가 체포되었다는 소식은 들어서 알고 있었다. 하지만 이름은 기억나지 않았다. 그래서 일리야가 상기시켜주었다. 그들의 원고는 서유럽으로 전달되었고 그곳에서 출간되었다.

미하가 그 책들을 읽고 싶다는 뜻을 내비쳤다. 일리야는 자기한테는 없지만 자기 친구한테 사진으로 찍어둔 원고가 있을 거라고 말했다. 사실 이 책을 사진으로 찍어둔 사람은 일리야였지만 혹시 몰라서 미하에게는 말하지 않았다. 그는 몹시 위험한 상황이었다. 집에 있는 원고들은 죄다 꺼내서 지인들에게 맡겨둔 상태였다.

"대신 네가 직접 가서 받아야 해. 그걸 받으면 너네 집에 둬. 조금 잠잠해지면 내가 가서 가져올게."

두 사람은 혹시라도 보는 사람은 없는지 철저하게 감시하면서 밖으로 나와 포크롭카 거리에 있는 공중전화기로 에디크라는 친구한테 전화했다. 일리야는 큰 소리로 별로 중요한 말이 아니라는 투로 수화기에 대고 말했다.

"에디크, 내가 어제 너네 집에 콜바사 하나를 두고 왔잖아. 내 친구가 지나가는 길에 잠깐 들러서 가져갈 거야. 고마워. 잘 있어!"

'니콜라이 아르자크라는 필명으로 활동하던 작가가 모스크바 소재의 한 학교에서 문학을 가르치는 율리 다니엘이라니! 우리 율리예비치 선생님처럼 문학 선생이라니, 미치겠네! 그 역시 전쟁에 참전했고 부상을 당한 데다 어문학도라니!'

미하는 시를 읽기도 전에 그렇게 생각했다. 그는 키는 장대처럼 크고 우스꽝스러운 청년인 에디크의 집에 들렀다. 콜바사는 알고 보니 두 개였는데 하나는 《모스크바가 말한다》였고, 나머지 하나는 《속죄》였다.*

미하는 상대방이 직접 만든 두꺼운 종이봉투 두 개를 집어 들었다. 그러고는 읽기 시작했다.

뜨거운 물을 뒤집어쓴 것처럼 얼얼했다. 오웰의 천재적이고 무서운 책 《1984》를 이미 읽었는데도 그랬다. 《1984》는 모든 것을 낯설게 꾸며낸 이야기이지만, 다니엘의 이야기는 러시아를 배경으로 쓰인 것이며, 모든 것이 가까운 이들과 연관된 것이었다. 이 점이 《모스크바가 말한다》가 더 무서운 이유였다.

모든 사람이 특정한 하루 동안 아무나 죽여도 좋다는 권한을 칙령에 의해서 부여받는 것과 수개월 혹은 수년 동안 아무 때나 누구든 죽여도 좋다는 권한을 국가로부터 부여받는 것 중 어느

---

* 율리 다니엘의 중편소설들.

것이 더 나쁜 것인지 알 수 없었다.

사람을 한 번에 죽이는 게 아니라 정직한 사람을 밀고자로 몰고 미치게 해서 한 인간을 파멸에 이르게 하는 내용을 담은《속죄》가 아무래도 가장 무서운 책인 것 같았다. 가장 끔찍한 것은 누구에게도 무엇도 증명할 수 없으며 변명할 수도 없다는 것이었다.

자기 의견도 알아듣기 쉽게 잘 말하고 잘생긴 빅토르 볼스키**는 자신이 비방당했으며 억울하게 누명을 썼다는 것을 믿지 않는 친구들 때문에 미쳐버린다. 그는 아마 정신병원 병실에서 푸시킨의 시를 떠올렸으리라.

신이여 저를 미치지 않게 하소서
그보다는 보따리와 지팡이가 낫습니다.
아니, 차라리 고생과 허기가 낫습니다.

(……)

하지만 안타깝게도 미친다는 것은

** 《속죄》에 등장하는 주인공 이름.

농인 악마들 233

페스트보다 더 무서운 일이라

이로 인해 갇히리니⋯⋯.[*]

푸시킨이 어떻게 그것을 알았단 말인가? 그때도 설마⋯⋯. 하긴, 데카브리스트들이 있었지! 당시에도 밀고와 배신이 난무했다. 밀고자 마이보로다가 있었다. 그는 그 일이 있고 나서 수년이 지난 뒤에 자살로 생을 마감했다. 밀고 후 계속 괴로워했으리라. 하지만 그는 정말로 밀고를 했다지만 빅토르 볼스키는 아무 잘못이 없었다. 아니, 이렇게 아무런 잘못도 없는 사람을 죽이는 것보다는 진짜 배신자를 용서하는 편이 나으리라!

미하는 밤새도록 너무 몰입해서 책을 읽은 나머지 이튿날 아침 8시까지 기숙학교에 도착해야 한다는 사실을 떠올렸을 때는 이미 제시간에 도착하기엔 늦은 시각이었다.

그는 심지어 얼마 전에 잘 치른 시험도 그를 향해 밝은 미래가 미소를 짓는 듯한 설렘도 최근 그가 일궈낸 좋은 성과도 별것 아닌 것처럼 느껴졌다. 이 모든 것이 갑자기 시들해져버렸다. 더 나아가 이렇듯 훌륭한 작가인 다니엘은 오늘날 인생의 본질을 꿰뚫어 보았건만 앞으로 자신에게 어떤 일이 벌어질지 알지 못한

[*] 푸시킨의 시 '신이여, 저를 미치지 않게 하소서' 중에서.

채로 취조실에 앉아 있다고 생각하니 창피한 마음마저 들었다.

독서의 충격에서 벗어난 미하는 그제야 자기가 직장에 늦었으며 만약 아주 서둘러 간다면 4교시 수업 시간이 시작되기 전에 도착할 수도 있지만 조금 있으면 두 시간 동안 기차가 안 다닐 것이며 그렇다면 4교시 수업 시간이 시작되기 전에 갈 수 있다는 보장도 없기 때문에 하루를 날릴 가능성이 크다는 사실을 깨달았다. 학교에 전화해서 이 사실을 미리 알리려고 했지만 전화가 불통이었다.

학교 선생들은 사이가 좋았기에 언어재활사 카탸는 개인 수업을 다 취소하고 미하의 수업 두 개를 대신 했고, 나머지 수업 두 개는 글레프 이바노비치가 해주었다. 미하가 도착했을 때 모든 수업은 끝나 있었고, 아이들은 점심을 모두 먹고 낮잠을 자러 갔으며 간식 시간도 끝나 있었다. 식당에는 글레프 이바노비치가 말린 과일을 넣어서 만든 콩포트에 흰 빵을 먹고 있었는데 이것은 그가 좋아하는 디저트였다.

미하는 달려가서 감사를 표했다. 글레프 이바노비치는 해야 할 일을 했을 뿐이라고 생각했으므로 그가 한 행동을 영웅적인 행동이라고 여기지 않았다. 하지만 미하는 밤새도록 날이 밝을 때까지 책을 읽었다고, 다 읽고 시계를 보니 벌써 10시가 넘어 있었다며 집요하게 변명했다.

"하지만 책이! 책이! 엄청난 책들이었어요!"

"무슨 책인데 그래요?"

글레프 이바노비치는 두 번째 컵의 콩포트를 비우고 세 번째 잔으로 넘어가려고 할 때쯤 책에 관심을 보이면서 물었다.

그래서 미하는 즉시 종이봉투 두 개를 꺼냈는데 거기에는 인화지 뭉치가 담겨 있었다. 축소해서 인쇄된 것이었다.

수업이 끝난 후에 아이들은 자율 학습을 하고 있었다. 올해 부임한 여교사가 그들과 같이 있었는데 글레프 이바노비치가 만일을 대비해서 키우고 있는 교사였다. 외모가 매력적인 선생이었다. 글레프 이바노비치는 교실 안을 들여다보더니 뒷자리에 앉아서 안경을 꺼냈다.

15분 후에 그는 자재실에서 자고 있는 미하를 깨웠다.

글레프 이바노비치는 스툴에 앉아서 귀에 대고 소리를 질렀다.

"네가 나한테 뭘 보여준 건지 알기나 해?"

그러자 미하는 자신이 바보가 된 기분이 들었고 이 위기를 모면해보려 자신이 이 책에서 발견한 깊이 있는 진리에 대해서도 말했고 글레프 이바노비치에게 이렇게 위험한 책을 보여주는 바람에 심려를 끼쳐 죄송하다는 말도 했다.

처음에는 귓속말을 하던 글레프 이바노비치가 언성을 높이더니 급기야 소리를 지르기에 이르렀다. 유대인 주제에 파시즘으로부터 구해준 정부에 은혜를 갚지는 못할망정 정부를 배신하고 등진 데다 반공 행위라는 범법 행위를 일삼은 미하를 맹비난했다.

이 모든 것은 비합리적이고 우스울 정도로 어리석었다. 5분이 지나자 그들은 서로를 향해 악을 쓰면서 책상을 주먹으로 내리쳤고 까딱하다가는 얼굴도 때릴 기세였다. 지금껏 그들이 서로를 향해 느꼈던 호감은 증발했을 뿐만 아니라 오히려 두 사람 모두 자신의 선한 감정을 이렇듯 쓸모없는 인간에게 허비했다는, 그러니까 자기 감정을 도둑맞았다는 기분마저 느낀 것이었다. 이로써 그들이 지금까지 함께 나눈 기쁨과 슬픔을 포함해서 함께한 모든 것이 한순간에 무너져버렸다. 천성적으로 화를 잘 내지 않는 미하도 15분이 더 지나자 소리를 지르고 양손을 흔들면서 화를 표출했다. 하지만 미하는 다시금 서로가 서로를 이해하지 못하던 원점으로 돌아가서 글레프 이바노비치가 말한 모든 비합리적인 논증을 놓고 차분하게 얘기할 준비가 돼 있었다. 그러나 글레프 이바노비치는 여전히 전투태세였으며, 미하의 실수와 잘못된 생각을 열거했는데, 그에 따르면 이는 범죄 행위나 다름없었기에 미하와 달리 차분하게 대화할 기분이 아니었다.

글레프 이바노비치는 목을 쓰는 싸움에서는 미하보다 지구

력도 더 강하고 강인했다. 그의 가느다란 목에서는 배가 많이 나온 건장한 사내한테서나 나올 법한 낮지만 우렁찬 목소리가 나왔다.

지친 미하는 글레프 이바노비치가 소리 지르는 것을 들으며 사진으로 찍은 원고가 들어 있는 봉투 두 개를 챙기려고 했다.

"이 사악한 종이는 두고 가시오! 여기 있는 종이는 한 장도 못 갖고 나갑니다!"

미하가 봉투를 잡는 모습을 본 글레프 이바노비치는 이렇게 소리를 지르더니 봉투 끝을 낚아챘다.

그들은 그렇게 각자 자기 쪽으로 봉투를 잡아당겼다. 다른 때 같으면 미하는 진즉에 웃음을 터뜨렸겠지만 웃을 기분이 아니었다. 게다가 그 순간 목격한 것은 광란에 가까웠다. 글레프 이바노비치는 지금 일어나고 있는 일과는 아무런 연관이 없는 단어들을 내뱉으며 소리를 질러대고 있었다.

"벽에 세워! 앞으로! 코사체프, 앞으로! 코사체프, 출구로! 창녀들!"

이중 가장 놀라운 말은 코사체프를 언급한 부분이었다. 코사체프는 글레프 이바노비치 자신의 성이었기 때문이다.

이 소리를 듣고 청소부 폴리나 마트베예브나가 그들을 살펴보곤 바로 나가서는 잠시 후에 흰색 찻잔을 들고 나타나서는 군데군데 탈모가 있는 글레프 이바노비치의 머리를 부드럽게 끌어안고는 다음과 같이 말하면서 차를 마시게 했다.

"조심조심 마셔요, 글레프 이바노비치, 까딱하면 차를 쏟겠어요."

그제야 미하는 그의 앞에 있는 사람은 미친 사람이며, 미하가 그의 마음속에 있는 신경 발작을 유발하는 단추를 잘못 누르는 바람에 발작을 일으킨 것임을 깨달았다.

폴리나 마트베예브나는 미하에게 신호를 보냈고, 기숙학교에 근무하는 다른 직원들이 역시 같은 마음이어서 미하는 그곳을 나와야 했다. 그래서 미하는 봉투를 집어 들고 그곳을 나왔다.

'볼스키! 볼스키! 정신병원에서 죽어가던 율리 다니엘의 소설 속 주인공! 하지만 이자도 희생자였다! 글레프 이바노비치 역시 같은 이유로 미친 것이다. 악마들, 악마들 같으니……. 볼로신*은 뭐라고 했던가? '맹인과 농인들이 땅 위를 걷는다네. 활짝 열린 어둠 속에 불로 표지를 그리는구나…….'**'

미하는 혼자 이 시를 되뇌었다. 그리고 모음 하나를 강세를 바로잡아서 읽었다. 그래도 멋지다. 그러고는 다시 글레프 이바노

---

* 막시밀리안 볼로신(1877~1932). 혁명에 관한 시를 쓴 시인이다.
** 볼로신의 시 '농인 악마들' 중에서.

비치에 대한 생각으로 돌아가서 그 역시 아무런 잘못이 없다고 생각했다. 미하는 집으로 돌아가는 기차 안에서 이렇듯 슬픈 상념에 젖어 있었다.

글레프 이바노비치는 정신병원에 입원한 적이 있었고 환자로 등록돼 있었다. 그 밖에도 그의 이력에는 간과된 부분들이 있었다. 그는 전시에 '스파이에게 죽음을'*이라는 기관에서 해고되었다. 기숙학교에는 비밀리에 관리 책임자로 등록돼 있었다. 사실 그가 가진 병명으로는 교육기관에서 일할 수 없었다. 그는 선량한 사람이었고 아이들을 사랑했으며 거의 독일식에 가까울 정도로 지나치게 정직했다. 그 병적인 정직성 때문에 바로 다음 날 미하를 밀고했다.

미하는 글레프 이바노비치의 밀고가 느리지만 확실한 방향으로 기어가서 그의 모든 길을 막으려 들 거라고는 생각지도 못했다.

소련 사회에 만연한 무기력함과 끌어당김의 법칙에 따라 불행은 또 다른 불행을 끌어들이고, 미하가 박사과정에 입학하려고 하는 시점에 밀고의 영향은 서서히 학교를 향해 움직이고 있

---

* 제2차 세계대전 때 있던 비밀 정보기관들을 일컫는다.

었다. 2주 후에 제1부서의 책임자인 코로프초프의 책상 위에 두 가지 서류가 올라왔을 때 그는 야코프 페트로비치에게 전화해서 자기 사무실로 호출했다. 교육학 아카데미의 회원인 일흔여덟 살의 야코프는 서른여섯 살 먹은 대위 코로프초프에게 쏜살같이 달려왔고 대위는 그의 꼬리를 배배 꼬았다.[**]

야코프 페트로비치 린크는 동안이었고 꼬리를 동그랗게 말고 있었지만 실제 나이로 보면 상당히 고령에 속했다. 그는 특수교육에 평생을 바쳤고 청력에 장애가 있는 사람들을 도와줬지만 농인들 역시 그의 목숨을 구해줬다. 반쯤 문맹인 중위와 무식한 대위들이 학문의 운명을 결정하던 시절 그들 눈에 특수교육 교수가 하는 일은 어리석고 무해해 보였으므로 그를 괴롭히지 않았다. 그는 독일인이었지만 러시아계 독일인이었다. 150년 전에 그의 조상이 러시아 과학 아카데미에 초빙되었고, 그때부터 그의 집안은 러시아에 깊숙이 뿌리를 내리고 살았다. 다행히 서류상으로 그는 러시아인으로 분류가 되었고, 그 덕분에 전쟁이 발발했을 때에 카자흐스탄으로 강제로 이주된 사촌들과 달리 숙청 대상에서 제외되었다. 그는 이것이 운명이 그에게 주는 선

***

[**] 러시아어로 '꼬리를 배배 꼬다'라는 표현은 상대를 질책한다는 것을 의미한다.

물이라는 것을 아주 잘 알고 있었다. 그래서 야코프 페트로비치는 중위와 대위의 집무실에 불려 갈 때마다 자신이 당국에 책잡힐 일을 하지는 않았나 노심초사했다. 전쟁이 끝나고 20년이나 지난 지금도 두려움은 가시지 않았다.

동료이자 친한 친구이기도 한 마리야 모이세예브나 브리스에게 그는 입술을 일직선으로 만들어 경직된 미소를 지어 보이며 말했다.

"마리야 모이세예브나, 당신은 정직한 유대인이라 당국의 처벌이 두렵지 않겠지만 나는 반평생을 사는 동안 당국이 실수로 나를 유대인이라고 생각하고 잡아가지는 않을까 걱정했고, 이제는 나를 독일인이라는 이유로 처벌하지는 않을까 공포에 떤답니다. 사실 당신이나 나나 한낱 러시아 인텔리겐치아에 불과한데 말이지요."

"야코프 페트로비치 선생님, 대체 누구를 대학원 박사과정에 입학시키려고 하시는 겁니까?"

코로프초프는 앉으라고 하지도 않고 질문했다.

'지긋지긋한 것들, 지긋지긋한 것들, 지긋지긋한 것들 같으니…….'

"혹시 미비한 서류라도 있나요, 이고리 스테파노비치 선생님?

한 명은 사샤 루빈이라고 하고 학교에 다니며 박사과정을 밟을 거고, 다른 한 명은 미하 멜라미트라는 학생인데 원격 형태로 박사과정을 밟을 예정입니다. 두 사람 모두 제 제자들이고 좋은 친구들입니다."

"아, 앉으시지요, 야코프 페트로비치. 함께 얘기할 것이 있어서 오시라고 했습니다. 루빈은 추천서도 좋고 공산청년동맹에 속한 학생이니 문제가 없겠지만 말입니다. 혹시 멜라미트라는 학생은 잘 아시나요?"

깊이 생각할 것도 없었다. 문제는 멜라미트였던 것이다. 그에게 뭔가 문제가 있었던 것이다. 두 자리 모두 유대인을 뽑으면 분명 꼬투리를 잡을 것이라고 말한 마리야 모이세예브나의 생각이 옳았다. 몰도바 출신의 청년이 한 명 있었지만 박사과정에 입학시키기에는 실력이 많이 모자랐다. 그러면 서류상으로는 깨끗했겠지만 시험에는 떨어졌을 터였다…….

"그는 매우 흥미로운 소논문을 한 편 기고했습니다. 일도 전공에 맞춰서 하고 있고 말입니다. 굉장히 박학다식합니다. 게다가 이 일에 관심도 아주 많고요. 연구원으로 일한 경력까지 모두 갖추고 있습니다."

"음, 음……."

코로프초프는 뜸을 들였다.

"그런데 왜 하필 그 사람이죠? 시험을 본 다른 친구들도 있는데 말이죠. 여기……."

그는 이 말을 하면서 서류를 뒤적거리며 이름을 읽었다.

"그러니까 페레포페스카인지 네도포페스카인지 하는 사람도 있지 않소? 몰도바 출신이고 평범한 청년이군요. 그런데 선생은 멜라미트와 루빈 같은 친구들을 뽑은 거고……."

'당신을 증오해, 당신을 증오해, 당신을 증오한다고……'

"멜라미트는 우리 학교 졸업생이고, 졸업 후 전공에 맞춰 배정받은 곳에서 일도 하고 있습니다. 재능도 있고 책임감도 강한 젊은이니까요!"

"그렇다면 야코프 페트로비치 선생, 이 책임감 강한 젊은이한테 가셔서 제1부서에서 이 일을 문제 삼고 있다고 말씀하십시오. 궁금한 게 있으면 저한테 들르라고 하세요. 제가 다 설명해 줄 테니."

"그러니까 입학 허가를 못 내겠다고 말씀하시고 싶은 겁니까?"

"정확히 보셨습니다. 왜 그런 눈으로 쳐다보십니까? 우리는 당신의 이익과 대학의 이익 그리고 더 나아가서 나라의 이익을 위해 일하고 있다는 걸 명심하세요! 야코프 페트로비치, 당신은 당신의 학생인 멜라미트란 자가 나쁜 짓을 하지 않으리라는 걸 확신하십니까? 만약 그가 불미스러운 짓을 저질렀을 경우 그에 따른 책임을 질 용의가 있습니까? 당신이 전적으로 책임을 지겠느냐 이 말입니다."

'너희들 다 지옥으로 꺼져버려, 너희들 전부 지옥에나 떨어져버려, 전부 다 지옥에나 가버리라고……'

"이고리 스테파노비치 선생님, 생각해보겠습니다. 생각해보지요."

더 생각하고 말 것도 없었다. 연구실의 재정 지원, 1953년부터 발표를 못 하고 있는 마리야 모이세예브나의 박사후 논문, 센터 개소, 직원들, 박사과정 중인 대학원생들, 대학생들까지 해서 야코프 페트로비치는 그동안 공들여 만들어온 벽을 자기 이마로 내리쳐서 허물 수는 없었다……

그해 가을 미하의 인생에는 행복한 일과 불행한 일까지 참 많은 일이 동시에 일어났고 이 일들은 하나의 또렷한 선으로 합쳐졌다. 갑자기 그동안 신경질적으로 식었다가 따뜻해졌다가를 반복하며 수시로 히스테리를 부리던 알레나가 갑자기 차분해지고 무척 살갑게 대하기 시작한 것이었다. 미하는 무슨 일이 생겼는지 알 길이 없었다. 알레나는 열여섯 살 때부터 사랑하던 유부

남과의 관계를 완전히 청산하고 미하와 결혼하기로 한 사실을 알릴 필요는 없다고 생각했다. 이런 사실을 알 리 없는 미하는 무척 행복했다.

그는 앞으로 맞이할 인생의 변화를 받아들일 준비가 돼 있지 않았고 알레나는 결혼과 얽힌 수많은 현실적인 문제들은 안중에 없었는데 게냐 고모님이 너무도 갑작스럽게 돌아가시는 바람에 모든 문제가 한꺼번에 해결되었다.

게냐 고모는 오랫동안 살 것처럼 병치레도 많이 했고 이미 많은 질환을 앓고 있었지만 잠자리에 든 다음 날 일어나지 못했고, 인색한 고모의 의도와는 무관하게 미하에게 가장 중요한 주거 문제를 해결해주고 돌아가셨다.

게냐 고모가 돌아가시던 날 미하는 집에서 잠을 자지 않았다. 그는 알레나와 함께 일리야의 여자 친구 가운데 한 명의 별장에서 묵었다. 친구 몇 명이서 자연을 벗 삼아 파티를 하기로 한 것이었다. 다음 날 미하가 저녁 늦게 집에 도착했을 때 게냐 고모는 차갑고 차분했으며 질책도 불평도 없이 그를 맞이했다.

이제 그는 모스크바 시내에 있는 네 평짜리 방에 거주 등록이 된 유일한 사람이 되었다. 마를렌은 이미 오래전에 아내 명의의 집에 거주 등록이 돼 있었고, 원칙적으로 이 방은 민나의 것이 되어야 했지만 미하가 차지하게 된 것이었다.

마를렌은 세상 물정에 밝은 사람이어서 이미 3년 전에 그 방에 거주 등록된 사람을 자신으로 변경해서 그 방을 자기가 물려받도록 조치를 해놓을 수도 있었겠지만 이 무렵 그의 삶에 너무 많은 변화가 생겼다. 그는 유대적 정체성에 몰입해서 히브리어를 공부하기 시작했고, 모세오경을 읽었으며, 시온주의자 모임에 가입했고, 귀환을 위한 긴 투쟁을 준비했다. 이 과정에서 가장 큰 걸림돌은 그의 어머니였다. 게냐 고모는 이스라엘을 모든 유대인들이 고통을 받는 원인이라 여기며 증오했다. 아들에게 자신은 조국을 떠나지 않을 것이고 그가 떠나는 것도 허락하지 않겠노라고 미리 못 박아뒀다.

어머니가 돌아가시자 마를렌의 마음은 급격히 시온산 쪽으로 기울어갔다.

미하가 마를렌에게 게냐 고모 유품을 어떻게 하면 좋을지 묻자 그는 어깨를 한 번 으쓱하더니 말했다.

"이모님들한테 여쭤봐서 갖고 싶으신 건 가져가시라고 하고 나머지는 버려."

하지만 친척들이 이미 쓸 만한 것들은 다 챙겨 간 뒤였다.

고모가 돌아가시고 나서 알레나가 처음으로 미하의 방에 왔을 때 일이다. 그녀는 방에 들어와서 문지방에 멈춰 서서는 방 안을 둘러봤는데 방에는 화려한 장식이 아래로 늘어진 크리스털 샹들리에와 금이 간 꽃병과 금색으로 칠한 두꺼운 석고 액자에 끼운 그림 두 점이 있었으며, 제라늄 화분과 알로에 화분, 소화에 좋은 일본산 버섯이 들어 있는 3리터들이 병이 창가에 있어서 궁색한 살림살이나마 쓸 만한 것들이 있음을 보여주고 있었다. 그리고 앞머리를 동그랗게 말아서 늘어뜨린 상당히 예쁜 여자가 총명해 보이는 사내아이와 미소 짓는 통통한 여자아이와 함께 찍은 사진도 있었다. 여자아이는 세 살쯤 돼 보였고 통통한 혀끝을 입 밖으로 내밀고 있었다.

"게냐 고모가 아이들과 함께 있는 모습인가?"

알레나가 질문했다.

미하가 고개를 끄덕였다. 그 순간 그는 갑자기 자신이 오랫동안 살았던 집의 초라한 모습이 창피했고 동시에 이런 마음을 품은 자신이 불쌍한 고모를 배신하고 있다는 생각이 들어 마음이 좋지 않았다.

"여자아이는 아픈 아이였어?"

알레나는 어린 민나를 눈으로 가리키면서 질문했다.

"응. 다운증후군이었어. 나는 이 사실을 대학교에 입학해서야 알았어. 내분비 계통의 질환을 앓고 있다고 생각했거든. 일찍 죽었어."

알레나가 고개를 끄덕였다. 그러고는 잠시 말이 없었다.

"정말 끔찍하고 슬픈 이야기로 가득한 집이구나. 사실 그럴 거라고 상상은 했어. 대략 그럴 거라고 말이지."

알레나는 몇 걸음 걸어서 붉은색 플러시 천으로 덮인 탁자로 다가가 자리에 앉아서는 먼지 묻은 천의 올을 한 손으로 만지작거리면서 불만 섞인 목소리로 말했다.

"미하, 여기선 살 수 없어."

"알레나, 살 수 있어. 집을 수리할 거야. 친구들이 와서 도와줄 거고."

"수리를 하고 안 하고가 중요한 게 아니고……."

알레나가 한숨을 쉬었고 그녀의 얼굴에 비를 잔뜩 머금은 먹구름처럼 무거운 슬픔이 드리웠다.

전에 그녀가 만나던 유부남 역시 그녀를 비슷한 방에 데리고 갔다. 거기에도 플러시 천이 덮인 동그란 탁자가 있었고 크리스털 구슬이 몇 알 떨어져 나간 샹들리에가 달려 있었으며 손에 부채만 없을 뿐이지 앞머리를 예쁘게 말아서 늘어뜨린 예쁜 여자의 사진도 있었다. 그녀는 책이 꽂힌 책장 두 개를 봤다. 그 모습도 크게 다를 바는 없었지만 그 유부남의 방에 책이 훨씬 많았

다. 그리고 방 면적도 세 배는 넓어서 커튼을 이용해 공간을 둘
로 나눠 쓰고 있었다…….

　미하는 상심한 알레나를 정신적으로나 육체적으로 위로할 수
있는 방법을 알고 있었지만 그녀에게 다가가기가 두려웠다. 선
뜻 먼저 다가갈 용기가 없어서 그녀의 신호를 기다렸다. 그러자
그녀가 먼저 그에게 다가와서 헝클어진 그의 머리카락 속에 손
가락을 집어넣고는 그의 빨간 머리를 쓰다듬었다. 그러자 그는
용기를 냈다. 실은 조금 전만 하더라도 미하는 자신이 수다쟁이
에 머저리인 데다 결점투성이여서 알레나와 결혼은 고사하고
그녀를 쳐다볼 수도 없는 한참 모자라는 인간이라고 확신했다.

　그녀도 비슷한 생각이 들었지만 그의 머리를 쓰다듬으면서
다음과 같은 말을 되뇌었다.

　“미하, 넌 정말 좋은 남자야. 나한테 과분하다고…….”

　그녀는 미하가 사랑스럽고 순수한 사람일 뿐만 아니라 가장
믿을 만하고 지조 있는 사람이며 그녀가 지금껏 만나온 애인들
중에서 최고라고 생각했지만, 머지않아 이런 생각도 어느새 자
신의 뇌리에서 사라질 것임을 어렴풋이 짐작했다. 그러나저러
나 늘 술에 조금 취해 긴장이 풀려 있던 전에 만나던 유부남이
그녀를 놓아주지 않고 있었다. 도대체 그는 무엇으로 그녀를 옭
아매고 있다는 말인가? 그녀도 짚이는 것은 있었지만 표현할 수

는 없었다.

군데군데가 불룩 튀어나온 소파에서는 스프링 소리가 요란하게 났지만, 그날 밤에 이어 이튿날 오전까지 소파는 잘 버텼다. 그리고 두 사람의 머릿속에 가득했던 괴로운 상념은 모두 사라졌다. 잠에서 깼을 때는 두 사람 모두 머릿속이 텅 빈 듯했고 싸움에서 이긴 것 같은 기분이 들었다.

미하의 행복은 어마어마해서 이 행복감만으로도 평생을 사는데 문제가 없을 것 같았다. 알레나는 미하와 함께 있는 낮 동안은 마음이 편했지만 저녁이 오는 것이 두려웠다. 순식간에 잠이 들었다가도 한 시간 뒤면 참을 수 없는 밤의 번뇌에 시달리며 깨곤 했다. 그녀는 새벽녘에야 다시 잠이 들었고, 잠에서 깨어날 때는 전날 밤 자신을 사로잡았던 고통의 힘과 깊이에 놀라곤 했다.

뭔가 결단을 내려야 했다. 그러던 어느 날 고통스러운 밤을 보내고 난 뒤에 그녀는 미하와 혼인신고를 했다. 그런 뒤에 그들은 미하의 집이 있는 치스토프루드니 가로수길에 와서 고모의 자매들이 가져가지 않은, 고모가 쓰던 낡은 물건들을 쓰레기장에 내다 버렸다. 그것은 누런 본드로 붙여놓은 접시들, 손잡이가 없는 낡은 냄비들, 텅 빈 립스틱 케이스, 오래된 신문, 걸레들, 낡은 옷가지, 절반만 남은 세라믹 곰, 노동절을 상징하는 깃발처럼 볼

품없는 삶의 지루한 유해 같은 것들뿐이었다.

저녁에 일리야와 사냐가 와서 미하를 도와 장식장, 옷장, 게냐 고모가 쓰던 소파처럼 무거운 가구를 내다 버렸다.

알레나는 바닥을 다 닦았고 그러자 이 텅 빈 방에서 살 수 있을 것 같은 기분이 들었다. 그들은 며칠 동안 바닥에 침낭을 펼쳐놓고 잤고, 알레나는 꿈도 꾸지 않고 숙면을 취했다. 둘이 끌어안고 잔 까닭에 그녀는 미하가 언제까지고 자신을 번쩍 안아 들고 있을 것 같은 기분이었다.

그런 다음 그들은 손수 집을 수리하는 이틀 동안 밤이면 체르노퍄토프가에 가서 잤다. 딸을 너무나도 사랑하는 세르게이 보리소비치는 딸이 집을 떠나려고 해서 슬펐고 발렌티나는 그들이 지내는 방 두 칸짜리 방과 한 칸짜리 미하의 방을 다 함께 살수 있는 방 세 칸짜리 아파트로 교환해보자는 제안까지 했지만 알레나가 원하지 않았다.

그녀는 얼른 그들의 새로운 보금자리로 들어가고 싶었다. 페인트 냄새가 가시기가 무섭게 그들은 어떤 과거도 없었던 것만 같은 깨끗하고 텅 빈 방으로 옮겼고, 쓰레기투성이 마당이 6층 높이에서 내려다보이는 창밖 풍경만 빼면 모든 것이 좋았다.

고모 집에 있는 물건 중에 남은 거라고는 판지 상자 두 개와 많은 책, 한쪽으로 기울어진 장식장 바닥에서 발견한 오래된 편지 꾸러미 하나가 전부였다. 마를렌은 나중에 와서 가져갈 테니 그때까지만 이 짐을 맡아달라고 부탁했다. 알레나는 이젤을 갖고 와서 창가에 세워두고 세르게이 보리소비치가 직접 만든 드로잉 테이블, 3년 전에 정교하게 그린 문양들을 모아둔 다섯 개의 두꺼운 파일까지 갖다 뒀다. 그러자 예술가의 방 같은 분위기가 물씬 풍겼다.

결혼식은 올리지 않았지만 마를렌과 알레나의 부모와 이모로부터 '돈'이라는 형태로, 썩 좋은 선물은 아니지만 대신 유익한 선물을 받았다. 알레나는 학교 수업이 끝나면 가게에 들러서 새 접시와 쿠션을 사면서 자신의 삶이 새롭게 바뀐 것을 혼자 조용히 기뻐하곤 했다. 알레나의 마음속 상처도 나은 듯했다. 설령 낫지는 않았다 해도 미하의 끝없는 다정함과 열정 덕분에 어딘가 먼 곳으로 물러나는 듯했다.

하지만 미하의 운은 딱 여기까지였다. 야코프 페트로비치가 그를 불러서 인사과에서 미하의 서류를 통과시켜주지 않았기 때문에 대학원 박사과정에는 입학할 수 없게 되었다고 전했다. 하지만 그와 계속 협력하고 싶다고 했다.

"힘든 여정이 되겠지만, 그래도 논문 주제를 한번 얘기해봅시다."

그렇게 대화는 끝났다. 마침표가 아닌 말줄임표로…….

그달 말일에 학교 교장의 부탁으로 미하는 기숙학교를 그만 뒀다. 교장은 울면서 용서를 빌었고, 그녀에게 가장 중요한 것은 기숙학교를 유지하고 그녀가 돌보는 학생 40여 명의 미래를 지켜내는 것이라고 해명했다.

상황을 짐작한 미하가 질문했다.

"전화가 왔나요?"

마르가리타 아베티소브나가 고개를 끄덕였다.

이제 그는 감시 대상이 된 것이었다. 미하는 자발적으로 퇴사한다는 내용의 사직서를 냈다. 이런 경우 의무적으로 2주 치 급여를 추가로 주기 때문에 교장은 그에게 쉬면서 새로운 일자리를 알아보라고 제안했다. 2주 뒤에 그는 경력증명서를 받고 동료들과 작별 인사를 하려고 학교에 왔다. 다들 당혹스러운 얼굴을 하고 있었고 글레프 이바노비치의 모습은 보이지 않았다.

미하가 그에 대해서 묻자 정신병원에 끌려갔다고 말해주었다.

미하는 막대한 공허감을 느꼈고 삶이 완전히 바뀐 듯한 묘한 감정이 들었다. 이제 그 빈자리에 완전히 새로운 뭔가가 뿌리를 내리고 자라기만 하면 될 것이었다.

밀류틴스키 공원

특정 남성이 특정 여성에게 끌리는 비밀은 아무도 모른다. 적어도 전도서에는 나오지 않는다. 중세 시대 전설은 사랑의 묘약이라는 해답을 제시하고 있기는 하다. 다른 말로는 독약 말이다. 어쩌면 막강한 권력을 지닌 에로스가 화살촉에 적시던 것과 같은 약일지도 모른다. 현대인들은 종족 보존 본능을 담당하는 호르몬에서 그 이유를 찾는다. 물론 사랑의 실질적인 목적과 플라토닉러브 사이에는 요즘 표현으로 '인지 부조화'라고 부를 만한 간격이 존재한다. 종족을 보존하려는 정직한 과업은 다양한 의례적 치장 아래서 실현된다. 오렌지꽃, 사제들, 혼인신고와 한가운데가 빨간 피로 물든 이불보를 마당에 거는 것까지 포함해서 말이다. 이런 시각을 통해 사랑이 무엇인지 거칠게나마 알 수 있다.

하지만 우정은 무엇이란 말인가? 우정은 근본적인 본능과는 전혀 무관한 것이다. 세상에 있는 모든 철학자들(전설적인 여성 철학자 히파티아를 제외한다면 피아마 가이덴코*가 등장하기 전까지 철학자 중 여성은 없었다)은 모두 인간의 가치 중 우정을 가장 우위에 있는 가치라고 생각했다. 현대와는 맞지 않는 명언을 많이 남긴 아리스토텔레스도 이와 관련해서는 지금까지도 흠잡을 데가 없을 정도로 놀라운 정의를 내렸다. 그는 '우정이라는 것은 인간에게 국한된 것이므로, 우정의 성격과 목적을 탐구하기 위해서는 자연법칙이나, 실증적 존재 너머까지 아우르는 초월적 선에 기대서는 안 된다'고 말했다.

따라서 우정은 자연법칙과 상관이 없으며, 아무런 목적도 없고, 단지 자신의 걱정과 생각, 감정을 나눌, 마음이 맞는 사람을 찾는 것, 더 나아가 '친구를 위하여 자기 목숨을 내놓기까지' 하는 것을 뜻한다. 하지만 이 행복을 위해서는 함께 로즈데스트벤스키 가로수길을 따라 걷는다든지, 내가 다른 종류의 술이나 음료수를 좋아해도 친구가 좋아하는 맥주를 함께 마신다든지, 그의 할머니 생신 잔치에 같이 가거나 똑같은 책을 읽으며 똑같은

---

*   피아마 가이덴코(1934~2021). 러시아의 철학자.

음악을 듣는 노력을 들여야 한다. 길게 설명하지 않아도 농담을 이해하고, 시선으로도 의견을 교환하고, 이성과 나눌 수 없는 내밀한 소통이 존재하는, 작지만 폐쇄적이며 따뜻한 관계를 유지하기 위해서는 자신의 소중한 시간을 할애해야 하는 것이다. 물론 아주 드물게 예외도 존재하겠지만.

하지만 친구들과 보내는 시간은 점점 줄어들었다. 학교를 가지 않게 되면서 쉬는 시간도 없어졌고, 사랑하는 선생님과 매주 수요일마다 모스크바 시내를 산책하던 일도 하지 않았으며, 더는 매일 학교에 가지도 않았다. 그들은 이따금 습관처럼 만났고 조금씩 서로에게 소원해졌다. 그러던 어느 날 불현듯 운명은 그들을 흩어놓았고, 매일 발생하는 크고 작은 지극히 사소한 사건들을 공유할 필요도 차츰 사라지자 그들은 한 주에 한 번, 한 달에 한 번, 나중에는 명절에 한 번 전화 통화만 하는 사이가 돼버렸다.

물론 그들의 사이가 한순간 멀어진 것은 아니며 세 친구가 오랜 시간 나눈 우정에는 돌이킬 수 없는 의미가 있었다. 학교를 졸업하고 5, 6년이 지나서야 그들의 관계가 언제부터 소원해지기 시작했는지 짐작할 수 있을 것이다. 미하를 예로 들어보자.

일리야는 미하가 어떤 과정을 거쳐서 혁명적 마야콥스키나 굉장한 영향력으로 사람들을 홀린 블로크* 혹은 다음과 같이 쓴 파스테르나크에게 빠졌는지 회상하곤 했다.

네바강으로부터 8시를 알리는 여덟 발의 발포,

그리고 9시를 알리는 아홉 번째.

지쳐 있다. 영광처럼.

마치 (좌우에서

말과 사람이 곤두박질하며 휘청인다.)

마치 (멀리서 들려오는 외침:

우리는 반역을 위해 다시 모이리니.)

마치 팽팽히 당겨지고 터지고 끊어지듯이

관절이

맹세의 왕조가…….

일리야는 미하가 혁명에 빠져드는 것을 보고도 아무 말 하지 않았다. 사냐는 부드러운 미소를 지을 뿐이었다. 우정은 사소한 견해 차이와 서로 관심 분야가 다른 것도 견뎌내는 법이니까 말이다. 축제를 보내려고 잠시 온 지인이자 러시아계 벨기에인인

---

* 알렉산드르 블로크(1880~1921). 러시아의 시인.

피에르 장드가 뼛속 깊이 혁명에 대한 증오를 표현했을 때 언짢았던 미하는 공산주의에 관한 자신의 의견을 객관적으로 정리해보기로 결심했다. 그는 이 일에 거의 2년이 넘는 시간을 소비했다. 처음에 그는 마르크스의 책을 읽었고, 그런 뒤에는 굉장히 이해하기 쉬운 최초의 사회주의자들이 쓴 책을 읽고, 그런 뒤에는 헤겔의 책에 발이 걸려서 피루엣을 한 번 하고 레닌 쪽으로 방향을 틀었다.

그의 친척인 마를렌은 (해를 거듭할수록 그들은 점점 더 가까워졌다) 그가 하는 행위를 의심 가득한 눈초리로 바라봤다.

"미하, 책을 잘못 골랐어. 우리 가족 중에도 혁명가가 많았는데 마르크 나우모비치 빼고는 모두 총살당했어. 마르크 나우모비치가 목숨을 건진 것은 처음에 자진해서 내무인민위원회에서 일했고 그다음에는 제때에 지방으로 꽁지 빠지게 떠났기 때문이지. 어딘가의 자문 위원으로 갔어. 굉장히 영리한 사내이고 보기 드문 개새끼지."

"좀 알고 싶어서……"

미하가 변명하듯 말했다.

"뭐, 그래, 공부해. 공부하라고."

마를렌이 허락하듯 대답했다.

"자전거를 직접 발명해보고 싶나 본데, 넌 할 수 있을 거야."

게냐 고모가 이들 앞에 보르시*가 담긴 접시를 갖다 놓았고, 그다음에는 메인 요리인 감자를 곁들인 커틀릿을 내와서는 아들한테는 세 덩어리를 주고 미하한테는 두 덩어리, 자기 접시에는 한 덩어리를 놓았다.

마를렌은 커틀릿을 가리키면서 큰 소리로 웃으면서 말했다.

"사회 정의라는 게 이런 거야! 전부 다 이런 식이라니까!"

미하는 골똘히 생각했다. 하지만 책을 많이 읽으면 읽을수록 질문은 더 많아졌고, 만족스러운 해답은 점점 줄어들었다. 그는 빅토르 율리예비치 선생님과 사회주의에 대해서 말해보려고 시도했지만 선생님은 인상을 찌푸리면서 사회과학 쪽에는 관심이 없다고 말했다.

지적 호기심도 가장 강하고 아는 것도 많은 일리야는 미하의 불붙은 심장에 땔감을 던지며 관심을 부채질했다. 그중 가장 잘 마른 장작은 사미즈다트로 출간된 조지 오웰의 《1984》였다. 이것은 1957년에 이 책이 분실된 것도 모르고 러시아를 떠난, 피에르의 숙부이자 프랑스의 외교관인 오를로프의 책이었는데 그의 서류 가방과 함께 사라진 바 있었다. 《1984》에 엄청난 감동을 받은 미하는 자신에게는 사회주의 경제학보다 문학이 더 맞

* 러시아식 수프.

는다는 것을 깨달았다.

덕분에 혁명을 향한 미하의 열기는 식었고 일리야는 그가 이루어낸 작은 승리가 기뻤다. 하지만 둘의 관계는 주춤했다. 사냐는 음악에 푹 빠져서 그가 좋아하는 친구들은 그의 대화 상대가 될 수 없었다.

하지만 미하는 바로 이처럼 높은 문학적 감수성 때문에 1966년 늦가을에 대학원 박사과정도 못 밟고 직장도 잃게 된다.

그의 지도교수가 될 뻔한 야코프 페트로비치는 속이 상했고 미하를 도와주려고 했다. 물론 자기 능력 안에서 말이다. 야코프 페트로비치는 좋은 사람이기는 했지만 주어진 현실에 빨리 순응하는 사람이었다. 그리고 그는 평생 자신이 힘들게 타협해온 정권 앞에서 품위를 지키면서 상황에 따라 유연하게 대처하는 것이 얼마나 힘든지 누구보다 잘 알고 있었다. 미하 멜라미트는 합의를 보는 데 실패했다. 그것은 애석한 일이었지만 큰 틀에서 보면 그들이 함께하려고 하는 중요한 일에는 영향을 끼치지 않았다.

야코프 페트로비치는 미하가 직장을 구할 수 있도록 몇 번 도와주었다. 교육계에서 그의 영향력은 어마어마해서 그의 손이 안 닿는 곳이 없었지만 그런 그도 미하가 발달장애아들의 언어치료와 관련된 새로운 방법을 터득할 수 있는 연구를 할 수 있는 일자리를 찾는 데는 실패했다.

이로써 미하는 학문 연구를 할 수 있는 모든 가능성을 상실했다.

러시아 과학 아카데미 회원인 교수가 찾아낸 모든 일은 야간 학교의 문학 교사 자리 정도였지만 그나마도 시간강사 자리밖에 없었다. 그곳에서 제안하는 대로 주당 여덟 시간을 가르치고서 받는 급여는 8일 치의 궁색한 식비 정도였다. 하지만 그렇게 한 달을 버티는 것은 쉽지 않은 일이었다. 게다가 알레나는 아직 대학교에 재학 중이었고 학업은 원래도 많지 않은 그녀의 에너지를 모두 빼앗아 가버렸다.

이 무렵 미하는 스스로의 힘으로 직장을 구할 수 없다는 확신이 들었다. 그래서 그는 러시아어 및 문학 선생 자리를 알아보기 위해 시청의 담당 부서에 찾아갔고 그곳에서는 모스크바에는 자리가 없지만 교육부에 문의하면 지방에는 자리가 있을지도 모른다고 했다. 또한 가끔 임시직이 생길 때가 있으니 그에게 이력서와 연락처를 두고 가라고 했다.

알레나는 아직 대학생인 데다 어려서 미하는 절대로 모스크바를 떠날 생각이 없었기 때문에 교육부에는 가지 않았다.

이미 교편을 놓은 빅토르 율리예비치는 미하에게 학교 선생이 될 생각은 접는 편이 좋겠다고 말했다. 현재로서는 그쪽 일을 계속 하고 싶다면 개인 수업 정도를 할 수 있으리라고 했다. 그러고는 즉시 미하에게 학생 한 명을 소개해줬다. 하지만 이 모든 것은 개인 수업이었고 단기 아르바이트 비슷한 일이었기 때문에 모두 미하의 마음에 들지 않았고⋯⋯ 그는 기숙학교 학생들이 너무 보고 싶었다!

이 무렵 미하는 가능한 부업들 가운데서도 최악의 선택지를 골랐는데 밤마다 모스크바-토바르나야 기차역에서 짐을 싣고 내리는 일을 하러 다닌 것이었다. 일 자체는 힘들지 않을지 모르지만, 갈수록 심해지는 근시 때문에 이 일을 하는 것마저 알레나가 반대했다. 실제로 그녀의 판단이 옳았다.

또 하나의 일정한 수입원은 헌혈이었다. 하지만 헌혈 센터에서도 한 달에 한 번만 헌혈이 가능했기 때문에 이 역시 안정적인 수입원은 될 수 없었다.

결국 미하는 일리야를 만나서 보다 비표준적인 일자리들에 대해 물어보기로 결심했다. 그들은 포크롭스키예 보로타 광장 부근에 있는 바람이 많이 부는 밀류틴스키 공원에서 만나 긴 목재 두 개를 연결해서 만든 벤치에 앉았다. 두 사람 모두 한 손에는 맥주 한 병씩 들고 두 다리 사이에는 서류 가방을 끼고 있었다. 사냐는 오지 않았다. 사냐는 끌어들이지 않기로 했기 때문이다.

고등학교를 졸업한 후 일리야는 자신이 오전 9시부터 5시까지든, 오전 8시부터 8시까지든, 사흘에 하루씩 일하는 방식이든 정부를 위해 일하고 싶지 않다는 것을 그들 중 처음으로 깨달았다. 또한 더는 어떤 교육기관에서도 공부하지 않기로 결심했다. 그가 관심을 기울이는 것은 모두 표준화된 틀이나 강요 없이도 배울 수 있었기 때문이다. 그는 요리조리 피해 가고 미끄러져나가고 녹아내리며 자취를 감추는 방법을 누구보다 잘 알고 있었다. 가장 좋은 방법은 학자나 작가의 비서로 허위로 등록하는 것이었다. 이것은 보기 드문 데다 사실상 전무후무한 방식이었기에 그 덕분에 일리야는 상대적으로 정부의 감시망에서 벗어나 있었다. 조금 더 믿을 만하지만 덜 매력적인 방법은 개인의 소중한 시간을 정말로 많이 소비하는 일이었는데 건물 보일러실이나 아파트 1층 현관에서 경비를 서는 일이 이에 속했다. 돈을 구하는 방법에 대해서라면 일리야는 무수히 많은 방법을 알고 있었다.

일리야는 다시 한번 이미 오래전부터 인정받은 지적 우위를 활용하여 미하에게 잊지 못할 강의를 해주었다.

"미하, 너 그거 알아? 재미있는 일을 하는 것과 돈을 버는 것은 다른 거야. 하지만 나는 이 두 가지를 적절하게 섞을 줄 알아야 한다고 생각해. 사미즈다트를 한번 살펴보자고. 이건 현상 자체만으로도 놀랍고 유례없는 일이야. 이것은 온천에서 또 다른 온천으로 전달되는 살아 숨 쉬는 에너지이고 사람들한테서 실이 나와서 거미줄 같은 것이 형성돼. 책과 잡지, 아주 옛날 시나 최근에 쓰인 시, 사미즈다트로 출간되는 정기간행물의 형태로 된 정보가 자유로이 드나드는 통로 같은 거야. 혁명 전에 오데사에서 출간되었거나 작년에 예루살렘에서 출간된 시온주의에 바탕을 둔 문학작품이 쏟아져 나오고 있고, 종교 서적과 망명 문학과 국내에서 활동하는 작가들의 책이 나오고 있지. 어떤 의미에서는 자연 발생적이라고도 할 수 있지만 완전히 그렇다고만은 할 수 없어. 나에게 이건 의식적인 작업이고, 이제 어느 정도 전문성도 갖췄다고 말할 수 있어. 사실 이걸로 먹고살거든. 물론 지금보다 더 노력해서 조직을 발전시켜고 확장해야 하긴 하지만 말이야."

미하는 입을 크게 벌리고 앉아 있었다. 잠든 아이처럼 입꼬리에 침이 살짝 고이기까지 했다. 평소와 달리 뭔가 중요한 얘기를 하는 일리야의 목소리에는 힘이 실려 있었다. 미하는 강의 내용에 완전히 사로잡혔고 친구가 무척 자랑스러웠다. '일리야, 정말 대단하다!'

"게다가 굉장히 중요한 일이잖아!"

미하는 친구의 위대한 행위에 압도되어 조용히 말했다.

한편 일리야 자신도 세계문학이 발전하는 데 기여하는 자신의 역할이 무척 만족스러웠다. 그가 그린 엄청난 그림이 사실에 완벽하게 부합한다고 볼 수는 없었지만 전적으로 날조된 것도 아니었다. 도스토옙스키 작품에 등장하는 러시아 혁명의 작은 악령들이 어둑어둑한 시간의 쇠락한 공원 구석구석에서 하늘로 올라가고 있었다. 아무 잘못이 없는 체호프의 긴 그림자는 작가가 씨앗을 사려고 오랫동안 다니곤 하던 텃밭 용품을 판매하는 상점인 '임메르' 방향으로 움직였고, 대략 그 무렵 사바 모로조프가 화실로 내어준 근처 별채에서 러시아의 자연을 노래하던 섬세한 유대인 화가 이사크 레비탄이 죽어가고 있었…….

바로 이곳에서 두 걸음만 가면 20년 전에 전차가 날카로운 소리를 내면서…… 맞다, 다름 아닌 무리긴이 그곳에서 죽었다.

대화 도중 일리야에게 즉시 흥미로운 제안이 떠올랐다. 현재 사미즈다트는 사회에 유행처럼 번졌고 새로운 자료에 대한 수요도 증가하는 추세였다. 1960년대 중반 무렵에는 특히 지방에서 활기를 띠었다. 사미즈다트로 출간되는 책 중에는 이념과 무관한 책이 상당히 많았다. 꽤 큰 시장이 형성되고 있었고 그곳에는 상업적으로 관심이 있는 사람들을 포함해서 다양한 사람들이 활동하고 있었다. 오직 종이나 사진 필름의 가격에 따라 책 가격이 책정되는 출간 형태 외에도 판매용으로 만들어지는 진짜 제품, 즉 책이 등장하고 있었다. 유통망도 생겨나고 있었다. 일리야 역시 이러한 시장에서 일하는 사람 중 한 명이었다. 미하가 일리야가 판매하는 제품의 홍보를 맡아줄 수도 있을 것이었다.

물론 일리야는 미하가 지나치게 남의 눈에 잘 띄고 지나치게 사교적이며 조심성이 너무 없어서 이 일을 홍보하기에 적합한 사람이 아님을 알고 있었다. 하지만 동시에 그는 신의를 저버리지 않을 사람이었고 믿음직했고 책임감이 강했다. 미하에게 돈이 절실하지만 않았어도 일리야는 그에게 이런 제안을 하지 않았을지도 몰랐다. 게다가 그에게는 아내도 있지 않은가!

미하는 방문판매자 직책을 맡았다.

처음에는 가까운 지역부터 시작했다. 배낭 가득 사미즈다트로 출간된 책을 싸서 기차나 버스를 타고 오브닌스크, 두브나, 체르노골로프카같이 멀지 않은 곳으로 갔다. 거기서 연구원들과 만나서 책을 전해주고 돈을 받고는 바로 그날 돌아왔다.

그들과 연락처를 주고받는 것은 금지돼 있었다. 미하는 자기 이름을 '안드레이'라고 소개했고, 상대는 이름조차 대지 않았다. 그는 보통 '알렉산드르 이바노비치'부터 '레프 세묘노비치'까지 다양한 이름을 사용했다.

받은 돈에서 미하는 매번 정직하게 5루블을 챙겼다. 돈을 쥔 손이 살짝 화끈거렸다.

농아 기숙학교에서 일하는 편이 훨씬 나았다. 기숙학교는 당시 그가 필요로 하던 모든 것을 제공하던 이상적인 곳이었다. 급여는 적었지만 혼자 쓰기에 충분했고, 일은 창의적이면서 유익해서 무척 만족스러운 데다 바르게 살고 있다는 자부심도 느낄 수 있었다. 최소한 돈을 쥔 손이 부끄럽지는 않았다!

두 달 뒤에 미하는 일리야에게 배낭에 들어 있는 물건을 지정해준 곳으로 배달하는 일보다 중요한 일을 맡았으면 한다고 말했다. 사미즈다트로 출간된 책을 접해본 후 그는 자신이 조금 더 창의적인 일을 할 수 있을지도 모른다고 생각했던 것이다……

"알았어, 그렇게 해. 결국 일이 이렇게 될 줄 알았어."

일리야는 보통 다른 사람의 문제를 해결해줄 때는 만족스러워하며 볼에 바람을 잔뜩 집어넣어서 볼록하게 만들었는데 이번에 일리야가 짓는 표정은 불만스러운 쪽에 더 가까워 보였다.

"너한테 필요한 사람은 에디크야. 에디크 말이야! 키 큰 친구 기억해?"

일리야가 큰 소리로 물었다.

미하는 기억하고 있었다. 그에게서 책을 받아 온 적이 있었다. 에디크의 외모는 잊을 수가 없었는데 키가 2미터는 돼 보였고, 숱 많은 눈썹 빼고는 아무것도 자라지 않아서 어린아이의 불그스름한 얼굴을 한 남자였다.

일리야가 미하를 에디크에게 데리고 갔다. 그는 방 두 개짜리 아파트에서 어머니와 아내와 함께 살고 있었다. 미하는 집에 들어가서 주위를 둘러본 후에 그 집의 매력에 빠졌는데, 에디크가 설명한 바에 따르면 그의 어머니는 불교학자여서 벽에는 불교식 성상화 같은 동양화들이 걸려 있는 등 그 집은 뭔가 다른 집과는 달랐다. 에디크의 아내는 고고학자로, 아내 역시 자기 직업의 흔적을 집 안 곳곳에 남겨놓았는데 예쁘지 않은 항아리 세 개가 그것이었다. 마침 여자들은 집에 없었다.

에디크는 사미즈다트식으로 '가마윤'*이라는 이름의 잡지를 발행하고 있었고, 담배 종이 스무 장을 파란색 마분지로 덮은 뒤에 대충 바느질로 연결한 형태의 잡지였다. 문학과 사회 문제를 다루는 잡지였고 아직은 1호 한 부만 존재했다. 미하는 잡지를 집어 들고는 처음부터 끝까지 훑어봤다.

"재미있는데요! 그런데 잡지 이름을 왜 '가마윤'이라고 정한 거예요?"

미하가 질문했다.

---

* 러시아 신화에 등장하는 천국에서 온 새. 다리도 날개도 없이 꼬리로만 날며, 추락하면서 국가 위정자들의 죽음을 예언했다고 한다.

"후보로는 '알코노스트' '피닉스' '시린'도 있었는데 다 마음에 안 들더라고요. 내 생각에는 '가마윤'이 제일 나은 것 같아서요."

"슬라브 신화에 나오는 새가 이 새 말고도 있죠?"

"맞아요. 하지만 우리 새는 굉장한 지성적이어서 세계에 존재하는 모든 비밀을 알고 있고 예언하는 능력을 지니고 있죠. 처음에는 잡지 이름을 '역사적인 프로젝트'라고 정할까도 생각했었어요. 하지만 너무 무미건조하다는 생각이 들었죠. 계몽적인 잡지지만 현대 시도 소개하는 거니까 말이죠."

미하는 잡지를 발간해 우매한 사람들의 눈과 길을 열어주는 일에 참여할 준비가 돼 있었다.

일리야는 미하를 에디크의 집에 두고 갔고, 두 사람은 회색 마카로니*로 저녁 식사를 했다. 식사가 끝난 뒤 두 사람은 이 잡지가 정치적 이슈를 다루는 잡지가 아니라 문학과 사회 문제를 다루는 잡지의 길을 계속 가게 될 것이라는 부분에서 상당히 빨리 합의를 보았다. 즉 잡지에 정치는 최소한으로 들어가리라는 것이었다. 에디크는 앞으로 전개될 역사를 예견한다든지 사회적 기호와 유행을 분석한다든지 하는 문제들에 더 관심이 많았다.

---

* 질 낮은 밀가루나 밀가루가 아닌 다른 곡물 가루로 만들어 마카로니가 회색을 띠었다.

"문학의 경우 나는 시와 과학소설을 제일 좋아해요. 판타지 장르는 세상에서 일어나는 일련의 과정들을 예술적 형태를 빌려서 종합하고 흥미로운 예언을 하죠. 오늘날 서유럽의 판타지 문학은 미래학과 미래의 철학을 나타내죠. 하지만 내가 이걸 보고 읽기에는 시간이 절대적으로 부족해서 말이죠. 미하가 판타지 부분을 맡아준다면 정말 좋을 것 같아요."

미하는 판타지에 관심을 가져본 적이 없었기 때문에 생각에 잠겼다. 하지만 생각해보겠다고 약속했다.

그런 다음 즉석에서 그들은 잡지의 다음 호에 실을 시를 대략적으로나마 정하기로 했다. 한 시인의 시를 여러 편 싣고, 나머지 다섯에서 여덟 명의 시인들의 시를 한두 편씩 싣기로 바로 합의했다. 미하는 브로드스키의 시를 제안하고는 즉각 신이 나서 웅얼거리듯 읊기 시작했다.

장군! 우리 카드 패는 망했어요. 나는 졌어요.

북부는 이곳이 아니고 북극권입니다.

적도는 당신 바지에 있는 세로줄 무늬보다 넓지요.

장군이여, 전쟁터는 남쪽에 있기 때문입니다.

그 정도 거리라면 워키토키가

어떤 명령도 부기우기로 바꿔놓는답니다.

"브로드스키 시를 읽고 감탄할 사람이 얼마나 된다고 그래요? 차라리 대중에게 알려지지 않은 이 시를 한번 들어봐요."

기억은 팔 없는 기마상

너는 빠르게 뛰지만

시간이 네 기억을 왜곡했구나.

네가 텅 빈 복도를 향해 크게 소리 질러도 듣는 이 없구나

복도 끝에서 참으로 아름다운 기억이 아른거리는구나

저녁이었고 향긋한 차 내음 가득해

찻잔에서 올라온 김이 오래된 나무 모양을 만들어

우리 모두는 조용히 주어진 삶에 만족했다네

노란 옷 입은 아가씨가 가장 깊이 자신의 삶에 만족했다네……

"정말로 멋져요……. 그런데 누구 시죠?"

"누구라니요? 누구인지가 뭐가 중요한가요? 하리코프 출신의 한 젊은이예요. 얼마 전에 모스크바에 왔죠. 무명 시인이에요. 하지만 5년 뒤면 모두가 알게 될 친구죠. 지금의 브로드스키처럼 말이죠……. 내기를 해도 좋아요. 잡지에 실을 거면 이런 사람 시를 실어야 해요."

"글쎄, 난 잘 모르겠어요. 내 생각에는 호보스텐코가 나을 것

같은데."

미하가 제안했다.

"나도 호보스텐코를 좋아하긴 하지만 기타 빼면 빈 껍데기 아닌가요? 이 청년이 더 뜰 거라니까요……."

"이 청년이란 사람이, 그러니까 이름이?"

"이름은 알아서 뭐 하게요? 5년 뒤면 모르는 사람이 없을 정도로 유명해질 거니까 두고 봐요. 그런데도 호보스텐코를 싫으라고요?"

에디크는 역정을 냈고 평화주의자인 미하는 마음이 조금 불편해졌다.

"무슨 이런 상황이 있어요! 일을 시작하기도 전에 싸움부터 하니……."

에디크가 웃음을 터뜨렸다.

"난 항상 이런 식이에요. 늘 친구들과 이런 식으로 죽어라 물고 뜯으니 말입니다. 성격이 이렇다니까요!"

"우리 꼭 바보 같아요!"

미하가 큰 소리로 말했다.

"고르바넵스카야! 나탈리야 고르바넵스카야 말이에요! 그 사람 시가 딱이에요! 바로 그거예요!"

이 말을 하고 그는 힘차게 울부짖듯이 시를 읊었다.

우리는 반드시 이 모든 일에 대해 복수하겠소

불에 탄 들판에 대해 복수하겠소

우리는 반드시 이 모든 일에 대해 복수하겠소

농부들의 맷돌이 멈추고

발자국 하나하나, 한숨 섞인 호흡에 대해 복수하겠소

우리가 흘린 피와 흘린 땀이 헛되지 않도록

피의 복수를 하겠소

우리는 반드시 복수하겠소

풀에 불이 붙어 번지고

불이 나무에도 번지리니

나뭇잎 위에 생명 없이 누워 있는 사람들을 위해

복수할 때가 오리니…….

"찬성해요! 고르바넵스카야라면 무조건 찬성이죠! 작가의 동의를 구하는 일만 남았네요!"

에디크가 바로 찬성했다.

"이건 사미즈다트잖아요! 물어볼 필요도 없죠! 브로드스키에게 쓴 이 세 편의 시를 실읍시다!"

고전문학을 무척 좋아하는 미하는 푸시킨과 뱌젬스키가 시의 형태로 교환한 서신이나 게르첸과 투르게네프가 주고받은 편지, 투르게네프와 도스토옙스키의 서신이나 고골이 막역한 친구들과 주고받은 편지 등을 활용해서 이 주제를 더 발전시키고 싶은 생각이 간절했다.

"고르바넵스카야에게 브로드스키가 쓴 편지를 더 찾아봐도 좋고, 아니면 고르바넵스카야가 다른 사람과 주고받은 서신도 괜찮고!"

"푸시킨과 주고받은 것도 좋겠군요! 말만 해요!"

에디크가 제안했다.

하지만 미하는 그의 농담이 조금 불편했다.

"아니, 그게 아니고요. 시인들이 친구들에게 쓴 시를 싣는 게 좋겠어요. 친구들 간의 시적 운율에 맞춘 대화 말이에요. 이를테면 이런 거죠."

정신병원에서는

팔을 들어 슬픔을 알리렴

얼굴을 흰 눈 속에 파묻는 것처럼

벽에 이마를 대고

"기억하죠. 이건 고르바넵스카야가 갈란스코프한테 쓴 거잖아요."

에디크가 알아맞혔다.

"이런 시도 있어요."

볼에 붙은 잠을 떼어내렴

눈꺼풀이 아플 만큼 눈을 크게 뜨렴

백색의 더러운 병원은

네 구속의 자발적 깃발과 같아

에디크가 한 손을 내저으면서 말했다.

"이 시도 알아요. 이건 고르바넵스카야가 드미트리 보리소프에게 쓴 시잖아요. 아니, 시를 어떻게 이렇게 잘 알아요?"

"고르바넵스카야가 우리 장인 집에서 이 시를 두 번 낭독했었어요. 그때 듣고 외워버렸죠. 사람은 굉장히 어두운 데다 상냥하지도 않은데 시는 이렇게 또 감미롭게 잘 쓴다니까요. 솔직히 시인은 별로 마음에 안 들었지만, 시만 보면 마음에 쏙 들어요."

결국 미하가 나탈리아한테 가서 시 몇 편을 써달라고 부탁하러 가기로 했다.

잠시 후에 에디크는 모스크바 국립대학교 어문학부에서 공부하는 굉장히 똑똑한 친구 한 명을 떠올렸다. 그 친구라면 현대 미국의 과학소설에 대한 기고문 한 편을 써줄 수도 있을 것 같았다.

잡지의 세 번째 부분은 '뉴스'였고 잡지의 상당 부분을 차지했다. 뉴스는 차고 넘쳤다. 다양한 생각을 가진 수많은 사람들이 처음에는 구석에 숨어서 속삭였고, 그런 다음에는 작은 목소리로 들릴 듯 말 듯 말했고, 결국은 거리로 나와 시위를 하면서 점점 더 용감히 자기 의견을 표출했다. 그들은 체포되고 재판을 받고 감옥에 갔으며 석방되었다. 일상은 사람들의 입에서 입으로 전달되는 소문이나 서유럽 라디오 방송을 통해 전해 들은 소식들로 넘쳐났다.

인권 운동가들 말고도 소련 정부에 불만을 품고 있는 사람들은 많고 많았다. 20년 전에 떠난 크림반도로 돌아오고 싶어 하는 크림반도 출신의 타타르인들, 약 2천 년 전 추방당했던 땅 이스라엘로 돌아갈 수 있게 해달라고 요구하는 유대인들, 다양한 종교의 박해받는 교인들, 러시아부터 리투아니아까지 다양한 민족주의자들……. 이렇듯 크고 작은 사건들이 나라 곳곳에서 일어나고 있었다.

에디크는 그중 어떤 그룹에도 속하지 않았기에 객관적인 기자를 자처하며 당대 사회에서 일어나고 있는 일에 대해 알려야 한다고 생각했다. 그리고 미하는 최선을 다해 이 일을 도울 준비가 돼 있었다.

그러다 문득 그들은 새벽 1시가 넘었다는 것을 깨달았다.

"이런, 그런데 제냐는 어디 간 거지?"

에디크는 그제야 아내가 없다는 것을 깨달았다. 그들은 서로 지나친 간섭은 하지 않았지만 늦으면 늦는다는 말 정도는 해왔다.

미하는 비명을 지르더니 자리에서 벌떡 일어나서는 쏜살같이 집으로 향했다. 대중교통이 다니지 않는 시간이었다. 그는 운 좋게 만난 전차를 타고, 밤이면 전차들이 떼를 지어서 몰려드는 라흐마놉스키 골목까지 간 뒤에 20분가량 달려서 집까지 갔다. 알레나가 자고 있어서 잔소리는 듣지 않았다.

삶은 흥겹고 재미있게 굴러갔다. 게냐 고모가 돌아가신 뒤 낡은 먼지투성이 물건들은 감쪽같이 사라졌고 이제 집은 하얗고 깨끗한 새 물건들로 가득했다. 창가에는 와트만지를 고정해놓은 알레나의 작업대가 서 있었다. 그녀는 미대 졸업을 앞두고 있었고 졸업 작품으로 호프만이 쓴 동화의 삽화를 그리고 있었다. 삽화 한 장 한 장은 프리메이슨 로고를 모티브로 오랜 기간에 걸쳐 여러 겹으로 덧칠해 액자 틀처럼 만든 문양에 둘러싸여 있었다. 농아들을 가르치던 때와 달리 다양한 일들이 발생했고, 아침부터 밤까지 계속 사람들을 만나서 주위에는 늘 새로 알게 된 사람들로 넘쳐났다. 그중에서 가장 자주 미하의 집을 찾은 사람은 에디크와 그의 아내인 제냐였다. 예쁘지도 않고 이빨도 많이 빠진 데다 늘 웃는 제냐는 외모와 달리 굉장히 매력적인 사람이었다. 미하의 우려와 달리 알레나는 옅은 미소를 띠며 제냐가 하는 싱거운 농담에 살짝 반응을 보였다. 그들 네 사람은 친해져서 서로의 집을 방문하며 함께 차와 와인을 마셨다.

알레나는 생기를 얻었고 활기를 띠었다. 이제 막 일어나서 울어야 할지 웃어야 할지 결정을 못 한 아이 같은 표정만 늘 짓던 그녀가 아직 웃지는 않더라도 더는 울지 않겠다는 결심을 한 듯한 표정을 지었다. 심지어 미하가 부부 관계를 요구할 때도 더 호의적으로 대했다. 결혼 전 알레나가 그가 근무하는 밀랴예보에 자발적으로 와서 잘 때는 침대에서 고분고분하고 부드러웠다면 오히려 결혼 후에 그녀에게 다가가는 것이 더 어려웠다.

결혼을 하자 다양한 걸림돌이 경쟁하듯 등장했다. 그녀는 부부 관계 때문에 흥분해서 관계 후에 잠을 못 이루는가 하면 반대로 관계 후에 너무 피곤해서 다음 날 하루 종일 자기도 했다.

이것은 결혼 전의 외상적 성 경험으로 인한 가벼운 성 기능장애일 수 있었다. 상대를 갖고 싶지만 다가가기 힘든 대상으로 느낄 때 그녀는 육체 관계에서 가장 큰 기쁨을 느꼈다. 그녀는 늘 미하가 준비돼 있다는 것을 확인하고 싶어 했고 실전에서 남편을 잘 다룰 줄도 알았지만 관계 자체는 거부했다. 부부간의 의식을 만족스럽게 해내는 날이 적을수록 미하는 더 예민해졌고 걱정도 깊어갔다.

알레나에게 다가가기 힘들어질수록 미하는 애절해졌고 사랑은 더욱더 커져만 갔다. 그럴 때면 그의 의식 깊숙한 곳에서 시를 짓고 싶은 욕구가 솟곤 했다. 하지만 알레나에게 들려주면 입꼬리가 내려가는 사랑의 서정시를 미하는 이제 더는 낭독하지 않았다. 그래도 시를 쓰는 것은 멈출 수가 없었다.

사랑은 영혼의 작업
육체의 작업이기도 하구나.
이 일에는 각자의 몫이 있구나.
손과 손을 포개어 ―
이 얼마나 큰 기쁨인가!
마음의 온기를 높이기 위해
날이 밝기까지 이어지는 육체의 정욕은
사랑의 척도이다.

'부모님이 안 계신' '어른들의 집'인 데다 심지어 도심에 위치한 그 집에 늘 놀러 오는 새로운 친구들 중에는 알레나의 팬들도 있었다. 그 남자들이 찾아오면 그녀는 생기를 띠고 살짝 긴장하면서 옅은 미소를 지어 보였다. 미하는 그들에게 질투심을 느꼈고 알레나는 착잡한 만족감을 얻었다. 선을 넘지 않는 안주인에 대한 호감, 티타임, 과자, 예술에 대한 대화, 최근에 쓴 시 낭독, 강의를 하도록 초청된 지식인들은 자연스럽게 살롱의 분위기를 만들어냈다. 이렇게 해서 알레나는 부모님 댁을 복제했다. 연령대가 낮고 조금 더 섬세한 사람들이 드나드는 집으로 말이다.

당시에는 국내 여행이 유행이었다. 배낭, 카약, 개방형 열차 객실, 위험한 히치하이크, 버려진 시골에서 텐트 치고 자기 등을 친구들 중 제일 먼저 경험한 사람은 물론 일리야였다. 그는 이런 식의 여행을 무척 좋아해서 자주 혼자 떠났고 여행을 갔다 오면 구하기 힘든 책이나 성상화, 기독교 관련 물건들을 가져왔으며, 러시아 북부 지역이나 중앙아시아, 알타이 등지에서 친구를 사귀곤 했다.

미하는 고모가 살아 계실 동안은 고모를 혼자 두고 집을 오래 비울 수가 없어서 단 한 번도 일리야와 같이 여행을 간 적이 없었다. 1967년 초봄에 미하와 알레나 그리고 에디크와 제냐, 젊은 두 부부는 난생처음 크림반도에 있는 콕테벨로 여행을 떠날 마음에 들떠 있었다. 여행은 미하가 무척 좋아하는 시인의 무덤에 가려는 것이었던 만큼 순례의 성격을 띠었다.

그들은 2박 3일에 걸쳐서 페오도시야까지 갔다. 모스크바에는 아직 눈이 쌓여 있었는데, 아침 무렵에 남쪽으로 더 많이 내려가자 따뜻한 비로 바뀌어 날리는 눈과 안개를 뚫고 나아갔고, 오후에는 다른 기후대에 진입해, 무릎 높이까지 차오른 물속에 잠긴 길가 버드나무를 창밖으로 관찰했다. 마디들은 물에 퉁퉁 붇고 가지들은 부러질 듯했다. 페오도시야에 도착했을 때도 비가 왔는데 주위는 온통 회색빛이었고, 빗줄기는 잦아들 듯하다가 굵어지기를 반복했다. 그들은 버스에 탔고 막시밀리안 볼로신을 향해 덜커덩거리면서 플라네르노예 방향으로 갔다. 우윳빛 안개로 자욱한 음산한 경관이 그들의 시선을 사로잡았다. 반대 차선에서 트럭들이 여러 대 지나갔는데 이 트럭들은 농사에 급히 필요한 1.5톤 분량의 콕테벨산 모래를 실어 나르고 있었다. 하지만 여행객들은 태곳적부터 해변에 쌓여 있던 보물이 그들의 눈앞에서 사라져가는 것을 알지 못했다. 이러한 사실을 아는 사람들은 이제 이 해변에서 거의 자취를 감추었다.

그들은 버스에서 내려서 생애 처음으로 흑해의 포효를 듣고 그 소리가 나는 쪽으로 향했다. 2주째 바다에 요란한 파도가 일고 있었고 이것은 이 계절에 흔히 있는 현상이어서 이상할 것이 없었다. 바다는 귀보다 눈으로 담는 것이 어렵다는 것을 예전에는 미처 몰랐다. 미하와 제냐는 난생처음으로 바다를 맞닥뜨리고는 들떠 있었다. 알레나는 부모님이 한 번 캅카스에 데려간 적이 있었고 에디크는 완전히 다르기는 해도 발트해를 본 적이 있었다…….

그들은 해안선을 따라 볼로신의 집 쪽으로 향했다. 길을 찾는 것은 어렵지 않았다. 혁명과 전쟁 뒤에 지어진 다른 건물들과는 전혀 다른 외관과 탑을 보고 단번에 그 집이 볼로신의 집이라는 것을 알아봤다. 그들은 집보다 낮은 곳에 있는 바위 위에 앉았다. 와인병과 모스크바에서 싸 온 음식 중 먹고 남은 것을 꺼냈다.

미하는 감정을 주체하지 못하고 시를 읽기 시작했다. 사실 기차 안에 있을 때부터 낭독하고 싶은 것을 참고 있던 터였다.

작은 조개껍데기 안에 바다가 있다
그 안에 파도 소리 들리고
조개껍데기는 해변의 안개처럼
은빛으로 반짝이고
조개껍데기에 새겨진 무늬는
출렁이는 파도 같아

나의 마음은 너에게 있어

오, 킴메리아, 흑해의 나라여

내가 너를 사랑한단다.*

바람이 점퍼를 휘날렸고 그가 낭독하는 시구절을 퍼뜨렸다. 시구가 계속해서 입 밖으로 흘러나와 미하누 도저히 멈출 수가 없었다. 그래서 그들은 웬 할머니가 그가 낭독하는 것을 주의 깊게 듣고 있는 것을 몰랐다. 그녀는 한 손으로 예술품 같은 지팡이를 짚고, 낡고 품이 큰 트렌치코트를 걸치고, 콧부리 부분을 테이프로 이어 붙인 뿌연 안경을 쓰고는 옆에 서서 밝게 웃고 있었다.

"우리 집으로 잠깐 가십시다."

손님을 집에 초대하고자 하는 그녀의 말과 침울하고 화난 듯한 그녀의 표정이 대조를 이루었다. 곧이어 그녀는 그들을 자기 집으로 데리고 갔고 그곳은 그들이 상상도 못 한 곳이었다…….

이렇게 해서 볼로신의 미망인인 마리야 스테파노브나가 몸소 자신의 집에 그들을 들였다. 당시 '1번 건물'이라고 부르던 건물 1층에는 보통 노동조합 지역위원회 측에서 이곳에서 휴가를 보

* 볼로신의 시 '작은 조개껍데기 안에 바다가 있다'.

낼 수 있도록 돈바스 지역의 광부들을 보냈는데 아직 그들은 위원회 측으로부터 휴가증을 못 받아서 오지 못한 상태였다. 미망인은 당국의 이러한 횡포에 저항했지만 큰 소득은 없었다. 그녀는 그들에게 아래층에 있는 방 두 개를 내주었다.

"외지인들이 몰려들기 전까지는 여기서 묵어요."

그들은 마리야 스테파노브나의 집에서 며칠 동안 행복한 시간을 보냈다. 미하와 에디크는 어렵지 않은 집안일을 도와드렸는데 할 일이 산더미처럼 많았다. 제냐와 알레나는 바닥을 닦고 높은 선반에 있는 책에 쌓인 먼지를 닦아냈다. 그리고 꼬박 하루를 볼로신의 무덤을 청소하는 데 썼다. 미하는 에디크와 함께 오솔길에 겨울 동안 내내 쌓여 있던 눈을 치워서 길을 냈다.

대신 저녁이 되면 그들은 볼로신이 쓰던 추운 서재에 모여 앉아 차를 마시면서, 그의 친구들이 쓴 거의 모든 회고록에 묘사된 티예 여왕의 거대한 조각상 아래서 대화를 나눴다. 이따금 저녁에 그 지역의 나이 지긋한 할머니들과 도마뱀처럼 주름살 가득한 노파들이나 '예술의 집'**에서 온 젊은 작가들이 그 집에 들렀다. 한번은 와인이 든 단지를 들고 유명한 젊은 시인이 왔고 연

** 작가들의 창작 활동에 다양한 지원을 해주는 기관.

이어 그의 경쟁자가 왔다. 그들은 서로를 잡아먹을 듯이 미워했지만 집안의 규율상 같은 식탁 앞에 앉아 있는 동안은 싸움이 금지돼 있었기 때문에 말다툼을 하지 않았다.

미하와 에디크가 봤을 때 그들은 뼛속까지 소련 사람들이었고 정부 쪽 사람들이었다. 하지만 훗날 밝혀진 바에 따르면 그들은 마야콥스키 동상 옆에서 몸싸움을 벌이던 사람들과 크게 다르지 않았다.

이들이 집으로 돌아가려고 할 때 즈음 마리야 스테파노브나는 그들 모두에게 '스타리크림'에 가라고 명령했다. 17킬로미터나 가야 하는 먼 길이었지만 그곳에 가지 않고 크림반도에 다녀왔다고 할 수 없다는 것이었다.

"거기 가면 내가 아는 지인이 있어서 먹여주고 재워줄 테니 거기서 쉬면 됩니다."

마리야 스테파노브나는 젊은이들을 자신의 경쟁 상대인 그 미망인에게 보내는 것이 좋을지 따져봤다. 그 무렵 아솔*은 형을 다 살고 스타리크림으로 돌아와서 그린의 미망인 역할을 수행하고 있었다.

'아무래도 파이나 리보브나가 낫겠어.'

---

*   알렉산드르 그린(1880~1932)의 소설 《아솔과 그레이》의 여자 주인공.

마리야 스테파노브나는 이렇게 결정하고 그 지역의 모든 노인들의 치아를 치료해주는 치과 의사의 부인에게 전달할 쪽지를 그들에게 주었다.

집에 돌아갈 때는 바흐치사라이에 먼저 잠깐 들르고 심페로폴을 지나가기로 했다. 마리야 스페파노브나는 바흐치사라이가 크림반도 동쪽의 심장부에 해당하는 도시이기 때문에 이곳을 반드시 지나야 한다고 설명했다. 경로가 다소 복잡했는데 스타리크림에서 콕테벨로 돌아가지 않고 바흐치사라이까지 간 뒤에 그곳에서 하룻밤을 묵고, 아침이 되면 바흐치사라이에서 심페로폴에 갈 기차에 타기 위해 기차역으로 출발해야 했다.

스타리크림에서는 나무에 새순이 돋았고 주민들은 모두 텃밭에 앉아서 두둑을 만들고 묘목을 만드는 등 봄기운이 완연했다. 아몬드 나무도 꽃을 피웠다.

미하와 에디크는 가는 동안 내내 소련 정부의 성향에 대해 이야기를 나눴는데, 미하 생각에는 모스크바보다는 지방에 사는 당 간부들이 심성이 더 여리고 더 인간적이라고 했다. 하지만 에디크는 그의 말에 동의하지 않았다. 심지어 지방의 일부 당 간부들이 훨씬 거칠고 멍청하다고 말하면서 볼로신의 운명을 예로 제시했다. 하지만 그가 수도에 더 가까이 살았다면 1918년에 이미 총살당했을지도 몰랐다.

제냐와 알레나는 중앙아시아 여인들처럼 남편들 뒤를 따라 걸으면서 예술에 대한 이야기를 이어갔다. 알레나가 집 전체에 가득한 볼로신의 수채화가 별로 마음에 안 든다고 말하자, 제냐는 이 예술가를 그가 창조한 그림이나 시라는 당장의 결과물만 보고 판단해서는 안 된다고 대답했다. 또한 현 정권이 그를 비판하는 등의 사소한 일은 문제가 되지 않을뿐더러 때가 되면 비로소 그가 얼마나 위대한 사람이었는지를 판단할 수 있다면서 열을 올리며 그것을 증명하려고 했다. 제냐는 교양 있는 여자였는데 프랑스어와 영어로 책을 읽었고 심지어 인지과학도 이해했기 때문에 알레나는 그녀와 대화를 나누다 보면 언짢은 마음이 들곤 했다.

스타리크림에서 그들은 파이나 리보브나 집에서 점심을 먹었는데 그녀는 그들을 우방의 왕국에서 보낸 사절단이라도 되는 것처럼 성대히 맞았다. 그녀는 굉장히 길게 늘어진 원석 비즈 목걸이를 하고 있었고, 허리선이 조금 아래쪽에 있는 원피스는 이마에 붙인 꼬불거리는 앞머리와 마찬가지로 신경제정책을 추진하던 시기*부터 입고 다닌 것이었다. 그녀가 손님들을 위해 준비한 식사는 소박했는데, 알 수 없는 곡물로 커틀릿을 만들어서 과

---

* 1921년 레닌에 의해 시행된 소련의 경제정책.

일 젤리 소스를 뿌리고 강낭콩 수프를 내오는 등 모양에 신경을 많이 쓴 듯했다.

그들은 그 지역 공동묘지를 따라 산책했고 알렉산드르 그린의 집 근처를 잠시 배회했다. 집은 폐쇄돼 있었지만 마치 주인 내외가 잠시 외출한 것 같은 분위기를 풍겼다.

우연히 같은 방향으로 가던 차를 얻어 타서 저녁이 되기 전에 바흐치사라이에 도착했다. 그들은 이번에도 마리야 스테파노브나의 추천대로 그 지역 역사박물관 여직원한테 갔다. 여직원은 마치 평생 알던 사이처럼 친절하게 대해주었다. 그곳 크림반도에는 한때 특혜를 누렸던 사람들의 비밀 조직 같은 것이 존재했다. 그들은 말로 표현하기 힘든 크림반도의 비밀을 간직하고 있었고, 사람들이 이 비밀을 아무리 파헤치려고 노력했어도 모든 비밀은 여전히 비밀로 남아 있었다. 박물관 여직원은 심지어 크림반도 사람이 아니라 페테르부르크 사람이었지만 비밀 수호자의 모습을 하고 있었다. 그녀는 그들에게 하렘에 속한 부인들과 거세한 남자들을 밀랍으로 표현한 인형들과 구리 주전자, 푸시킨 조각상 옆에 있는 바흐치사라이 궁전의 분수, '왕들의 마지막 거처인 칸의 능묘들'** 등을 그들에게 보여줬다. 박물관 직원

***

** 푸시킨의 시 '바흐치사라이의 분수'에 있는 구절.

은 내일 아침에는 그들을 추푸트칼레*로 안내할 수 있지만 잠을 재워줄 수는 없는데 페테르부르크에서 이모님이 놀러 오셨기 때문이라고 말했다.

저녁 무렵 그들은 특별할 것 없는 궁색한 시골 호텔로 왔다. 배낭은 호텔 카운터 옆에 있는, 창고 같은 물품 보관소에 넣었다. 객실은 미리 예약해두고 체크인은 저녁에 하는 것으로 합의를 봤다. 그런 다음 그들은 어두운 도시를 배회하다가 싸구려 식당에서 저녁 식사도 할 겸 호텔을 나섰다. 결국 식당은 못 찾고 문 닫기 5분 전인 가게를 하나 발견하고는 허겁지겁 뛰어들어갔다.

미하는 호텔에서 보관 중이던 배낭을 꺼내서 여권을 찾기 시작했다. 그렇게 찾은 여권을 여직원 앞 카운터에 올려놓았다. 그러자 여자는 거주 등록은 있는지, 혼인신고 도장은 있는지 등을 보려고 여권을 자세히 들여다봤다.

이때 한 가족이 호텔로 들어왔는데 남편과 아내는 나이가 좀 들어 보였고, 열네 살쯤 돼 보이는 딸도 함께였다. 이들은 중앙아시아에서 온 타타르인들이었는데, 남자는 우즈베키스탄식 투베테이카를 머리에 쓰고 있었고, 여자는 광대뼈가 튀어나온 얼

---

* '유대인의 요새'라는 뜻을 가진 동굴 도시.

굴에 줄무늬 숄을 둘렀으며, 여자아이는 가는 손목에 홍보석이 박힌 두꺼운 은팔찌를 끼고 있었는데 이들의 얼굴에서 긴장감이 묻어났다. 남자는 재킷 안주머니에서 여권 두 개를 꺼내서 여직원 앞에 꺼내놓았다.

남자의 재킷은 오래돼서 등 부분이 바래 있었다. 하지만 어깨에서 거의 허리춤까지 훈장과 무공 훈장이 주렁주렁 달려 있었다.

카운터의 여직원은 인상을 쓰면서 모스크바에서 온 관광객들의 여권을 한쪽에 치우더니 그 가족의 여권을 펼치고는 고개를 내저으며 말했다.

"방이 없습니다."

"방이 없다니요? 거짓말하지 마세요! 방 있잖아요!"

미하가 자리에서 벌떡 일어나면서 말했다.

"우리가 예약한 방 두 개 중 하나를 이분들한테 내주면 좋겠는데요."

"댁들 방도 없습니다."

여자는 여권 뭉치를 미하 쪽으로 밀면서 말했다.

"그게 무슨 말입니까? 우리 방을 남겨놓기로 약속했잖습니까?"

"우리는 출장을 오신 분들께 우선 방을 드리고, 남는 방을 '야만인들'한테 줍니다. 지금은 방이 없습니다."

"우리는 선조들의 무덤을 보려고 차로 2천 킬로미터 거리를 달려왔고, 이틀 뒤면 다시 타슈켄트로 떠납니다."

남자가 여전히 희망의 끈을 놓지 않고 말했다.

"러시아어 못 알아들어요? 방이 없다고요!"

"러시아어 이해합니다. 혹시 일반 주택에서라도 하룻밤이라도 묵을 수는 없을까요?"

"원하시는 곳에서 묵으세요! 그건 제가 상관할 바가 아닌 것 같군요! 하지만 거주 등록을 하지 않고 숙박할 경우 책임은 손님이 져야 합니다."

미하는 끓어오르는 화를 참을 수가 없었는데 불의를 보자 관자놀이에 피가 쏠리고 저절로 주먹이 쥐어지는 등 생리적 변화까지 느껴졌다.

"개새끼, 이런 개새끼들 같으니! 지금 이게 말이 된다고 생각해요? 이들은 강제로 이주된 타타르인 가족이라고……."

그가 에디크에게 귓속말로 말했다.

불과 며칠 전에 마리야 스테파노브나의 친구들이 1944년 5월에 있었던 사건에 대해 이야기해줬고, 그 이야기의 여운이 아직 채 가시지 않은 상태였다. 그는 전 세계에서 일어나는 불의에 여전히 화가 나 있었다.

"남자가 전쟁터에 나가서 싸우는 사이 그 가족은 집에서 쫓겨났다고요!"

"괜히 소란 피우지 맙시다."

에디크가 귓속말로 말했다.

"해결 방법이 있겠죠."

훈장을 주렁주렁 단 타타르인은 천천히 여권들을 실크 재질의 천에 넣고 싼 뒤에 재킷 안주머니 안에 잘 넣었다.

"어서 나갑시다. 저 여자 이제 경찰을 부를 거예요!"

몸을 거의 절반 수준으로 접은 에디크가 키 작은 타타르인의 귀에 대고 속삭였다.

그러자 그는 이해한다는 듯 고개를 끄덕였고, 그들 모두는 문으로, 이미 시커멀 정도로 어두워진 거리로 향했다. 조명이 환해도 불쾌한 공공 호텔보다 밤거리의 어둠이 더 편안하고 안전해 보였다.

호텔 직원인 나타샤 흘로펜코는 벌써 경찰과 통화하기 위해 전화기의 다이얼을 돌렸는데 바흐치사라이에서는 타타르인들을 보면 경찰에 알리는 것이 의무였기 때문이었다. 하지만 경찰은 전화를 받지 않았고, 그녀는 안도의 한숨을 내쉬면서 수화기를 내려놓았다. 어머니는 카라임인이고, 아버지는 크림반도로 이주한 우크라이나인이었기 때문에 그녀가 추방당한 타타르인들에 대해 어떤 특별한 동정심을 가졌다고 볼 수는 없었지만 그녀도 조금은 연관이 있는 민족 간의 해묵은 전쟁에 관여하고 싶지 않은 마음이 더 컸다. 연관성이라고 해봐야 무척 희박하기는 했지만······.

그들 일곱 명은 호텔에서 나왔고 타타르 남자는 말없이 선두에 서서 걸었다.

"갑시다, 밤에 몸을 숨길 수 있는 곳을 하나 알고 있습니다. 공동묘지 안 무섭죠?"

"갑시다, 갑시다."

에디크가 대답했다.

이미 사위가 꽤 어두웠지만 타타르인은 성큼성큼 언덕이 있는 서쪽으로 걸어갔다.

2킬로미터를 걸어가니 만든 지 오래된 타타르인들의 묘지가 나왔다.

폐허가 된 묘지는 위험하다기보다는 오히려 쾌적했다. 이 장소에 대한 타타르인의 신뢰가 무척 컸던 탓인지 나머지 네 사람도 덩달아 마음이 편안해졌다. 그들은 비탈진 곳에 앉았다기보다는 거의 누워 있었는데 경사가 무척 편안해서 완만한 베개 같았다. 에디크가 배낭에서 크림반도산 포트와인 한 병을 꺼냈고 살림꾼인 제냐는 호텔에서 저녁 식사를 하려고 상점에서 산 브린자 치즈, 절인 토마토와 빵을 꺼냈다.

모닥불은 피우지 않았다. 이때 갑자기 보름달이 얼굴을 내밀어서 힘닿는 대로 그곳을 비추어서 돌 하나하나, 나뭇가지 하나하나까지 환히 비추었다. 두툼하게 양 갈래로 땋은 여자아이의 머리카락도 달빛을 받아서 기름을 바른 듯이 반짝거렸고, 은팔찌를 두른 손목도 빛을 받아서 반짝거렸다. 여자아이의 어머니는 캔버스 천으로 싼, 마른 타타르식 파이를 꺼냈고 그들은 축제라도 맞은 것처럼 말없이 사이좋게 음식을 나눠 먹었다.

식사 후 대화가 시작됐다. 대화는 묘하게 어긋났고 중간중간 끊겼다. 그들은 과거와 미래, 혈통과 운명, 그리고 그 무엇으로도 연결되지 않은 사람들을 하나 되게 만든, 방금 일어난 이상한 일이라든지 천국에서 떨어진 듯한 아름다움에 대해 두서없이 대화를 나눴다…….

달이 빠른 속도로 하늘 끝으로 사라지자 온전히 평안한 어둠의 시간이 가고 동쪽에서 분홍색 빛이 비치기 시작했을 때 무스타파가 말했다.

"몇 년 동안 이 새벽이 그렇게 그립더라고요. 어렸을 때 여기서 가축을 치는 일을 했고, 천 번 정도 저 산들을 보면서 늘 첫 번째 태양 빛을 기다렸어요. 이따금 태양 빛은 총을 쏘듯 비추었죠……. 다시는 이걸 못 볼 줄 알았어요."

날이 밝았을 때 이들은 흩어졌는데 두 커플은 추푸트칼레로 갔고, 타타르인 가족은 무스타파가 할아버지 무덤을 찾고 싶어 해서 오래된 공동묘지에 남았다.

그리고 이들은 2시에 함께 모스크바행 버스에 타기 위해 버스 정류장에서 만나기로 약속했다.

하지만 버스 정류장에서는 경찰을 피할 수 없었다. 두 커플은 타타르인 친구들을 에워싸고 소란을 피우면서 큰 소리로 신나 게 떠들었고, 제냐는 두 명의 경찰관들의 시선을 돌리기 위해 불 필요한 말을 많이 했지만 결국 에디크가 이미 기한이 오래전에 만료된 기자증을 꺼내서 중위 앞에서 흔들어 보였다. 의외로 지 방 경찰관들이 모스크바 경찰관들보다 더 수줍음을 많이 탔던 덕분인지, 에디크의 지나치리만치 큰 키와 뿔테 안경이 그들의 주의를 끌었기 때문인지 알 수는 없지만, 버스 문이 활짝 열리며 크게 웅웅거렸고 일곱 명 모두는 서둘러 버스를 타고 그곳을 떠 났다. 어쩌면 경찰들 역시 귀찮은 일을 피하고 싶었는지도 모를 일이다.

그다음부터는 일이 아주 순조롭게 풀렸다. 그들이 탄 기차의 역무원들은 카자흐인들이었고, 그들은 급진주의적 성향의 승객 들을 따로 앉히고는 여행 동안 내내 차장으로부터 그들을 보호

해주었고, 이틀 후에 모든 승객은 콤소몰 광장*에 도착했다. 그로부터 30분 뒤 미하와 알레나 그리고 타타르인 손님들은 산전수전을 겪은 게냐 고모가 살던 방에 도착했고, 하루가 더 지나자 소련의 참전 영웅이자 크림반도로부터 추방된 타타르인들이 크림반도로 돌아가는 일에 앞장섰던 사람 중 한 명인 퇴역대위 우스마노프와 그의 아내 알리예와 딸 아이셰는 러시아의 수도에서 비행기를 타고 출발해서 우즈베키스탄의 수도인 타슈켄트까지 이동해서 친척들과 친구들이 기다리는 그들의 집에 도착했다.

공산주의자이자 참전 영웅인 우스마노프는 에스키유르트**에 있는 오래된 무슬림 무덤에서 가져온 돌멩이 한 움큼을 쟁반 위에 올려놓았다.

"자, 보세요. 우리 돌멩이들이 우리한테 왔고, 이다음에는 우리가 우리 돌멩이들이 있는 곳으로 갈 겁니다."

그해부터 미하의 집에 젊은 타타르인들이 자주 드나들기 시작했다. 이들은 공식 서한과 항의, 부탁 그리고 요구 사항을 갖고 왔다. 그들은 바닥에 에어매트를 깔고 잤다. 미하는 유대인들

---

* 　모스크바에 있는 광장으로. 세 개의 기차역이 있다.
** 　크림반도 남서쪽에 위치한 마을.

이 본국인 이스라엘로 귀환하는 일에 대해 신경을 쓰는 것보다 피 한 방울 안 섞인 타타르인들의 일이 더 가슴에 와닿았다. 사실 유대인들은 본국으로 돌아가지 못한 지 벌써 2천 년이나 되었지만, 타타르인들의 경우 크림반도에 있는 그들의 집과 우물은 아직 파괴되지 않았고 그들을 추방한 소련군들과 그들의 집을 차지한 이웃들을 이들이 아직도 기억하고 있기 때문인지도 몰랐다.

천성적으로 남을 돕기 좋아하는 미하는 타타르인들의 일에 점점 더 깊이 관여하게 되었는데 그들이 서한을 쓰고 유포하거나 연락하는 것을 도와주었다. 타타르인들의 부탁으로 크림반도에도 몇 번 가서 새로 알게 된 친구 라빌과 함께 1944년 추방과 관련된 회고록을 모으기도 했다.

미하는 에디크와 함께 잡지를 발간했는데, 의도치 않게 문학 파트는 분량이 줄고 정치적인 내용이 늘어났다. 그리고 잡지에 '변방'이라는 파트를 신설해서 민족 문제, 사라져가는 소수민족, 강압적인 동화 행위 등의 문제를 다뤘다. 학자적 성향을 가진 에디크가 인류학과 인구통계학의 틀을 벗어나지 않으려고 노력했기에 잡지는 학문적인 성격을 띠었지만 반제국주의적 성향은 여전히 유지하고 있었다.

일리야는 총 8호에 달하는 잡지의 필름 복사본을 만들어놨다. 잡지는 보통 40부씩 찍었다. 발간된 모든 호가 남아 있지는 않았지만 이 중 일부는 서유럽과 KGB 고문서 아카이브에서 오늘날에도 찾을 수 있다.

미하는 사냐와는 거의 1년 동안 못 봤고 일리야와는 일이 있을 때만 만났다.

1968년 8월 21일 밤에 소련군이 체코슬로바키아에 진입하는 엄청난 사건이 일어났다. 소련군은 다섯 나라 연합군이었지만 계획한 쪽은 누가 봐도 소련 정부였다. 이것은 '두나이 작전'이라고 불렸다. 러시아산 탱크는 전 세계 공산주의 운동에 강력한 타격을 주면서 프라하 시내를 활보했다.

미하는 밤새도록 게냐 고모가 남긴 유일한 유산인 낡은 라디오 텔레풍켄의 채널을 돌리면서 서유럽 방송을 들었다. 둡체크의 '인간의 얼굴을 한 사회주의'는 무너졌고 마지막 환상까지 스러졌다.

미하는 수년간 마르크스주의를 연구하면서 사회 정의를 실현하고자 노력하는 이토록 훌륭한 이념이 무슨 이유로 이토록 비뚤어진 상태로 실현되는지 알고 싶었다. 결국 드러난 것은 엄청난 거짓과 냉소, 이해할 수 없는 잔인함, 그리고 사람들이 조종 당해 인간의 본성을 잃고 어두운 구름처럼 나라 전체를 덮고 있는 공포에 사로잡혀 존엄성을 상실하게 됐다는 사실이었다. 이 구름은 스탈린주의인 셈이었지만 미하는 스탈린주의라는 것은 전 세계를 덮는, 시대를 초월한 정치적 폭정이라는 악의 일부일지도 모른다는 생각이 들었다.

미하는 당장이라도 광장으로 뛰어나가서 이러한 자신의 생각을 나눌 준비가 돼 있었다. 먼저 그는 연필을 집어 들었다. 마음은 시를 쓰고 싶었지만, 손은 광기에 찬 신문 기사를 한 편 썼다. 미하는 사흘 동안 적합한 어휘를 고르려고 노력했지만 그의 가슴속에 있는 것처럼 그렇게 아름답고 논리적인 말이 떠오르지 않았다. 하지만 적합한 어휘를 찾아내서 사람들에게 말할 수만 있다면 다들 이해하고 동의해줄 거란 생각이 들었는데…….

25일 일요일에 세르게이 보리소비치가 전화해서 그들에게 즉시 와달라고 부탁했다. 그들은 그에게서 최근 소식을 듣게 되었는데 붉은광장에서도 과거에 사형 집행 장소로 쓰였던 곳 근처에서 소련군이 체코슬로바키아에 진입하는 것을 반대하는 시위가 있었다고 했다. 광장에 나온 일곱 명의 이름은 이미 밝혀졌다. 두 손으로 체코 깃발을 들고 세 살짜리 아이를 데리고 와서 오래전에 사형을 집행하던 장소 부근에 쪼그리고 앉아 있던 여자만 빼고 모두 체포되었다고 했다.

"고르바넵스카야야!"

미하가 생각난듯 말했다.

체르노퍄토프가 그런 그의 생각을 확인해주었다. 그의 집은 사람들로 가득 찼다. 사람들은 벌써 누가 항의 서한에 서명을 하고 어디로 편지를 보낼지 상의하고 있었다. 미하는 알레나가 전에 쓰던 방에 문을 닫고 들어가서 요 며칠 동안 씨름하던 글을 마무리했다. 시위가 끝난 뒤 그는 글을 전부 고치고 강조하는 부분을 바꾸고 '사형 집행장에서 있었던 훌륭한 7인의 5분 시위'라는 제목까지 달았다. 체르노퍄토프에게 읽어보라고 제안하자 그는 인상을 찌푸렸다.

"미하! 이번에도 글이 너무 감성적이야."

저녁에 그는 이 글을 에디크와 일리야에게도 보여줬다.

에디크는 불필요한 말이 너무 많고 주제가 명확하지 않다고 평했다. 일리야는 말없이 그 종이를 받아 들었다.

하루가 지나자 '미국의 소리'를 통해서 붉은광장에서 있었던 반정부 집회와 5분 동안 서서 시위를 한 일곱 명의 위인들에 대한 방송이 나왔다. 방송에 송출된 내용은 조금 손을 봐서 짧아지긴 했지만, 그것은 분명 미하가 쓴 글이었다!

그렇다면 결국 누군가가 전달했다는 것이었다! 일리야나 에디크 중 한 명이 한 일이었다. 믿을 수 없이 놀라운 일이었다!

다들 긴장하고 몸을 숨겼다. 도시 이곳저곳에서 가택수사와 체포가 이어졌다. 희생자 수가 집계되었다. 지나온 한 세기에 비하면 총 사상자 수는 많지 않았는데 대략 체코 시민 1백 명과 소련군 열두 명이 죽은 것으로 집계되었다. 체코에서는 작전이 성공적으로 끝난 후에 대략 2천 명가량이 체포되었고 러시아에서는 거의 없다시피 했는데 붉은광장에서 시위하던 일곱 명의 시위자와 지방에서 난동을 부리던 열 명 정도가 체포되었을 뿐이었다.

시위 참가자들을 구명하기 위한 준비가 대대적으로 진행되고 있었다. 체르노퍄토프는 모두를 알고 있었고, 준비 중인 일에 대한 정보 역시 모두 그에게 흘러 들어갔다.

미하와 에디크는 새해가 시작될 무렵에 크림반도 출신의 타타르인들의 활동을 중점적으로 다룬 잡지 〈가마윤〉을 발행하려고 준비 중이었다. 문학 파트에서 난항을 겪었지만 미하는 타타르인 친구들의 도움을 받아서 우즈베키스탄에 살고 있는 크림반도 출신 타타르 시인을 찾아냈는데 그의 이름은 에시레프 셰미자데였다. 타타르인들이 미하에게 직역을 해서 주면 그는 반쯤 부서지다시피 한 시들 중 일부를 번역했다. 이 시들에는 시인

의 피가 끓고 있었고 미하는 무척 고심해가며 어찌어찌해서 번
역을 마쳤다.

　무시무시한 소리는 개의 짖음이 아니며
　차디찬 밤 모스크바에
　피에 굶주린 크렘린의 지도자가
　여전히 굶주린 채 으르렁거린다…….

　새해 즈음에 미하는 가택수색이라는 난관에 부딪쳤다.
　네 명의 사내가 텅 빈 방 안을 오랫동안 뒤지더니 아무것도
없을 리가 없다는 의심이 들었는지 벽을 두드려보기까지 했다.
그들은 선반 책과 책 사이에 끼어 있는 커다란 편지 꾸러미를 발
견했는데 그것은 고인이 된 게냐 고모의 유품이었다. 편지는 회
색 종이에 싸서 거친 실로 연도별로 따로 묶어놓았는데 1915년
부터 1955년까지 날짜가 적혀 있었다. 정확히 마흔 묶음이었다.
이것은 아르한겔스크주와 카라간다 그리고 우랄 지방에 사는
친척들과 주고받은 편지였다. 미하도 얼마 전에 옷장을 버릴 때
이 편지를 발견했는데 마를렌이 잠시 맡아달라고 부탁해서 보
관하고 있었고 읽어볼 생각도 하지 않고 있었는데 그들이 재빨
리 실을 풀더니 오래된 날짜를 보고는 바로 흥미를 잃었다. 하지

만 사실 거기에는 전설적인 삼촌 사무일이 레닌과 주고받은 편지도 있었고 삼촌이 트로츠키와 주고받은 편지도 있었다. 그 밖에도 거기에는 레닌이 사무일에게 국가와 상관없이 전 세계 공산주의 발전을 위해 비밀리에 재원을 마련해야 한다고 부추기는 무척 흥미로운 편지도 있었다…….

"그건 제 고모님의 편지인데 아들이 나중에 와서 볼 테니 잠시 맡아달라고 해서 보관 중이었습니다."

미하는 편지 뭉치를 자기 쪽으로 잡아당기면서 설명했다.

"조금 더 일찍 봤어야지."

그중 직급이 높은 자가 미하의 손에서 편지를 거칠게 낚아챘다.

가택수색은 대략 두 시간 동안 진행되었다. 가져갈 만한 것도 없었고 숨길 만한 장소도 없었다.

그들은 가택수사의 증거물 차원에서 가족끼리 주고받은 편지 몇 통과 대부분 일리야한테서 받은 혁명 전에 출간된 시집들과 미하가 계속 읽으려고 하다가 끝내 못 읽은 베르댜예프의 책을 사진 찍어놓은 것을 다시 사진으로 찍은 것과 피에르 장드한테서 받은 작은 판형의《닥터 지바고》두 권을 챙겨 갔다.

잡지에 실을 모든 자료는 방금 에디크에게 갖다준 뒤였다. 그래서 그의 집에는 그들이 관심 가질 만한 물건이 아무것도 없었다. 그럼에도 불구하고…… 그럼에도 불구하고 미하는 KGB 요원들의 손에 들린 두 권짜리《닥터 지바고》를 본 순간 뜨거운 물을 뒤집어쓴 것처럼 얼굴이 화끈거렸다. 그는 그 순간 작은 글씨로 빼곡하게 적은 종이 한 장이 떠올랐다. 그리고 그는 옆방 여자가 공용 복도 벽에 설치된 전화를 받으라고 그를 불렀을 때 그 종이를 손에 집히는 책 속에 집어넣었다는 것도 떠올랐다.

잠시 전화 통화를 한 뒤 미하는 조금 전에 갖고 있던 종이를 떠올리고는 찾으려고 했으나 찾지 못했고, 결국 머릿속에 기억하고 있는 내용을 토대로 본문을 다시 썼다. 그제야 미하는 그 종이를 다름 아닌《닥터 지바고》안에 꽂아놓았다는 사실이 생각난 것이었다.

이 종이는 굉장히 중요한 것이었다. 미하는 잡지의 다음 호를 위해 전시에 크림반도에서 추방당한 타타르인들에 대한 기사를 준비하고 있었고, 이 종이에는 이와 관련된 중요한 내용이 적혀 있었다. 크림반도 출신의 타타르인들은 중앙아시아에 사는 강제 이주민들과 그들의 후손들을 대상으로 설문 조사를 했는데 이미 오래전에 만들어진 데다 사람들의 기억에서 사라진 자료에 새로운 정보가 추가되면서 보완되었다. 강제로 이주한 수많은 타타르인이 이 설문 조사에 참여했던 만큼 작업량도 어마어마했다.

대문자로 '타타르인들'이라는 제목이 적힌 종이에는 작고 예쁜 필체로 다음과 같은 내용이 적혀 있었다.

1783년 — 크림반도가 러시아에 합병되었을 당시에 크림반도에 있는 타타르인들의 인구수는 대략 4백만 명에 달했다.

1917년 — 타타르인들의 수는 12만 명이었다.

1941년 — 크림반도에 사는 타타르인의 수는 56만 명이었다.

1941~1942년 — 13만 7천 명이 모병되었고, 이 중 남자 5만 7천 명이 전사했다.

1944년 — 민간인 타타르인의 수는 42만 명이었다(이 중 아이들의 수는 20만 명이었다).

1944년 5월 18일~20일 — 내무인민위원회 소속 3만 2천 명의 병력이 추방에 동원되었다.

1944년 5월 18일 — 중앙아시아로 20만 명이 추방되었다(공식 집계 자료).

1945년 — 강제 이주민 18만 7천 명이 사망했다(공식 집계상으로는 8만 명이 사망했다).

1956년 — 중앙아시아에 거주하는 타타르인들에 대한 강제 추방 명령은 해제되었지만 크림반도로의 귀환은 금지되었다.

아래에 파란색 잉크로 다음과 같은 내용이 추가로 적혀 있었다.

"이보게, 빨간 머리! 모든 공식 집계 자료(예를 들면 추방과 관
련된 자료)는 축소된 거고, 우리가 조사한 바에 따르면 처음 1년
반 동안 사망한 강제 이주민은 대략 42퍼센트에 달해. 공식 집계
자료는 실제 수치와 일치하지 않아. 그들이 제시하는 자료는 죄
다 축소되어 있어. 라빌이 1945년부터 1968년까지의 자료를 만
들어서 너한테 줄 거야. 무사가."

이제 남은 희망이라곤 그들이 책을 펼치지 않아서 그 쪽지를
발견하지 못하는 것뿐이었다. 게다가 미하는 그날 알레나가 평
소와 달리 늦게까지 학교에 있어서 KGB 요원들이 떠난 뒤에 온
것을 무척 다행으로 여겼다.
미하는 그들이 떠나기가 무섭게 에디크에게 전화를 걸었지만
아무도 전화를 받지 않았다.

다음 날 아침에 미하는 알레나와 함께 에디크의 집에 갔다. 울
어서 눈이 퉁퉁 부은 옐레나 알렉세예브나가 어제 같은 시각에
그들의 집에서도 가택수색이 있었다고 이야기했다. 하지만 상
황은 이쪽이 훨씬 나빴다. 그들이 에디크를 끌고 가서 지금까지

도 돌아오지 않았다는 것이었다. 많은 초고와 연필로 수정한 흔적이 있는 잡지의 마지막 호에 쓸 자료들을 발견해서 압수한 데다 잡지 〈러시아 기독교 운동 소식지〉 다섯 부와 사미즈다트로 출간된 책을 여러 권 가져갔다고 했다. 그 밖에도 반소련적 성향이 가장 강하다고 할 수 있는 압토르하노프의 《권력의 기술》이라는 책을 당 내부의 엘리트를 위해 몇 부만 인쇄했는데 이 책의 사진을 찍어서 보관해둔 것도 '기밀 자료'라는 도장을 찍어 압수해 갔다.

엘레나 알렉세예브나의 방도 일종의 '방역'을 거쳤는데 이들은 성경책 두 권, 불상 하나, 염주, 불교 경전 사본 등을 압수해 갔다. 이들은 반소련적 성향을 띠는 이 자료들이 어느 나라 말로 쓰였느냐고 주인 여자한테 물었다. 그녀는 자신이 불교학 전문가이며 동양학을 연구하는데 가장 자주 사용하는 두 가지 언어가 산스크리트어와 티베트어라는 것을 설명하려고 노력했다. 그리고 그들이 양손에 쥐고 있던 종이는 7세기에 쓰인 문서의 사본이라고 말이다.

그들의 터무니없는 무지함에는 귀여운 부분도 있었는데 그들 중 한 명이 엘레나 알렉세예브나에게 귓속말로 불교에서 바치는 피가 흐르는 희생 제물에 대해서 전부 알고 있다고 속삭이자 그녀는 공포스러운 상황이었음에도 웃음을 참을 수가 없었다.

그 말을 미하에게 전하고 있는 지금도 그녀는 여전히 미소를 짓고 있었다. 사본은 돌려줄 거라고 생각했지만 돌려받지 못한다 해도 할 수 없는 노릇이었다. 그래도 엘레나는 가족 대대로 물려받은 성경책은 꼭 돌려받고 싶었는데 그 이유는 성경책 마지막 페이지에 그 성경책을 제일 처음에 소유했던 친척들의 이름이 적혀 있었기 때문이었다.

결국 경험 많은 세르게이 보리소비치한테 가서 상의하기로 결정했다. 그의 집은 늘 그렇듯이 사람들로 북적였는데 로스토프에 가는 길에 들른 방금 감옥에서 출소한 남자, 중앙아시아 사람, 전에 미하가 만난 적 있는 '말바'*라는 꽃 이름을 가진 여자와 기타를 든 율리 김도 있었다. 커피나 차를 마시는 사람도 있고 보드카나 와인을 마시는 사람도 있었다. 알레나는 사랑방이나 기차역, 노숙인 숙소 같은 이런 분위기를 늘 극도로 싫어해서 인상을 찌푸렸다. 미하는 장인을 구석으로 데리고 가서는 에디크한테 일어난 일을 이야기했다. 그 지역 KGB나, 아니면 KGB 본부에 가야 하는 건 아닌가 하고 말이다.

"그곳에 간다 하더라도 뾰족한 수는 없어. 혐의가 없더라도 72시간까지 잡아둘 권한을 갖고 있으니까."

---

* 러시아어로 '말바'는 '당아욱'을 뜻한다.

세르게이 보리소비치는 어렸을 때부터 직접 체험해서 그곳 규칙을 전부 알고 있었다.

"지금은 가도 아무 말도 안 해줄 거야. 하지만 에디크를 걱정하고 있는 사람들이 있다는 걸 알게 하기 위해서는 행동을 해야 해. 사흘 뒤면 결론이 날 거야."

미하는 일리야한테 갔고, 옐레나 알렉세예브나와 제냐는 쿠즈네츠키 모스트에 있는 KGB 본부로 향했다.

일리야는 그날 밤에만 일고여덟 군데 아파트가 가택수색을 받았고 그중 네 명을 잡아갔지만 두 명은 곧 풀어주었다고 말했다. 하지만 에디크의 소식은 일리야도 알지 못했다.

사흘 뒤에도 에디크 톨마체프는 풀려나지 못했다. 그에게는 형법 제190조 '소련 국가와 사회의 명예를 훼손하는 거짓 정보의 유포'라는 죄목이 떨어졌다.

그러자 미하는 또다시 경험 많은 장인에게 조언을 구하러 갔다. 이번에는 잡지와 관련해서 지혜를 구하기 위해서였다. 그는 잡지를 계속 발간하고 싶었지만 그토록 중대한 일을 혼자서 해낼 자신이 없었다. 게다가 다음 호에 실으려고 준비해둔 모든 자료는 압수된 상황이었다. 물론 미하는 이 모든 자료를 다시 복원할 수 있었다.

세르게이 보리소비치는 지금은 때가 아니라며 결사반대했다.

쥐도 새도 모르게 미하가 사라질 거라고 말이다.

사실 미하는 이 이상한 일이 무척 재미있어지던 차였다. 과거에 농아에게 말을 가르치는 일에 온전히 몰입했던 것처럼 이번에는 잡지를 만드는 일이 자기 인생에서 가장 중요한 일처럼 느껴졌다. 그는 다가올 모든 시문학의 운명이 자기 손에 달려 있을지도 모른다는 생각이 들었다. 마치 저 위에 있는 누군가가 그에게 당국의 감시를 벗어나 우연히 살아남은 좋은 작품을 후손을 위해서 보존하라는 과제를 준 것 같았다.

이때 일리야가 현명한 조언을 해주었다.

"그 잡지를 계속 발행하지 말고 새로운 잡지를 만들어봐. 이름은 바꾸고. 뭔가 새로운 이름을 붙이면 재미있을 것 같아. 시는 네가 맡아. 나는 예술가들을 소개해줄게. 굉장히 멋진 예술 평론가를 알고 있어. 이건 새로운 아방가르드야. 내 친구 중에 훌륭한 친구들이 많아. 예술 잡지를 만들면 될 거야. 정치는 그 안에서 저절로 싹이 틀 거고."

3개월이 지났다. 미하가 잡지 관련해서 일리야의 호출을 기다리는 데 지쳤을 즈음 그는 우편함에서 KGB 출두 명령서를 발견했다.

알레나는 그 무렵 몸이 계속 안 좋았고 임신한 것 같았지만 미하에게는 아직 아무 말도 하지 않았다. 그녀는 며칠 동안 말이 없었고, 이런 일은 전에도 여러 번 있었다. 한편 미하는 에디크와 친구들이 찾아낸 변호사, 기존의 잡지와 새로 만드는 잡지, 반년 동안 전화 한 통 없다가 갑자기 그들을 음대에 초대한 사냐 스테클로프 등에 관해 그녀에게 쉴 새 없이 말했는데…….

세상에서 일어나는 모든 일에 대해서 수다를 떠는 동안에도 그는 카우보이 셔츠 주머니에 든 KGB 출두 명령서에 대해서는 한마디도 하지 않았다.

출두 명령서를 보낸 이유는 둘 중 하나일 터였다. 결국 책 속에 있는 타타르인들에 관한 통계자료를 발견했거나 에디크가 그를 조수로 지목했을 가능성도 있었다. 미하는 그중 두 번째는 가능성이 희박하다고 생각했다.

미하는 이 일로 화가 났다기보다는 오히려 너무 한 것이 없어서 미안한 마음이 들었다. 기사 몇 편을 쓰고 시 몇 편을 추려낸 것밖에 하지 못했기 때문이다.

그가 출두 명령을 받았다고 말하자 일리야는 상심이 컸다.

"예상했던 일이 터졌군. 사실 너를 왜 가만히 내버려두는지 놀랐었어. 사실 잘못은 너를 잡지 만드는 일에 끌어들인 나한테 있지……. 이제 여기에서 헤어 나올 궁리를 해야 해. 에디크는 강해서 너를 배신했을 리 없다고 봐. 그러니 출두 명령의 원인은 아마도 타타르인들에 관한 통계자료가 문제가 된 것 같아.《닥터 지바고》얘기는 많이 들어봐서 중고로 구입했는데 펼쳐보지는 못했다는 알리바이를 대. 그러니까 너는 그 속에 들어 있는 쪽지에 대해 아무것도 모르는 거야. 모스크바에 쿠즈네츠키 다리 부근에 있는 헌책방 근처에 가면 별의별 책을 다 팔고 이 책들을 인쇄한 사람한테는 판매상이 있는데 동물을 사고파는 프티치카 시장 입구에 가면 더 쉽게 구할 수 있다고 말이야. 그리고 판매상의 외모를 자세히 묘사해줘. 이를테면 머리카락은 길고 더러운 데다 코는 지나치게 길어서 입술까지 닿고 눈은 갈색에 우크라이나식 억양이 있는 사람이라고 말이야. 반짝거리는 스팽글이 달린 조끼를 입고 있고……."

일리야는 친구를 뚫어져라 쳐다봤다.

미하가 일리야의 장난을 이어받아서 말했다.

"아니면 덩치도 작고 곱슬머리인데 구레나룻도 곱슬곱슬하고, 코는 아래로 조금 처졌고 눈동자 색은 밝은데 손은 여자 손처럼 작고……. 그리고 '르' 발음이 부정확하지. 아니면 비쩍 마른 데다 신경질적인 남자인데 키는 상당히 크고 온몸이 노르스름하고 이마 위쪽에 탈모가 왔고 턱수염은 듬성듬성한데 마치 작은 경련이 나는 듯이 몸을 계속 떨더라고 말이야……."

그들은 둘 다 배를 잡고 웃었다.

"아니, 턱수염이 난 덩치 큰 사내가 시골 사람처럼 옷을 입고 있는데 수염은 삽처럼 생겼고 콧수염도 있고 말이야. 지저분한 노인네가 좋겠어. 책은 자루에 담겨 있고 고무장화를 신고 있는 거야! 덩치는 엄청 크고 말이야!"

어느새 놀이에 몰입한 미하가 말했다.

"아니, 키도 큰 데다 뚱뚱한 할머니가 낫겠어. 분위기는 귀족 부인 같고 말이야. 머리에는 모자를 쓰고 우산을 쥐고 있는데 끈 달린 주머니에서 책을 꺼내주는 거지. 양손에 장갑을 끼고 있는데, 그거 알아, 이상한 건 장갑의 왼쪽과 오른쪽을 바꿔서 끼고 있었다는 거야……. 그러니까 그 여자의 장갑이 인상 깊었던 거지……."

"자, 이제 그만하고. 미하, 내가 하나 알려줄까? 전부 다 '아니요'라고 말해. 그렇게 하면 돼. 나도 해봐서 알아."

"너도 거기 갔었어?"

존경 어린 눈으로 바라보며 미하가 물었다.

"갔었어. 빠져나왔지. 가장 좋은 방법은 아무 말도 안 하는 거야. 그들이 하는 모든 말은 너에게 해가 되는 말이야. 네가 무슨 말을 하든지 말이야……. 그쪽은 프로야. 그들은 이미 우리 머리 위에 있어서, 누구한테 어떤 낚싯대를 던지면 되는지도 알고 있어. 그러니까 가장 좋은 방법은 한마디도 안 하는 거야. 하지만 사람들한테 들어보니 그게 가장 어렵다고 하더라고. 그들은 농인도 입을 열어서 말을 하게 한다는 말이 있을 정도야."

일리야가 농인을 언급하자 미하는 얼굴이 화끈거렸다. 때는 1월이었다. 3년 동안 내내 그는 겨울 중 가장 좋은 때인 이때를 기숙학교에 있는 농아들과 보냈다. 그들은 스키를 타고 기숙학교 대문을 나선 뒤 1백 미터를 걸어서 숲으로 들어갔다. 그곳에는 간밤에 찍힌 스키 자국이 남아 있었다. 보통 그가 앞장서고 아이들이 그의 뒤를 따르고 맨 끝에 글레프 이바노비치가 있었다. 아이들을 못 본 지가 얼마나 된 걸까? 1년? 2년? 그러자 그는 아이들을 보러 가고 싶어졌다. 당장! 그래서 그는 자기도 모르게 수어로 한쪽 손을 다른 손에 대면서 '당장'이라는 표현을 했다.

일리야한테는 아무 말도 하지 않았다. 월요일이 되려면 아직 이틀이 남아 있었고 그는 일요일 아침에 일찍 일어나서 기숙학교에 가서 아이들과 하루를 보내기로 마음먹었다. 부모님은 들여보내주지 않나. 그는 무려 3년이나 그들을 가르친 사람이었다……. 설마 그런 그의 부탁을 외면할까?

미하는 야로슬랍스키 역에서 기차에 타려고 할 때 잡혔다. 그가 한쪽 다리를 기차에 막 넣는 순간 두 명의 사내가 그를 어찌나 자연스럽게 끌어내던지 그는 처음에 자기가 발을 헛디뎌서 뒤로 넘어지는 줄 알았다.

"쉿, 얌전하게 있어."

둘 중 귀까지 덮는 토끼털 모자를 쓴 사내가 위협적인 목소리로 말했다.

"허튼수작은 부리지 않는 편이 나을 거야."

뉴트리아 모피를 두른 다른 사내가 동료의 말을 다시 한번 확인해주었다.

마치 일부러 그런 것처럼 미하의 코에서 콧물이 흘렀고, 손수건을 꺼내려고 주머니에 손을 집어넣으려는 순간 그는 심한 손목 통증을 느꼈다.

비로소 그는 자기에게 무슨 일이 생긴 것인지 깨달았다······. 그는 처음부터 미행을 당하고 있었던 것이다. 그들은 그가 도주할까 봐 그의 행동을 예의 주시 하고 있었던 것이다······.

그는 콧물을 훌쩍였다.

"콧물이라도 닦게 해주세요."

그가 웃으면서 말했다.

"그대로 있는 편이 좋을 거야."

이번에도 귀까지 덮는 토끼털 모자를 쓴 사내가 윽박지르듯이 말했다.

"아니, 그래도 콧물은 닦게 해줘야 할 거 아닙니까?"

이 말을 하고 나자 그는 '체포됐군' 하는 생각과 함께 마음이 편안해지면서 차분해졌다.

처음 며칠이 가장 힘들었다. 그는 일리야가 해준 조언을 충실히 따르려고 노력했다. 사흘째 되는 날 그에게 혐의가 씌워졌고 그때 그는 쥐덫이 굳게 닫혔고 자신이 석방되지 못하리라는 것을 깨달았다. 이런 생각이 들자 그는 절망에 빠졌고 알레나 생각만 났다. 어렸을 때부터 친숙한 깊은 죄책감이 그를 머리끝부터 발끝까지 뒤덮었다. 그는 그녀에 대한 소식을 전혀 듣지 못했고, 이곳에 오기 전의 삶과 완전히 단절된 지 2주째로 접어들었을 때 처음으로 본 익숙한 얼굴은 창백하고 홀쭉해진 에디크 톨마체프의 얼굴이었다.

두 사람은 서로 어떻게 행동해야 할지 전략을 주고받지 않았지만 그들의 행동은 일치했고, 성공적이었다. 에디크는 미하가 잡지에 관여했다는 사실을 부인했고, 미하는 질문에 대한 대답 자체를 거부하고 있었다. 미하에게 불리하게 작용할 수 있는 것이 있다면 《닥터 지바고》 책에 끼워져 있던 쪽지 끝에 무사라는 사람이 "빨간 머리!"라고 쓴 부분이 전부였다.

하지만 혐의를 씌우기에는 충분했다. 불온 잡지 〈가마윤〉을 출간하는 것과 관련하여 에디크 톨마체프 말고도 두 명이 더 연행되었는데 그들은 미하가 정말로 모르는 사람들이었다. 에디크 역시 출간에 관여한 모든 사람을 알고 있는 것은 아니었기 때문에 진술 때 실수를 했지만 비밀을 지키는 데는 성공했다.

조사와 소송 준비에만 3개월 이상이 소요되었다. 그동안 미하는 KGB 강제수용소인 레포르토보 교도소*의 가장 비밀스러운 독방에 갇혀 있었는데 이곳 창문은 햇빛과 외부 세계를 철저히 차단하고 있었다. 매일 그는 간수들이 철창을 여는 소리를 들은 뒤 길고 복잡한 복도를 지나서 두 명이 걸을 경우 붙어서 걸어야 할 정도로 좁은 계단을 따라 어딘가로 끌려갔다. 두 번 정도는 맞은편에서 사람들이 다가오자 미하는 측면에 있는 창고로 밀쳐졌고 또다시 계단을 오르락내리락했고 악몽에서나 나올 법한 복잡하고 긴 복도를 따라가서 수사관의 집무실에 들여보내졌다. 이제 그를 신문하는 사람은 바뀌지 않았고 몸집이 무겁고 침울한 얼굴을 하고서 계속 신문했는데, 늘 다음과 같은 질문으로 신문을 시작했다.

"계속 이렇게 침묵 게임을 할 건가?"

그는 문학적 감수성이 부족해 매번 똑같은 말을 허스키한 목소리로 조용히 반복했다.

---

* 테러범을 비롯한 흉악범을 수용하기로 유명한 교도소.

"너는 혐의가 전혀 없어서 내일이라도 나갈 수 있어. 자꾸 이러면 여기 있는 기간만 늘어날 뿐이야. 여기 이러고 오래 있어봐야 네 건강만 상할 거고."

그러면 미하는 일관된 어조로 다음과 같은 말을 반복할 뿐이었다.

"저는 미성년자인 제 학생들한테도 존칭을 씁니다. 존칭을 써주시기 바랍니다."

수사관의 성은 멜로예도프였다. 미하는 멜로예도프와 멜라미트라는 성의 발음상 공통점을 바로 알아차렸다. 이 두 성은 처음 두 글자만 겹칠 뿐 나머지 철자는 전혀 달랐다. 멜로예도프는 사실 류도예도프**는 아니었고 오히려 거의 자유주의자 쪽에 더 가까웠다(이 단어들의 뜻을 아는 사람들 사이에서 말이다). 사실 빨간 머리 미하 역시 수사관이 봤을 때 처음에는 남의 희곡에 우연히 참여하게 된 낯선 얼굴같이 여겨졌다. 그의 혐의를 입증할 서류라는 것은 상당히 오래전에 접수된 글레프 이바노비치의 밀고와 타타르인들의 반소련 운동과의 연관성을 증명하는 모호한 메모가 전부였다. 프로파간다와 선동에 관한 형법 제70조

** 러시아어로 '식인종'을 의미한다.

는 해당 사항이 없었고 '소련의 명예를 훼손하는 거짓 정보의 유포'에 관한 형법 제190조 정도는 적용해볼 수도 있었다. 웬 정신병자가 한 밀고 하나로는 부족한 데다 이들을 보호하는 쪽도 무시할 수 없는 힘을 갖고 있었다.

미하가 자신이 감옥에 수감될 것을 전혀 모른 채 하루하루를 보내는 동안, 상부에서는 미하에게 어떤 죄목을 씌울지를 고민하고 있었다.

결국 상부의 결정이 내려졌고 신문은 이제 조금 더 구체적으로 진행되기 시작했으며 이제 미하의 혐의는 잡지 관련 업무와 무관하게 분류되었는데, 이것은 크림반도 출신의 타타르인들의 반정부 항의와 연관된 것이었다. 에디크는 이 무렵 이미 형을 선고받았다.

미하는 진술도 서명도 하지 않았고, 조서와 상관없는 일상생활과 관련된 사소한 질문에만 답변을 이어갔다. 표정도 밝았지만 타타르인들이 하는 운동의 연루 여부는 강하게 부인했고 타타르인들과 관련된 통계자료가 포함된 쪽지에 관해서는 아는 바가 없다고 일관되게 진술했다.

한 시간만 더 지나면 멜라미트의 입을 열게 할 수 있을 거라 확신했던 멜로예도프는 여전히 고집스럽게 입을 열지 않는 미하의 태도에 화가 치밀어서 협박의 강도를 점점 더 높여갔다. 그래도 그의 고집이 꺾이지 않자 수사관은 길길이 화를 내고 씩씩댔지만 그로부터 어떤 진술도 받아내지 못했다. 처음에는 조금만 겁주고 엉덩이에 발길질 한 번만 하면 될 것 같았는데 그의 예상은 빗나갔다…….

결국 월말에 멜로예도프는 그를 더는 호출하지 않고 가만히 내버려뒀고 수사관들의 관심은 타타르인들에게로 이동했다. 그들 중 한 명이 미하가 편지를 쓰는 데 도움을 주었다는 진술을 했다.

하지만 미하는 이런 사실을 전혀 모르고 있었다. 그는 두 명의 사내와 함께 감방에 갇혀 있었다. 한 명은 완전히 정신병자여서 기도인지 욕인지 알 수 없는 말을 계속 중얼거렸고, 다른 한 명은 군인이었는데 군대 물품을 보급하다 도둑질을 했다. 이들은 서로 친해질 수 없는 사람들이었다.

이후에 미하는 크림반도 출신의 타타르인들의 귀환을 추진하는 타타르인이 있는 다른 방으로 옮겨졌다. 그 타타르인은 자기가 미하의 지인들인 라빌과 무사와 친했다고 밝혔지만, 사흘째 되는 날 그와 떨어지게 되었을 때 미하는 그가 밀고자라는 사실을 깨달았다. 이제 그는 앞으로 수사관에게 한마디도 하지 않겠다고 더욱더 굳게 다짐했다. 얼마 뒤에 멜로예도프는 그를 다시 호출했고 이제 미하는 정말로 농인처럼 입을 다물었다.

2월 중순에 미하에게 혐의가 씌워졌고 변호사를 선임할 수 있는 기회를 얻었다. 세르게이 보리소비치 덕분에 국선 변호사가 아니라 그를 제대로 변호해줄 변호사가 왔다. 변호사의 이름은 디나 아르카디예브나였고 실로 오랜만에 그는 처음으로 지적이고 예쁜 얼굴을 보게 되었다. 그녀는 재킷 주머니에서 초콜릿을 꺼내고는 말했다.

"알레나가 안부 전해달랍니다. 그리고 빅뉴스가 있는데 알레나가 임신했어요. 건강도 양호하고요. 이제 아이가 태어날 무렵에 선생님이 댁에 계실 수 있으려면 우리가 어떻게 해야 할지 한번 생각해보죠. 저는 선생님께 어떤 것도 전달해서는 안 되기 때문에 초콜릿은 여기서 드세요."

그녀는 정치와 연관된 일을 수임하는 변호사 중에서 다섯 손가락 안에 드는 변호사였다. 이번이 이런 유의 일로는 세 번째 맡은 사건이었고, 이 일로 그녀는 모스크바 변호사 협회에서 제명되었다. 형법 제190조 1항의 '소련의 명예를 훼손하는 거짓 정보의 유포'를 적용해달라는 검사의 요청이 있고 나서 그녀가 변호인으로서 감형해달라고 부탁한 것이 아니라 그가 범죄 행위에 가담하지 않았다고 뻔뻔하게 고집을 부렸다는 것이 이유였다. 다시 말해서 그녀는 피고인의 무죄를 주장했다.

얼굴 살이 빠지고 배가 커진 알레나는 사람들로 가득 찬 작은

322

법정의 맨 끝자리에 앉아 있었는데 오른쪽에는 어머니인 발렌티나가 있었고 왼쪽에는 미하와 같은 반에서 공부했지만 아주 친한 친구라고는 할 수 없는 이고리 체트베리코프가 앉아 있었다. 일리야와 사냐는 법정에 들여보내주지 않아서 다른 사람들처럼 문 앞에 서 있었다.

역시 법원에 온 마를렌은 잔뜩 화가 나서 얼굴이 일그러진 채로 일리야의 귀에 대고 소리를 질러댔다.

"미친놈 같으니! 도무지 이해할 수가 없어! 타타르인들이 웬 말이냐고! 제 걱정이나 하지! 타타르인들이 크림반도로 돌아가도록 애쓰다가 유대인이 감옥에 간다는 게 말이나 되냐고! 차라리 자기가 이스라엘로 귀환하려고 하다가 들어갔으면 이해라도 하지!"

미하는 수용소 기간을 포함하여 3년 금고형을 선고받았고 뒤이어 피고인으로서 마지막으로 하고 싶은 말을 했다. 그는 판사, 검사, 변호사 혹은 그들 모두를 합쳐놓은 것보다 말을 더 잘했다. 이 사회에, 더 나아가 세계에 마침내 정상적인 삶의 조건을 만들기 위한 정의라든지 자기 행동을 부끄러워해야 할 사람들, 지금 일어나고 있는 일의 잔인함과 무의미함을 이해하지 못하고 살고 있는 사람들의 후손으로 태어날 손자들에 대한 이야기를 또랑또랑하게 꽤 높고 차분하고 확신에 찬 목소리로 이어갔다. 당시 학생들은 얼마나 훌륭한 문학 선생님을 잃었단 말인가!

재판이 끝난 후에 부모는 알레나를 집으로 데리고 갔다. 그녀는 친정에서 이틀을 보낸 뒤 아버지와 심하게 다투고는 치스토프루드니 가로수길에 있는 자기 집으로 돌아갔다.

미하가 체포되었다는 소식을 접한 날 알레나의 집에 찾아온 사냐는 이제 그녀의 집에 매일 왔다. 미하와의 관계가 소원해졌던 몇 해는 마치 종이에 적힌 글씨를 지우개로 지우듯 지워졌다. 자주 전화를 하거나 근황을 나누거나 함께 맥주를 마시는 등의 노력을 하지 않았음에도 그들의 우정은 여전했다.

미하가 체포되고 일주일이 지나서 일리야와 사냐는 저녁에 밀류틴스키 공원에서 널빤지 두 개를 연결해서 만든 벤치에 앉아 있었다. 사냐는 자기 부츠의 신발 코를 자세히 뜯어보면서 말을 해야 할지 말아야 할지 고민했다. 말을 해도 안 해도 어리석은 짓이 될 터였지만 침묵하는 것이 훨씬 더 어리석은 짓 같았다. 그래서 그는 일리야의 얼굴을 보지 않고 말했다.

"일리야, 사실 미하가 감옥에 간 건 너 때문이야."

그러자 일리야가 자리에서 벌떡 일어나면서 말했다.

"너 미쳤어? 무슨 말을 하고 싶은 거야?"

"네가 끌어들였잖아. 의존적인 사람들에 대해서 네가 말했던 거 기억해?"

"아니."

일리야가 단호하게 부정했다.

"우리 모두 성인이잖아. 내 말 틀렸어?"

하지만 미하한테 에디크를 소개해준 사람은 일리야 자신이었고, 말은 그렇게 했지만 간접적으로나마 이 일에 책임이 있었기 때문에 마음은 불편했다. 그래도 직접적인 책임이 있는 건 아니지 않은가!

복수심에 불탄 멜로예도프는 미하가 다른 교도소로 이송되기 직전에 아내와 만나는 것을 막는 데 총력을 기울였다. 하지만 한때 노련한 죄수였던 장인이 집요한 노력을 기울인 결과, 간수를 통해 면회가 성사됐고, 수사관의 음모는 좌절되었다.

다른 교도소로 이송되기 전날 미하는 아내와 만났다. 여자아이를 임신하면 못생겨진다는 항간에 떠도는 말을 입증하기라도 하듯이 그녀는 더 못생겨졌다. 물론 미하가 보기에 그녀는 천사처럼 아름다웠지만 그는 마음속에 화가 치밀어 올라서 그녀에게 아무런 말도 하지 못했다. 습관이자 더 강해진 타고난 죄책감에 현재의 상황이 더해져 그럴 수 없었다. 그가 그녀에게 한 말이라고는 고작 '모든 사람들은 모든 사람들 앞에서 모든 일에 있어서 죄를 짓고 있다'*는 도스토옙스키식의 어리석은 말 정도였다.

이렇듯 그는 모든 사람 앞에서 죄인이라는 마음을 갖고 이송되었다……. 알레나를 혼자 있게 한 것에 대해, 그리고 상황을 개선할 수 있는 어떤 행동도 할 수 없다는 것에 대해 친구들에게도 미안한 마음을 가지고 있었다. 그리고 그가 자신의 의무를 다하지 못한 전 세계 앞에서도…….

하지만 자책하는 사람이 가장 무고한 사람이라는 인생의 법칙은 종종 잊히곤 한다.

---

* 도스토옙스키의 《카라마조프가의 형제들》에 나오는 유명한 문장.

최전방에서

사냐가 자신이 몰두하고 있는 거대한 음악 사조 외에 주위에서 일어나는 크고 작은 정치적이면서 사적인 사건들을 의식하지 못하는 것은 어찌 보면 굉장히 자연스러운 일이었다. 사냐는 라틴아메리카의 혁명이나 아프리카의 흉년이나 일본의 쓰나미 같은 사건들에 관심이 없었다. 손자의 재능에 감탄하던 안나 알렉산드로브나조차 가끔 이해할 수 없다는 식으로 다음과 같이 말하곤 했을 정도였다.

"사냐, 우리는 여기에 살고 있어. 이러나저러나 이게 우리 나라야. 그런데 너는 외국인처럼 구는구나."

1969년 1월의 어느 이른 아침에 머리 손질도 못 한 채로 알레나가 그의 집에 달려와서 미하가 구속되었다는 소식을 알렸다.

이것이 사냐가 처음으로 마주한 정치적 사건이었다. 그는 너무 놀랐고 충격에 휩싸였다. 미하는 그에게 자신이 발행하는 잡지를 보여준 적이 있었다. 흥미로웠다. 하지만 사냐는 얇은 종이에 절반은 서유럽의 라디오를 통해서나 접할 법한 뉴스로, 나머지 절반은 (좋은 시든 형편없는 시든) 시로 채워진 잡지 때문에 사람이 감옥에 갈 수도 있다는 것을 이해할 수 없었다. 그거《누구를 위하여 종을 울리나》와 같은 소설이 아니었다. 그가 보기에 미하의 잡지는 정치와 무관해 보였다. 물론 사냐는 미하가 구체적으로 어떤 일을 했는지 다 알지는 못했다. 미하가 타타르인들의 일에 연루돼 있다는 것도 전혀 몰랐다.

일리야는 에디크 톨마체프 일과 관련해서 KGB에 불려 갔기 때문에 수사 진행과 그 과정에 대해 아주 잘 알고 있었다. 하지만 미하에 관한 질문은 하나도 없어서 의아했다. 더 놀라운 사실은 에디크를 체포하고 3개월이 지난 후에야 미하를 체포했다는 사실이었다.

알레나는 미하가 체포되자마자 편도선염을 앓았다. 그녀는 즉시 사냐를 친한 '여자 친구'로 삼았고, 사냐는 자연스럽게 그녀를 돌보기 시작했다. 하지만 일리야는 오래전부터 싫어해서 가까이하고 싶지 않았다.

아버지와의 관계는 단절되다시피 했다. 그녀는 아버지가 뭘

가 딸 내외에게 안 좋은 일을 했다는 의심을 하고 있었고, 한번은 그들의 모든 불행이 아버지 탓이라는 말을 하기에 이르렀다. 그녀는 마치 벌이라도 주듯이 어머니마저 집에 잘 들이지 않았다. 처음 한동안은 눈물로 세월을 보내면서 사람 만나기를 거부했지만 사냐는 곁에 두었다.

그녀의 임신에 대해서 가장 먼저 안 사람도 사냐였다. 그는 당시 소련 여자들이 많이 했던 낙태 수술을 하기 위해 산부인과에 찾아간 알레나와 동행했으나 그녀를 극구 말려서 만반의 준비를 하고 있던 의사로부터 발길을 돌리게 만들었다. 알레나는 자주 사냐에게 토라졌고 그를 집에서 내쫓고 히스테리를 부렸지만 그는 그 모든 것을 참았다. 알레나는 겨우내 집 밖에 거의 나오지 않았는데 때로는 몸이 아팠고 때로는 그냥 컨디션이 좋지 않았다.

'멍청한 여편네 같으니!'

그는 이렇게 흉을 봤지만, 알레나가 아무리 투정을 부려도 너무 좋았다. 게다가 그녀의 투정은 선을 넘지 않았다.

일리야는 알레나에게 전해줄 돈을 정기적으로 사냐 편으로 전해주었다. 알레나는 그 돈을 받았지만 안나 알렉산드로브나가 일리야를 통해 생필품 꾸러미를 전해주었기 때문에 돈이 꼭 필요한 상황은 아니었다. 임신 기간 동안 내내 알레나는 누워 있거나 늘 그리던 복잡한 문양을 그리면서 시간을 보냈다. 출산을 앞둔 마지막 몇 달간은 누워서 그림 그리는 법을 터득했다.

　사냐는 제때에 알레나를 조산원으로 데려갔다가, 돌아올 때는 그녀의 딸도 함께 집으로 데려왔다. 그는 카네이션 꽃다발을 들고 간호사들 앞에서 남편이자 아빠 행세를 했다. 그리고 결국 그는 그 역할을 계속 이어갔다. 알레나가 딸을 데리고 상담을 갈 때도 동행했고, 딸을 씻기고 우유를 먹이는 일도 그의 몫이었다……. 그는 아기를 이렇게 가까이서 돌보는 일이 마음에 들었지만 동시에 자신이 선을 넘을까 봐 걱정됐다. 미하가 감옥에 있는 동안 내내 알레나는 자기도 모르는 사이에 사냐를 자기 연인으로 만들었다. 그는 복싱의 블로킹을 하듯 자신을 방어하거나, 알레나가 보내는 신호를 수증기나 공기처럼 흘려보내거나, 배수구로 빨려 들어가는 물처럼 스스로를 잽싸게 지워버렸다. 이따금 알레나는 히스테리를 부렸고 때때로 그에게 골을 내고 몇 번은 그를 집에서 쫓아낸 적도 있었지만 그러다가도 보고 싶어서 자기가 먼저 전화했다. 아니면 사냐가 전화도 없이 딸이 좋아하는 장난감이나 알레나가 좋아하는 에클레르를 들고 왔다. 그녀는 미하가 없는 3년 동안 식사를 거의 하지 않았다. 빵이나 과자를 먹으면서 차를 마시기는 했지만 고기도 치즈도 수프도 삼키지 못했다. 일종의 단식투쟁 같았다. 이상한 것은 몸이 말라갈

수록 그녀는 점점 더 예뻐지고 더 우아해졌다. 이것을 느낀 사냐는 그녀의 이러한 병적인 매력이 두려웠다. 사냐는 미하에게 장문의 편지를 쓰는 유일한 사람이었다. 알레나는 짧지만 굉장히 아름다운 편지를 썼고 가끔은 그림을 그려 넣기도 했다. 한 달에 한 번 미하는 대표로 알레나에게 답장을 했는데, 친구 한 명 한 명의 이름을 적어서 그들의 편지에 대한 답장도 겸했다. 그래서 미하의 편지가 오면 그에게 편지를 쓴 모든 사람이 그 편지를 읽기 위해 알레나의 집에 모였다. 알레나는 졸린 눈으로 보통 안락의자에 아기를 안고 앉아 있었고 사냐는 차를 내오고 과자를 접시에 나눠 담았다. 사냐는 미하의 대변인같이 보였다. 이것은 다르게 해석될 수도 있어서 알레나가 감옥에 수감된 남편의 친구와 연애를 한다는 소문이 돌았다. 연인 관계는 아니었지만, 그들을 에워싼 공기에는 묘한 긴장감이 감돌았다.

어쩌면 알레나보다 사냐가 미하가 집으로 돌아오기를 간절히 바랐는지도 몰랐다. 그는 그녀의 심리적 불안을 느꼈고 혹시라도 그가 돌아올 때까지 그녀가 버티지 못할까 봐 두려웠다. 어쩌면 그 전에 자신의 인내심이 동이 날지도 모를 일이었다. 사실 알레나는 사냐가 알고 지내던 모든 여자를 통틀어서 가장 매력적으로 느껴졌다. 뱀처럼 가늘고 긴 목과 느리게 움직이는 머리와 치켜든 턱은 거의 몸에서 분리된 것처럼 보였다. 이따금 그녀가 손가락으로 관자놀이를 부드럽게 쓸어 손가락 끝을 머리카락 속에 집어넣으면 눈은 중국인의 눈처럼 살짝 찢어졌고 손가락들은 머리를 받치고 있는 듯한 모습으로 움직임을 그대로 멈추었다.

미하의 가족과 함께 시간을 많이 보내는 사냐는 자연히 음악에 소홀해졌다. 괴로웠지만 집중할 수가 없었고 머릿속은 온통 해야 할 집안일로 가득했다. 그것들로부터 벗어나 좋아하는 음악과 독대하기 위해서는 따로 적합한 시간과 장소를 찾아야 했다.

그는 음악대학교에서 수업을 했다. 수업은 많지 않아서 일주일에 열두 시간을 넘는 경우는 없었다.

이제 그는 알레나 덕분에 자신의 조국에서 더는 외국인처럼 행동하지 않게 되었다. 이제 그는 적어도 자녀가 있는 가정에 유제품 등을 지원하는 급식소와 인근의 약국과 병원이 어디에 있는지 정도는 알게 되었다. 매일 아침 그는 급식소로 뛰어갔고 저녁에는 알레나의 집을 방문했다. 알레나는 사냐 없이는 식탁 앞에 가려고 하지도 않았기 때문에 그는 한 숟가락이라도 알레나가 음식을 삼키게 하려고 노력했다. 그녀는 하루 중 대부분의 시간을 딸과 함께 침대에 누워서 보냈다. 마예치카가 조금 크자 알레나는 아이를 데리고 집 밖으로 산책을 나갔다. 알레나는 행인과 요란한 소음으로 가득한 거리를 무서워했기 때문에 집 앞 마당까지만 나갔는데 그때마다 꼭 사냐를 대동했다.

늦은 밤이면 사냐는 소파 옆 바닥에 뒹구는 악보를 집어 들고는 소파에 드러누웠다. 그러고는 악보를 넘겨 보았다. 정말 아름다운 곡이었다. 모차르트 피아노협주곡 23번이었다. 언젠가 예브게니야 다닐로브나가 이 협주곡에 얽힌 이야기를 들려준 적이 있는데 스탈린이 유디나*가 연주하는 이 협주곡을 듣고서 녹음본을 요구했다고 했다. 하지만 녹음본 같은 것은 존재하지 않았다. 그래서 바로 그날 밤에 유디나와 지휘자 그리고 열두 명의 오케스트라 단원들은 '녹음의 집'으로 끌려가서 녹음을 했고, 아침 즈음에 세상에 단 하나밖에 없는 레코드판이 만들어졌다. 스탈린은 피아니스트에게 후한 상을 주었다. 2만 루블을 봉투에 담아서 그녀에게 보냈다고 한다. 하지만 그녀는 국가원수에게 보내는 편지에, 돈은 교회로 보냈으며 신이 그가 저지른 악행을 용서하도록 그를 위해 기도하겠노라고 썼다. 하지만 스탈린은 그런 유디나를 벌하지 않았다. 유로디비**라고 하면서 말이다.

사냐는 모차르트의 악보를 읽는 동안 파도에 휩싸이듯 행복

---

* 마리야 유디나(1899~1970). 러시아의 피아니스트.
** 동슬라브에서 예언 능력을 부여받은 '바보 성자'를 가리키는 말.

감에 사로잡혔다. 이 곡에 감동한 것은 스탈린만이 아니었다. 사냐는 미소를 짓고는 악보를 덮었다. 그런 다음 불을 껐다. 그러자 모차르트가 직접 그에게 대화를 걸어왔다. 이 이상 바랄 게 뭐가 있겠는가? 이보다 근사한 대화 상대가 어디 있으며, 이보다 좋은 친구를 어디서 찾겠으며, 이보다 훌륭한 고해신부가 어디에 있단 말인가? 알레나의 히스테리는 참으면 그만이었다.

하지만 안타깝게도 사냐와 할머니의 관계는 틀어졌다. 할머니가 먼저 질문하지도 않았고 사냐도 애써 설명하지 않았다. 안나 알렉산드로브나는 손자를 추문에 끌어들인 것이 알레나라고 확신했고 아끼던 손자한테 배신감을 느꼈다. 동시에 그녀는 귀하게 키운 사냐가 짊어진 삶의 무게를 보고는 그의 영웅 심리에 조금은 감탄하기도 했다. 또한 사냐가 날이 갈수록 미하네 가족 일에 점점 더 빠져드는 것을 보면서 괴로워했고 마음에 드는 구석이라고는 없는 불쌍한 알레나를 질투했다. 심지어 배신당한 미하의 몫까지 질투했다.

안나 알렉산드로브나는 사냐가 저지르는 죄 때문에 미하에게 미안한 마음이 들어서 3년 동안 그에게 편지 한 통 쓰지 않았지만 일리야를 통해서 식료품과 안부는 전했다. 그 대신 그녀는 수용소에서 필요한 것이 무엇인지 정확하게 알고 있어서 버터와 큐브형 스톡을 넣은 특별한 쿠키를 구운 다음, 가게에서 파는 '안녕'이라는 이름의 공산품 쿠키 브랜드 포장지에 잘 싸서 보냈다. 집에서 만든 음식은 수용소로 반입이 안 됐지만 공산품 과자는 반입이 됐다. 간수들은 그것이 어마어마한 칼로리를 가진 수제 쿠키라는 것을 알 리가 없었다. 그녀는 이따금 다른 사람을 시켜서 알레나에게 돈을 전해주기도 했다.

그녀는 과거에 미하가 알레나와 결혼하려고 할 때 결혼을 조심스럽게 만류했던 일을 아주 잘 기억하고 있었다. 이번에도 안나 알렉산드로브나만이 미하가 집으로 돌아오는 것을 두려워했다. 이 추잡한 일이 밝혀져서 소란이 일게 될까 봐 두려웠기 때문이다. 아니, 그보다 참사가 일어날까 봐 무서웠다. 그녀는 무엇을 알고 있었고 무엇을 예견했던 것일까?

미하는 석방까지 며칠이 남았는지 계산하지 않기로 다짐했다. 하지만 다짐을 지키기가 쉽지 않았다. 석방일이 다가올수록 자기를 결국 석방해주지 않을지도 모른다는 두려움이 커져만 갔다. 친구들 역시 그의 석방일까지 얼마나 남았는지 세고 있었다.

사실 미하가 정확히 3년 뒤 석방일이 되기가 무섭게 밤 12시에 풀려날 것이라는 기대는 어리석은 생각이었다. 그들은 이미 그가 모스크바로 이송되어서 지금은 레포르토보 교도소에 있다는 것을 알고 있었다. 그들은 이 일이 세르게이 보리소비치의 체포와 무관하지 않다고 생각했는데, 그도 현재 레포르토보 교도소에 수감돼 있었다.

일리야, 사냐 그리고 빅토르 율리예비치 세 사람은 밤 11시가 넘어서 레포르토보 교도소에 도착했다. 일리야의 배낭에는 낡은 점퍼와 새로 산 청바지가 들어 있었다. 구두도 샀는데 구두는 미하의 신발 치수보다 한 치수 크기는 했지만 예뻤다.

미하가 밖으로 나올 때 통과할 출구는 중앙 현관, 수사동 출구, 직원용 출구 총 세 군데 중 하나였다. 세 사람은 이 문들을 아침이 될 때까지 지켰다. 그러고 나서는 어떻게 된 일인지 알아보기 위해 창구로 갔고 군복을 입은 여자가 멜라미트가 벌써 출소했다고 말했다.

그들은 그 즉시 미하의 집에 전화하러 달려갔다. 알레나가 전화를 받더니 감이 멀어 들릴 듯 말 듯한 목소리로 말했다.

"그이는 집에 와 있어요. 오세요."

그는 수사동 출구로 아침 8시에 나왔고 친구들이 그를 못 본 것이었다. 이들은 택시를 잡아타고 미하의 집으로 향했고 20분 뒤에는 미하의 집에 도착했다. 엘리베이터가 작동하지 않았다. 사냐와 일리야는 6층까지 쏜살같이 뛰어서 올라갔고 빅토르 율리예비치는 헐떡거리면서 그들보다 2층 정도 뒤처져서 올라왔다. 이들은 선생님이 도착할 때까지 기다린 다음 벨을 눌렀고 미하가 직접 그들에게 문을 열어주었다. 수척해진 무채색 '그림자'가 열었다는 표현이 옳을 만큼 그는 많이 야위어 있었는데, 이것은 일리야가 감정이 북받치는 것을 피하기 위해 즉석에서 생각해낸 표현이었다.

"뭐야, 너 완전 그림자잖아!"

그러자 미하는 즉시 원래 모습으로 돌아와 웃으면서 말했다.

"그림자는 무슨! 나는 그림자의 유해야!"

이때 빅토르 율리예비치가 한쪽 팔을 살짝 들어서 어렸을 때부터 봐온 낯익은 제스처를 취하면서 시를 낭송했다.

바로 그 시간 그 모습으로

내가 전해 들었던 그림자가 온다네……*

그러자 모든 것이 제자리로 돌아갔다. 그들은 서로의 어깨를 두드리고 방 안으로 우르르 몰려 들어갔다. 엄격함과 금욕주의라는 과거의 이상에도 불구하고 그 방은 책상, 유아용 침대와 아이의 침실을 가리고 있는 커튼까지 온갖 종류의 짐으로 들어차

* 셰익스피어의 《햄릿》 중에서.

결과적으로 과거 게냐 고모님이 살던 방의 모습으로 빠른 속도로 변하고 있었다.

방금 낮잠을 재우려고 눕혀놓은 마예치카는 잠에서 깨 울기 시작했다. 알레나는 아이를 진정시키기 위해 쏜살같이 달려갔고, 곧 아이를 데리고 나와서 손님들에게 보여줬다. 그러자 아이는 그들 중 유일하게 익숙한 사냐에게 양팔을 벌렸다. 사냐가 아이를 안고 살짝 흔들어주자 아이는 그의 목을 끌어안았다.

"뭐 가져왔는데?"

아이가 잠이 덜 깨서 잠긴 목소리로 물었다.

그러자 그가 아이의 귀에 대고 뭐라고 중얼거렸고 아이는 그 말을 듣고 미소를 지었다.

"그런데 어디?"

사냐는 주머니에서 알록달록한 구슬 하나를 꺼냈는데 구슬은 그의 손안에서 이리저리 움직였다. 아이는 원숭이처럼 구슬을 낚아챘다.

미하는 서로를 끌어안고 있는 두 사람을 부러운 듯 쳐다봤다. 딸은 주저하는 아빠를 외면했다. 딸을 난생처음 본 미하는 곱슬머리가 났고 큰 눈을 깜박거리고 손가락도 부산히 움직거리며 살아 있는 이 작고 사랑스러운 생명체가 알레나와의 위대한 사랑의 결실이라는 것을 이해할 수 없었고, 자신의 인생에서 가장 중요한 이 두 가지가 어떻게 서로 연관성이 있는지 아직 완전히 이해되지 않았다.

그는 어느새 목욕을 하고 나왔다. 3년 동안 그의 몸에 붙어 있던 혐오스러운 때를 씻어냈다. 가능하다면 몸 안에 있는 것도 꺼내서 씻어내고 코도 씻고 감옥의 공기가 지나간 기도와 폐, 그리고 끔찍한 음식과 물을 삼킨 입, 식도, 위, 창자 모두를 꺼내서 깨끗하게 씻고 싶었다…….

7년! 7년이면 인체에 있는 모든 세포가 새로워질 수 있다. 누가 이런 말을 했던가? 그렇다면 감옥 생활에서 쌓인 더러움으로부터 마음이 깨끗해지는 데는 몇 년이 걸릴까? 액체질소와 표백제와 알칼리성용액에 뇌를 넣어서, 그곳에서 3년 동안 보고 겪은 기억을 뇌에서 지워버릴 수만 있다면! 하지만 기억에서 모든 것이 씻겨나가면 그곳에서 보낸 3년은 사라져 있겠지만 이전에 그가 사랑한 것, 알고 있던 것, 숭배하던 것까지 모두 잊힐 터였다. 하지만 그 모든 것이 기억에서 사라진다 해도 감수할 준비가 돼 있었다.

친구들은 한 시간도 채 안 돼서 떠났다. 그러자 가족 세 사람만 남았다. 할 얘기가 많았다. 하지만 여자아이는 엄마한테 찰싹 달라붙어 아버지를 밀어내고 있었다. 딸이 자기를 무서워하고 고개를 돌리자 미하는 인상을 찌푸렸다.

'엄청난 대가를 치르게 됐군. 아이는 나를 아빠로 받아들이지 않고 있어. 앞으로도 절대 내 존재를 인정하지 않을 거야.'

미하는 적응이 쉽지 않으리라는 것을 느꼈고, 거절당하는 기분이 들어서 괴로웠다.

"같이 산책하자. 마예치카, 그네 타러 갈까?"

"좋아. 엄마랑."

그러고는 엄마 손을 잡았다.

"아빠도 데리고 가자."

그렇게 그들은 셋이서 함께 밖으로 나갔다.

마예치카는 그네를 탔고, 알레나가 그네를 살살 밀어주었다.

"석방 5주 전에 다른 곳으로 이송되어서 그들이 뭔가 새로운 일을 꾸미고 있다는 걸 알게 됐어. 체르노퍄토프와 쿠셴코와 관련된 일이더라고."

미하는 중간중간 끊어지는 대화를 여전히 이어갔다.

"한참 동안 대질신문은 안 시켜줬는데 그들의 진술을 읽을 수 있게는 해주더군. 그런데 그들이 보여준 진술서가 너무 끔찍했어. 정보부 요원들이 제시한 자료를 토대로 서류를 날조한 거라는 생각이 들어서 거기 적힌 건 하나도 믿을 수가 없었어. 거기에는 서른 명 이상의 성이 적혀 있었는데 거기엔 에디크 톨마체프도 있었어. 하지만 진술서에는 〈가마윤〉이 아니라 〈연대기〉

와 인권 보호에 대한 얘기가 주를 이루었어. 조서에는 양심에 따라 부끄러움 없이 진술한다느니 죄를 자백한다느니 하는 내용 등 있을 건 다 있었어."

"어떤 건지 나도 다 알아."

알레나가 고개를 끄덕이면서 아무런 감정이 섞이지 않은 투로 말했다.

"나는 마지막 순간까지 믿지 않았어. 사실 지금도 믿기지 않기는 마찬가지야. 물론 우리는 대질신문도 했어. 전부 사실이라고 하더군. 그들에게 무슨 짓을 했는지는 모르겠어. 어쩌면 그렇게 진술을 하게끔 강요했는지도 모르지. 나는 전부 부인했어. 게다가 세르게이 보리소비치는 당신 아버지고 나한테는 장인이잖아. 나는 그들이 나도 이 일에 끌어들일 거란 확신이 들었어. 그래서 석방되기 직전까지도 끝내 풀려나지 못할까 봐 두려웠어. 지금도 다시 끌려갈 것만 같아."

알레나는 그를 향해 눈을 치켜뜨지도 않고 마치 그가 여기에 없는 것 같은 표정을 지었다. 미하가 한 손을 그녀의 머리 위에 얹으면서 말했다.

"나 여기가 깨질 것 같아. 세르게이 보리소비치는 절대 이런 말을 했을 리가 없어. 하지만 내가 내 귀로 직접 들었어. 알레나, 하지만 절대로 내가 장인을 미워한다고 생각하면 안 돼. 그가 안

쓰러워 죽겠어."

"미하, 솔직히 잘 모르겠어. 난 안쓰럽지도 않아. 어렸을 때부터 아버지는 내게 영웅이셨는데⋯⋯."

알레나의 눈은 여전히 딸이 타고 있는 그네 밑에서 흔들리는 그림자를 향하고 있었다.

"엄마, 제대로 좀 흔들어봐."

딸이 엄마를 혼내듯이 말했다.

"건드리지 마."

딸은 조금 전보다 더 화가 난 목소리로 쏘아붙였다.

저녁 무렵에 에디크의 아내인 제냐 톨마체바와 알레나와 대학 동기인 여자 친구가 집에 들렀고 한참 동안 앉아 있다가 갔다. 9시가 넘자 그들은 딸아이를 목욕시켜야 한다면서 손님들을 내보냈다.

욕실에서 스툴 위에 유아용 욕조를 놓고 따뜻한 물을 채운 뒤 마예치카를 앉혔다. 아이는 아기 인형과 고무 재질의 강아지를 열심히 씻기더니 그다음에는 물장구를 쳤다. 미하는 문가에 서서 물에 젖어 짙어진 앞머리가 이마에 달라붙은 아기를 보면서 전에 없던 강렬한 사랑을 느꼈다.

"수건 가져와요."

알레나가 그에게 부탁했고 그는 커다란 수건으로 가녀린 아기를 감쌌다. 그는 처음으로 자기 아기를 안았는데 아기는 굉장히 가벼우면서도 꽤 묵직했다. 아기는 작으면서도 커서 미하보다도 컸고 온 세상보다도 컸다. 아니, 그에게 아이는 온 세상이었다.

나의 작은 세상아, 나의 커다란 세상아,
커다란 눈망울에 밝은 갈색 털을 가진 내 축축한 세상아,
초록색 눈에 잠이 걸려 있구나······.
타-라-타-라 타-라-타 티르······.

여자아이는 잠들었다. 미하는 아내를 끌어안았다. 그녀는 손으로 그의 입술에 손을 대며 말했다.

"당신이 말한 내용 중에 새로운 건 하나도 없네. 전부 내가 아는 이야기야. 난 그의 변호사와도 얘기했어. 나탈리야 키릴로브나라고, 당신은 모르는 사람일 거야. 정말 훌륭한 변호사야. 변호사한테 절대 그 사람을 보고 싶지 않다는 말을 '그 사람'한테 전해달라고 부탁했어."

그녀는 '아버지'라는 단어를 쓰지 않았다. '그 사람'이라고 했다. 미하는 그의 입술에 갖다 댄 그녀의 손을 치우면서 말했다.

"알레나, 당신 미쳤어? 그러면 안 되지. 그분이 너무 안됐잖

아……."

마당, 이웃들, 복도 마룻바닥의 망가진 나무판자, 마당에 있는
포플러들, 화단과 스케이트장 있던 자리의 오래된 갓돌 등 모든
것은 그대로였다……. 빵 가게와 생선 가게 여자 점원들과 건물
관리인도 그대로였다. 하지만 미하는 마치 3년이 아니라 30년
이 지난 것 같았다. 조금만 부주의하게 다루면 집, 마당, 딸, 아
내, 도시 전체 그리고 올해 유난히도 따뜻하고 다정한 4월을 비
롯한 모든 것이 산산조각 날 것만 같았다.

미하가 석방되고 이틀째 되는 날 처음으로 찾아간 곳은 안나
알렉산드로브나의 집이었다. 그는 알레나의 아버지가 진술을
해서 또다시 감옥에 들어갈까 봐 두렵다고 말했다.

안나 알렉산드로브나는 전날 부엌에서 하루 종일 그를 기다
리며 준비한 음식을 내주었다.

"미하, 더는 이 세상에 새로운 소식이라는 것이 존재하지 않
는 것 같구나. 내 남편을 감옥에 넣은 사람은 그의 친형제였어.
두 사람 모두 죽었지. 우리의 행동이 좋은지 나쁜지는 중요하지
않아. 결정은 운명이 하는 거야. 어서 먹으렴."

지난 3년 동안 그는 몰라보게 변했는데 얼굴은 초췌해졌고
거무스름해졌으며, 머리카락은 많이 빠졌고, 눈동자는 거의 노

란색에 가까울 정도로 밝아져 있었다. 세상을 바라보는 시선도 달라져 있었다.

하지만 안나 알렉산드로브나는 하나도 변하지 않았는데, 얼굴은 마치 송곳으로 얇게 조각한 듯 자글자글한 주름으로 덮여 있었다. 굉장히 일찍부터 주름이 생겼지만, 대신에 지금까지도 그 모습 그대로 남아서 여전히 아름다웠다. 여든이 다 된 나이였지만 나이보다 젊어 보였다. 미하는 그녀가 방금 한 이해할 수 없는 말을 곰곰이 곱씹으면서 그녀를 바라보다가 문득 안나 알렉산드로브나가 굉장히 아름다운 여자라는 사실을 깨달았다. 아니, 아름다움 이상의 매력을 지닌 여성이라는 생각이 들었다. 그는 무수한 세월이 지난 뒤에야 베일 속에 갇힌 주름진 그녀의 얼굴이 무척 아름답고 빛이 난다는 것을 깨달았다.

"안나 알렉산드로브나, 이 집이 무척 그리웠습니다……. 제가 당신을 얼마나 사랑하는지 모르실 거예요……."

그러자 그녀는 웃으면서 말했다.

"일찍도 말하는구나. 미하, 내가 너 주려고 창꼬치를 유대식으로 요리해봤어. 몰로호베츠* 요리법대로 했어. 처음 만든 거

---

* 옐레나 몰로호베츠(1831~1918). 《젊은 주부들에게 주는 선물》이라는 요리책을 쓴 저자.

라······. 맛이 있나 좀 먹어볼래?"

그녀는 반투명한 생선살이 담긴 타원형 접시를 미하 앞에 갖다 놓았다.

"정말 맛있어요! 맛있고말고요, 가만 생각해보니 지금까지 단한 번도 이렇게 훌륭한 음식은 먹어본 적이 없는 것 같아요!"

그제야 미하는 집에 돌아왔다는 실감이 났다. 그의 얼굴에서는 빛이 났고 미소를 띤 채 잠시나마 그를 늘 괴롭히는 복통도 잊고 음식을 먹으면서 대화를 나눴다.

안나 알렉산드로브나는 미하가 가정에서 남편과 아버지 역할을 할 것이며 사냐는 이제 알레나를 보살피지 않고 자기 자리로 돌아올 것이라고, 모든 것이 제자리로 돌아와서, 실제로 존재하는 것이든 상상해낸 것이든 모든 문제와 고민이 저절로 사라질 것이라고 생각했다. 그러자 마음이 편안해졌다.

그 후로 2주간 미하는 사냐의 집에 자주 갔다. 알레나와도 아무런 문제가 없었고 딸은 하늘에서 내려온 천사 같았다. 그 대신 그들을 제외한 모든 것은 감옥에 수감되기 직전보다 훨씬 안 좋았다.

그래도 안나 알렉산드로브나의 집에 가면 마음이 편안했다. 사냐는 집에 있는 시간이 적었지만 이제 그의 부재는 그가 서서히 자신의 일상으로 돌아가고 있다는 것을 의미했기 때문에 우려할 만한 일이 아니었다. 그는 다시 밤마다 음악회에 가거나 친구들이 많이 살고 있는 음대 기숙사에서 시간을 보냈고, 미하가 수용소에 가 있는 동안 폭발할 뻔한 문제의 전하(電荷)는 마치 언제 있었냐는 듯 감쪽같이 사라졌다.

미하는 석방되고 처음 몇 주간 안나 알렉산드로브나의 집에 여러 차례 방문했다. 두 번은 사냐도 집에 있었고 그들 사이에는 어린 시절과 젊은 시절부터 공유했던 친밀함이 감돌았다. 서로 다른 점을 말없이 인정했고, 이해되지 않는 것들은 흥미와 호감을 불러일으키던 시절 말이다.

게다가 미하는 예전처럼 안나 알렉산드로브나는 여전히 어른이고 자기는 여전히 아이 같은 것이 기뻤다. 마치 산책 갔다 돌아온 아이처럼 그는 오다가 주운 솔방울이 달린 소나무 나뭇가지나 마예치카가 그린 우스꽝스러운 그림 같은 것을 안나 알렉산드로브나의 집에 가져와서는 그녀에게 보여주었다.

어느 저녁 그는 옛 친구이자 책 제본을 하는 아르투르 코롤료프가 사는 타라솝카에 들렀다가 안나 알렉산드로브나의 집에 갔다. 그는 코롤료프와 함께 보드카를 마셨지만 오래 앉아 있지는 못했다. 미하는 날이 밝을 때 모스크바로 돌아와서 안나 알렉산드로브나를 보러 가기로 마음먹었다. 이번에는 오는 길에 가져갈 만한 걸 아무것도 발견하지 못해서 그는 플랫폼에서 집시들이 파는, 설탕으로 만든 수탉 모양의 사탕을 몇 개 샀다. 그러고는 그것이 마치 꽃다발이라도 되는 양 수탉 모양의 빨간색 사탕이 달린 막대기를 안나 알렉산드로브나에게 한 움큼 건넸다. 그러자 그녀는 수탉 사탕들을 컵에 꽂았고 수탉들은 잔치에라도 온 것처럼 빛이 나기 시작했는데 이때 문득 미하는 집 전체가 굉장히 낡고 오래된 것 같다는 기분이 들었다…….

마음이 집에 왔다네. 마음이 기쁘다네. 왜일까?
집의 그림자 때문에? 정원의 그림자 때문에? 알 수 없다.
정원은 오래됐고 사시나무는 모두 야위었다. 끔찍해!
집은 무너지고…… 연못에는 녹조가 끼었구나…….

무엇을 잃었단 말인가……! 형제 대 형제로…… 무엇이 서운한가……!
유해와 부패…… 옆으로 기울었다…… 그래도 서 있다……
누구의 집일까? 화재가 났었나? 누구의 은신처일까?
죽은 거지가 살던 난로 없는 굴…….*

---

* 인노켄티 안넨스키(1856∼1909)의 시 '오래된 대저택' 중에서.

348

도자기처럼 섬세한 손으로 노부인은 반투명한 찻잔에 차를 따랐다.

"안넨스키 기억하지? 굉장히 슬픈 일이야…… . 오늘 우리 티타임은 참 소박하구나. 상인들처럼 설탕 넣은 차에 사탕을 곁들이게 됐어. 사냐도 곧 올 거야. 집에 오는 길에 식료품 가게에 들르기로 약속했어. 기다릴 거니?"

그녀는 곧 자리에서 일어나서는 집게가 꽂힌, 옆구리가 볼록한 설탕 그릇을 장식장에서 꺼냈는데 그 안에는 각설탕이 들어 있었다…… .

안나 알렉산드로브나와 미하는 다 마신 찻잔 앞에 앉아 있었다. 흔한 과자 하나 없었다. 안나 알렉산드로브나는 갑작스럽게 들이닥친 피로로 벌써 2주째 집 밖에 나가지 않았다. 병가를 내지는 않고 대학교에서 파트타임으로 강의하던 다른 여자 선생한테 대신 수업을 해달라고 부탁했다. 하지만 일주일이 지나도 건강은 회복되지 않았고 그녀는 미하한테 자기가 너무 게을러져서 직장에도 안 나가고 집도 엉망인 데다 차에 곁들일 과자 하나 없다고 하소연했다.

"내일은 내 낡아빠진 뼈들을 잘 달래서 밖으로 나가봐야지. 내가 이러고 있으면 사냐라도 좀 챙겨야 하는데 집에 빵도 없고, 이게 말이나 되냐고…… . 나제즈다는 말할 것도 없고 말이야.

아, 넌 그 소식을 모르겠구나! 우리 딸이 벌써 2년째 연애를 하고 있는데 이제 잠도 집에서 안 자. 이게 말이나 되냐 말이야!"

그녀는 마치 말 안 듣는 열다섯 살짜리 딸 얘기라도 하는 것처럼 소리 내어 웃더니 늘 그렇듯이 돌직구를 던졌다.

"시집가려나 봐. 멍청하긴, 정말 멍청하다니깐……."

이 말을 하고는 인상을 찌푸렸다.

'몸이 많이 안 좋으신가 보군.'

언제나 방금 내린 차를 내오고 차를 우린 지 몇 시간만 지나도 버리던 그녀의 모습을 봐온 미하는 심상치 않은 기운을 느끼면서 생각했다.

"그래, 넌 어떻게 지내니?"

안나 알렉산드로브나가 미하의 근황을 궁금해했고, 그는 백방으로 알아봤지만 직장을 구할 수 없다며 그의 현재 가장 큰 고민을 이야기하기 시작했다. 어디에서도 그를 받아주지 않는다고 말이다. 경찰은 경찰대로 그의 집에 찾아와서는 취직은 언제하느냐고 물어본다고 그는 하소연했다.

그녀는 기계적으로 담배를 만지작거리고 빈 물부리를 탁자에 두드리면서 그의 말을 경청했다. 그러더니 갑자기 담배를 떨어뜨리고 의자 등받이에 몸을 기대더니 미하의 뒤를 응시하면서 말했다.

"미하, 나 몸이…… 몸이 안 좋아……."

그러고는 입을 벌린 채 입술에 힘을 주고 경련을 일으키듯이 몇 번 숨을 들이마셨다. 손을 탁자 위로 허우적대자 빨간 수탉 모양 사탕이 바닥에 떨어졌다. 미하 뒤쪽에 멈춘 그녀의 시선이 너무 집요해서 그는 뒤를 돌아보았다. 하지만 뒤에는 아무도 없었고 책장에 꽂혀 있는 브로크하우스-에프론 백과사전의 금빛 책등만 유난히 반짝거릴 뿐이었다.

미하는 그녀를 안아 소파로 옮겼다. 그녀는 솜털 이불처럼 가벼웠는데 그의 양팔에 축 처져서 안겨 있었다. 그는 소파 쿠션을 등에 괴고 그녀를 눕혔다. 그녀는 여전히 어딘가를 뚫어져라 응시했는데 시선이 그를 향한 것 같지는 않았다. 그는 살아 있는 사람의 맥박도 잘 느껴지지 않을, 손목의 엉뚱한 부분을 꼭 눌렀다.

"지금, 지금 당장…… 약을…… 구급차를……."

미하는 이미 늦었다는 것을 깨달으면서 중얼거렸다.

그는 사냐네가 사는 아파트를 통틀어 하나뿐인 전화기를 향해 달려갔다. 그가 전화기를 들자 옆집에서 통화하는 소리가 들려왔다.

"그래, 내가 걔한테 그 남자 눈여겨보라고 여러 번 말했거든. 걔는 웃기만 하더라고……. 그는 요즘 같은 시대에 보기 드물게 좋은 사람이라고 말이야⋯⋯."

그러자 미하는 복도로 뛰어나갔다.

"도와주세요! 안나 알렉산드로브나가 몸이 안 좋으세요! 구급차를 불러야 해요⋯⋯."

옆집에 사는 마리야 솔로모노브나라는 여자는 직업이 약사였고, 금니에 빨간 립스틱을 묻힌 그녀는 안나 알렉산드로브나를 무척 존경했다.

"아무튼 우리 나머지 얘기는 다음에 하자. 옆집에서 전화를 급하게 써야 하나 봐. 어쨌든 걔한테 내가 이미 여러 번 말했다고 전해줘⋯⋯."

이윽고 찰칵하며 문 여는 소리가 들렸다. 복도를 따라 사냐가 걸어오고 있었다. 그는 장바구니를 들고 있었다. 그는 집에 오는 길에 '소티' 식료품 가게에 들러서 사야 할 것을 다 사고, 심지어 닭까지 사서 어깨에 잔뜩 힘을 주고 식료품을 짊어지고 집에 오는 길이었다. 그것은 난생처음 있는 일이었다.

"안나 알렉산드로브나가 몸이 안 좋으셔⋯⋯. 구급차를⋯⋯. 굉장히 안 좋으신 것 같아⋯⋯."

미하가 중얼거리듯 말했다. 그러자 사냐가 방으로 뛰어 들어갔고 마리야 솔로모노브나가 오리처럼 뒤뚱거리면서 그의 뒤를 따라 들어갔다.

15분 뒤, 의사가 도착하기도 전에 바실리 인노켄티예비치한 테서 전화가 왔다. 그가 매일 전화를 걸어서 "어떻게 지내는가?" 하고 건네는 안부 인사를 안나 알렉산드로브나는 조금 거슬려 했다. 그도 소식을 접하고는 그길로 바로 달려왔다. 안나 알렉산 드로브나가 결혼해 다른 남자가 있던 때만 빼고 평생 대략 60년 동안 지속된 그들의 사랑이 끝나는 순간이었다. 수없이 거절당 하고도 그녀의 애인과 남편이 살해당하거나 감옥에 들어가서 그녀의 인생에서 가장 힘든 순간이 찾아오면 늘 어김없이 그녀 에게 돌아오던 그는 이제 자신의 그 위대한 사랑을 가슴속 깊숙 한 곳에 영원히 묻어야 했다. 이젠 정말 영원한 이별이었다.

바실리 인노켄티예비치와 동시에 가끔 사냐의 집에 오던 일 리야가 왔다. 이렇게 해서 고인의 사망을 확인해줄 의사가 도착 하기 전에 싸늘하게 식어가는 안나 알렉산드로브나의 옆에 그 녀가 가장 사랑하는 사람들이 모두 모였다. 그날 저녁 나제즈다 보리소브나는 임차한 별장에서 자고 있었고 그곳에는 전화기가 없었기 때문에 오지 못했다. 그녀는 어머니의 죽음을 다음 날 아 침이 되어서야 알게 되었다.

시신은 밤이 다 되어서야 실려 갔다. 같은 생각과 감정, 추억 을 품고 똑같이 충격을 받고 똑같이 슬픔에 빠진 세 명의 사내아 이가 앉아 있었고, 그들은 모여서 하나의 생명체를 이루는 것처럼 보였다. 일리야는 사냐와 미하가 있을 때는 보통은 닫혀 있는 세 번째 혹은 네 번째 눈 혹은 온기와 연민의 장기를 활짝 열어 보이며 친구들을 위로하려 애썼다. 하지만 그들 모두 슬픔에 잠겨 있었다.

장례식은 야릇할 만큼 독특했다. 안나 알렉산드로브나가 자기를 어떻게 어디에 묻어야 할지에 대해 굉장히 구체적으로 명시한 유언장이 공개되었다. 고인은 장례식을 야우즈스키예 보로타 부근에 있는 성 베드로와 바오로 성당에서 치르기를 바랐다.

조문객이 많이 왔다. 그들 덕에 사냐는 사람들로 이루어진 시커먼 바닷물 가운데 하얀 섬처럼 누워 있는 안나 알렉산드로브나에 대한 생각을 잊을 수 있었다.

고인과 가깝게 지내던 사람들 외에 하늘색 견장이 달린 군복을 입고 영문을 모른 채 참석한 학교 측 간부들도 있었다. 제자들도 참석했다. 당시에는 더 이상 중국인들은 없었고 그녀는 쿠바인들과 아프리카 사람들을 가르치고 있었다. 안나 알렉산드로브나는 그들에게 러시아어를 가르쳤고 결과가 좋았다. 그들은 검은색과 붉은색이 섞인 리본이 달린 전나무 화환을 가져왔고 사냐는 이 화환에 달린 리본에 눈이 쓸려서 아팠다.

관 머리맡에는 은빛 백발을 반짝이며 슬픔으로 일그러진 얼굴을 한 바실리 인노켄티예비치가 서 있었다. 리자는 독일로 순회공연을 떠났기 때문에 옆에 없었다. 그 밖에도 몇 명의 나이든 여자 친구들이 남아 있었는데 예브게니야 다닐로브나와 중고등학교 친구 두어 명, 우아한 백장미 두 송이를 갖고 온 엘레오노라 조라호브나 등이었다. 그들은 안나 알렉산드로브나의 삶의 다양한 궤적에서 함께 일했던 동료들과 사냐의 친구들과 함께 자리를 잡았다. 일리야는 올가와 함께 왔고, 그들 옆에는 고인의 친구의 손녀인 타마라 브린이 서 있었다. 타마라는 보기 드물게 레반트인 특유의 얼굴이어서 사냐는 어렸을 때 자기 생일날 딱 한 번 본 타마라를 바로 알아봤다.

안색이 창백한 미하는 사냐 옆에 서서 언젠가 안나 알렉산드로브나로부터 생일 선물로 받았던 모헤어로 짠 목도리에 눈물을 떨어뜨리고 있었다. 일리야 옆에는 창백하고 붉은 기가 있는 머리카락을 가진 그의 아내가 양손에 히아신스를 들고 서 있었다. 이따금 사냐는 얼굴이 널따랗고 눈썹이 진한 건장한 사내와 우연히 시선이 마주쳤고 그럴 때마다 기분이 상했다. 사냐의 어머니는 사내의 팔에 팔짱을 끼고 있었고, 그는 그런 어머니를 향해 강압적인 표정을 짓고 있었다. 이 사람은 어머니의 연인이었고 사냐와는 초면이었다. 엄마는 왜 그를 데려온 걸까?

사냐는 마치 두꺼운 유리 너머에서 보듯이 이 모든 모습을 방관자처럼 관찰했다. 고인의 얼굴은 마치 예술 작품의 모조품 같았고 그녀의 아름다움은 이제 완결된 형태를 띠었으며 그 무용한 아름다움은 부산스럽고 추한, 산 자들의 세계에 대한 판단을 모호하게 만들었다.

측면에 있는 문에서 사제가 등장하고 예배가 시작되었다. 예브게니야 다닐로브나가 사냐의 한 손에 불붙은 양초를 내밀었다. 사제의 목소리가 사냐가 지금껏 단 한 번도 들어본 적 없는 성가와 맞물렸다. 이 성가는 매우 의미심장하지만 이루 형언할 수 없는 내용을 담고 있었기 때문에 집중해서 들어야 했다.

사제는 외모로 보면 그리스인을 닮았는데, 굉장히 진중하게 예배를 이끌었고 어떤 절차도 생략하지 않았다. 이 '평신도 장례미사'는 끝도 없이 이어졌다. 사냐는 사제의 목소리가 성가대의 목소리에 아름답게 녹아들고, 작은 소리들, 즉 초가 타들어가는 소리, 헛기침 소리, 흐느끼는 소리도 아주 정교히 조화를 이루어 대단히 훌륭한 오케스트레이션이라는 생각이 들었다. 잠시 후에 초가 꺼졌고 사냐는 예배가 끝났다고 생각했다. 하지만 사제는 다시금 무언가를 읽기 시작했고 성가대는 또다시 성가를 부르기 시작했으며 사냐는 이 소리들과 냄새 그리고 화려한 금장을 두른 성경책 표지의 반짝임에 매료되었다……

성가는 끝났고 사제는 가까운 이들에게 고인과 마지막으로 작별 인사를 하라고 말했다. 그러자 다들 서둘러 줄을 서기 시작했다.

안나 알렉산드로브나는 줄 서는 것을 싫어했다. 그녀는 반평생을 빵이나 우유, 감자, 비누, 배급표, 편지를 받으려고 줄을 섰고, 줄을 서 있는 시간을 유용하게 보내는 방법도 터득했다. 그녀는 줄을 서 있는 동안 속으로 시를 외웠다. 그녀는 소련 정부 때문에 줄을 설 수밖에 없었고 덕분에 기억력이 좋아졌노라고 웃으면서 말했다. 아마도 그녀는 이 땅에서 보내는 마지막 날 사람들이 자신을 보려고 이렇게 긴 줄을 설 거라고는 생각도 못 했을 것이다.

안나 알렉산드로브나는 돈스코이 수도원에 있는 할아버지 묘소에 자기를 묻으라고 지시했다. 시신은 돈스코이 화장터에서 화장했다. 수도원 공동묘지는 이미 오래전에 폐쇄되었고 2주 뒤에 유골함만 묻을 수 있었다.

엄밀히 말하면 이것은 무덤이 아니라 유골함을 넣어두는 작은 정자 형태의 것이었다. 하지만 이미 오래전에 무너져서 한쪽으로 기울어져 있었고 그 옆 땅속에 유골을 묻을 수 있었다. 할아버지는 귀족의 성을 갖고 있었지만 발음상 그다지 듣기 좋은 성은 아니었다.

이곳까지 동행한 사람은 굉장히 적었다. 고인과 가장 가까운 이들만 왔다. 바실리 인노켄티예비치는 사냐 옆에 서서 그에게 계속 무슨 말을 하고 싶은 눈치였지만 타이밍을 계속 놓쳤다. 모든 절차가 끝나고 모두 수도원 대문 밖으로 나갔을 때 그는 사냐의 팔짱을 끼고 아주 작은 목소리로 또박또박 말했다.

"사냐! 우리는 리자를 영원히 잃었어. 순회공연 후에 귀국하지 않고 오스트리아에 남기로 했다는구나. 리자가 전화해서, 때가 되면 우리 모두 이해할 거고 자기는 그곳에서 아주 잘 지내고 행복하다면서, 모두에게 미안하다는 말도 전해달라고 했어. 그리고 우리 모두를 정말로 사랑한다고……. 내가 뉴타가 죽었다고 했더니 울면서 너한테 전화해도 되느냐고 묻더구나. 내가 너한테 물어본다고 말했어."

"오, 맙소사!"

이것이 사냐가 할 수 있는 유일한 말이었다.

"걔는 거기서 지휘자와 결혼하겠다는구나. 처음 순회공연을 갔을 때부터 알던 사람이고 같이 무대에도 섰고……. 노인이지! 이렇게 또 리자까지 잃는구나, 정말 끔찍해. 가장 가까운 이들이 우리를 떠나는구나. 이제 리자를 영영 못 볼 거야. 너는 어쩌면 볼 수도 있겠지만, 나는 아니야."

"바질, 정말 너무 슬픈 일이예요. 여자들은 왜들 그렇게 결혼을 하고 싶어 하는지⋯⋯. 봐요."

사냐는 커다란 머리에 카라쿨 털이 달린 군용 모자를 쓴 사내의 팔짱을 끼고 있는 제 어머니를 눈짓으로 가리켰다.

"손녀사위는 독일인이 아니라 오스트리아 사람이죠?"

바실리 인노켄티예비치는 고개를 끄덕였다.

"저는 뚱뚱한 보리스가 마음에 안 들어서 둘이 헤어졌을 때 얼마나 기뻤는지 몰라요. 그런데 이번에 보실 손녀사위는 잘생겼던데요⋯⋯. 얼굴이 잘생겼어요. 저한테 그 사람 얼굴이 그려진 레코드판도 있어요. 여자들은 대체 왜 그럴까요? 저기⋯⋯ 아파트 관리인을 보세요. 할머니는 전부 알고 있었어요."

사냐는 자기 남자와 함께 있는 어머니 쪽을 보면서 말했다.

미하가 다가왔다. 그는 장애를 얻은 사냐의 손을 꼭 잡고 귀 쪽으로 몸을 숙이고는 말했다.

"너는 엄마가 살아 계시잖아. 나한테는 아무도 없어. 안나 알렉산드로브나만이 나를 피붙이처럼 잘해주신 유일한 분이야. 지금에서야 깨달았어. 그분이 돌아가시니 나는 이제 최전방에 선 기분이야."

"뭐라고 했어?"

사냐가 제대로 못 들고는 되물었다.

"이제 내 앞에는 어른이 아무도 없어. 다음 차례는 나란 뜻이야."

미하가 설명했다.

안나 알렉산드로브나가 죽고 2주 뒤에, 털모자를 쓰고 있던 문제의 건장한 사내가 그들의 집에 들어왔다. 그의 성은 라스토치킨*이었는데 그와는 전혀 어울리지 않았다. 거리가 멀어도 한참 멀었다. 그들은 가구를 옮겼고 커튼 대신 옷장과 책장으로 방을 나눴다. 사냐가 쓰는 공간은 조금 더 좁아졌다.

안나 알렉산드로브나의 죽음은 가볍고 찰나적이며 갑작스러웠고, 그들의 삶에 아무런 영향을 주려 하지 않았다. 사냐는 아침마다 잠에서 깨면 참을 수 없는 타인의 생활 소음을 들었고 평상시의 익숙한 집에서 깨길 바라는 마음으로 다시 한번 잠을 청했다.

하지만 더는 과거의 집도 할머니도 없었고 엄마한테는 마법에 걸린 아이들이 나오는 동화 속 이야기처럼 기적 같은 일이 일어나고 있었다. 엄마의 모습은 예전과 완전히 달라졌는데 부드럽고 통통하던 엄마가 날카롭고 강인한 사람으로 바뀌었고, 밝

---

* 러시아어로 '라스토치카'는 '제비'를 뜻하며, 러시아에서 제비는 선과 행복, 희망을 알리는 새로 알려져 있다.

은 갈색이던 머리카락도 금발로 바뀌었다. 그녀는 립스틱을 바르고 사냐가 어렸을 때 덮어주던 낡은 회색 토끼털 모피 코트 대신 새로 산 검은색 카라쿨 모피 코트를 입고 다녔다.

하지만 무엇보다 가장 견디기 힘들었던 것은 낭랑하고 아첨하는 듯하며 문장 끝마다 웃음을 섞는 나제즈다 보리소브나의 달라진 목소리였다. 아니, 그보다 더 참기 힘들었던 것은 밤마다 들리는 듣기 민망한 소리, 침대 스프링이 흔들리는 소리, 헐떡거리는 숨소리와 신음 소리였다……

뉴타가 잠 못 이루는 밤이면 자신이 좋아하는 플로베르와 마르셀 프루스트의 책을 읽던 바로 그곳을 이제 포타폽스키 골목에 있던 망할 놈의 청소부의 숙소가 차지해버렸다.

사냐는 잠을 이룰 수 없었다. 선잠이 들었다가도 금세 깨어나서는 할머니가 없다는 생각에 사로잡혔다. 뉴타 할머니가 영원히 사라졌다. 뉴타는 이제 어디에도 없다.

잠깐 잠이 들었다 싶다가도 잠에서 깨면 또다시 슬픔에 잠겼다. 그러면 그는 세수를 하고 혐오스러운 집을 나섰다. 수업이 없는 날이면 미하의 집에 갔다.

미하 역시 출소 후에 그를 받아주는 곳이 없어서 돈도 없었기 때문에 울적한 기분에 사로잡혀 있었다. 알레나는 개인 수업을 하려고 했다. 친구들이 도움을 주었고 미하는 자존심을 세우지 않고 그 돈을 받았다. 마침내 마를렌은 갑작스럽게 서둘러 이스라엘로 떠났고 미하에게도 그리로 오라는 편지를 보냈다. 하지만 미하는 이민의 가능성 자체를 부정했다.

"다들 이민만이 살길이라고 해⋯⋯. 이민이 좋네 나쁘네 말들이 많지. 사냐, 나는 이민은 고려조차 하지 않고 있어. 난 거기 가면 죽을 거야."

사냐는 좋아하고 안 지 얼마 안 된 아버지는 거부하는 마예치카는 사냐의 무릎에 올라가서 그의 귀를 간지럽혔다. 그들은 그러고 놀곤 했다.

"미하, 우리는 어떤 결정을 내려도 결국 죽을 거야. 그리고 음악과 시는 영원히 존재할 테고 말이야."

사냐가 말했다.

"음악은 그렇지만 시는 그렇지 않아. 시에는 언어가 있고 내가 쓰는 언어는 러시아어라고! 나는 시인이야, 형편없을지는 몰라도 시인은 시인이라고!"

온화한 성격의 미하가 버럭 화를 내면서 말했다.

"나는 러시아를 떠나서 살 수 없어!"

사냐는 뭐라고 대답해야 할지 몰랐다. '그래, 너 형편없는 시인 맞아'라고 대답할 수는 없었으니까 말이다. 그렇다면 좋은 시인들은 어땠을까? 그들은 어떻게 떠날 수 있었을까? 호다세비치는? 즈베타예바는? 젠장할, 나보코프는?

하지만 미하는 진자처럼 계속해서 러시아, 러시아어, 러시아 형이상학 사이를 오가며 횡설수설했다. 러시아, 레테강, 로렐라이…….

사냐는 조금 장난스레 말해보았다.

"친구야, 로렐라이를 데리고 러시아를 떠나. 안 그러면 운명이 정한 때도 되기 전에 레테의 강물 속으로 사라질 거야……."

사냐는 자기가 한 농담에 민망해져서 인상을 찌푸렸다.

"미하, 떠나. 할머니도 돌아가셨고. 여기 있을 이유가 없잖아."

그리고 자신을 애지중지하는 할아버지를 버리고 이제는 '거울 나라'*에 살고 있는 리자를 생각했다. 대체 왜? 빈에는 모차르트도 있고 슈베르트도 있고 빈학파도 모두 링슈트라세를 활보하고 있으니…….

계단을 따라 내려오면서 사냐는 '현악기가 고통에 몸부림치고 색소폰의 황동 소리가 울려퍼지고 알토색소폰은 흑인 특유의 목소리를 내자 모호하지만 꼭 필요한 말이 밖으로 새어 나왔

* 《거울 나라의 앨리스》 속 마법의 평행 세계를 뜻한다.

다' 하고, 곡에 붙일 긴 문장을 마음속으로 발음해보았다.

'할머니가 떠났네, 죽었네, 멀리 날아갔네, 불쌍한 나의 할머니. 가느다란 손가락, 반지들이 내던 달그락거리는 소리 이제 들리지 않네. 냄새마저 흔적 없이 사라졌네.'

미하의 집이 있는 아파트 마당을 가로지르고 모퉁이에 있는 건물을 지나 치스토프루드니 가로수길에서 마로세이카로 뛰어가는 짧은 순간.

'미하, 고아, 친척, 끔찍한 어린 시절, 단순한 알레나, 맙소사, 광기의 냄새가 나, 웅얼거리는 농아들, 불쌍한 것들, 온갖 불쌍한 것들의 냄새.'

목관악기 앞으로! 클라리넷이 통곡하고 플루트가 운다…….

전차 선로, 20년 전 이 자리에서 죽은 어린 불한당의 보이지 않는 동상이 서 있는 곳을 지나서.

포르티시모, 타악기.

관악기, 관악기, 관악기…… 그리고 날카로운 브레이크 소리.

'솜을 넣은 코트를 입고 귀까지 덮는 모자를 쓴 불쌍한 사내아이가 차가운 쇠붙이를 한 손에 꼭 쥐고 쏜살같이 달리고 또 달린다.'

포크롭카 거리로, 서랍장 집으로 좌회전!

'불쌍한 손가락들, 불쌍한 손가락들이 영원히 죽었다. 바이올린, 비올라, 클라리넷, 바얀*, 아코디언, 형편없는 발랄라이카**. 오, 피아노!'

피아노 이중주! 네 개의 손! 오른쪽 그랜드피아노는 리자가 치고, 왼쪽 것은 내가 치고. 리자가 주선율을 치면 내가 합류한다.

그다음에는 오른쪽으로, 곧장 측면에 있는 쳄발로로 향한다. 현악기 그룹. 현악기들이 시작한다. 피아노, 피아니시모. 피아노 주선율이 발전하고 현악기 연주 속에서 더 섬세해진다. 상승한다. 그러다 첼로의 묵직하고 구슬픈 소리로 곡은 끝난다.

'스케이트화를 끌고, 장바구니를 안고, 서류 가방, 악보 파일을 들고, 구두 수선집에서 고치고 또 고친 구두를 받아 들고, 사람들이 간다. 질병, 불행, 소환장, 검사 결과, 쓰레기, 개, 병을 들고 사람들이 간다.'

사냐는 자기 집 문 앞에서, 건물을 통틀어 유일하게 남아 있는 청동 손잡이에 이미 손가락을 놓고서 모든 음악을 번쩍 들어 올리고는 땅바닥에 내팽개쳤고, 그러자 음악은 땅바닥에 흩어지

---

*   아코디언과 비슷하게 생긴 러시아의 민속 악기.

**   우크라이나의 민속 악기로, 세 줄의 현을 뜯어서 소리를 낸다.

고 굴러다녔다.

'하느님, 당신이 정말 존재한다면, 저를 이곳에서 구해주시고, 다른 곳에 보내주세요. 여기서 더는 버틸 수가 없어요. 할머니가 없는 이곳은 너무 힘들어요……'

그런 다음 그는 건물 안으로 들어갔다. 그러고는 2층으로 올라갔다. 집 안으로 들어가서는 멈춰 섰다. 라스토치킨이 거대한 프라이팬의 주철 손잡이를 할머니 유품 중 하나인 블라우스로 감싸서는 공용으로 쓰는 부엌에서 돼지비계에 감자 볶은 것을 들고 방으로 갔다. 그에게서 악취가 났다.

훈장과 메달이 주렁주렁 달린 팬티

1961년에 표트르 페트로비치는 공산당 전당대회에서 자신의 생각을 거침없이 말했다. 스탈린 우상화의 실상이 밝혀진 지금, 이제 느리지만 착실하게 흐루쇼프에 대한 우상화가 이뤄지고 있다고 말이다. 이제는 레닌 방식으로 돌아가서 민주주의와 인민을 위해 선출된 사람들의 책임감을 강화해야 하는데 이를 위해서는 지나치게 높은 급여를 없애고 간부들을 교체해야 한다고 했다. 마음속에 품고 있던 모든 생각을 쏟아놓은 것이다.

그는 공산당 대회에서 발표하기 전에, 전쟁 발발 전 모스크바 합동군사참모대학교를 잠시 같이 다닌 페샤라는 애칭을 가진 친구 아파나시 미하일로비치에게 이 이야기를 시험 삼아 들려주었다. 아파나시는 그의 말에 전적으로 동의하기는 했지만 지지하지는 않았다. 다시 말해, 전당대회에서 그가 이런 생각을 발표하는 데는 동의하지 않았다.

"표트르, 그래 봐야 자네 말 들어주는 사람은 없고 불이익만 따를 거야."

페샤는 친구의 무모한 생각을 이렇게 평가했다.

하지만 표트르는 페샤가 겁쟁이라면서 비난했다. 평소와 달리 노발대발하면서 친구 사이에 해서는 안 될 말까지 했다.

표트르 페트로비치는 '세상에서 가장 비겁한 사람은 다름 아닌 군인'이라는 굉장히 불쾌한 말을 했다. 계급이 높으면 높을수록 몸을 더 사린다는 것이다. 전쟁을 겪어서 화염도 적도 두려워하지 않고 남의 등 뒤에 숨지도 않던 직업군인들이 상부를 끔찍하게 두려워해서, 이제는 조국을 지키는 것이 아니라 자신의 무거운 엉덩이와 자리를 지키기에 급급하다는 것이었다.

이 일은 아파나시 미하일로비치의 별장에서 일어난 일이었고, 아파나시는 문을 가리키면서 친구에게 나가달라는 손짓을 했다. 니콜라이 바실리예비치 고골이 쓴, 두 명의 장군이 서로 싸운 이야기*와 같은 일이 일어난 것이다. 비록 '거위'라든지 '돼지'라는 단어는 나오지 않았지만 '겁쟁이'라는 단어는 아파나시

---

* 〈이반 이바노비치와 이반 니키포로비치가 싸운 이야기〉를 가리킨다.

미하일로비치의 마음속 깊숙이 박혀서 큰 상처가 되었다.

표트르 페트로비치는 전당대회에서 한 발언 때문에 극동으로 전출되었는데 당 지도부에서 멀리 떨어진 곳으로 사실상 유배를 간 것이었다. 처음에는 발령받은 지방에서 지루해했지만, 얼마 지나지 않아서 흥미로운 일을 찾았는데, 잘못된 방향으로 가고 있는 조국을 레닌의 노선으로 옮겨놓아야 한다는 생각을 가진 사람들을 모으는 일이었다. 몰래 사람들을 만나고 전단지를 뿌리는 이 지하활동은 그리 오래가지 못했다. 표트르 페트로비치는 체포되기가 무섭게 당에서 제명되었으며, 그런 뒤에는 비공개 재판에서 고작 3년 형을 선고받았다. 또한 사병으로 강등되면서 계급이 없어졌고, 군에서 받은 포상도, 연금을 포함해 그동안 누리던 모든 혜택도 박탈당했다.

이렇게 해서 표트르 페트로비치에게는 새로운 삶이 시작되었다. 그는 불필요한 체중을 포함해 삶에 있어서 낡고 고루한 것들을 하나둘 벗어던지기 시작했다. 그는 3년 형을 살고 나왔다가 또다시 수감되었다. 그리고 이제는 과거 합동군사참모대학 시절을 삶의 풋내기 시절이라고 여기며 회상하곤 했다.

장군은 머리가 비상했다. 그가 대학의 전술학과 학과장으로 있었던 것도 그 점을 높이 산 것이었다. 하지만 그는 머리싸움을 하는 대신 힘을 가진 정권과 정면 대결을 한 것이었고, 이 싸움은 처음부터 이길 승산이 없었다. 여기서 전술이나 전략이 무슨 의미가 있단 말인가? 장군에게 모욕당한 정권은 그를 감옥, 수용소, 유배, 정신병원 등 안 보낸 데가 없을 만큼 지독히 괴롭혔다. 하지만 그는 격리당한 곳에서 나오면 고집스럽게 하던 일을 계속했다.

1972년 봄 그는 사면을 받아 석방되었다. 이 무렵 그는 이제 사병이 아니라 반체제 인사들로 이루어진 작은 군대의 장군이 돼 있었다. 날 때부터 장군감으로 태어나는 사람이 있다면 그를 두고 하는 말이리라.

표트르 페트로비치 니치포루크는 정부를 위해 일하던 사람이 배신할 경우 용서받지 못한다는 것을 알고 있었기 때문에 자신이 다시 잡혀 들어갈 것을 알고 있었다. 그래서 그는 짧은 시간이나마 가정생활과 사람들과의 교제를 최대한 만끽했고, 심지어 시내를 걸어서 돌아다니는 것도 소중하게 여기며 즐겼다. 자유! 이 얼마나 값진 것이란 말인가!

하지만 전화 통화는 도청되고 있었고 어딜 가든 미행당하고 있었기 때문에 그가 느끼는 자유의 감각도 기만된 것이었다. 표트르 페트로비치는 벨라루스의 민스크에 가기로 마음먹었다. 아내인 조야에게도 무슨 일로 가는 것인지는 말해주지 않았다. 남편을 잘 아는 그녀 역시 남편에게 캐묻지 않았다.

그는 저녁에 출발하는 표를 산 뒤 집에 와서 갈아입을 속옷, 면도 용품과 이미 상당히 낡은 잡지 〈신세계〉*의 최근 호 두 권 (이미 여기저기 모서리가 접히고 낡아 있었다)과 친구의 손녀에게 줄 강아지 인형 등 간단한 짐만 챙겼다.

저녁을 먹으려고 식탁 앞에 앉자 초인종 소리가 들렸다. 조야와 친한 스베틀라나가 온 것이었다. 어제 하르첸코와 바실리사 트라브니코바 집에서 가택수색이 있었다는 소식을 전하러 온 것이었다. 하르첸코는 끌고 갔고 바실리사는 데려가지 않았다고 했다.

이 말을 들은 표트르 페트로비치는 자기 집은 깨끗하다는 뜻으로 어깨를 한 번 으쓱해 보일 뿐이었다.

"그 사람들이 그런 걸 아나. 다짜고짜 와서는 뒤지는 거죠."

스베틀라나가 반박하듯 말했다.

"아, 아, 아……."

표트르 페트로비치가 무언가 기억난 듯 말했다.

"내 상장들! 종이로 된 상장들은 빼앗아 갔지만 쇠로 만들어진 것들은 죄다 집에 있잖아. 그건 빼앗기기 싫어. 조야, 그걸 좀 치워야겠어. 스베틀라나, 당신이 좀 가져가주지 않겠어요?"

---

* 1925년부터 발행되기 시작한 월간지이다.

"물론이죠. 하지만 제 학생들을 보낼게요. 그러는 편이 더 안전할 것 같아서요. 오늘 저녁에요."

그날 저녁에 표트르 페트로비치가 떠나고 약속대로 여대생 두 명이 왔는데 외모로 보면 열다섯 살쯤 돼 보였고, 그중 한 명은 이름이 토냐라는 볼이 통통하고 뚱뚱한 학생이었고, 나머지 한 명은 굉장한 추녀였고 이름이 시마였는데, 두 사람 모두 손으로 뜬 똑같은 모자와 목도리를 하고 있었고 스베틀라나 세르게예브나의 제자들이었다.

그들은 불편한지 문 앞에서 제자리걸음을 하고 있었다. 조야 바실리예브나가 겉옷을 벗으라고 말하고는 차와 과자를 내왔다. 그들은 파란색 모자를 쓴 채로 말없이 앉아 있었다. 조야 바실리예브나는 신문지로 싼 뒤에 밧줄로 묶은 무거운 두루마리 하나를 식탁에 내왔다. 그리고 그들이 보는 데서 그 두루마리를 집에서 만든 장바구니에 넣었다. 그런 후에 "이것들은 군대에서 받은 상장들이니 잘 보관해주세요"라고 적힌 쪽지를 보여주었다. 여학생들은 말뜻을 이해하고는 사이좋게 시선을 교환하면서 고개를 끄덕였다. 조야 바실리예브나는 성냥 하나를 꺼내서 쪽지를 불태웠고 타다 남은 종이는 흐르는 물에 적시고는 양동이에 버렸다.

여학생들은 위험한 일임을 이해했다는 듯 서로 시선을 교환했다.

그들은 주위를 두리번거리면서 건물을 빠져나왔다. 거리는 한산하고 조용했으며 날씨는 4월답게 변덕스러웠다. 그들은 말 없이 역을 향해 걸었고 마침내 벨로루스키 기차역에 도착했다. 토냐가 시마를 개찰구까지 바래다주었다. 개찰구 앞에서 시마가 친구에게 가방을 내밀었다.

"엄마가 발견할까 봐 겁나. 네가 가져가주지 않을래?"

"좋아."

토냐가 순순히 동의했다.

"그런데 어디에 숨기지? 창고에 숨길까? 우리 집 계단 밑에 창고가 하나 있거든. 자물쇠가 자주 망가져서 사람들이 장작을 훔쳐 가기는 하지만 말이야."

"장작은 뭐에 쓰는데?"

시마가 놀라서 물었다.

"어디에 쓰려고 그러는 건 아니고. 난로는 없어진 지 오래인데 장작은 있어서……. 거기에 뒀더니 훔쳐 가는 거지."

"지금은 거의 여름인데……."

"그렇긴 하지……."

토냐는 벨로루스키 기차역에서 무궤도전차를 타고 자기 집이 있는 제르진스키 광장까지 갔다.

미리 약속이라도 한 것처럼 집에는 아무도 없었다. 조카 비치카는 옆집에 있었고 비치카의 엄마 발카는 밖에 놀러 나갔고 오빠 톨랸은 감옥에서 얼마 남지 않은 형을 살고 있었다.

어머니도 오늘 직장에 가고 없었다.

두루마리를 배에 꼭 붙이고 토냐는 집을 한번 돌아봤다. 상자나 옷장 안에 넣을까? 하지만 빈 상자가 없었다. 찾은 상자 세 개는 모두 가득 차 있었다. 옷장 아래 서랍에는 공구가 있어서 어머니가 이따금 망치나 못을 찾았다. 아버지가 남긴 몇 안 되는 물건들이었다. 속옷류는 전부 차곡차곡 쌓아서 아래쪽 선반에 덩어리처럼 놓여 있었다. 거기에는 안감을 댄 낡은 팬티들이 있었다. 한때는 하늘빛과 복숭앗빛을 띠었지만 색이 바랬고, 회음부가 닿는 부분이 찢어지고 낡아 있었다. 어머니는 단단한 천 조각들을 잘라서 아직 쓸 만한 팬티에 여러 겹으로 겹쳐서 성기게 박음질을 했다. 토냐는 그중에 가장 낡은 걸 골라서 두루마리를 감싼 후에 서랍 제일 안쪽에 밀어 넣었다. 그러자 두루마리는 서랍의 거의 절반을 차지했다. 그러자 그녀는 두루마리를 펼쳐서 거기에서 열한 개의 화려한 작은 상자를 꺼냈다. 각 상자에서는 군대에서 수여한 법랑과 금으로 만들어진 각종 훈장이 나왔는데 굉장히 예쁜 데다 생각 외로 상당히 무거웠다. 상자는 자리를 많이 차지하기 때문에 버리기로 했다. 상자들에서 훈장을 꺼내서 하나하나를 팬티의 천에 핀으로 고정한 후에 소시지 모양으로 말아서 또다시 서랍 제일 안쪽에 밀어 넣었다. 한편 훈장이 들어 있던 상자들은 위쪽 선반의 상자 두는 곳에 놓았다. 텅 빈 상자가 뭐가 중요하단 말인가? 중요한 건 훈장이 아니던가.

5월 9일 이른 아침에 토냐의 조카이자 악동인 비치카가 옷장 속에서 두루마리를 발견했다. 엄마들이 옷장 안 속옷 속에 돈을 숨긴다는 말을 동네 친구들한테 들은 터였다. 이제 잘 찾는 일만 남은 것이다. 그는 아래 선반부터 시작했다. 돈은 없었지만 바로 선반 안쪽 벽에 붙어 있는 두루마리를 찾았는데 상당히 무거웠다. 잡아당겨서 펼쳤더니 거기에는 훈장과 메달이 주렁주렁 달린 할머니의 낡은 팬티가 있었다. 얼마나 멋지던지! 마침 승전 기념일이었기 때문에 훈장을 달기에 알맞은 날이었다. 그는 팬티를 펼쳐보았고 너무 아름다웠다. 훈장과 메달이 수두룩했는데 다섯 개 하고도 다섯 개가 더 있었고, 그러고도 하나가 더 있었다. 이것들은 다양한 방식으로 고정이 돼 있었는데 그는 천천히 차례차례 모두 낡은 천에서 분리했다. 그런 후에는 셔츠의 안쪽과 겉에 어깨부터 아래쪽까지 전부 달았다. 셔츠는 훈장의 무게 때문에 처졌고 금장, 은장 그리고 크렘린의 별들로 반짝거렸다. 그는 옷장 안 속옷 밑에서 찾겠노라고 약속했던 돈 생각은 까맣게 잊고 아이들이 있는 마당으로 갔다. 하지만 아이들 역시 그를 잊고 어딘가로 가버려서 그곳에는 아무도 없었다. 그가 아이들을 어디 가서 찾을지 생각하면서 발을 동동 구를 때 아르투르 아르먀닌, 셉카 그리고 팀카 펜이라는 큰 아이들이 등장했다. 그들은 그를 보자마자 달려들어서는 훈장을 떼어내기 시작했다. 비치카는 고함을 지르고는 마당 입구 쪽으로 달려갔다.

안나 알렉산드로브나의 40제는 5월 9일이었고, 군의관 출신의 퇴역 장군인 바실리 인노켄티예비치는 같은 부대원들을 만나지 않고 40제에 참석하려 야우즈스키예 보로타에 있는 성 베드로와 바오로 성당으로 갔다. 40제 예배가 시작하려면 아직 한 시간이나 남았기 때문에 그는 걸어서 제르진스키 광장까지 가기로 마음먹었다. 그는 폴리테크니크 박물관의 서쪽 벽을 따라 세로프 거리의 맞은편 쪽에서 걸었다. 마당 입구에서 한 무리의 아이들이 몰려 나오더니 한 아이가 그의 발치에서 쓰러졌다. 쫓기는 것처럼 보이는 가장 어린 아이였고, 고래고래 소리를 질렀다. 그는 넘어진 아이를 땅에서 일으켜 세웠는데 일곱 살쯤 돼 보이는 사내아이였고 이빨이 하나 걸러 하나씩 비뚤게 나 있었다. 세 녀석은 마당 입구를 통해 빠져나갔지만 구석에서 여전히 이쪽을 예의 주시 하고 있었다. 그에게 잡힌 사내아이는 낚싯바늘에 걸린 물고기처럼 몸부림을 쳤고 아이의 셔츠에 달린 형형색색의 금속은 요란한 소리를 냈다. 이것들은 전부 군대 훈장들이었다…….

바실리 인노켄티예비치는 사내아이의 어깨를 잡아 세워두고는 군대 훈장들이 주렁주렁 달려서 성화 벽을 연상케 하는 아이의 셔츠를 자세히 살펴봤다. 나이 든 참전 용사들이 낡은 군복 상의와 새로 산 재킷에 많이 다는 평범한 군대 메달 외에 바실리 인노켄티예비치는 특별한 훈장과 메달들도 발견했다. '소련 북극 수호 훈장' '쾨니히스베르크 점령 공훈 훈장'과 월계관, 별, 태양 광선이 표현된 굉장히 보기 드문 미국 훈장……. 이것들은 '공훈 훈장'이었다. 미국 연합군은 1945년에 베를린을 함락한 후에 소련 고위급 장교들에게 이 훈장을 수여했다.

바실리 인노켄티예비치는 그중 한 명을 알고 있었다. 1945년에 그가 근무하던 병원에 니치포루크라는 장군이 입원했었다. 저녁이면 병원장이 장군을 보러 왔었다. 그들은 수차례 함께 술을 마시면서 대화를 나눴다. 한번은 장군이 훈장을 받으러 나갔다가 이것을 기념하여 저녁에 함께 술을 마신 적도 있었다. 굉장히 유명하고 명예로운 '북극 수호 훈장'과 '쾨니히스베르크 점령 공훈 훈장'만 보더라도 이 훈장들과 메달들이 니치포루크의 것임은 쉽게 알 수 있었다. 게다가 이 지명들은 표트르 페트로비치의 군 복무 지역과 완벽하게 일치하기도 했다.

'훔친 거란 말인가.'

바실리 인노켄티예비치는 생각했고, 곧장 누군가가 했던 말이 떠올랐다. 니치포루크 장군이 미쳤다고 했던가, 반체제 활동으로 수감됐다고 했던가……. 자세한 내용은 기억나지 않았다.

"네 할아버지 성함이 어떻게 되니?"

바실리 인노켄티예비치는 절도가 아닐 가능성을 열어둔 채 깡마른 소년의 어깨를 잡고 엄한 목소리로 물었다.

"저는 할아버지가 없어요. 놓아주세요!"

사내아이는 소리를 질렀다.

"이 훈장들은 어디에서 가져온 거지?"

노인이 아이의 멱살을 잡고 살짝 흔들면서 물었다.

"옷장 안에서 발견했어요, 할머니 옷장이요! 할머니가 준 거예요!"

아이는 겁이 없었고, 빠져나가려고 안간힘을 쓰고 있었다.

그러고는 몸을 틀어서 바실리 인노켄티예비치의 손을 물었다.

"이런, 고얀 놈 같으니!"

그가 화를 내면서 말했다.

"네 할머니한테 가자꾸나!"

"할머니 안 계세요! 집에 안 계신대도요!"

사내아이가 꾀를 내서 말했다.

"가자, 어서 가자니까, 어머니라도 봐야겠어!"

노인은 억센 손으로 아이의 팔뚝을 잡고는 물러설 생각이 없다는 듯이 말했다.

"안 갈 거예요! 안 가요!"

어린 비치카는 소리를 질렀다. 그런 후에는 잠시 입을 다물더니 어른처럼 진지한 목소리로 제안했다.

"차라리 이걸 다 가져가세요. 어차피 갖고 있어도 다른 애들한테 뺏길 게 뻔하니까! 대신 집에는 안 가는 걸로 해요."

그는 할머니가 소리 지르는 모습과 어머니한테 흠씬 두들겨 맞을 일을 상상했다. 그렇게 되는 것보다는 차라리 이쪽에서 항복하는 편이 나을 듯싶었다.

"셔츠 벗어."

노인이 명령했다.

노인은 훈장과 메달을 낡은 셔츠에서 떼어낸 후에 아이에게 하늘색 셔츠를 돌려주려고 했다. 하지만 훈장과 메달이 달린 셔츠를 바실리 인노켄티예비치가 양손으로 잡기가 무섭게 소년은 미끄러운 비누 조각처럼 그의 손에서 빠져나가서는 마당 입구 쪽으로 사라졌다.

'훔친 게 틀림없어.'

바실리 인노켄티예비치는 생각했다. 그는 셔츠에서 그것들을 떼어내지 않은 채 그대로 말아서 어렵지 않게 재킷 주머니에 쑤셔 넣었다. 그러자 재킷이 한쪽으로 축 늘어졌다.

'이상해. 아무리 생각해도 이상하고 흥미로운 일이야.'

바실리 인노켄티예비치는 니치포루크 장군을 전쟁터에서 본 적은 없었다. 전쟁터에서 돌아온 뒤에는 니치포루크가 사관학교에서 강의한다는 소문이 들렸다. 바실리 인노켄티예비치는 장군과 관계가 완전히 끊긴 상태였다. 하지만 네표도프나 골루베프를 통하면 그를 찾는 건 어렵지 않을 것 같았다.

그는 그런 온갖 생각을 하면서 성당까지 걸어갔다. 성당 정문 옆에 나제즈다가 서 있었는데, 그녀는 죽은 뉴타의 마흔 살 때 모습과 닮긴 했지만, 뉴타가 세상 그 누구와도 비교할 수 없을 만큼 예뻤던 데 반해서 나제즈다는 지나치게 평범했다.

나제즈다는 그가 모르는 두 노부인과 두 청년과 대화를 나누고 있었는데, 한 명은 사냐였고 나머지 한 명은 사냐의 친구인데 턱수염을 기른 데다 빨간 머리인 미하였다.

안나 알렉산드로브나의 친구인 옐레나가 달려와서 그의 옆에 섰다. 옐레나는 얼굴이 불그스름했고 숨이 가빠 호흡 곤란을 겪고 있었다. 그녀는 믿을 수 있는 친구였고, 그들 삶의 일원이자 증인이었다.

'혈압이 아주 높군.'

바실리 인노켄티예비치는 속으로 생각했다. 그러고는 옐레나의 볼에 뽀뽀했고, 혈압에 대해서는 아무 말도 하지 않았다. 이런 말을 할 자리는 아닌 것 같았기 때문이다.

성당에서 일하는 여자가 나오더니 말했다.

"신부님이 예배 드리러 오시랍니다."

바실리 인노켄티예비치는 나제즈다와 옐레나 사이에 섰고 처음 보는 노부인들은 양옆에, 사냐와 친구는 그 뒤에 섰다.

측면에 있는 문에서 키 작고 깡마른 사제가 연기 나는 향로를 흔들면서 나왔다.

바실리 인노켄티예비치는 최근 한 달 반 동안 성당에 두 번 왔는데 먼저는 안나 알렉산드로브나의 장례식으로, 이번에는 40제로 온 것이었다. 그 전에는 40년 동안 성당에 발걸음을 하지 않았다. 문득 어린 시절에 가졌던 감정이 꿈틀거리기 시작했다. 참 이상한 일이었다……. 어쩌면 나이 탓인지도 모른다. 늙은 여자들로 구성된 성가대가 부르는 성가는 정말 훌륭했고, 그러자 어린 시절 들었던 가사가 떠올랐다. 뒤에는 남성들의 목소리도 들렸다. 그는 뒤를 돌아보았다. 뉴타의 손자인 사랑스러운 사냐가 찬양하고 있었다.

"모든 이에게 인간애를 품고 심오한 지혜로 다스리시고 모든 이에게 이로움을 베푸는 분이시여."

'저 아이가 어떻게 저걸 알지?'

바실리 인노켄티예비치는 무척 놀랐다.

40일 전만 하더라도 사냐는 이런 것에 대해 아무것도 몰랐다. 하지만 이제는 알게 된 것이었다.

시냐의 빨간 머리 친구는 아이처럼 눈물을 펑펑 흘렸다. 사냐와 미하 두 사람 모두 양손으로 불을 밝힌 초를 들고 있었다.

바실리 인노켄티예비치는 죄책감과 그리움, 슬픔이 뒤섞인 감정을 느꼈다. 뉴타는 그의 육촌 누이였고, 첫사랑이자 어렸을 때부터 그가 거의 평생 동안 사랑한 여인이었으며, 그들의 로맨스는 이따금 중단되며 계속 이어졌다. 그것은 깜박거리고, 또렷해지다 흐려지기를 반복하는, 너무나 소중한 평행 세계였다. 이 얼마나 가혹한 운명인지……. 그녀는 평생 그의 사랑을 거부했고, 그는 고집스럽다 못해 거의 강압적으로 그녀의 사랑을 얻어내려고 노력했다. 그녀는 마지못해 그의 사랑에 응답했고, 20세기 초의 어느 날에 만연한 수수께끼 같은 우울한 미소를 지으면서 이렇게 말했다.

"바질, 자기는 항상 내가 힘든 일을 겪을 때마다 나타나서는 나를 구해주지, 하지만 그래서 늘 나한테 당신은 내 실패와 불운의 표지이자 증거야."

바실리 인노켄티예비치는 멋진 성가를 들으면서 이 말을 떠올렸고 주머니에 묵직이 든 남의 군대 훈장이나 메달은 완전히 잊었다.

표트르 페트로비치는 민스크로 떠난 다음 날 바로 그곳에서 체포되었고 당일 그의 집은 가택수색을 당했다. 집에서 특별히 의심이 갈 만한 물건은 나오지 않았지만 집을 엉망으로 만들어 놓고 전공 서적이나 저자 사인이 있는 전쟁 전에 발간된 서적들이나 강의록을 가져갔다.

조야 바실리예브나는 마침 훈장을 집에서 치웠다는 사실이 기뻤다. 사실 그 수많은 훈장이나 메달은 이제 유효하지 않았다. 그는 지위를 하나씩 차례로 빼앗겼는데 처음에는 강등됐고, 그 다음에는 감옥과 수용소를 전전했고, 이제는 정신병자가 되었다. 하지만 그녀는 표트르는 완전히 정상이며 미친 건 그가 아니라고 확신했다.

한편 토냐 무튜키나는 집에는 텅 빈 상자만 있고 정작 훈장과 메달은 사라지고 없다는 사실을 한참 지나서야 알게 되었다. 이 일은 오빠 톨랸이 감옥에서 출소한 뒤 돈을 많이 벌어서 가족 모두에게 선물을 사주고 어머니에게 돈을 주면서 밝혀지게 된다.

어머니는 그 돈으로 옷장을 새로 장만하게 되었다. 그래서 옷장 속에 있던 낡은 옷들을 버리다가 토냐는 그 속에 있던 훈장과 메달이 전부 사라진 것을 발견했다. 그때의 충격은 이루 말로 다 표현할 수 없을 정도였다! 제일 먼저 그녀는 오빠 톨란을 의심했는데 훈장과 메달을 팔면 큰돈이 된다는 것을 알았기 때문이었다.

하지만 톨란은 아무 잘못이 없었다.

게다가 그는 두 달 후에 또다시 감방 신세를 지게 되었는데 그가 선물한 돈이 모두 훔친 돈이라는 것이 밝혀졌기 때문이다.

식구들 중 가장 슬퍼한 사람은 비치카였다. 그는 아버지를 거의 기억하지 못했고, 이제 막 아버지와 친해지려고 하는데 또다시 사라졌기 때문이다.

훈장은 수많은 지인과 반쯤은 남남인 사람들을 통해 장군의 집으로 다시 돌아왔다. 그들은 상자와 옷을 벗겨낸 '알몸'의 그것들을 셀로판지에 싼 후에 무쇠 냄비에 넣어서 모스크바-카잔 철도로 가는 길에 있는 크라토보 역 근처, 조야의 사촌 누이네 별장 마당에 서 있는, 아이들용 그네가 매달린 소나무 두 그루 뒤에 묻어놓았다. 좋은 세상이 오기를 기다리면서 말이다.

그리고 좋은 때가 도래했다. 결국 장군은 자신의 훈장과 메달을 되찾게 되었다. 오래 살고 볼 일이었다. 그는 90세까지 살다가 참전 영웅과 같은 대우를 받으면서 죽었다. 그의 시신은 1991년에 매장되었고 관 앞쪽에 있는 쿠션에는 한때 낡은 팬티에 달려 있던 그의 모든 훈장과 메달을 올려져 있었으며 그중에는 미국 훈장도 있었다. 그리고 쿠션은 원칙대로 빨간색이었다.

이마고

마당, 이웃들, 복도, 복도 바닥에 있는 망가진 마루판자, 빵집과 생선 가게 여자 점원들과 건물 관리인도 그대로였다. 하지만 미하는 마치 3년이 아니라 30년이 지난 것 같았다. 조금만 부주의하게 다루면 집, 마당, 딸, 아내, 도시 전체 그리고 올해 유난히도 따뜻하고 다정한 4월을 포함한 모든 것이 산산조각 날 것만 같았다. 그는 조심스럽게 방, 아파트, 집 주변을 걸었다.

그는 제일 먼저 안나 알렉산드로브나의 집에 갔다. 그다음에는 여권에 전과 기록을 기입하러 경찰서에 갔다. 그들은 그가 30일 안에 취업해야 한다고 했다.

그런 다음 그는 헛걸음하는 셈 치고 역사도서관에 갔다. 그곳에서는 기한이 지난 열람증을 재등록만 하면 된다고 했다.

미하는 안나 알렉산드로브나가 죽고 몇 주가 지나서야 일리야와 올가의 집에 갔다. 그는 공산주의식 금욕주의와 러시아 앙피르 양식이 혼합된, 보롭스키 거리에 위치한 이 혼란스러운 집에 자주 가지 않았다. 올가는 알레나를 싫어했지만 미하는 굉장히 반겼다.

올가는 미하의 얼굴에 한참 뽀뽀를 하고는 냉장고에서 양피지에 싼 파테, 왈라키아식 샐러드와 햄, 청어를 얹은 타르트와 제과점 '프라하'에서 사 온 맛있는 디저트를 꺼내서는 투명한 접시에 나눠 담은 후에 마지막으로 남편한테 뽀뽀를 한 다음 다음 날 아침까지 끝내야 하는 급한 번역을 하러 갔다. 일리야는 아르메니아산 코냑을 꺼냈다. 미하는 술을 거의 못하는 데다 위가 아플까 봐 먹는 것도 조심해서 먹었다.

그들은 자리에 앉아 서로를 뚫어지게 바라보았다. 일리야는 말실수를 할까 봐 조심했다. 일리야는 사실 그다지 감상적인 사람은 아니었지만 이때 그는 아버지 없이 큰 사람만이 가끔 느낄 수 있는 감정을 미하에게서 느꼈다. 코끝이 찡할 정도로 말이다.

"너 어제 봤어?"

미하가 질문했다.

그러자 일리야가 고개를 끄덕이면서 말했다.

"당연하지. 모스크바 사람 전체가 봤을걸. 다들 그런 걸 기다린 것 같아."

"기다렸다고? 나는 그가 그렇게 발표할 거라고는 상상도 못했어……."

"나름 기발했어……."

일리야가 말했다.

전날 체르노파토프와 그의 가장 친한 친구 두 명에 대한 공파이 끝났다. 텔레비전에서 체르노파토프의 기자회견을 방영했고 이는 사실상 유례없는 일이었다. 세르게이 보리소비치는 한 시간 반 동안 소련 정부에 반하는 행위를 한 자신의 죄를 자백하고 용서를 구했다. 만약 뻔뻔한 행위를 재능 있게 해낼 수도 있다고 한다면 성공한 셈이었다. 무엇보다도 가장 놀라운 것은 그가 자신을 민주화 운동의 우두머리이자 리더이자 지도자라고 밝히며, 자칭 지도자로서 이 운동의 정당성을 재고해달라고 호소했다는 것이다. 하지만 조금이라도 이 일에 가담한 사람들은 잘 알고 있었다. 통일된 반정부 행위란 존재하지 않으며, 다양한 무리의 사람들이 때때로 자신의 이익에 따라 힘을 합칠 뿐이고, 그들을 연결하는 것은 현 정권에 대한 적대감과 변화를 간절히 바라는 마음뿐이라는 것을……. 사실 그들이 바라는 변화라는 것도 제각각 방향이 달랐다.

어제 방송을 본 수많은 사람들이 이 사건에 대해 이야기했다.

도스토옙스키의 소설《악령》의 냄새가 심하게 났다. 현실주의자들은 현 정권에 반대하는 사람들이 광범위하게 숙청될까 봐 걱정했다. 조금 더 철학적으로 사고하는 사람들은 '도스토옙스키는 러시아인 특유의 혁명적 열정을 밝혀낸 것일까? 아니면 주인공들인 스타브로긴과 표트르 베르호벤스키를 통해 우연히 창조한 것일까?' 같은 철학적 의문을 제기했다.

미하와 일리야도 이 문제를 놓고 저녁 동안 내내 대화를 나눴다. 하지만 그들은 어떤 결론에도 이르지 못했다. 여전히 모호한 부분이 너무 많았기 때문이다.

소년원, 스탈린 시대의 수용소와 유배까지 겪어서 그들 중 가장 강인하고 똑똑하며 경험도 많은 체르노퍄토프에게 대체 무슨 일이 있었던 것인지 짐작도 가지 않았다……. 그의 적은 소련 정부와 스탈린주의로 명확했다. 그런 그가 이렇게 심하게 방향을 틀다니, 대체 어떤 일을 겪은 것일까?

"일리야, 나 석방되기 한 달 반 전에 그와 대질신문을 받은 적 있어. 나는 그가 잡혀 온 것도 진술을 하고 있는 것도 몰랐거든. 진심을 담은 자백을 했다고 하더라. 수십 명의 이름이 그의 입에서 나왔어. 잡지 〈언대기〉를 발행하는 데 관여한 편집자들과 편집위원들을 포함해서 사실상 잡지를 만드는 데 관여한 모든 사람을 넘긴 거였어. 나로서는 전혀 예상도 못 한 일이었지. 세르게이 보리소비치는 내가 실수하고 있다고, 실수를 인정하고 새로운 길을 찾기 위해서는 용기가 필요하다고 말했어. 이 일이 있고 난 뒤에 그들은 나도 그와 같은 길을 가게 하려고 강하게 압박했지. 나는 거부했어. 그리고 나한테 한 번 더 형을 살게 할 거라면서 이번에는 그들이 만든 죄목으로 들어가게 될 거라고 했어. 나는 내가 석방되지 않을 거라고 확신했지. 하지만 난 풀려났어. 더는 반체제 활동을 하지 않겠다는 서류에 서명을 하고는 풀어줬지. 나도 그에게 무슨 일이 벌어졌는지 알 수가 없어. 어쩌면 우리가 모르는 뭔가가 있을 수도 있지. 그들이 가진 카드는 구타 말고도 무수히 많으니까."

"그들은 진실을 말하게 하는 약을 갖고 있어서 그걸 음식이나 음료에 탄다는 말을 들은 적이 있어."

일리야가 조금 더 구체적인 예시를 들었다.

"그래, 충분히 가능한 일이지. 그들은 전문가들이고 우리는 모두 그들 앞에 무방비 상태니까. 게다가 그들은 우리를 형사범으로 만들 수도 있어. 수용소에 있는 동안 만델시탐 생각을 많이 했어. 그곳에서 그의 죽음이…… 어땠을지 말이야. 그들이 아무런 감정을 느끼지 못한다고 생각하면 큰 오산이야. 그들은 오히려 감수성이 풍부하지. 다른 이념에 사로잡힌 사람들을 짓밟는 데서 특별한 희열을 느끼는 거야. 우리가 동양인은 전부 중국인

390

이라고 생각하는 것처럼 그들에게 우리는 모두 똑같은 얼굴을 가진 존재들이야. 아니, 그냥 안경 낀 놈들이지, 그래, 바로 그거야. 내가 다른 곳으로 이송되기 직전에 간부 한 명이 내 안경을 밟아서 짓이겼어. 자기 부츠 밑에서 바스라지는 내 안경을 보면서 어찌나 좋아하던지 지금도 그 표정을 잊을 수 없어. 너도 알다시피 난 안경 없이는 앞이 거의 안 보이잖아. 3개월이 지나서야 집에서 보낸 안경을 받아볼 수 있었어. 안나 알렉산드로브나가 보내주셨지. 참, 체르노퍄토프도 안경잡이지."

"그래, 나 사실 한 2년 전에 체르노퍄토프의 사진을 찍은 적이 있어. 사진이 잘 나왔지."

일리야는 그에게 아무 죄책감도 느끼지 않았다. '다들 꼴좋다!' 하고 생각했다.

"그러니까 내가 하고 싶은 말은, 그가 어쩌다 그렇게 취약해졌을까 하는 거야."

미하는 일리야도 잘 알고 있는 얘기를 늘어놓았다.

"어쩌면 그에게 약 같은 걸 먹였을 수도 있고 아니면 몸 어딘가를 부러뜨렸을 수도 있잖아……. 부탁인데 그분을 비난하지는 말아줘. 나는 지금도 그분이 딱해. 그분은 알레나를 전혀 생각하지 않았어. 이 일이 알레나에게 어떤 영향을 끼칠지……. 그와 수년간 교류했던 사람들도 힘들 거야. 나는 지금 그 누구보다 힘든 건 그분이라고 생각해. 얼마나 힘드시겠어? 체포되기 직전에 일리야 네가 나한테 큰 도움을 주었지. '네가 하는 모든 말은 너한테 불리하게 작용할 수 있어. 그러니까 침묵해. 아무 말도 안 하는 것이 가장 현명한 거야'라고 네가 말했던 걸 난 항상 기억했어. 그리고 그대로 했어. 그런데 세르게이 보리소비치는 얘기하는 건 좋아하고 말도 잘하잖아. 아마 쓸데없는 말을 많이 했을 거고 후회했을 땐 이미 늦었을 거야. 어쩌면 더는 버틸 힘이 없었는지도 모르지. 나는 그를 판단할 자격이 없어."

미하는 흥분해서 횡설수설했지만 일리야는 그의 말을 모두 이해했다. 잠시 침묵한 후에 일리야는 술을 한 잔씩 따르고는 바로 잔을 비웠다.

"나도 마찬가지지."

"앞으로 어떻게 살아야 할지 모르겠어. 사실 나한테 제일 맞는 일은 농아들을 가르치는 일인데……."

"같이 고민해보자."

일리야는 이번에도 자신 없는 투로 말했다.

"너 이민 갈 생각은 안 해봤어?"

일리야가 미하에게 단도직입적으로 이 질문을 한 것은 처음이었다.

"이민으로는 목숨만 부지할 뿐이야. 일리야, 나한테 가장 무서운 건 수용소야. 한 번 더 가면 버티기 힘들 거야. 하지만 이민은……. 나는 여기 사람이고, 여기에 나의 모든 것이 있어. 친구들도 러시아어도 일도 그렇고."

"일? 어떤 일?"

미하는 갑자기 풀 죽어 보였다.

"어쩌지, 일도 없이……?"

일리야도 어떻게 해야 할지 몰랐다. 일리야는 일이 하나가 아니었을뿐더러 다양한 일을 했다. 할 일이 산더미였다.

"우리 그럼 순서대로 차근차근 해결해보자. 일단 취직부터 하고 상황을 좀 본 뒤에 뭘 또 어떻게 해야 할지 생각해보자고. 이미 친구들한테 부탁을 좀 해뒀어. 지금쯤 찾고 있을 거야. 가족하고 관계부터 회복해봐."

"지금 난 선택의 기로에 있는 셈이야. 개인적 삶이냐 사회냐……."

"네 머릿속에는 어리석은 낭만주의가 있어. 선택을 왜 해? 어떤 선택을 할 건데? 유치하기 짝이 없군. 선택할 것도 없어. 아침에 일어나서 이빨 닦고 차 마시고 책 읽고 시 쓰고 돈 벌고 친구 만나서 수다 떨면 될 걸 무슨 선택을 한다는 거야? 그러다 어느 순간 위험을 감지할 때가 있을 거야. 그러면 거기에 관여하지 않으면 돼. 경계선은 항상 보이는 법이니까. 그게 보이면 그때 가서 결정해도 늦지 않아. 사실 우리가 위험한 일인 줄 알고 하지는 않잖아! 가끔 우리도 모르게 위험에 처하는 것뿐이지. 그럴 때면 잡히지 않으려고 이리저리 피하겠지. 그런데 요란한 소리가 날 정도로 명예를 좋아하는 사람들이 있긴 하지. 세르게이 보리소비치도 명예욕이 강한 사람이야. 명예나 영향력을 좋아하지. 감투 같은 것도. 하지만 블라디미르 부콥스키*나 타티야나 벨리카노바**, 안드레이 사하로프*** 같은 사람들도 있잖아. 발레라, 안드레이, 알리크, 아리나……. 그런 사람이 한둘이 아니라고! 그들은 개인과 사회 사이에서 어떤 선택도 하지 않고 그냥 아침부터 저녁까지 주어진 삶을 사는 거야. 어떤 게임에도 관여하지 않는 거지."

일리야의 말이 일리가 없는 것은 아니었다. 반박하기 어렵기도 했다. 하지만 그의 생각에는 뭔가 이상한 것이 있었다. 그리고 미하는 이것이 무엇인지 이해했다.

"난 찬성할 수가 없어! 네가 말한 사람들은 모두 하나같이 선

---

*   블라디미르 부콥스키(1942~2019). 소련의 반체제 인사. 소련이 반체제 인사들을 정신병동에 가두고 약물을 투여한 만행을 서방 세계에 폭로했다.

**   타티야나 벨리카노바(1932~2002). 소련의 반체제 인사.

***   안드레이 사하로프(1921~1989). 소련의 핵물리학자이자 인권 운동가.

택이란 걸 한 사람들이고 그들 대부분은 감옥에 수감 중이고 아직 수감되지 않았더라도 조만간 들어가게 되겠지. 하지만 나는 이제 수용소에 가면 절대 안 돼. 더는 버티지 못할 거야."

하지만 미하는 선택할 필요가 없었다. 모든 일이 저절로 벌어졌다.

나쁜 낮들이 있었다면 밤은 너무도 좋았다. 알레나는 남편을 향한 활활 타오른 사랑으로 우중충했던 낮을 밝혀주었다. 이제야 미하는 알레나가 드디어 그의 사랑에 대답하는 법을 익혔고 전에 없던 대화가 가능해졌다는 사실을 깨달았다. 몸이나 마음 속 깊은 곳에서 뭔가 변화가 인 것 같았다. 어쩌면 아이가 태어나면서 닫힌 갑문이 열리고 남편을 향한 애정이 생겼는지도 모른다. 잠든 딸의 존재는 가정에 온기를 주었고 이제 막 펼쳐지는 행복에 더 큰 의미를 부여해주고 있었다.

그의 사생활이 활짝 피어나 가난한 삶을 채워주고 있었다. 하지만 집 밖의 모든 상황은 절망적이었다. 직장을 구하지 못해 돈도 없었고, 감옥에 수감되기 전 그의 삶을 가득 채우던 일도 더는 없었다. 모스크바와 중앙아시아에서 온 친구들로 북적이던 집도 텅 비어 있기 일쑤였다. 스스로 몸을 사린 것인지 미하와 알레나가 잘못될까 봐 겁이 났던 것인지는 알 수 없었다.

사냐도 알레나가 마치 필요 없는 물건처럼 자신을 버리자 안도감과 동시에 서운함을 느끼고는 집에 거의 오지 않았다. 사냐는 이제 자신과 알레나 사이에 미묘한 무언가가 있다고 생각한 것은 스스로가 꾸며낸 착각인지도 모른다고 생각하기에 이르렀다. 마예치카도 지나치게 빨리 그를 잊었다. 더는 그의 목에 달려들지도 귀를 잡아당기지도 않았고, 이 역시 서운했다. 여자들이 원래 그런지도 모를 일이었다.

사냐는 심지어 여자들이 남자들에 맞서 위대한 투쟁을 하고 있을지도 모른다는 생각을 하게 되었다. 계급투쟁 비슷한 것 말이다. 그의 할머니 뉴타는 사내아이들을 좋아했기 때문에 이 투쟁에 참여하지 않았다는 것을 알 수 있었다. 물론 그중에서도 손자인 사냐를 가장 많이 사랑했지만 미하와 일리야 역시 사랑했다. 남편이나 애인들과의 관계에서도 전쟁 같은 투쟁이 있었던 것 같지는 않았다.

어쩌면 나이와 연관이 있는 것일까? 젊었을 때는 전쟁을 벌이다가 나이가 들면서 휴전을 하고 늙어서는 남자와 여자 모두 웬만한 일로는 상처를 받지 않게 되는 걸까?

'이런 건 할머니와 직접 얘기해야 하는데……'

사냐는 습관적으로 이런 생각을 했다. 하지만 3년 동안 그에게 그토록 매달리고 이것저것 요구하다가 미하가 돌아오자 2주

만에 아무 일도 없던 것처럼 등을 돌린 알레나와 마예치카(둘 다!)에 대한 서운함이 할머니 생각을 밀어냈다.

이제 절대로 사냐는 이 일에 대한 할머니의 생각을 알 수 없을 것이었다. 미하 역시 안나 알렉산드로브나가 알레나 같은 부류의 여자를 얼마나 싫어했는지 절대로 알지 못할 것이었다. 나약하고, 요구가 많고, 독재자 같고, 허약하고, 감사나 연민을 모르고, 자신을 열정적으로 사랑하고 부드럽게 대하게 만드는 데만 능란한 여자들 말이다.

안나 알렉산드로브나가 죽고 나자 그녀와 친했던 모든 사람들은 특정 사건에 대한 그녀의 반응을 추측하고 그녀가 했을 법한 말을 생각해내려고 애썼다.

반면 나제즈다 보리소브나는 어머니가 자신의 연인 라스토치킨을 얼마나 혐오했을지 추측하고 싶지 않았다. 6년이 지나서야 라스토치킨이 체르니셉스키 거리의 캄무날카에 있는 그들의 큰 방을 두 개의 작은 방으로 교환하고 재산을 공평하게 배분하기 위해서 숟가락부터 침구류까지 어머니의 재산 목록을 작성할 때 그녀는 엄마가 이 모습을 못 보고 돌아가셔서, 사냐가 떠나서 다행이라고 생각하면서 끔찍해했다…….

하지만 안나 알렉산드로브나의 죽음은 역시 갑작스럽고 끔찍할 만큼 잔인한 처사였다. 사냐, 미하, 바실리 인노켄티예비치 그리고 아직 세상에서 자기 힘으로 살아갈 지혜를 터득하지 못한 딸 나제즈다를 포함해 그 누구에게도 앞으로 어떻게 살아야 할지 알려주지 않은 채 떠나버렸다. 자신을 어디에 어떻게 묻어야 하는지에 대한 유언만을 남긴 채. 하지만 장례식 후에는? 내일은? 한 달 후에는? 1년 후에는 어떻게 살아야 할지에 대해서는 끝내 침묵한 채 눈을 감았다.

안나 알렉산드로브나가 자신도 인식하지 못한 채로 한평생 끊임없이 이끌어왔던 모든 사내아이와 여자아이는 영원히 잃어버렸다. 합리적인 사고와 그에 대한 냉소, 삶에 대한 신뢰와 사람을 한눈에 간파하는 예리한 판단력, 지혜와 엉뚱한 발상이 황금 비율로 섞인, 가볍고도 즐거운 그녀의 지휘 감독을…….

사냐가 할머니를 잃고 실의에 빠져 있는 동안 미하는 곤충이 겪는 변태의 마지막 과정을 통과하고 있었고, 안나 알렉산드로브나의 죽음은 그에게 진짜 어른이 되라고 강요하고 있었다.

미하는 왜 하필 자신이 그녀의 임종을 지킬 사람으로 선택되었는지 알고 싶었고 이 수수께끼가 어서 풀리기를 기다렸다. 그러면 그는 이제 연장자 역할을 하도록 남겨진 듯한 이 세상에서 앞으로 어떻게 살아야 할지 알 것 같기도 했다. 하지만 할머니가 돌아가신 지금 분명한 것은 이제 세상 그 누구도 그에게 삶의 난제와 곤경에 대한 해답을 제시하지 못하리라는 것이었다.

안나 알렉산드로브나는 그에게 인생을 살아가는 데 꼭 알아야 할 중요한 말을 해줄 틈도 없이 갑작스럽게 돌아가셨고, 이제 그가 스스로 깨우쳐야 했다.

미하는 꿈만 같은 지금의 행복을 잃을까 봐 두려워하면서도 활짝 꽃피는 가족 관계에 기뻐했고 딸을 애지중지했으며 취직의 희망을 품고 여러 기관을 기웃거렸다. 하지만 늘 헛수고였다. 정부에서 정한 취업 기한이 지났고, 이제 그는 '실업 상태'라는 죄목으로 모스크바에서 추방당할 위기에 놓였다.*

어느 날 미하에게 쿠시코프라는 경찰이 찾아와서 어서 취직하라고 채근했다. 시골에서 온 청년답게 가무잡잡했으며 얼굴에는 약간의 인간미가 엿보였다. 경찰은 세간살이를 둘러봤다. 뭔가 묘했다. 그리고 이상했다. 호기심 가득한 시선을 느낀 미하는 아내가 화가라고 말했다. 인상적인 분위기였다. 경찰관은 비쩍 마른 여자를 자세히 살펴봤다. 전반적으로 궁색한 살림이기

---

* 당시 소련 사회에서는 형법 제209조에 따라 어린아이를 키우는 여자를 제외한 나머지 사람들은 모두 국가가 인정하는 기관에서 일을 해야 했다. 이를 위반하면 재판을 통해 최소 2년에서 최대 5년 형을 받도록 돼 있었다.

는 했지만 두 사람 모두 교양인의 분위기를 풍기고 있었다. 그들을 돕고 싶은 마음마저 들었다. 쿠시코프는 갑자기 미하와 그의 깡마른 아내에게 깊은 연민을 느꼈다.

그래서 그는 아는 여자가 책임자로 있는 생선 가게에서 짐 나르는 일을 하면 어떻겠냐고 미하에게 제안했다. 미하는 어깨를 으쓱하며 과거에도 짐 싣는 일을 했지만 이제는 근시가 너무 심해 어두운 데서 짐을 날랐다가는 시력을 완전히 잃을까 봐 겁난다고 했다. 그는 자기도 모르게 안경다리를 만졌다. 알레나가 그에게 차를 권했다. 경찰은 부츠 신은 다리를 쩍 벌리고 식탁 앞에 앉았다. 마예치카는 식탁 위에 놓인 경찰 모자를 신기한 듯 쳐다봤다. 알레나는 쿠시코프의 접시에 케이크를 두 조각 올려놓았다. 그는 가정교육을 잘 받은 시골 사람답게 눈치껏 그중 하나만 먹었다.

쿠시코프는 그 집을 나오면서 좋은 자리가 하나 더 있기는 한데, 경비실 업무라 그곳 인사과에서 전과자는 안 받아줄 거라며 안타까워했다.

"소련인의 삶은 정말이지 예측이 불가능한 것 같아. 아니, 러시아인의 삶인가? 누가 밀고를 할지, 누가 도와줄지 예측이 불가능한 데다 순식간에 역할을 또 갈아치운단 말이지. 안 그래, 알레나?"

알레나는 고개를 끄덕였고 그러자 머리카락이 얼굴에 흘러내렸다.

"맞아, 나도 이 생각을 오래전부터 했거든. 모든 것이 쉽게 변하고 예측 불가능해. 한편으로는 온정도 선의도 넘치는데 결과적으로는 아무 의미가 없는 거야."

"아니, 난 그런 말을 하려는 것이 아니야."

미하가 대답했다.

"난 그렇게 생각해."

알레나는 이 말을 하면서 똑똑해 보이는 미소를 지었다. 그녀에게는 요즘 들어 전에 없던 미소가 생겼는데 실제 그녀보다 똑똑해 보이는 미소였다.

이틀 후에 쿠시코프가 와서 미하를 어떤 이상한 기관으로 데리고 갔고, 그곳에서 그는 운송 관련 업무를 하게 되었다. 그는 지질학자들이 보낸 표본을 분류하고 여러 기관에 발송하는 일을 맡았다.

자신의 모든 정신적 에너지를 모두 쏟아야 했던 기숙학교에서의 경험과 육체적 에너지를 남김없이 앗아 간 수용소에서의 강제 노역 뒤에 얻게 된 이 일의 근무시간은 오전 8시부터 오후 4시까지였으며 가끔은 더 일찍 퇴근할 수 있었기 때문에 다소 단조로워도 그에게는 꿈만 같은 일이었다. 그날의 업무는 그날로 끝나 더는 기억나지 않았고 퇴근 후에는 마음이 홀가분하고 체력도 남아 있어, 엄청나게 긴 저녁 시간을 알레나와 딸과 함께 보낼 수 있었다. 미하는 이따금 도서관에 가서 특정 사상에 얽매이거나 과거의 열정에 사로잡히지 않은 채로 몽테뉴나 엘레나 블라바츠카야*, 노자의 책을 읽었고 그들의 말이 자기 몸을 자유롭게 관통하도록 내버려두었다.

그러고 나서 그는 늦은 저녁을 먹으러 집으로 돌아갔다. 마예치카는 자고 있었고 알레나는 퍼프 소매가 달리고 몸통 부분이 슬림한 초록색 원피스를 입고 가녀린 팔로 주철 프라이팬을 위태롭게 들고 부엌에서 볶은 감자 요리를 내왔다.

방에는 식물성 기름과 잠든 아이 냄새, 깨끗하게 닦은 바닥 냄새와 조금 다정하면서도 무심한 알레나 특유의 묘한 냄새가 부유했다. 이것은 사생활, 가족 그리고 사랑의 냄새였다.

미하는 서둘러 감자를 먹었고 알레나는 낮을 조금 늘리고 밤이 도래하는 것을 늦추려는 듯 늘 마시는 허브 차를 천천히 마셨다.

사회가 부당하고 불공평하다는 생각과 정권을 바꾸고자 하는 의지로 점철된 과거의 삶이 미하로부터 멀어지고 있었다. 비록

---

* 엘레나 블라바츠카야(1831~1891). 러시아의 신학자.

과거에 그가 옳다고 믿은 모든 이념들의 연관성이 혼란스럽기는 했지만, 세르게이 보리소비치의 자백은 미하가 항복을 정당화하는 데 기여했다고 볼 수 있었다. 이제 그의 삶은 영웅심과 배신행위 사이에 발생한, 조금은 치욕스러운 틈 사이에서 천천히 싹트고 있었다. 몇 달 전에 더는 반체제 활동을 하지 않겠다고 서명한 일을 패배와 후퇴로 여기며 괴로워했다면 이제는 그것을 자신이 살고 가족을 지킬 수 있는 유일한 출구로 여겼다.

미하는 이따금 다양한 종류의 표본이 들어 있는 소포를 분류했는데 그 안에는 형형색색의 점토나 날카롭고 투명한 수정, 금속처럼 흘러내리는 모양을 한 원석이 있었다. 레나강 지류에 위치한 말리 스토로조크, 브세볼로도빌바 광산 지역에 위치한 마튜콥카산, 우랄 북쪽에 있는 슐디강같이 수백만 년의 역사를 가진 지역들이 새로운 광물에 대한 다양한 소식을 가져다주었으며 소포에 적힌 수없이 많은 아름다운 이름들이 혀를 간지럽혔다. 한편 미하는 이렇게 마법의 나라에나 나올 법한 지명이 많이 나오는 시도 썼다.

비록 돈도 없고 가난하며, 과거의 뻔뻔하고 사건 사고가 많은 삶을 거부한 치욕을 가슴속 깊이 숨기고 살긴 했지만, 모든 일은 마치 어둠 속에서 발끝으로 걷듯이 조용히 흘러갔고, 행복이 네 평 남짓한 그들의 방을 밝게 비추었으며, 모든 것이 마치 좋은

시의 시어들처럼, 훌륭한 영화의 한 장면을 클로즈업한 것처럼
보였다.

촛불 비친 천장에
누워 있는 그림자
엇갈린 팔, 엇갈린 다리,
뒤엉킨 운명

작은 슬리퍼 두 짝이 떨어진다
바닥에 쿵
촛대의 촛농이 눈물처럼
원피스에 방울져 떨어진다……*

걸어서 3분 거리에는 포타폽스키 골목이 있었고, 이제는 나
이도 들고 살도 늘어진 파스테르나크의 마지막 연인이자 그와
의 사랑 때문에 수용소에서 복역했던 여자와, 이 일에 대해 안다
는 이유로 역시나 옥살이를 한 그녀의 딸이 이곳을 지나다녔으
며, 그들도 미하가 다니는 빵집과 야채 가게를 이용했다. 거리에

* 보리스 파스테르나크의 시 '겨울밤' 중에서.

404

서 그들과 마주치면 그는 알레나의 귀에 대고 "저 사람이 이빈
스카야**고, 그 옆은 이라 예멜랴노바***인데 저분도 우리 학교
를 졸업했대"라고 속삭였다.

그러면 알레나는 그쪽으로 시선을 돌려 뒷모습을 봤다. 화장
을 한 여자가 무거운 몸을 이끌고 낡아서 닳아빠진 코트 차림으
로 멀어지고 있었고, 그런 그녀에게 과거에 아름다웠던 흔적은
전혀 남아 있지 않았다. 정말 그녀가 맞을까? 정말일까? 한때는
시몬 시뇨레****를 닮은 여자가 아니었던가.

알레나와 미하는 서로 시선을 주고받았다. '이곳은 평범한 아
파트 입구가 아니야. 역사가 녹아 있는 곳이야'라는 뜻이었다.
파스테르나크 역시 20여 년 전에 이 골목을 지나다녔다. 150년
전에는 푸시킨이…… 그리고 우리는 이곳에서 끊임없이 만들
어지는 웅덩이를 피해서 지나다닌다.

5월 중순 봄에 예상치 못한 일이 벌어졌는데 새벽 1시 넘어
서 엘리베이터 문이 세게 닫히는 소리가 들리더니 누군가가 멜

** 올가 이빈스카야(1912~1995). 파스테르나크의 연인.
*** 올가 이빈스카야의 딸.
**** 아카데미상을 최초로 수상한 프랑스의 배우.

라미트의 집 초인종을 네 번 눌렀다. 끌어안고 자고 있었던 미하와 알레나는 그 소리에 동시에 깨서는 비몽사몽 중에 '그들이 왔어!' 하고 생각했다.

그들은 서로의 볼과 가슴, 무릎이 닿도록 더 세게 껴안고 온몸으로 이별을 예감하며 옷을 입으면서 일어났다. 초인종 소리는 총 네 번 울렸지만 뭔가 지나치게 조심스러웠다. 두 사람은 또다시 포옹했지만 이제는 이별의 의미가 아니라 예상했던 사람들이 온 게 아닐지도 모른다는 새로운 희망이 담긴 포옹이었다.

둘은 서로 손을 잡고 현관 쪽으로 다가갔다. 미하는 상대가 누군지 묻지 않고 문을 열었다. 건장한 남자 서너 명 혹은 다섯 명 대신 실크 재질의 초록색 원피스를 입고 말총머리에 가까운 거친 머리카락을 하나로 땋아서 가슴에 드리운 작은 여자아이가 서 있었다. 그들은 바로 알아보았다.

"아이셰! 아이셰!"

그들이 언젠가 바흐치사라이에서 만난 타타르인 여자아이였다. 강제 이주된 타타르인들의 지도자이자 영웅인 무스타파 우스마노프의 딸이 지금 문지방에 서 있었다. 다만 그때와 다른 점이 있다면 그때 봤던 여자아이 대신 젊은 여자가 그들 앞에 서 있었다.

"어서 들어와, 전화했으면 우리가 마중 나갔을 텐데……."

406

트렁크며 안에 천을 덧댄 바구니며 장갑이 바닥에 툭 떨어졌다.

"신발은 벗지 마, 방에서, 방에 들어가서 벗어. 왜 전화 안 했어? 이게 몇 년 만이야? 4, 5년쯤 됐나 봐. 딸이 태어났어? 우리도 딸이 있어! 너 결혼했구나, 그래, 이야기해주렴. 다 이야기해봐……."

"전화를 할 수 있는 상황이 아니었어요. 겁났거든요. 아버지가 감옥에 수감되었어요. 좋은 변호사를 만났는데 모스크바로 가라고 그랬어요. 나보고 사하로프 박사를 찾아서 편지를 써달라고 해야 한다고 했어요. 하지만 사하로프라는 분을 제가 찾을 수가 있어야죠. 변호사 말로는 외국인들이 이 일에 대해 요란하게 떠들어야 하고, 라디오나 저기 그러니까…… 미국에서도 알 수 있게 해야 한댔어요! 아버지가 심장이 안 좋아서 서두르지 않으면 돌아가실지도 몰라요. 그런데 우리 쪽 타타르인들은 아버지가 오래전에 당에서 제명됐는데도 그들에게 여전히 레닌을 가르친다고 도울 생각을 안 하고 있어요. 가만있으면 못된 사람들이 아버지 피를 말릴 거예요. 변호사가 나더러 빨리 움직이지 않으면 아버지가 재판까지 못 버틸지 모른다고……."

그녀는 울먹이며 속사포처럼 말했고, 어린아이처럼 펑펑 울었다. 파란 눈동자에 고인 눈물도 파래 보였다.

"아이셰, 그만. 아이셰, 울지 마······."

의자를 20센티미터쯤 옮기고, 유아용 의자를 접고, 접이식 침대의 머리 부분을 창가 벽에 바짝 붙이면 누울 자리가 났다. 그들은 차를 함께 마셨고 아이셰를 재웠고 두 시간쯤 잤다. 미하는 8시까지 출근해야 했기 때문에 7시에 일어났다.

직장에서 그는 일리야한테 전화해서 만나자고 했다. 장소는? 늘 보던 곳. 그렇다면 밀류틴스키 공원이었다.

"지금 너네 집에 있단 말이야?"

일리야가 이 말을 하면서 인상을 찌푸렸다.

"위험해. 미행이 따라붙을 거야. 어디 다른 데로 보내야 해."

"아니, 그건 힘들어. 바흐치사라이의 공동묘지에서 함께 밤을 보냈거든······. 그리고 무스타파라는 사람, 정말 괜찮은 사람이야. 어쩔 수 없어. 일어날 일은 일어나겠지. 일리야, 사하로프 박사 좀 찾아줘. 할 수 있겠어?"

"하루만 줘."

일리야가 말했다.

일리야는 주변에 아는 사람이 굉장히 많았다. 일리야는 자신이 얼마나 다양한 사람을 아는지 자랑하곤 했다. 중국인, 노동자, 농부만 아니면 직접이든 한 다리 건너서든 세상 모든 사람들과 접촉할 수 있다며 웃으면서 말했다. 사하로프 박사를 찾는 과정도 그랬다. 일리야가 오래전부터 알고 지내는 발레리라는 남자가 있는데 두 사람 모두 인권위원회에 속해서 박사를 잘 알고 있었다. 전화 통화가 몇 차례 오갔고 결국 사하로프가 아이셰를 만나겠다고 약속했다.

사흘 뒤에 미하는 그녀를 치칼로프 거리로 데리고 갔다. 차로 간 것이 아니라 걸어갔는데 집에서 20분 거리였기 때문이다. 아이셰는 가는 동안 내내 몸을 떨었고 너무 긴장해서 머리가 아팠으며, 현관 앞에서 결국 울음을 터뜨렸다. 미하가 그녀를 안심시키는 사이 문이 열렸고, 쓰레기가 든 양동이를 들고 있는 한 아이가 누구를 찾느냐고 물은 뒤 대답을 들은 후에는 그들을 들여보내면서 문을 닫지 말아달라고 부탁하는 것도 잊지 않았다.

이후에 일어난 일은 미하도 아이셰도 전혀 예상하지 못한 것이었다. 아이셰는 심지어 누군가 그들을 놀리고 있는지도 모른다는 생각이 들었는데 그도 그럴 것이 사하로프 박사는 비쩍 마른 데다 못생겨서는 낡은 스웨터를 입고 있었는데 과학 아카데미 연구원과는 거리가 멀어 보였고, 온갖 잡동사니로 가득한 작은 방에서 침대에 앉은 채로 그들을 맞이했다. 아이셰가 딸꾹질을 너무 심하게 해서 그들이 바흐치사라이라는 도시에 있는 호텔에서 처음 무스타파를 만난 일부터 시작해서 무스타파와 관련된 모든 이야기를 미하가 해줄 수밖에 없었다.

아카데미 연구원인지 자칭 연구원인지 모를 그는 미하의 말을 경청하면서 이해한다는 뜻으로 앞으로 내민 고개를 끄덕였는데, 그가 하는 말을 완벽하게 이해하는 듯했으며, 필요한 말만 하고는 종이에 이름과 성을 메모한 뒤에 차를 권했다.

그들은 두꺼운 안경을 쓴 중년 여자가 부엌일을 보고 있는 부엌으로 자리를 옮겼다.

구석에는 부드러운 모자를 쓰고 있는 노파가 앉아 있었고 양동이를 갖고 나갔던 아이는 찻잔과 과자 몇 개를 갖고 부엌에서 나갔다.

아이셰는 싸구려 찻잔을 잡고는 조금 전부터 30분 동안 생각한 것을 입 밖에 꺼냈다.

"사하로프 박사님, 저는 아카데미 연구원들이 이렇게 검소하게 살 거라고는 상상도 못 했어요."

'멍청한 촌뜨기 같으니!'

미하는 언짢아서 얼굴을 붉혔다.

그러자 안경 낀 중년 부인이 웃으면서 말했다.

"얘야! 유배당한 타타르인들을 위해 편지를 써주는 연구원들만 이렇게 검소하게 산단다."

순간 아이셰는 자신이 엄청난 실례를 범했다는 사실을 깨달았고, 진땀이 삐질삐질 나는 얼굴을 붉혔다.

"죄송합니다, 저도 다 이해해요. 단지 아무도 저한테 이런 상황에 대해 미리 얘기해주지 않아서요."

이때 주인집 딸이 남편과 함께 부엌에 들어와서 자리가 부족해지자 미하와 아이셰는 스툴을 비워주면서 부엌에서 나갔다.

박사는 무스타파 우스마노프 일과 관련해서 편지를 써주겠다고 약속했고 아이셰에게는 모스크바에서 공식적으로 활동하는 미국인 기자들 중 한 명과 인터뷰를 하라고 조언했다. 그는 이 인터뷰를 주선해주겠다고 약속했다.

그리고 놀라운 사실은 사하로프 박사는 정말로 편지를 써주었는데 미국 의회나 서유럽에 있는 신문사가 아니라 소련 내무부에 보냈다는 것이었다. 2주 뒤에 그는 소련 내무부 건물로 초청받았고 그곳에서 우스마노프 대위 일과 관련해서 두 명의 군 간부들과 얘기를 나눴다. 이때만 하더라도 그들은 그를 쫓아내지도 않고 존경하는 표정을 지으면서 대화를 나누었다. 박사는 정말로 뭔가를 해냈다. 한 타타르인 가족이 크림반도에 거주 등록이 된 것이었다. 수천 가족 중 한 가족이었다. 그는 계속해서 동분서주하고 청원서를 제출하고 진정서를 내고 편지를 썼다.

다만 무스타파에 대해서는 그의 말이 영향력을 행사했는지 아닌지 확인할 길이 없었는데, 무스타파 우스마노프가 한 달 반 뒤에 타슈켄트에 있는 구치소에서 숨을 거뒀기 때문이었다. 어쩌면 박사의 편지가 과거에 조국을 지키던 타타르인 영웅이자 강제 이주자를 구하지 못한 것은 국내 우편 배송이 느리기 때문일지도 몰랐다.

하지만 당시에는 아이셰는 저명 인사와 결국 만났다는 사실 자체만으로도 기뻤고, 상황이 더 나아지기를 기대했다. 미하는 아이셰의 팔짱을 끼고 걸었는데, 그녀는 긴장으로 다리에 힘이 풀려서 간신히 걸었고, 걷는 동안 내내 지나치게 직설적이고 무미건조한 말투로 감사를 표했다. 미하는 집에 다 와서야 지극히 평범한 얼굴이어서 눈에 띄지 않는 사람이 자신들을 미행하고 있다는 사실을 깨달았다. 어디서 나왔는지는 대번에 알 수 있었다.

그로부터 이틀 뒤 밤늦게 미하의 집에 로버트라는 외국인 기자가 찾아왔다. 사하로프 박사가 보낸 것이었다. 그는 긴 소련식 코트를 입고 머리에는 귀와 목을 덮는 구김이 많이 간 모자를 쓰고 있어서, 실제로는 폴란드 태생이라는 이유로 고달프게 살고 있는 워싱턴 출신 슬라브어 문학자이자 반체제 인사였지만, 러시아인 짐꾼에 가까운 행색이었다. 그들은 차를 마시면서 대화를 나눴고, 서유럽 기술의 눈부신 결과물이라고 볼 수 있는 작은 녹음기를 식탁 위에 놓고 아이셰의 이야기를 녹음했다. 폴란드 태생의 기자는 바람기가 있어서 아이셰를 사랑스럽다는 눈으로 쳐다봤고 그녀를 칭찬했다. 그녀는 기분이 좋아서 환하게 웃으면서 어깨를 펴고는 사하로프 박사의 부엌에 갔을 때와 달리 거침없지만 서두르는 기색 없이 말했다.

이후에 로버트는 미하의 집을 나와서 택시를 잡아탔고 레닌 대로에 있는 자기 집 앞에서 내렸는데 그 순간 건달 두 명이 그를 덮쳤다. 그는 곧장 달려서 아파트 1층 입구까지 가야 한다는 걸 잘 알면서도 그들과 싸우는 쪽을 선택했다. 결국 소란을 피운 대가로 그들 세 사람 모두 경찰서에 끌려갔고, 로버트가 경찰서에서 밤을 보낸 다음 날 아침에 미국 영사가 와서 바보 같은 그를 빼내 갔지만 이 모든 페리페테이아* 후에 작은 녹음기는 흔적도 없이 사라졌다.

다음 날 저녁 무렵에 아이셰가 '어린이 세상'이라는 가게에 갔을 때 경찰관 슬라바 쿠시코프가 미하의 집에 와서 둘러보다가 아이셰가 멜론과 포도를 넣어서 가져온 바구니와 낡은 여행 가방을 발견했다. 그는 당혹스러운 표정을 감추지 않은 채로 미

---

* 아리스토텔레스의 《시학》에 나오는 개념으로, 상황이 갑자기 뒤바뀌는 것을 가리킨다.

하를 집 밖 계단참으로 데리고 가서는 말했다.

"미하, 자네 이거……. 상부에서 사람을 보내서 자네 집에 누가 사는지 물어봤어. 나도 징계받았어. 어서 내보내야 해……."

미하는 바로 그날 저녁에 아이셰를 카잔 기차역까지 바래다줬고 이른 아침에 표 대신 열차 직원한테 돈을 주면서 타슈켄트 행 기차의 승무원 침대칸에 태웠다.

그로부터 이틀 뒤 미하는 우편함에서 루반카 거리에 있는 국가안보위원회에 사파노프 대위를 만나러 오라는 소환장을 발견했다.

알레나한테는 아무 말도 하지 않았지만 일리야와는 늘 만나던 곳에서 따로 만나서 종이 한 장을 꺼내서 보여줬다.

"내가 조심하랬잖아. 아이셰를 집에 들이는 게 아니었어. 넌 요주의 인물이란 말이야."

그러자 미하가 갑자기 화를 내면서 말했다.

"그럼 한밤중에 여자아이를 밖으로 내몰아야 했다고 말하고 싶은 거야? '안 돼'라고 말할 수 없는 상황이란 게 있는 거야!"

"미하, 애처럼 왜 그래! '그래'라고 할 수 없는 상황도 존재하는 거잖아! 내가 너한테 조심하라고 했잖아! 그리고 사하로프한테 갈 때도 개 혼자 보내라고 내가 말했잖아! 도대체 무슨 생각으로 그런 애를 집에 들인 거야? 게다가 외국 언론사 사람까지 집에 들이다니……. 네가 다른 사람을 위한답시고 저지른 실수가 너무 많아서 이제 그 책임을 뒤집어쓰게 됐어. 지금은 그야말로 최악의 시기란 말이야. 다들 잡혀 들어갔어. 타타르인들이나 유대인이나 할 것 없이 말이야. 〈연대기〉도 만들 사람이 없어서 더는 발행하지 않잖아. 고귀한 인품을 보여주는 것은 좋지만 너는 때를 잘못 골랐어."

미하가 고개를 떨구고는 말했다.

"맞아, 그건 그렇지. 하지만 나는 개를 밤거리로 내쫓을 수는 없었고, 사하로프에게 혼자 보낼 수도 없었어. 로버트가 집에 오는 것은 마음만 먹었다면 피할 수 있었겠지. 하지만 나머지 상황에서는 그렇게밖에 할 수 없었어, 일리야. 다른 방도가 없었다고!"

일리야는 말없이 우울한 표정을 지을 뿐이었다. 친구를 도울 방도가 떠오르지 않았기 때문이었다.

"저기, 나한테 아는 지질학자가 있어. 지질학자들이 있는 북부 지역에 가 있는 건 어때? 물론 환경은 열악해. 야쿠트가 좀 멀어야지."

"그건 안 돼. 그럴 수 없어. 알레나랑 딸을 두고 갈 순 없어. 그리고 그들은 지구 끝까지 나를 미행할 거야!"

"그럼 내가 너랑 같이 야쿠트에 가면 어때?"

이것이 일리야가 그에게 제안할 수 있는 최대한의 배려였다.

이보다 나은 제안을 할 수 있는 사람은 없었을 것이다. 하지만 일리야는 마음속 깊은 곳에서 이제 미하가 빠져나갈 구멍이 없다는 것을 직감했다.

사퍄노프 대위는 외모가 출중하지는 않았고, 오른쪽 볼에 커다란 붉은 점이 있었는데 점이라기보다는 혹에 더 가까운 것이었다. 1백 미터 밖에서도 보일 정도로 눈에 띄었다. 하지만 사퍄노프가 수사기관에서 일할 때 이 혹은 장애가 되지 않았고, 그는 그 누구의 앞길도 막지 않고 꾸준히 승진했으며 상부와 마찰도 없었고, 급여와 가정생활에도 충분히 만족하고 있었다.

일에서 가장 불쾌하다고 할 수 있는 것은 수사 대상들이었지만 사퍄노프는 그들과도 가능한 한 좋은 관계를 유지하려고 노력했다. 하지만 그의 뜻대로 되는 경우는 드물었다.

오늘 호출된 멜라미트라는 사람은 승진한 다른 직원이 그에게 넘긴 사람이었다. 대위는 이 미혜이 마트베예비치*라는 사람과 관련된 사건을 미리 검토하고는 사안이 심각하다는 것을 깨닫고 상심했다. 그도 그럴 것이 자료로 판단하건대 미하는 이쪽 일에 경험이 많은 사람이었기 때문에 오랫동안 신문해야 할 것

---

* 미하는 애칭이며, 원래 이름은 미혜이, 부칭은 마트베예비치이다.

같았기 때문이다.

문제의 그 경험 많은 인물은 1분도 늦지 않고 약속한 시간에 정확히 도착했다. 목은 앙상하고, 노란빛을 띨 만큼 밝은 빨간 머리는 덥수룩이 뻗쳐 있고, 면도하지 않은 볼은 수염으로 가득 덮여 있었다. 턱수염이 전혀 없던 사진 속 모습과는 너무도 다른 모습이었다.

'새로운 사진을 증거자료로 추가해야겠군.'

사파노프는 결심했다.

대위는 거주 등록, 취직, 앞으로의 계획 등 본론과는 거리가 먼 화제로 대화를 시작하더니 기민하게 본론으로 들어갔다.

"아이셰 무스타파예브나 우스마노바와 아는 사이인가요?"

하지만 멜라미트는 침묵을 지켰고 나중에는 부인했다. 증거 자료를 토대로 한 마지막 대질신문에서 체르노파토프가 이렇게 행동했다는 것을 알 수 있었다. 한 시간 반 동안 결론도 없는 대화를 이어가던 중 사파노프가 먼저 외국어가 빼곡히 적힌 종이 한 장을 파일에서 꺼내더니 실망하는 데도 지쳤다는 투로 말했다.

"이봐요, 미헤이 마트베예비치 씨, 이번 일에 전혀 관심도 없고 우리 일을 도와주려는 마음도 없는 것 같은데, 무척 유감입니다. 우리는 당신 일을 놓고 회의를 하고 당신 상황을 충분히 고려하고 우리 나라를 떠나는 결정에 전혀 반대하시지 않을 거라는 결론을 내렸습니다. 미헤이 마트베예비치, 당신은 우리 나라에 맞지 않는 사람입니다. 아버지는 전쟁에 참전해서 전사하셨는데, 애국심을 전혀 갖고 있지 않다니 정말 믿기 힘들군요."

사퍄노프도 이 말을 하는 것이 쉽지 않은 것 같았다.

"단도직입적으로 말씀드리면 그쪽 나라에서 당신과 가족을 초청한다는 초청장이 도착했습니다."

이 대목에서 그는 잠시 여러 가지 의미가 담긴 침묵을 지켰고 곧이어 목을 가다듬고 혐오 섞인 투로 말했다.

"이스라엘 말입니다."

이때 그는 마지막 음절 '엘'에 강세를 두고 읽었고, 그 때문에 더 불길하게 들렸다.

"당신 친척인 마를렌 코간이 당신을 위해서 노력하고 있는데 그 사람을 알아요? 가족이 함께 지낼 수 있도록 아내와 딸까지 초청하고 있어요. 직접 보시죠."

이 말을 하면서 그는 그럴싸한 종이 한 장을 내밀었다. 미하는 종이를 두 손으로 받아서는 코에 거의 닿을 정도로 얼굴에 가까이 댔다. 3개월 전에 초청한 것이었다. 초청장은 출입 관리국이나 KGB 어딘가를 돌아다녔고 그들은 이제야 이것을 사용하기로 결심한 모양이었다.

"기한이 지났군요, 대위님."

미하가 말했다.

"그건 염려 마세요. 우리가 늘릴 수 있으니까요."

이 말을 하면서 그는 전화기를 손으로 두드렸다.

"그건 우리가 할 수 있는데 말이죠……. 반대할 이유가 없으니까요. 잘 생각해보십시오. 이것저것 생각할 시간이 필요할 테까요. 그런데 말입니다, 당신은 당신이 서명한 문서에 적힌 내용을 지키지 않았더군요. 우리가 알아낸 걸 말해볼까요? 당신은 집에 거주 허가증도 없는 부적합한 사람들을 들이고 사하로프 박사 집에 드나드는데 그 사람은 소련 정부를 비방하는 글을 써서 해외로 보내는 작자란 말입니다. 당신은 외국인 기자도 받아줬더군요. 누구 허락 받고 그런 행동을 하는 거죠? 떠나세요! 그러는 편이 당신한테 좋을 겁니다! 만약 당신 일을 더 깊이 파헤치게 되면 이번에는 3년 형으로는 안 될 겁니다, 미헤이 마트베예비치 씨, 뭘 망설이는 겁니까? 그쪽 피가 섞인 사람들은 죄다 이스라엘로 가고 있어요! 그 사람들은 이런 제안을 받았다면 우리 손에 뽀뽀라도 했을 겁니다! 좋아요, 좋아, 잘 생각해보세요! 대신 시간을 많이 줄 수는 없고 사흘 드릴 테니 잘 생각해보세요. 떠나지 않으면 감옥에 가게 될 겁니다. 물론 다른 방법이 없는 건 아니지만……. 펜을 들고 종이에다 당신과 타타르인들의 관계와 무스타파 우스마노프에 대해 쓰시고 아이셰에 대한 것도 적고, 사하로프 박사한테는 어떻게 가게 된 것인지, 거기서는 무엇을 했는지, 폴란드 태생으로 미국인 행세를 하는 로버트 쿨라비크라는 작자가 당신 집에서 뭘 했는지 적으세요. 천천히 빠짐없이 적으면 우리가 보고 웬만하면 서로 좋은 쪽으로 해결할 겁니다. 장담은 못 하지만 최대한 노력해보겠습니다. 당신도 노력하고 우리도 노력하는 겁니다."

이 말을 하면서 그는 손등으로 빨간 혹을 문질렀고 미하는 대위가 예민한 사람이라고 생각했다.

'하지만 나는 예민함과는 거리가 멀지.'

미하는 미소를 띠면서 초청장을 책상 위에 올려놨다. 그리고 마치 초청장이 날아갈까 우려하는 것처럼 한 손을 그 위에 얹었다.

"대위님, 대위님 말씀을 전부 이해했습니다. 생각해보겠습니다. 이제 가도 될까요?"

"가요, 가세요. 그럼 월요일 3시에 뵙겠습니다."

이 말을 하고 그는 미하의 출입 허가증에 서명했다.

"아주 잘 생각해보시길 권합니다. 이런 제안은 두 번 다시 없을 테니까요!"

그는 밖으로 나왔다. 겨울인가? 봄인가? 지금 몇 시지? 늦은 아침인가? 아니면 이른 저녁인가? 키타이고로드인가? 가로수

길들? 루뱐카?

신이여, 저를 미치지 않게 하소서…….

아니, 이게 아니지…….

내 상한 마음의
슬픔은 언제 사라질 것인가?
나를 옭아맨 그물은
언제 나를 놓아줄 것인가?
이 악마가 머리에
심어준 내 꿈을…….*

기억나지 않았다. 그는 바라틴스키 시의 다음 구절이 떠오르
지 않았는데…….

그는 집에서 멀어졌다가 다시 가까워지기를 반복하며 집 주
변을 배회했는데, 집으로 돌아가서 알레나에게 '망명'이라는 단
어를 말할 용기가 나지 않았기 때문이다.

---

* 예브게니 바라틴스키(1800~1844)의 시 '슬픔이 언제 사라질 것인가?' 중에서.

결국 그는 소환됐던 일과 갑작스러운 제안에 대해 빠짐없이 다 이야기하기로 마음먹었다. 알레나는 그의 말을 끝까지 들었다. 나쁜 생각을 하는지 표정이 어두웠다. 눈을 다른 쪽으로 돌리고 속눈썹을 내린 후에 고개까지 내리자 머리카락이 얼굴로 흘러내렸고, 그제야 들릴 듯 말 듯한 목소리로 말했다.

"당신이 늘 원하던 거잖아요. 이젠 당신이 늘 원했던 것이 무엇인지 정확하게 알 것 같아요. 하지만 나와 마예치카는 절대 어디로도 떠나지 않으리라는 것만은 알아줘요…….."

그녀가 한 말보다 갑자기 의심 가득한 눈초리와 낯선 표정으로 급변한 얼굴이 더 우려스러웠다. 눈썹은 더 길어진 것 같고 입술은 일자로 굳게 닫혀 있었는데 아버지로부터 물려받은 오만하고 무모한 캅카스인의 피가 순간 강하게 느껴졌다. 알레나는 소파에 눕더니 벽 쪽으로 몸을 돌렸다.

이때부터 그녀는 씻지도 먹지도 옷을 갈아입지도 않고, 대화도 하지 않았다. 화장실만 간신히 다녀왔는데, 보폭이 좁은 걸음걸이로 소파로 돌아와서는 다시 벽 쪽으로 돌아누웠다. 누가 봐도 확실한 우울증의 증상이어서 미하도 진단할 수 있을 정도였다. 마예치카가 울어도 알레나는 소파에서 몸을 일으킬 생각을 하지 않았다. 미하는 당혹스럽고 괴로웠다. 그는 일과 집안일을 하고 아이를 돌보느라 며칠 동안 정신없이 보냈다. 얼마 후 제냐

톨마체바가 찾아왔다. 그녀가 와도 대화는 거부했지만, 도움은 아무렇지도 않게 받아들였다. 또다시 사냐가 나타났고, 전화를 하자 일리야도 당장 달려왔다.

일리야는 주위를 둘러보고는 눈을 들어 하늘을 보았고, 보이지 않는 드넓은 우주에서 뭔가를 찾더니 아르카샤라는 정신과 의사를 데리고 나타났다. 아르카샤 역시 반체제 인사 중 한 명이었고 당국에 항의 서한을 쓴 바 있었다. 전에는 법정에서 정신 감정을 해왔지만 직위 해제를 당한 지 벌써 1년이 되었으며, 지금은 모스크바 근교에 있는 병원에서 조무사 일을 하고 있었다. 그는 당장 병원에 입원해야 한다고 말했지만, 환자가 워낙 완강하게 거부해서 결국 독한 정신과 약을 처방해주었다.

마예치카가 알레나를 귀찮게 했지만 알레나는 딸을 봐도 여전히 아무런 반응이 없었다. 미하는 2주째 딸을 데리고 회사에 출근했다. 미하는 약속한 날 사퍄노프한테 가지 않았고 또다시 소환장이 들어 있는 빌어먹을 우편함은 열어보지 않았다.

주말 즈음에도 알레나는 여전히 말이 없었고, 알레나의 어머니인 발렌티나 이바노브나가 세르게이 보리소비치가 유배를 간 랴잔주에 있는 시골에서 올라왔다. 갑자기 무슨 연유로 딸을 찾아왔는지는 알 수 없었다. 어머니의 직감이 아니었을까 추측할 뿐이었다. 어머니는 와서 딸을 보더니 깜짝 놀라서는 무슨 일인지 물어봤지만 알레나는 어머니와도 대화를 거부했다.

발렌티나 이바노브나는 딸이 어렸을 때 겪은 몇 가지 괴이한 일들을 떠올리고는 더는 귀찮게 하지 않고 자기가 할 수 있는 선에서 딸을 도와주기 위해 손녀 마예치카를 데리고 가기로 마음먹었다. 미하는 딸이 악을 쓰며 거부할 거라고 생각했지만 현명한 장모는 여자아이의 귀에 대고 시골에는 살아 움직이는 염소도 있고 흰 고양이도 있으며 '랴바'라는 암탉도 있다고 속삭였고, 그러자 아이는 그곳에 있는 동물원을 보고 싶은 마음에 흔쾌히 할머니를 따라나섰다. 알레나는 졸린 듯 그들과 작별 인사를 하고는 또다시 벽을 쳐다봤다.

미하는 사퍄노프를 그쪽에서 정한 월요일로부터 2주 뒤에 보러 갔다. 그는 아내가 아프다고 말했고 사퍄노프는 미하의 수척한 얼굴을 보고 그의 말을 믿었다. 미하는 아내가 떠나고 싶어 하지 않는 데다 자기도 떠날 준비가 되지 않았기 때문에 이 나라를 떠나라는 제안은 받아들일 수 없다고 말했다.

사퍄노프는 놀랐고 인상을 찌푸리고는 빨간 혹이 난 볼을 긁으면서 고심하기 시작했다. 그런 다음 전화로 조수를 부르더니 방에서 나갔다. 40분쯤 뒤에 그는 잔뜩 독이 올라서 돌아왔다. 그는 조수를 내보내고 방침을 바꿔 대화를 이어갔다. 이제 그는 대놓고 미하를 협박했고 협박의 방향성도 정해져 있었다.

"미헤이 마트베예비치 씨, 당신의 혐의를 입증할 만한 물증은 차고도 넘칩니다. 타타르인에 대한 자료는 차치하더라도 말입니다. 지난번에는 상황이 당신에게 꽤 유리했지요. 이번에는 그렇게 쉽게 빠져나가지는 못할 겁니다."

그는 이 말을 하고 회색빛이 도는 문서 한 뭉치를 앞에 올려놓았다.

"이걸로 대화는 끝입니다. 할 만큼 했으니까요. 이제부터는 신문이 있을 겁니다. 조서를 작성할 거예요."

"저는 아무 말도 하지 않을 겁니다. 물증도 충분한 상황에서 제가 하는 말이 무슨 의미가 있습니까?"

미하는 사파노프의 얼굴 쪽은 쳐다보지도 않고 조용히 말했다. 그렇게 그는 두 시간 반 동안 침묵으로 일관했다.

집에 오는 길에 그는 두어 번 볼에 점이 있는 사람을 본 것 같았고 그를 미행한 사람이 사파노프일지도 모른다는 의구심이 들었다. 그런 일이 있을 리는 만무했지만 갑자기 그의 얼굴을 어디선가 본 것 같다는 생각이 들었던 것이다.

미하는 집에 늦게 도착했다. 알레나에게 줄 차를 내오고 샌드위치를 만들었다. 그녀는 쿠션에 기대서 몸을 조금 일으켜서는 차를 한 잔 다 마셨다. 하지만 음식과 대화는 모두 거부했다.

밤 11시가 넘어서 일리야와 사냐가 왔다. 오래전에 그랬던 것처럼 셋은 함께 모여 앉았다. 미하는 그가 며칠 동안 미행당했다고 말했고 체포당할까 봐 두렵다고 했다. 전화도 도청될 가능성이 높았다.

그는 신체에서 유일하게 풍성한 부분인 짧고 곱슬곱슬한 턱수염에 손을 집어넣었는데 신체의 나머지는 죄다 종잇장처럼 말랐고 깎아지른 것처럼 가팔랐다. 알레나가 몸져누운 뒤부터 그는 면도를 하지 않았다.

그는 뼈만 앙상한 손으로 붉은색이 도는 수염을 쓰다듬으면서 말했다.

"뭐라고 말 좀 해봐."

"그러니까, 망명을 제안받았다고? 내 생각에 넌 여기서 살아남기 힘들 거야. 그러니 떠나야 해."

사냐는 자신도 이곳에서 살아남기 힘들다고 생각하고 있었다. 하지만 그는 러시아인이었고 누구도 그에게 망명을 제안하지 않았다.

"맞아. 유일한 해결책이지."

일리야가 그의 말에 동조했다.

그러자 미하는 눈짓으로 그에게 등을 돌리고 누워 있는 알레나를 가리키면서 말했다.

"너희들 뭐야, 설마 이 상황을 이해 못 하는 거야? 난 못 가! 못

간다고. 알레나도 못 가고."

그의 표정은 독약이라도 마신 것처럼 일그러져 있었다.

"내 생각을 말해줄까? 대신 화내지 말고 끝까지 들어줘. 나도 농담은 아니니까. 혼자 떠나."

일리야가 말했다.

"미쳤어? 가족은 두고? 넌 네가 무슨 말을 하는지 이해는 하고 말하는 거야?"

"알레나가 정신이 들면 널 따라갈 거야."

일리야는 늘 그렇듯이 확신에 찬 투로 말했다.

"우리가 설득하고 준비시켜서 보낼게."

사냐가 자신 없는 투로 덧붙였다.

"젠장, 조언이 뭐 그따위야! 바보 같은 말만 하고……. 상황이 너무 암담해. 이보다 더 나쁠 수는 없다고."

그러자 사냐는 수염 난 미하의 볼에 아이처럼 자기 볼을 대고는 애원하듯 말했다.

"미하, 우리가 이렇게 부탁할게. 알레나와 딸을 봐서라도 말이야. 알레나가 정신이 들면 너를 따라갈 거야. 이런 기회는 잡아야지! 내가 그런 제안을 받았으면 덥석 물었을 거야! 바람처럼 날아갔겠지! 할머니도 찬성하셨을 텐데!"

그들은 2시가 넘어서 미하의 집에서 나왔다. 사냐는 술에 잔뜩 취해 있었고 일리야는 맨정신이었다.

"사냐, 내 말 좀 들어봐. 네가 나한테 미하가 그렇게 된 게 내 잘못이라고 말했잖아. 감옥에 간 거 말이야. 그런데 생각해보니까 정말 내 잘못인 건 맞는데 나도 일이 이렇게 될 줄은 몰랐어."

그러자 사냐는 가던 길을 멈추고는 머리를 흔들어 술에서 깨려고 했다. 그는 사실 술을 즐기지 않았고 꼭 필요한 경우에만 가끔 마시는 편이었다.

"상황이 안 좋긴 하지. 그래도 이 점은 알아줬으면 해. 미하랑 너는 나한테는 가족과도 같아. 아니, 가족 이상이지. 나는 무슨 일이 있어도 너희를 배신하지 않을 테니까."

"일리야, 난 그런 생각은 해본 적도 없어. 나는 네가 잡지 관련해서 그를 끌어들이고 사람들을 소개해준 걸 말했던 거야. 맙소사, 너희는 도대체 술을 왜 마시는 거야? 정말이지 너무 끔찍해!"

사냐는 일리야의 품에 파고들었고, 일리야는 다정하게 그의 어깨를 끌어안고는 포크롭스키예 보로타를 지나서 그의 집이 있는 방향으로 걸어갔다. 모두가 힘든 때였다. 그것도 아주 많이.

미하는 이보다 나쁜 상황은 있을 수 없다고 생각했지만 그것은 오산이었다. 다음 날은 상황이 더 안 좋았기 때문이다. 그가 출근하자 인사과 상사가 그를 부르더니 소포 몇 개가 분실됐다면서 영수증 뭉치를 보여줬다.

"여기 보이죠? 당신이 보내면서 서명한 거요. 그런데 전부 다 사라졌어요. 굉장히 중요한 표본이고 보다시피 어마어마한 가치를 지닌 것들이란 말입니다."

상사는 처음에는 목소리를 낮춰서 말하더니 곧 화를 냈고 3분이 지나자 욕을 하면서 소리를 질러댔다.

미하는 곧 사직서를 쓰게 되리라는 것을 예감했다. 그리고 그의 예감은 적중했다.

"사직서를 쓰든가, 아니면 재판에 회부하겠소!"

미하는 자발적으로 퇴사한다는 사직서에 서명했고 급여 정산을 받으러 경리과에 가지도 않았다. 사파노프 짓이 분명했다.

이때가 화요일이었고, 목요일에는 사파노프의 호출이 있어서 가봐야 했다. 하지만 수요일에 전혀 예상하지 못한 사건이 발생했다. 사전에 말도 없이, 전화 한 통 없이 랴잔에서 발렌티나 이바노브나가 온 것이었다. 그것도 직접 운전해서 왔다. 그녀가 직접 운전하는 일은 좀처럼 없었으니 이례적인 상황이었다. 면허를 딴 것 같았다. 마예치카와 같이 오긴 했지만 손녀를 부모에게 돌려줄 생각은 전혀 없어 보였다. 알레나를 데리러 온 것이었다.

이상한 일이었다. 재판 때부터 아버지 얼굴도 보기 싫어하던 그녀가 일어나서 순순히 짐을 챙기기 시작했다. 미하는 단 한 번도 그녀가 그렇게 고분고분하게 행동하는 것을 본 적이 없었다. 그녀는 부모님을 대할 때도 늘 무례하다고 느껴질 정도로 독립적이었다. 발렌티나 이바노브나가 다정히 구슬리면서 딸이 짐 싸는 걸 도와줬다.

"네 방도 만들어놨어, 창문이 정원 쪽으로 나 있단다. 리자 예피모바가 나한테 모자 만들 때 쓰라고 염소 털로 만든 털실을 보내왔어. 그것도 실뭉치 스무 개로 꽉 찬 상자를 말이야. 스웨터를 떠도 될 정도야. 마예치카가 쓰고 있는 파란 모자도 내가 뜬 거야."

"파란 거, 그렇네요."

알레나가 고개를 끄덕이면서 말했다.

미하는 그들이 짐 챙기는 모습을 보면서 아무 말도 못 했다. 속이 타들어갔다. 하지만 발렌티나 이바노브나는 그가 있는 쪽으로는 고개도 돌리지 않고 없는 사람으로 취급했다.

"아빠가 글쎄, 마예치카랑 얼마나 친해졌나 몰라. 애가 할아버지한테서 떨어지려고 하지 않을 정도야."

"네, 네."

알레나는 부드러운 목소리로 천천히 말했고, 평소 목소리와 달라도 너무 달랐다.

미하는 짐을 밖으로 나르고는 파란색 '모스크비치' 자동차 트렁크에 실었다. 마예치카는 신이 난 듯 그에게 한 손을 흔들었다. 알레나는 마치 길 가다 우연히 마주친 사람처럼 그에게 고개를 한번 끄덕일 뿐이었다. 미하는 그녀에게 키스를 할 결심도 서지 않았다.

다음 날도 그는 사퍄노프를 만나러 가서 또다시 협박과 역겨운 제안을 들어야 할 터였다. 그는 이제 갈 데가 없다는 걸 알고 있었다.

아침에 미하는 습관처럼 일찍 일어났지만 출근할 필요는 없었다. 뭔가 텅 빈 느낌에 귓속에서 소리가 났다. 혈압이 오른 걸지도 몰랐다. 그는 오래전에 자신이 쓴 시를 두 시간 정도 뒤적거렸다.

'졸작이야, 어떻게 이렇게 못 쓸 수가 있지.'

이렇게 생각은 하면서도 속상하다는 생각은 들지 않았다. 일부는 버리고 싶었다. 그는 버릴 시를 모아 차곡차곡 쌓았다. 하지만 아직 버릴 결심은 서지 않았다.

그는 사퍄노프 대위와의 면담에 제시간에 도착했다. 상대는 마치 축제를 앞두고 있기라도 한 듯 기분이 좋아 보였다.

'혹시 오늘 여기 있는 사람들끼리 파티라도 하나?'

미하가 생각했다. 하지만 11월까지는 아직 2주나 남았다.

"우리는 당신을 도와주려고 우리 선에서 가능한 모든 노력을 기울였습니다, 미혜이 마트베예비치 씨……. 심지어 특별한 경우에만 제시하는 망명까지 제안했습니다."

미하는 고개를 내저으면서 동시에 손가락으로 안 가겠다는 표시를 했다. 자기도 모르는 새 말이다.

"여길 보시죠."

그는 손에 쥔 종이 한 장을 보여줬고, 미하는 '체포 영장'이라고 적힌 글씨를 읽었다.

"영장에 날짜는 없습니다. 오늘 날짜를 적을 수도 있고 내일 날짜를 적을 수도 있습니다. 그리고 여기에는 당신이 진술한 내용이 있습니다."

그는 글씨가 빼곡하게 적힌 종이 몇 장을 잠시 흔들었다.

"당신이 한 건 아니지요. 맞아요, 당신이 한 진술은 아닙니다만……. 아무튼 한번 보시죠."

미하는 신문 조서를 건네받았다. 못 보던 조서 양식이었고 커다란 종이를 반으로 접은 것이었다. 단어는 천박했고 문법적인 실수도 눈에 띄었으며, 여자 비서의 필체로 모든 글자의 세로줄 부분을 굵게 적었는데, 거기에는 대부분 본 적도 없는 사람들을 밀고한다는 내용이 적혀 있었다.

"이게 내가 당신한테 제안할 수 있는 마지막 호의요. 여기에 당신이 서명하면 당신이 보는 데서 영장을 찢겠소⋯⋯."

그는 체포 영장을 미하의 코앞에 들이댔다.

'위험이 없는 건 아니지만, 하루 정도는 벌 수 있지 않을까?'

미하는 생각했다.

'일리야가 최면술사 얘기를 해준 적 있는데 이름이 뭐였더라? 맞아, 메싱. 그는 상대방의 모든 생각을 꿰뚫었지. 원하는 거라면 무엇이든, 심지어 베리야*의 생각까지⋯⋯. 베리야가 뭐라고 서명을 했더라? 아니야, 그는 서명하지 않았어. 그냥 백지를 내밀었는데 사람들은 거기에 서명이 있다고 생각했지.'

그는 책상 위에 놓여 있는 신문 조서에 서명했다. 미하는 선생이었고 제자들의 일기장에 서명해야 했기 때문에 빅토르 율리예비치처럼 자신만의 서명을 갖고 있었다. 서명 'M.Меламид'의 끄트머리에는 유연하게 위로 올라가는 꼬리가 달려 있었다.

미하는 펜을 들고 먼저 'M' 모양에 가까운 'H'을 적고 마침표를 찍은 다음, 이어서 'Ахуй'**라고 적고는 서명의 끄트머리를

---

*   라브렌티 베리야(1899~1953). 스탈린 시대의 관료. 대숙청 시기의 비밀경찰국 장으로 수많은 목숨을 앗아 갔고, 훗날 국가 전복 혐의로 처형됐다.

**   앞에 H를 붙여서 읽으면 '엿 먹어라(на хуй)'라는 의미를 나타낸다.

위로 올렸다. 그러자 자신의 원래 서명과 굉장히 비슷해졌다.

"여기 있습니다. 그런데 지금 제가 아내한테 급히 다녀와야
해서요. 아파서 누워 있거든요. 나갈 수 있게 출입증에 서명해주
세요."

이 말을 하면서 미하는 뭔가 목소리에 특별히 힘을 주고 아래
쪽 이마뼈 가운데에 힘을 주었다.

사퍄노프는 그의 몸이라고는 믿기 힘들 정도로 예쁜 손으로
미하가 서명한 종이를 쓰다듬고는 어딘가로 전화를 걸었다. 그
러자 경사가 출입증을 갖고 들어왔다.

'서명해, 서명하라니까.'

미하는 머릿속으로 사퍄노프에게 명령을 내렸다.

대위는 출입증에 서명했고 미하는 시선을 여전히 대위에게
고정한 채로 뒷걸음쳐서 문 쪽으로 갔다. 그러고는 경사와 함께
나왔다. 이제 그는 그들이 언제 자신의 장난을 발견하든 상관없
었다. 그의 목적은 시간을 벌어두는 것이었으니까!

그는 빠른 걸음으로 치스토프루드니 가로수길로 갔고, 아무
생각 없이 가볍다 못해 무게가 거의 느껴지지 않는 발걸음으로
집까지 걸어갔다. 6층까지 걸어서 올라갔다. 4시가 넘어 있었다.
엘리베이터가 또 작동하지 않았다.

그는 책상 앞에 앉았고, 자신이 쓴 시를 보고 싶었지만 갑자기

그럴 시간이 없다는 것을 직감했다. 그는 시가 적힌 종이 뭉치를 한쪽으로 치웠다.

'유치하기 짝이 없는 시들이다. 곧 나는 서른네 살이 된다. 그런데 내 시는 여전히 유치함에서 벗어나지 못하고 있다. 어른다운 시는 이제 절대 못 쓸 것이다. 내가 결국 어른이 되지 못했기 때문이다. 하지만 이제 난생처음으로 어른다운 행동을 할 시간이 왔다. 내가 저지른 실수로부터 헤어날 때가 온 것이다. 정상적이고 어른다운 삶을 살 가망도 없는 데다 재능도 없는 나로부터 알레나와 마예치카를 해방해줄 때 말이다.'

얼마나 쉽고 확실한 출구란 말인가? 왜 전에는 미처 이런 생각을 못 했던가? 서른네 살이 되기 전에 이런 생각을 해서 얼마나 다행인가. 미하는 이해할 수 없지만, 예수 그리스도 역시 서른세 살에 타인의 죄를 대신해서 자기 목숨을 자발적으로 내어주면서 그가 진정한 어른이라는 것을 증명하는 행동을 했다.

어른이 된다는 것은 자기 자신을 통제한다는 걸 의미한다. 한편 이기주의는 청소년기의 특징이다. 아니, 아니, 더는 청소년으로 남아 있고 싶지 않아…….

그는 욕실로 가서 샤워를 했다. 그런 다음 깨끗한 셔츠를 입었다. 그러고는 창가로 다가갔다. 창틀은 낡았고 유리는 더러웠지만 창턱은 깨끗했다. 그는 창문을 활짝 열어젖혔는데, 비가 와서 어스름이 깔려 있고 희미한 불빛이 도시를 밝히고 있었다. 가로등은 아직 켜지지 않았지만 희미한 불빛이 보였다.

미하는 지저분한 발자국을 남기지 않기 위해 신발을 벗고 창문턱으로 뛰어올라서는 겨우 중심을 잡고 섰다. 그러고는 "이마고, 이마고!"* 하고 중얼거린 뒤 가볍게 아래로 떨어졌다.

날개는? 딱딱한 껍질의 틈 사이로 비행에 쓰일 두 팔의 축축한 끝이 뻗어 나와 있다. 날개는 천천히 헤엄치듯 빠져나와 곧게 펴지고 공기 중에서 살짝 건조되며 첫 번째 날갯짓을 할 준비를 한다. 잠자리의 날개처럼 복잡한 망으로 이뤄진 날개이거나, 나비의 날개처럼 정교한 잎맥 무늬가 있는 얇고 단단한 막이거나, 접을 수 없는 날개이거나, 혹은 경제적이고 안정적인 방식으로 접혀 들어가는 새로운 날개일지도 모른다……. 날개 달린 생명체가 키틴**으로 이뤄진 껍질, 즉 텅 빈 허물을 땅에 남기며 날아가고, 새로운 공기는 그의 새로운 폐를 가득 채우며, 새로운 음악이 완전해진 청각기관에 소리를 전한다.

---

* 이마고(ИМАГО)는 '성충'이라는 뜻이다.
** 절지동물의 단단한 표피, 연체동물의 껍질 따위를 이루는 중요한 구성 성분.

책상 위에는 안경과 그의 마지막 시가 적힌 종이 한 장이 놓여 있었다.

언젠가 밝은 태양 아래
미래의 내 신조 비추리니.
나 역시 사람이라네, 나는 너희들을 배신하지 않았다네
단연코. 친구들아, 나를 위해 기도해주게나.

신을 믿지 않는 친구와 신을 믿는 친구들은 각자의 방식대로 친구에게 작별을 고했다. 타슈켄트에 있는 타타르인들은 그에게 경의를 표했고 이슬람식으로 장례식을 치렀다. 예루살렘에서는 마를렌과 유대교 신도들이 카디시***를 부탁해 열 명의 유대인들이 히브리어로 알아들을 수 없는 무언가를 낭독했으며, 모스크바에서는 올가의 친구 타마라가 자살한 사람에게도 곡을 해주는 자유로운 사제가 있는 성당에서 교회식으로 장례식을 준비했다.

고인의 얼굴은 덮개로 덮여 있었다. 많은 사람들이 참석했고 모두 울었다. 빅토르 율리예비치는 고개를 숙이고 서 있었고, 한

*** 유대교 교회에서 예배 후에 올리는 죽은 근친을 위한 기도.

때는 선생이었던 그의 면도하지 않은 초췌한 얼굴 위로 눈물이 흘러내렸다.

"불쌍한 아이 같으니! 불쌍한 녀석! 내가 조금만 챙겼더라면……."

빅토르 율리예비치의 절친한 친구인 미시카 콜레스니크도 미하를 함께 배웅했다. 그들은 나란히 서서 스스로를 '팔 셋, 다리 셋'이라고 부르곤 했다.

사냐 역시 울었는데 그의 눈 어딘가에 늘 눈물이 고여 있었다. 일리야는 사진기를 들고 왔고 작별 인사 하는 모습을 찍었다. 사진 속에는 볼에 빨간 혹이 난 사퍄노프도 있었다. 그는 실패했다. 그것도 엄청난 실패!

장례식에 알레나의 모습은 보이지 않았다. 부모님은 그녀가 지금도 충분히 정신적으로 힘든 상태이기 때문에 남편의 죽음을 알리는 것은 좋지 않다고 결정했다. 나중에, 언제든 나중에 알리면 된다고 말이다.

러시아 역사

크리스마스를 전후로 한파가 한창일 때 코스탸의 아이들은 홍역을 앓고 있었고 아내 레나는 신우신염이 악화되었다. 레나의 어머니인 안나 안토노브나는 재봉사였고 이제는 은퇴했는데 언제든 딸이 부르기만 하면 자신이 살고 있는 오팔리하에서 한걸음에 달려왔지만 강추위 때문에 그럴 수 없었다. 집의 굴뚝이 얼지 않도록 난방을 계속 때야 했기 때문이다.

그래서 추위가 여전히 기승을 부리고 있을 때 코스탸는 혼자 침대에서 침대로 약이나 요강, 찻잔, 접시를 갖다주러 뛰어다녀야 했다. 레나는 입원을 거부했고 꼼짝 않고 누워서 통증 때문에, 또 아이들과 남편이 딱했기 때문에 조용히 울었다.

얼마 뒤에 안나 안토노브나가 나타나서 양팔을 걷어붙이고 집안일을 도왔고 덕분에 코스탸는 그가 없으면 모든 일이 멈추는 실험실에 갈 수 있었다. 이제 그는 자신이 자리를 비운 사이 실패한 합성 때문에 이리저리 뛰어다녔다. 적정 온도도 지켜지지 않았고 실험 대상도 적합하지 않았다는 것이 밝혀졌다. 하지만 화학은 수수께끼 같은 학문이어서 실수 덕에 가끔은 흥미로운 발견을 하게 되기도 한다.

그리고 한낮에 집에 있는 장모가 잔뜩 겁먹은 목소리로 그에게 전화해서는 웬 아주 늙은 노파가 왈렌키를 신고 왔는데 코스탸에게 줄 중요한 물건을 갖고 왔다고 하면서 집에 있다는 것이었다. 그녀는 코스탸가 집에 오면 직접 줘야 한다고 그가 올 때까지 기다리겠다면서 거실에 앉아 있는데, 겉옷을 벗지도 않고 뭘 먹지도 마시지도 않으며 어마어마한 악취를 풍긴다고 했다. 장모는 그에게 당장 오라고 했다.

코스탸는 아이들은 열이 내렸느냐고 물었고 내렸다는 대답을 들었다. 닷새 만에 처음으로 40도 아래로 떨어진 것이었다. 물론 이것은 안나 안토노브나가 노력한 덕분이었다. 장모는 아이와 식물은 말할 것도 없고 악랄한 이웃부터 사나운 개까지 모든 살아 있는 생명체를 진정시키는 능력을 갖고 있어서 코스탸는 오래전부터 장모를 '진정제'라고 불렀다. 마음이 따뜻한 여자였다.

코스탸는 실험실에서 한 시간 더 있다가 악취를 풍기는 노파 문제를 해결하기 위해 집으로 갔다.

하지만 정작 집에 도착했을 때 악취는 전혀 나지 않았다. 진한 양가죽 냄새와 시큼한 시골 냄새가 났고 역한 정도는 아니었다. 낡고 큰 무스탕이 옷걸이 아래에 놓여 있는 걸로 봐서 문제의 노파가 옷을 벗고 차를 마시기로 한 모양이었다. 코스탸가 무스탕을 걸어보려고 했지만 목깃 아래 고리가 없었다. 무스탕 옆에는 신발 바닥에 밑창을 덧대서 기운, 두꺼운 왈렌키도 세워져 있었다. 거기서는 젖은 털 냄새가 났다. 노파는 이제 거실이 아닌 부엌에 가 있었는데, 검고 진한 홍차를 마시고 있었다.

완전 시골 사람 같은 차림새를 하고 있었는데 숄을 네 개나 두르고 있었다. 그중 두 개는 머리에 썼는데 검은색 손수건을 안쪽에 두르고 그 위에는 회색 울 재질의 숄을 두르고 있었으며, 세 번째 숄로는 허리를 두르고 네 번째 숄로 어깨를 감쌌다.

"안녕하세요, 할머니."

코스탸는 이 다소 불편한 상황에 난처한 미소를 지으면서 그녀에게 인사했다. 장모 안나 안토노브나는 그의 등 뒤에 서서 상황을 더욱 불편하게 만들었다.

"할머니, 이쪽이 이 집 주인인 콘스탄틴 블라디미로비치 씨예요."

"아이고, 우리 아기, 내 손주! 넌 네 할아비를 전혀 안 닮았구나."

노파는 반가워하며 이가 없는지 웅얼거리듯 말했고, 마치 그가 정말로 오랫동안 생이별한 할아버지의 손자라도 되는 것처럼 울기 시작했다.

코스탸는 꼬치꼬치 캐묻지 않고 이 희극이 흘러가는 대로 내버려두었다. 하지만 이것이 우스꽝스러운 연극이라는 것에는 의심의 여지가 없었다. 할머니는 터키석 목걸이처럼 눈이 파랬고 피부는 붉은색을 띠었는데 마치 중국 인형처럼 숄을 두른 고개를 사방으로 흔들었다. 그러고는 비쩍 마르고 붉은 기가 도는 손으로 손뼉을 치면서 말했다.

"어머, 코스탸, 콘스탄틴, 네가 우리 마지막 후손이구나. 어디서 시작됐는지는 알 수 없지만 말이다."

코스탸는 옛날이야기 같은 분위기에 걸맞게 응대했다.

"옳거니. 그럼 할머니, 할머니 성함은 어떻게 되시는지요?"

"내가 파라스케바거든, 그래서 나를 '파샤'라고 불러. 그리고 네 할아버지도 나를 그렇게 불렀지."

"부칭은 어떻게 되시는데요?"

코스탸는 계속 할머니에게 죽을 맞춰줬지만 조금 당혹스러위져서 머릿속으로 부지런히 생각해보았다. 작고한 외할아버지 아파나시 미하일로비치가 아니라, 어쩌면 비행사로 전사한 친할아버지 빅토르 그리고리예비치가 이 우스꽝스러운 할머니와 연관이 있을지도 몰랐다…….

"사람들은 나를 단 한 번도 부칭을 붙여서 이름을 부른 적이 없어. 다들 파샤라고만 했지."

"그건 그렇고 어떤 할아버지 말씀을 하시는 거죠?"

코스탸는 단도직입적으로 물었다.

"이런, 내가 늙어서 정신이 없나 보네, 네 할아버지가 아니라 네 증조할아버지 나움 이그나티예비치에 대해서 얘기하는 거고 우리는 그분을 블라디카라고 불렀어."

노파는 눈으로 무언가를 찾더니 필요한 것을 못 찾았는지 창문에 대고 성호를 그었다.

"이제는 우리를 하늘에서 보호해주고 계실 거야. 암, 그렇고 말고!"

아주 오래전 할머니가 돌아가셨을 때, 그의 집에 할머니의 여동생인 발렌티나가 찾아와 오래된 가족사진을 전해주었다. 올가가 그 귀중한 사진의 복원을 맡겼고, 올가는 사진이 너무 마음에 들어서 침실에 걸어두었다. 그리고 지금도 여전히 같은 자리에 걸려 있었다.

"가십시다. 보셔야 할 게 있어요."

그가 노파에게 고개를 끄덕여 보이면서 말했다.

그런 다음 그녀를 레나가 자고 있는 침실로 데려갔다.

"대신 조용히 하셔야 해요."

그는 문이 삐거덕거리지 않도록 조심스럽게 열고는 손가락으로 사진이 걸려 있는 벽 쪽을 가리켰다.

노파는 그쪽을 보더니 갑자기 바닥에 주저앉으면서 말하기 시작했다.

"아부지, 아부지, 어쩜 저렇게 젊을 수가! 참말로 잘생겼네! 체구도 건장하고 엄마와 아이들도 같이 있네! 얼마나 고생을 많이 하셨던지 그 생각만 하면 마음이 너무 아파. 살아 계실 때는 갖은 고생을 다 하셨고 이제는 우리를 위해 기도하시고 우리를 구원해주시지……."

그녀는 반쯤 속삭이는 것 같기도 노래를 부르는 것 같기도 했는데 무언가 혼란스러운 역사와 기억의 단편들이 있는 듯했지만 코스탸는 전혀 공감할 수 없는 기억이기에 마음이 불편했다. 그러고 보니 할머니는 사제였던 자신의 아버지를 부인했고 그는 수용소에서 생을 마감했다고 들은 것 같았다. 엄마한테 들은 이야기가 있었던 것도 같지만 확신할 수는 없었다.

그런데 이때 노파가 코스탸의 손을 잡고는 뽀뽀 세례를 퍼붓

444

기 시작했다.

레나가 잠에서 깨서는 베개를 받치고 몸을 조금 일으켰다. 아이 방에서 베르카와 미시카가 우는 소리가 작게 들렸다.

"정신 나간 소리 집어치우세요. 말도 안 되는 소리예요."

화가 단단히 난 코스탸가 불그스름한 노파의 손이 단단히 쥐고 있던 자신의 갈퀴처럼 큰 손을 빼면서 말했다.

노파는 또다시 주저앉았는데 이번에는 코스탸 앞이었다.

"얘야, 이제 나한테는 네가 유일한 희망이란다, 날 좀 도와주렴. 우리는 할 수 없고 친족만 해결할 수 있다는구나. 우리 집이 철거될지도 모르는데 그분 무덤이 집에서도 제단 바로 밑에 있어서 이장해야만 해. 벌써 몇 년 전부터 철거 얘기가 돌고 있어. 정교회 측에서는 아버지가 이단이고 그곳이 카타콤이라면서 인정할 수 없다고 하더구나. 그들 말로는 아버지가 주교도 아니고 사칭한 거나 다름없다고 말이야!"

레나는 이들이 대화하는 모습을 보고도 이 말도 안 되는 상황이 꿈인지 생시인지 알 수 없었다……

그들은 또다시 부엌으로 갔고 안나 안토노브나는 상을 차렸다. 파샤 할머니는 보르시 한 그릇을 먹더니 고맙다며 배부르니 더는 아무것도 필요 없다고 말했다.

그 후에 그들은 새벽 2시까지 함께 차를 마셨다. 코스탸는 파샤가 하는 말 가운데 못 알아듣는 말이 많았다. 그럴 때면 외국인처럼 다시 묻곤 했다. 이런 식으로 말이다.

"할머니, 한 번 더 말씀해주세요. 무슨 말씀이신지 못 알아들었어요. 무슨 말씀을 하고 싶으신 건지 설명 좀……"

그러면 그녀는 이야기하다가 설명도 했다가 뭔가를 보여주기도 하고 노래를 부르는가 하면 울기도 했는데 문지방에 선 안나 안토노브나는 눈을 동그랗게 뜨고 말없이 서 있었다.

파샤는 날짜에 약해서 그녀의 이야기만 듣고는 언제 할아버지가 투옥되었고 언제 석방되었는지 가늠하기 어려웠다. 처음에 그는 유배를 가서 아르한겔스크주에 살았고, 홀아비 신세가 돼서 조국으로 돌아온 뒤에는 체포되었다고 했다.

"그리고 솔로베츠키 제도에 가서 거기서 서품을 받으셨지."

이 말을 하면서 그녀는 존경심을 표하면서 인상을 썼다.

"할머니, 그분한테 무슨 일이 있었던 거예요?"

코스탸가 할머니의 말을 끊으면서 질문을 했다.

"주교 서품을 받았지. 물론 비밀리에 말이야."

이 말을 하면서 그녀는 그가 그렇게 쉬운 것도 모른다는 의미의 미소를 지어 보였다.

"그 후 블라디카는 전쟁이 터지기 직전에 석방됐는데 집까지 다 못 가서 또다시 붙잡혔어. 전쟁 때 수용소에서 도망쳐서 수년

간 무릎에 있는 한 숲에 숨어서 수도 생활을 하셨단다. 바로 그
때 우리 엄마가 나를 그분한테 처음으로 데리고 갔고, 그때부터
나는 평생을 그분께 헌신했어. 어머니는 나에게도 당신이 하신
것처럼 그분을 섬기라고 명하셨지. 1년에 두 번 그분은 자기가
기거하는 곳에 오는 것을 허락하셨지. 그분을 보려고 러시아 전
역에서 사람들이 왔어. 신자들도 있고 세속적인 사람들도 있었
고…… 그분이 고양이 한 마리를 키웠는데 고양이를 뒤쫓아서
적이 그분의 거처를 덮친 거야. 그들이 그분의 은신처를 찾아 부
쉈지만 정작 그분은 못 찾았어. 그곳에서 10킬로미터 정도 떨어
진 곳에 은둔자가 한 분 더 살고 있었는데 그분에게 영성체를 해
주러 갔던 거였어. 블라디카는 위험하다는 말을 듣고 은신처로
돌아가지 않고 자기가 지내던 곳에서 더 멀리 떨어진 숲속으로
들어가 살았지. 나는 선한 사람들의 손에 이끌려 그분을 뵈러 갔
어. 어머니는 이미 돌아가신 뒤였어. 또 한번은 내가 거기 남아
서 얼마간 그분 곁에서 살기도 했어."

"그때가 몇 년이었죠?"

코스탸는 1백 년은 더 된 이야기인 것 같아서 질문했다.

"연도는 모르지. 전쟁이 시작되던 때부터 오랫동안 그곳에 사
셨으니까. 그런데 1956년에 내가 직접 목격한 일은 아주 잘 기
억나. 그분이 몸이 심하게 아팠는데 탈장이 심해서 돌아가실 뻔

했어. 엄마도 아직 살아 계실 때였는데 우리 모두 기도를 열심히 했지만 그분한테까지 기도가 미치지 못했나 봐. 그때 그의 옆에 누이 알렙티나와 예브도키야가 있었고 그가 영적인 딸로 받아들인, 니즈니노브고로드에서 온 안나 레오니도브나와 내가 있었어.

그분이 우리와 마지막으로 작별 인사를 하고 돌아가시려고 하는데 안나 레오니도브나가 강권하면서 의사를 데리고 온다고 하더라고. 무롬에 의사가 한 분 있다고 하면서 말이야. 그러고는 정말로 외과 의사를 데리고 왔는데 그분도 신자였어. 참 좋은 분이셨는데 요절하셨지. 아르메니아 사람이었는데 이름이 이반이었어. 그분이 처음에는 울더니 맹세코 이런 상황에서는 환자를 도울 수가 없으니 병원으로 모셔야 한다고 말했어. 그때가 겨울이었고, 움집이 언덕 속에 들어가 있었거든. 입구가 굴이나 다름없었어. 창문이 없어서 밤낮으로 어두웠는데 그분은 그렇게 수년간 사셨어. 추위는 안이나 밖이나 다를 바가 없었지. 난로가 없는 건 아니었는데 굴뚝을 내면 발각될까 봐 창문도 없는 곳에서 난로를 때다 보니 집 안에 연기가 자욱했어.

그런데 그분을 어떻게 모시고 나가겠어? 거주 등록증이니 뭐니 하는 서류도 아무것도 없는 데다 걸어서 족히 20킬로미터는 가야 하는데 말이야. 게다가 블라디카가 수술을 원치 않았어. 너

448

무 괴로워서 어서 죽었으면 하셨지. 의사가 떠나려고 할 때 탈장된 내장이 터져서 피와 고름이 쏟아지는 거야. 그래서 의사가 상처를 세 시간 동안 닦았어. 상처 닦는 것이 끝날 즈음에는 블라디카가 이렇게 정말로 돌아가시겠다고 생각했지. 얼굴에 핏기가 하나도 없어서 눈보다 하얀 데다 의사가 맥박을 짚어보더니 이대로 두면 돌아가실 것 같다고 하더라고. '저를 여기에서 내보내주세요. 저랑 집까지 동행해주실 분을 붙여주세요. 약은 드릴수 있지만 근육에 주사해야 하는 약이에요.'라고 의사가 말하는거야. 누이 알렙티나가 그를 밖으로 데리고 나가서 그와 함께 무롬까지 가서 하루 반 만에 돌아왔어. 주사기, 주삿바늘, 페니실린까지 전부 가져왔지. 이반은 닭과 세몰리나 밀가루도 보내왔어. 우리 먹으라고 빵도 보냈는데 그에게는 빵을 주지 말라고 했지. 또 주사기와 주삿바늘은 쓰고 나서 그에게 다시 보내달라고말했어. 의사는 추위 덕분에 목숨을 건질지도 모른다고 말했어. 정말 놀라운 일이 벌어졌어. 추위가 아니라 신의 가호가 있었던거야. 그리고 나와 알렙티나만 남고 다른 사람들은 모두 떠났어. 웃음이 나오더라고. 우리는 닭 반 마리를 끓여서 먹었고, 나머지반 마리는 여우 한 마리가 쏜살같이 가지고 가버렸어! 웃음도나고 눈물도 나고……. 블라디카는 사흘간 숨만 붙어 있는 것 같았지. 그다음에는 눈을 뜨시더니 이러는 거야.

'이젠 완전히 죽는 줄로만 알았는데 이렇게 살아서 여러분 얼굴을 보네요.'

그때부터 점점 더 호전되더니 쾌차하시더라고. 4월에 우리 집으로 모시고 왔지. 우리 집에 오실 때 하늘의 복을 갖고 오셨어. 그는 매일 예배를 드렸어. 첫해에는 집에서 거의 안 나오셨는데 여름에는 하늘을 볼 요량으로 밤에 나가곤 하셨어. 그런 다음에는 줄곧 방에만 계시다가 예배할 때만 나오셨지. 책상도 얼마나 작았다고. 그리고 우리한테는 이 땅이 신자들과 신부들이 흘린 피로 얼룩져 있기 때문에 제단을 덮는 보자기도 필요 없다고 하셨지. 어디서 기도를 하든지 박해받은 자들의 뼈가 있다고 말이야. 그는 수도원에서 정한 규율대로 예배를 드렸어. 밤에 자주 잠도 마다하시고 기도하셨지. 기도가 끝날 때 즈음 되면 다리가 퉁퉁 부어서 일어설 수도 없게 되는데, 그러면 그를 부축해드렸지. 얼마나 많은 사람들이 그분을 보러 왔는지 모른단다. 우리는 그러다가 병에라도 걸리실까 봐 노심초사했어. 그런데 그분이 우리를 안심시키면서 말씀하시는 거야. '파샤, 병에 걸릴 염려 없어. 난 여기에서 영원히 너희들과 같이 있을 테니까.' 그분은 그렇게 우리와 8년을 같이 사셨어. 그리고 1964년에 돌아가셨지."

이 말을 하고 파샤는 또다시 십자성호를 그었다. 얼굴이 환해졌는데 기뻐하는 듯했다.

"그때 그분 연세가 어떻게 됐죠?"

코스탸가 물었다.

"아흔이었어. 어쩌면 아흔하나일지도 모르고."

'내가 벌써 태어났을 때야. 할머니도 살아 계실 때고. 그렇다면 우리 가족과 같이 사셨던 걸 수도 있어.'

코스탸는 검은 성직복을 입고 십자가 목걸이를 들고 있는 주교와 그 옆에 있는 돌아가신 안토니나 나우모브나 할머니를 상상해보았다.

'그래, 부모와 자식 세대지…… 아니야, 그건 불가능해.'

이야기는 끝났다. 시간은 벌써 새벽 1시가 넘었지만 여전히 파샤 할머니가 오신 이유를 이해할 수 없었다.

"코스탸, 사람들이 우리 집이 있는 거리 전체를 철거한다는 말만 안 했어도 내가 여기 오지는 않았을 거야. 집은 주겠지만 무덤은 어떻게 하니? 무덤이 우리 집 바로 밑에 있잖니! 이장해야 해. 내가 친한 사람들한테 뼈만 파내서 그분이 돌아가시기 전까지 은둔하시던 무롬의 숲에 묻자고 말을 했거든. 그랬더니 그 사람들이 그분은 주교였으니까 교회식으로 매장해야 한다고, 시대가 변해서 이젠 그런 서류를 받을 수 있을 거라는 거야. 그가 감옥에 있었다는 기록을 지울 수 있도록 말이야. 여기 이렇게 적혀 있네……."

그녀는 이 말을 하면서 몇 겹의 숄 안에 손을 넣어서 거기에서 여러 겹의 신문지로 싼 종이 한 장을 꺼냈고, 종이에는 노인이 쓴 것 같은 필체로 '명예 회복'이라고 적혀 있었다.

드디어 코스탸는 그가 해야 할 일을 깨달았는데 관청에 가서 (그는 즉시 KGB에 가는 편이 좋겠다고 생각했다) 증조할아버지의 명예 회복에 관한 증서를 받아 와야 했다. 그리고 파샤 할머니한테는 바로 실행에 옮기겠다고 약속했다. 그는 가능한 모든 자료를 수집하고 신청서를 내기로 마음먹었다.

파샤는 신문지 뭉치를 뒤적거리면서 말했다.

"여기 그분이 남긴 서류가 하나 남아서 너 주려고 가져왔어. 우리 모두 너한테 주는 게 좋겠다고 결정했어. 혹시 거기서 너한테 물어보면 그때 도움이 될까 하고."

이 말을 하고 할머니는 누런 종이 한 장을 꺼냈는데 그것은 1892년 날짜로 나움 이그나티예비치가 신학교를 졸업했다는 증서였다…….

"할머니, 그런데 말씀하신 '우리'가 누구죠? 친척이 남아 있나요?"

코스탸는 대화 끝에 문득 생각난 듯 물었다.

"친척? 아들 한 명이 있었는데, 역시 사제였고 총살당했지. 그분을 부인했던 다른 가족도 다 죽고 없어. 아이들은 어릴 때 죽었고, 그분의 딸은 너도 알다시피……. 우리 공동체가 좀 특이해서 총대주교를 인정하지 않았는데 전후에야 비로소 그분이 모두가 다니는 성당에 다니라고 말씀하시면서 다른 교회는 이제 없을 것이라고 하셨어. 하지만 그분을 찾아오는 신자들을 거부하지는 않으시고 직접 가르치셨지. 돌아가시기 직전까지도 예배를 드리셨어. 그분 예배만 원하는 사람들은 그분 예배에 갔지. 지금도 그분을 존경하는 사람들이 조금 있어. 내가 '우리'라고 말한 사람들은 그 사람들을 뜻하는 거야."

노파는 접이식 침대에서 하룻밤을 자고는 다음 날 아침 일찍 코스탸의 마음을 편안하게 하는 양가죽 냄새를 남기고 떠났다.

대학원 박사과정의 마지막 해가 가고 있었다. 박사과정뿐만 아니라 무언가 그보다 중요한 것을 이룬 것 같았다. 지도교수는 코를 찡그리고는 속히 논문을 쓰려고 하는 코스탸의 결심에 제동을 걸었다.

"합성, 합성, 합성을 하란 말이야! 멈추지 마! 어쩌면 이런 기회는 이제 다시 오지 않을지도 몰라! 논문 발표는 올해 하든 내년에 하든 상관없어. 어차피 자네 자리는 내가 벌써 마련해놨으니까. 어서! 계속 하라니까!"

지도교수가 재촉했고, 코스탸는 계속해서 실험을 했으며, 결과는 뜻밖에도 아주 성공적이었다. 그리고 무엇보다 가장 중요한 것은 다시 한 실험 결과가 아주 정확하게 나왔다는 것이었다.

코스탸는 틈나는 대로 할머니 일을 알아봤고 그 결과 그가 가야 할 곳이 KGB가 아니라 검찰청이라는 것을 알아냈다. 이 일에 대해 아는 이들은 때를 놓친 것 같다고 했는데 '명예 회복'을 할 수 있는 시기가 1960년대 말에 이미 끝난 데다 사제들은 정치범으로 몰려서 숙청된 희생자 안에 들어가지도 않는다는 것이었다. 봄이 되어서야 코스탸는 증조할아버지의 명예 회복 신청을 했다. 검찰청의 사내는 둥글둥글한 용모에 상냥했는데, 이름은 아르카디 이바노비치였고 문서를 입수해서 전화하겠다고 약속했다. 그로부터 2주 뒤에 아르카디 이바노비치로부터 전화가 왔다.

코스탸는 약속한 시간에 도착했다. 상대는 아주 친절하게 그를 맞이했다. 책상 위에는 얇은 파일이 놓여 있었다.

"콘스탄틴 블라디미로비치! 내 손을 거쳐 간 일이 2천 건이 넘다 보니 별의별 일을 다 봐왔습니다. 이런 제가 봐도 선생님 증조할아버지 일은 굉장히 놀랍더군요. 1945년 초에 수용소에서 도망친 후로 지금까지 공식적으로는 여전히 수배자 명단에 올라가 있더군요. 이런 경우는 이례적이고, 제가 맡은 사건 중에는 이런 사례가 없었습니다. 전문가와 상의하겠지만 나눔 이그나티예비치 사제가 도주를 했고, 결국 그를 잡지 못한 상황에서 명예 회복은 쉽지 않을 것 같습니다. 현재 우리가 이쪽 사람들과 일하지 않는 것은 차치하고 말입니다. 저는 이 일에 무척 관심이 많고, 제 연락망을 동원해서 뭐든 알아내도록 노력하겠습니다. 하지만 큰 기대는 안 하시는 편이 좋을 겁니다."

코스탸는 충분히 이해한다는 뜻으로 고개를 끄덕이며 자신이 증조할아버지가 돌아가실 때까지 20년 동안 어디에서 숨어 지냈는지 알고도 말하지 않은 사실이 내심 기뻤다. 알고 있었지만 말하지 않았던 것이다!

그가 집에 돌아오자 파샤 할머니가 보낸 편지가 그를 반겼다. 마치 할머니가 그의 집에 다녀간 그날 이미 일이 이렇게 될 줄 알기라도 한 것처럼 말이다. 그녀는 그에게 주택 철거가 임박해서 이장을 해야 하니 그녀의 집으로 속히 와달라고 부탁했다.

한 주가 지났고 또 한 주가 지났지만 코스탸는 오팔리하에 사는 장모 댁에서 여름을 보내는 일까지 겹쳐서 짐을 옮기느라 정신없는 나날을 보냈기 때문에 그곳에 갈 겨를이 없었다. 레나는 짐을 싸고 움직여야 할 때면 아무리 짧은 여정이라도 늘 떠나기 전에 설명할 수 없는 공포에 사로잡히곤 했다.

6월 초가 되어 가족을 별장에 보내고 나서야 코스탸는 파샤 할머니 댁에 갈 수 있었다. 그는 자고르스크까지 가서 세르기예 프 포사트에 있는 성당의 돔 지붕을 보면서 감탄하고는 표시된 주소대로 철도 건너편 쪽을 따라 걷기 시작했다.

이곳은 오래전에 도시에 포함된 시골이었고 거리 이름은 포 드보이스키인지 보이콥스카야인지 기억이 가물가물했다. 거리 의 한쪽으로는 커다란 구덩이에서 5층짜리 건물이 세워지고 있 었지만 아직 2층도 채 올라가지 않았다. 홀수 동 쪽에서 굴착기 가 작동하고 있었다. 집들이 너무 낡아서 굴착기의 삽으로 한 번 만 내리쳐도 쉽게 부서졌다. 19번 건물만 아직 멀쩡했다. 17번 건물을 굴착기 운전자와 그의 파트너가 부수고 있었다. 건축물 폐기물을 실은 트럭은 막 떠나고 없었다.

봉투에 명시된 발신자 주소인 7번 건물은 이미 철거되고 없 었다.

코스탸는 집 맞은편에 있는, 벤 지 얼마 되지 않은 나무의 그 루터기에 앉았다. 건물 경관을 망치지 않고 공사에 방해되지 않 도록 나무를 잘라내면서 생긴 그루터기였다.

'한발 늦었군. 굴착기 기사가 어제나 그저께 땅을 팠을 거고 그 과정에서 딸려 올라온 증조할아버지의 뼈는 폐기물 트럭 짐

칸에 실려 지금쯤 도시의 쓰레기장에나 있을 거야. 이 얼마나 창피한 일인가……. 이제는 영원히 찾을 수 없겠지. 나는 절대 이번 일에 대해 스스로를 용서하지 못할 것이다. 왜 진즉에 일을 처리하지 않았을까? 엄마가 돌아가시기 직전에 자신을 화장해서 유해를 일리야의 무덤에 뿌려달라고 했지만 이 역시 하지 않았지. 왜냐하면 일리야가 어디에 묻혔는지, 묘가 뮌헨의 어디에 있는지도 알 길이 없었으니까. 그의 무덤은 어디에 있을까? 일리야도 고향 땅에 묻히고 싶었으리라……. 이제 증조할아버지의 뼈는 쓰레기장에 있다……. 러시아 역사가 다 무슨 소용이람……. 그래, 우리는 이렇게밖에 안 되는 사람들인걸…….'

뒤에서 들려오는 개 짖는 소리 때문에 그는 생각에 집중할 수 없었다. 익숙지 않은 슬픔으로 마음이 지쳐 있던 그는 개 짖는 소리가 오히려 반가워서 뒤를 돌아봤다. 여린 풀 위에 꽤 자라 성견에 가까운 강아지 두 마리가 서로 장난을 치고 있었다. 한 마리는 굉장히 큰 뼈를 물고 있었고 두 번째 개는 땅속에서 빼낸 뼈로 다른 개의 어깨를 찌르고 있었다.

뼈에 붙은 살은 이미 다 먹고 없어서 녀석들에게 그것은 먹잇감이 아니라 놀잇감이었다. 그는 그루터기에 앉아서 수치스럽고 화가 나서 울었다.

그가 고개를 들자 숄을 두른 노파 두 명이 그의 옆에 서 있었다.

"울지 마세요. 손자 맞죠? 파샤가 뼈를 다 파서 씻은 다음 사제복으로 감싸 무릎으로 가져갔다오. 그분이 머물던 곳을 찾아서 거기에 묻겠다면서……. 혼자는 옮기기 힘들어서 그리고리예프 알렉사샤가 같이 갔지. 우리는 저기 제일 끝에 있는 집에 사는 사람들이라오. 파샤가 여기 앉아서 당신이 올 때까지 기다리라고 했거든. 그래서 이렇게 앉아 있던 거요."

엔데 구트(Ende gut)*

　1960년대 초에 새로운 유형의 외국인들이 러시아에 등장했고, 이들은 러시아에 열광했다. 그들의 수는 수백 명까지는 아니었지만 수십 명에 달했다. 이들은 모스크바와 페테르부르크에서 유명했다.

　처음에 등장한 사람들은 공산당원인 이탈리아인들이었다. 그 뒤에는 온갖 부류의 스웨덴인들과 미국인들이 유입되었다. 그들은 직업의 종류에 따라 도스토옙스키, 말레비치, 흘레브니코프 같은 미끼를 물었다. 그리고 이들 모두는 부드러우면서도 용맹스럽고, 비합리적이고 열정적이며, 광기 어리고 희생을 불사

---

*　독일어로 '끝이 좋다'는 뜻.

하는 잔인함을 지닌 수수께끼 같은 러시아인들의 정신에 매료
되었다.

완벽한 이탈리아제 부츠에서 부르주아적 먼지를 떨어낸 그들
은 페미니즘에 전염되지 않은 러시아 미인들과 사랑에 빠져서
결혼했고, 수많은 난관을 극복하면서 그들을 로마와 스톡홀름,
파리, 브뤼셀로 데리고 갔다가, 또다시 모스크바의 시프체프 브
라제크나 폴랸카 혹은 콘코보-데레블레보로 돌아왔다. 이렇게
러시아로 다시 돌아온 외국인들은 마음이 맞는 러시아 친구들
을 찾아내 부모들도 아이들도 서로 친하게 지냈고 자기 나라에
서 들여온 책, 약, 물감, 공갈 젖꼭지, 모피, 담배 등을 가져다주
었다. 외국인들은 그 대가로 한정판 도서와 안드레이 루블료프
의 성상화와 디오니시의 프레스코화를 베낀 모조품과 캐비어를
받았고, 또한 열렬하지만 아주 순수하다고는 볼 수 없는 사랑을
받았다.

피에르 장드는 문제의 축제가 있던 1957년부터 소포와 인편
으로 청바지, 레이스, 레코드판 같은 것들을 많이 보내왔다. 레
코드판은 사냐에게 보냈고, 최상급 브뤼셀식 레이스가 달린 옷
깃은 안나 알렉산드로브나에게 보냈으며, 청바지는 세 친구 모
두에게 보냈다. 그는 이런 식으로라도 자기 선조들이 등진 조국
에 대한 사랑을 표현하고 싶었다.

러시아를 사랑하는 외국인들 중에서도 피에르의 입지는 특별했는데 그는 발트해 연안에 사는 독일인 출신이기는 했지만 러시아에 뿌리를 둔 러시아인이었고, 러시아에 대한 향수는 실존적이었으며 불치병과도 같았다. 피에르가 봤을 때 가장 속상한 것은 이미 오래전부터 그의 몸에 옷핀처럼 박혀 있었던, 이 흔치 않으면서 복잡한 감정은 이미 30년 전 작가 시린*에 의해 영원히 보존되어 있다는 것이었다. 이것을 증명이라도 하려는 듯 피에르는 당시 필명에서 원래 성으로 바꿔서 활동하던, 러시아에서는 아직 무명이던 작가 나보코프의 책들을 친구들에게 보내왔다.

피에르는 시린의 장편소설에 등장하는 주인공처럼 작은 브뤼셀 출판사에서 출간한 책들을 위험을 무릅쓰고 러시아에 들여왔다. 종교 서적이 주를 이루었다. 이것은 콤소몰 활동에 가까운 것이었다. 1963년에 피에르는 모스크바에 5개월 동안 머물면서 모스크바 국립대학교에 나가서 외국인들에게 러시아어를 가르쳤고, 볼긴 거리에 있는 기숙사에 머물면서 모스크바 시내 여기저기를 돌아다녔고, 일리야와 함께 온갖 종류의 의심스러운 장소에 다녔으며, 사냐와는 멋진 음악회를 다녔고, 심지어

---

* 블라디미르 나보코프의 필명이다.

미하와 함께 그가 일하던 농아를 위한 기숙학교에도 다녀온 적이 있었다. 그는 이런 식으로 자기가 사랑하는 러시아를 알아갔다.

5개월 후 그가 모스크바 친구들을 위해 들여온 책에 대해 누군가가 외교 우편으로 밀고하는 바람에 그는 간첩 활동을 했다는 혐의를 받고 국외로 추방되었다. 러시아어를 가르치던 대학교는 이런 일에 대해서 엄격했기 때문이다.

러시아 중앙 신문에 그가 소련 정부에 해를 가하고 반소련 문학작품을 전파하는 간첩 행위를 했다는 혐의를 고발하는 기사가 나는 등 파장은 상당했다. 하지만 밀고와 과장된 혐의 외에 별다른 증거는 없어 보였다.

피에르는 모스크바에서 지내는 5개월 동안 북부 지역 사람 특유의 밝은 눈동자와 밀짚 같은 금발 머리를 가진 '알라'라는 예쁜 여자를 사랑하게 되었는데 그들은 이어질 운명이 아니었다. 알라가 그를 밀고하면서 그들은 결혼하지 못했고 그녀는 이 일을 평생 후회했다. 물론 그녀는 기숙사에서 내쫓고 공개적으로 창녀라는 소문을 내고 인생을 망쳐버리겠다는 협박에 못 이겨 밀고한 것이었다. 소련 정부의 말을 믿지는 않았지만 이런 유의 협박은 무시하기 힘들었기 때문이었다.

결과적으로 추방은 나보코프의 전망보다는 훨씬 나은 처벌이 되었다. '나를 골짜기로, 사망의 골짜기로 내모는구나…….'*

자신이 사랑하는 조국을 떠난 지 사흘이 되었을 때 수천 명의 사람들이 러시아로부터 떠나고 싶어 몸부림치는 동안 페탸는 러시아로 돌아가고 싶은 마음을 주체할 수 없었다. 하지만 러시아는 러시아에 오려고 하는 사람들은 들여보내지 않았고, 러시아를 떠나려고 하는 사람들은 내보내지 않았다.

그러나 인생은 그해에 페탸를 지리적으로 정반대되는 위치로 데려갔다. 그는 슬라브족 어문학에 빠져 연구자가 되었고 캘리포니아 소재의 한 대학교가 그를 교수로 초빙했다. 그는 모스크바 친구들과 계속해서 연락했지만 연락은 점점 뜸해졌다. 하지만 1970년 그는 당시에 무명이었던 베네딕트 예로페예프라는 작가가 쓴 운문소설《모스크바발 페투슈키행 열차》가 러시아 내에서 사미즈다트로 출간되는 즉시 손에 넣었다.

일리야가 애써준 덕분이었다. 일리야는 이 소설이 러시아 혁명 이후에 출간된 책 중에 가장 뛰어난 장편소설이라는 편지와

---

*　블라디미르 나보코프의 시 '총살'의 일부.

함께 그에게 책을 보내왔다. 피에르는 친구의 말에 흔쾌히 동의하며 그 책의 번역에 착수했다. 하지만 3개월 후에 그는 혼자서는 번역을 해낼 수 없다는 사실을 깨달았다. 그가 책을 더 깊이 읽으면 읽을수록 미처 몰랐던 새로운 의미들이 계속 발견되었기 때문이었다.

감상주의에 젖은 듯한 그 소설에는 방대한 문화가 녹아 있었다. 이것은 러시아 여행가의 메모였다. 하지만 이제 막 문단에 등장한 저자가 라디셰프와 그리보예도프부터 시작해서 도스토옙스키나 블로크를 언급하는가 하면 거침없는 구어체를 망라하는 등 이야기의 전개를 종잡을 수 없었다. 책은 수많은 인용구로 넘쳐났는데, 거짓된 것도 있고 실재하는 것도 있고 변형된 것도 있고 조롱하는 듯한 것도 있었다. 소설 속에는 패러디와 신비화, 생생한 고통과 진정한 재능도 있었다.

피에르는 학술 잡지에 해당 소설에 관한 장문의 글을 써서 보냈지만 거부당했다. 작가가 무명인 데다 편집자들이 보기에 기사가 지나치게 거침없었기 때문이다.

피에르는 너무 속상해서 술을 잔뜩 마셨다. 그러고는 만취 상태에서 러시아인 친구들에게 전화를 걸었다. 일리야와 미하는 마침 집에 없었다. 집에 있던 사냐와 통화가 되었고, 사냐는 그에게 미하가 죽었다는 슬픈 소식을 전해주었다. 그리고 사냐는 삶이 무의미해졌고 가장 사랑하는, 가장 훌륭한 사람들이 떠난 지금 삶의 의미가 어디에 있는지 모르겠다며 횡설수설했다. 사냐에게는 의미의 의미조차도 무의미했다.

그 말을 들은 피에르는 술이 깼다. 그는 사냐를 위해 어떤 식으로든 탈출구를 마련해보겠다고 말했다. 뭔가 건설적인 방법을 찾아보겠다고 말이다. 전화 요금이 페탸의 2주 치 급여가 될 만큼 통화가 길어졌다. 또 그는 이만 전화를 끊고 병에 남은 술을 빨리 마저 마셔야겠다고 말했다. 그리고 그의 친구 예브게니의 전화를 기다리라고도 말했다…….

사냐는 마치 그날 술에 취한 것이 피에르가 아니라 자기 자신이었던 것처럼 이날 나눈 대화를 즉시 잊었다. 마치 고열에 시달리듯이 슬픔이 그를 덮쳤기 때문이었다. 그는 할머니가 쓰던 소파에 누워 텅 빈 시선으로 소파에 놓인 낡은 태피스트리 쿠션을 쳐다보면서 형형색색의 바구니, 리본으로 묶은 꽃다발 등을 짜넣은 하늘색, 엷은 황갈색, 밝은 보라색의 실이 복잡하게 얽혀서 만들어내는 소리에 귀를 기울일 뿐이었다.

그가 마지막으로 집 밖을 나가본 것이 언제였던가? 할머니 장례식 때였던가? 40제 때 성당에 간 날이던가? 맞다, 성당에서 미하와 함께 나란히 서 있었는데, 미하는 울었지만 사냐는 이제 울음도 나오지 않았다. 주변의 모든 것이 끔찍할 정도로 낯설게 느껴지는 것을 제외하고는 아무런 감정이 남아 있지 않았기 때문이다. 그랬다, 처음에는 할머니가, 그다음에는 미하가 그를 떠났다. 볼 때마다 새로운 엄마만 남았다. 더 정확히는, 엄마로 추측되는 사람만 남았다. 갈색 머리로 염색한 엄마는 아침마다 출근하기 전에 상냥하고도 조심스럽게 여전히 자고 있는 사냐에게 다가왔고, 차를 따르고 치즈가 든 샌드위치를 침대 머리맡에 올려놓고 갔다. 저녁에는 수프 접시를 올려놓았다.

사냐는 무의식적으로 음식을 먹었다. 한 번 삼키고, 한 번 씹고. 레몬을 넣은 진한 홍차가 그리웠다. 누구든 아플 때면 할머니가 갖다주곤 하시던 그 차 말이다.

뉴타 할머니는 아름답게 돌아가셨고, 아름다운 기억으로 남았다. 하지만 미하의 죽음은 끔찍했고 반칙이었다. 미하가 죽던 날 사냐는 키롭스카야 역에서 집으로 돌아가면서 미하 집 옆을 지나고 있었다. 최근 몇 년 동안 그래 왔던 것처럼 그는 미하의 집 쪽으로 방향을 틀었다. 사냐는 이제 사라지고 없는 화단 돌난간에 머리를 부딪쳐 피를 흘리며 쓰러져 있는 미하를 지인들 중에서 제일 먼저 목격한 사람이었다.

미하는 할머니가 오래전에 사준 체크무늬 셔츠를 입고 있었다. 사냐 역시 똑같은 셔츠를 갖고 있었다……. 무슨 연유에서인지 미하는 신발도 없이 양말만 신고 있었다. 시신 주위로 드문드문 사람들이 모여들고 있었다. 어서 시신을 옮겨야 했다.

사람들이 시신을 침대보로 덮었다. 한가운데를 크게 다른 천으로 덧댄 침대보를 빨랫줄에서 걷어서 덮은 것이었다.

사냐는 알레나가 마예치카와 함께 랴잔주에 있는 시골로 떠났다는 것을 미하한테 들어서 이미 알고 있었고, 이 말을 할 때 미하가 슬픔에 잠겨서 힘들어했던 일이 떠올랐다. 이제 알레나를 찾아 나서야 했다. 그녀에게 이 사실을 어떻게 알린담?

사냐는 미하의 장례식 후에 바로 자리에 몸져누웠다. 라스토치킨이 구역질하는 소리나 궁시렁거리는 말소리, 토할 것 같은 텔레비전 소리 때문에 잠에서 깼는데, 할머니가 계실 때만 해도 좀처럼 켜지 않았던 텔레비전에서 이제는 새벽 6시만 되면 귓가에 러시아 국가가 들려왔고, 그런 다음에는 커피 끓이는 소리가 들렸는데, 할머니가 늘 하던 대로 엄마도 방에서 알코올 램프로 커피를 끓였기 때문이다. 그런 뒤에는 모든 소리가 잦아들었고, 사냐는 또다시 잠이 들었다가 잠에서 깨서는 볼일이 급할 때면 자리에서 일어나 화장실에 다녀오고는 다시 눕는 식이었다. 나제즈다 보리소브나는 걱정이 돼서 뭐라고 묻기도 했지만 그는 질문을 알아듣지 못했고 벽 쪽으로 돌아누운 채로 침묵했다.

음대 사람들이 다녀갔다. 또 누군가가 다녀갔는데 일리야인지도 몰랐다. 아니면 바실리 인노켄티예비치였나? 그런 다음에는 콜로소프가 다녀갔다. 그는 할머니가 쓰시던 안락의자에 잠시 앉아 있었다. 이번 방문은 잠깐의 불화 뒤에 찾아온 휴전 같은 것이었다. 사냐는 해를 거듭할수록 선생님으로부터 도움을 점점 덜 받았고 멀어져갔다. 이제 그의 방문이 기쁘기보다는 심드렁한 기분이 들었다.

사냐는 힘들게 대화를 이어갔다.

콜로소프는 음대에서 사선 방향으로 걸어가면 있는 제과점에서 판매하는 파스틸라* 한 상자와 독일에서 아주 오래전에 출간된 화려한 책 한 권을 책상 위에 올려놓았다. 떠나기 직전에 학교에는 한 달간 휴가를 내놓았다고 말하며 몸과 마음을 깨끗이 하고 모든 질병을 낫게 하는 데는 '평균율 클라비어 곡집'만 한 것이 없다고 말했다.

"내가 오늘 가져온 것은 굉장히 구하기 힘든 겁니다. 보면 알 겁니다."

사냐는 이틀 후에 그가 놓고 간 것을 보기 위해 팔을 뻗었고

---

* 과일 퓌레에 달걀 흰자, 설탕 등을 첨가해 구운 과자. 러시아 전통 디저트.

그제야 그의 앞에 모든 장조와 단조, 모든 온음과 반음이 표현된 평균율 클라비어 곡집이 있다는 것을 깨달았다…… 요한 제바스티안 바흐는 독일 안할트쾨텐의 통치자 레오폴드 대공의 궁전에서 궁정악장이자 실내악장으로 재직하던 시절에 이 곡을 썼다.

할머니가 그에게 독일어를 배우라고 고집을 부린 이유가 있었다. 읽을 수 있는 것은 곡의 제목뿐이었다……

사냐는 악보를 활짝 펼치자 활력이 솟았다. 19세기 말에 바흐가 쓴 첫 번째 전집 중 열네 번째 악보였는데 이것은 저자가 직접 쓴 원전 악보였다. 그가 지금까지 본 악보는 모두 교정본이었다. 거기에는 다양한 연주법과 템포 그리고 운지법까지 표시돼 있었다. 이제 그의 앞에는 '나체 상태의' 악보가 있었고 이것은 엄청난 감동을 주었는데 마치 갑자기 천재적인 작곡가와 독대라도 하는 것 같았다. 중재자들 없이 말이다. 모든 이론가들처럼 그는 평균율 클라비어 곡집을 연구하면서 다장조, 다단조, 올림다장조로 올라가는 조성들에서 구성의 투명한 단순성을 발견하고는 감탄했다. 사냐가 기억하기로 세 번째 전주곡은 다장조였다. 그랬는데 나중에 바흐가 수정했다. 여덟 개의 샤프를 더해 올림다장조로 만들어서 마무리했다. 이렇게 해서 스물네 개 조성이 만들어졌다. 얼마나 단순하단 말인가!

초중고등학교에 재학 중인 학생들도 배울 수 있다. 실제로 바흐가 청소년기의 아들이 음악 이론을 처음 배울 때 참고하라고 쓴 것이었다. 음악가가 원하는 대로 연주하도록 거기에 어떤 설명이나 지시도 적지 않았다. 완전한 자유를 부여하기 위해서!

하지만 요즘 악보들은 편집자들이 수정하기 때문에 이러한 자유가 없었다.

사냐는 평균율 클라비어 곡집의 수많은 연주를 들어서 알고 있었기 때문에 어서 다시 한번 연주를 들으며 비교해보고 싶었다.

집에 사무일 페인베르크*의 멋진 연주를 녹음한 레코드판들이 있었다. 아주 오래전에 할머니가 사다 놓은 것이었다. 레코드판에는 전곡이 녹음돼 있었는데 마흔여덟 개의 전주곡과 푸가가 모두 수록돼 있었다. 리흐테르의 훌륭한 연주도 있었지만 레코드판들의 상태가 몹시 안 좋았다.

사냐는 페인베르크가 연주한 걸 찾아서 턴테이블에 넣었다. 콜로소프의 말이 옳았다. 몸과 마음을 정화해주는 소리였다. 그

---

* 사무일 예브게니예비치 페인베르크(1890~1960). 러시아의 작곡가이자 피아니스트.

는 자기 몸 전체가 음악을 통과하도록 놔두었다. 어쩌면 음악이 그의 몸 전체를 관통했는지도 모를 일이다.

일주일 동안 내내 그는 음악을 듣는가 하면 악보를 봤다. 페인베르크의 연주는 환상적이었다. 사람들마다 생각이 달랐는데 글렌 굴드의 전주곡과 푸가 연주를 높이 평가하는 사람이 있는가 하면 리흐테르를 신이자 황제처럼 떠받드는 사람도 있었다. 하지만 페인베르크의 연주에서는 깊은 슬픔과 연약함 그리고 우아함이 느껴져서 마치 삶은 이미 다 끝났고, 육체는 사라지고 변주들과 나비의 날개짓, 음악의 정신만 남은 것 같았다.

위풍당당하다기보다는 평범하며 염소 같은 턱수염을 기르고 얼마 전까지만 하더라도 음악대학교 복도를 걸어 다니던 그였기 때문에 사람들은 그의 등 뒤에서 "봐봐, 페인베르크야, 사무일 예브게니예비치라고" 하고 귓속말을 하지는 않았다.

하지만 네이가우스나 리흐테르의 경우는 달랐다. 그들은 평생 등 뒤에서 속삭이는 소리를 들었다.

"봐, 저게 누구야……."

사냐는 계속해서 바흐의 곡을 들었고 2주가 지날 즈음 병은 완전히 나았다.

마지막 전주곡과 푸가 나단조에 바흐는 이렇게 썼다.

"엔데 구트, 알레스 구트(Ende Gut, Alles Gut)."*

"좋군."

사냐가 말했다. 그는 바흐의 말을 믿었다.

그는 욕조를 닦은 뒤 견딜 수 있을 만큼 뜨거운 물을 받고 한참 동안 몸을 담그고는 손톱과 발톱을 깎고 턱수염이라고 부를 수 있을 만큼 제법 자란 까슬까슬한 수염을 깎은 후에 어디로 갈지 정하진 않았지만 새로 산 셔츠를 입었다. 그러고는 할머니가 쓰던 거울로 자신의 모습을 살펴봤는데 그동안 살이 빠졌고 창백한 얼굴은 흥미로워 보였으며 턱에 베인 상처가 두 군데 있었다. 이때 전화벨이 울렸다.

"페탸의 친구 예브게니예요. 이제야 전화를 받으시는군요. 한번 뵀으면 합니다. 늘 보던 곳에서요."

사냐는 늘 보던 장소라는 곳이 어딘지 기억이 가물가물했다. 피에르가 심부름꾼을 시켜서 책과 청바지, 레코드판 등을 보냈는데…….

그들은 쿨투리 공원에 있는 맥줏집 근처에서 만났다. 알고 보니 예브게니란 사람의 본명은 유진이었고, 모스크바에 파견된

---

* 독일어로 '끝이 좋으면, 모든 것이 좋다'라는 뜻.

미국 신문사 특파원이었다. 그는 피에르의 제안이라면서 위장 결혼을 권했다. 이제 막 우울증으로부터 벗어난 사냐는 시큰둥하게 반응했다.

"정말 그런 일이 가능하기는 한가요?"

유진은 시도는 해봐야 하지 않겠냐고 하면서 피에르가 벌써 그의 신붓감을 고르느라 분주하다고 말했다.

"금발인가요? 갈색 머리인가요?"

그렇게 말하고 사냐는 미하가 죽은 이후 처음으로 웃었다.

1월의 강추위는 일반적으로 주현절이나 크리스마스 무렵 오는데 이번에는 마침 두 명절 사이에 매서운 추위가 들이닥쳤다. 유진 마이클스와 사냐 스테클로프는 서로 다른 길로 공항에 도착했는데, 유진은 지하철을 타고 레치노이 보크잘 역까지 가서 거기서 택시를 잡았고 사냐는 버스를 타고 왔다. 뉴욕발 비행기에서 내리는 승객을 기다리는 사람은 많지 않았고 사냐와 유진은 일부러 서로 못 본 척했다.

비행기는 한 시간 연착했다. 마침내 비행기가 착륙했다는 방송이 나왔다. 마중 나온 사람들은, 국경이 열리고 외국인, 외교관과 KGB 직원들로 이루어진 몇 안 되는 러시아인 승객들의 가느다란 행렬을 통과시켜주는 성스러운 장소 쪽으로 모여들었다.

하지만 아직 한 시간은 더 지나야 온갖 검사를 받고서 짐을 찾아오는 여행객들을 만날 수 있을 터였다.

소련 사람들은 미국인들과 달리 여행 가방의 개수가 많았고 심하게 겁먹은 얼굴을 하고 있었다. 미국인들은 소련인들과 달리 키가 더 컸고, 다소 어리석어 보이는 지적 호기심이 가득한 얼굴을 하고 있었으며 옷차림도 달랐다. 사실 자세히 들여다보면 미국인들과 소련의 공무원과 그들의 부인들이 입은 옷은 똑같았는데, 고위직 공무원 남자들은 트위드 재킷을 입고 있었고 조금 더 검소하게 입은 사람들은 모자 달린 파카와 더플코트를 입고 있었다. 어떤 차림이든 겨울옷 특유의 어둡고 수수한 색이었다. 소련 사람들이 입으면 그 옷들은 다른 표정을 지어서 그것만으로 쉽게 알아볼 수 있었다.

긴 비행으로 지친 점잖은 사람들 틈에 눈에 띄는 얼룩 같은 인물이 있었다. 사람들 머리 위로, 땅속 요정이 쓸 법한 빨간 고깔모자가 뻔뻔하게 잔뜩 흥분한 채 튀어나와 있었다. 고깔모자를 쓴 사람은 눈 화장이 진하고 볼은 발그스레하고 입에는 강렬한 빨간색 립스틱을 바른 얼굴이었다. 전형적인 마트료시카의 모습이었지만 외국산 마트료시카 같았다. 조금 더 자세히 묘사하자면 호사스러운 밍크코트를 걸치고 운동화를 신고 있었다. 손에는 극장에 갈 때 들고 가는 여성용 핸드백 외에도 플라스틱 재질의 커다란 해바라기를 들고 있었다. 그러니까 해바라기가 일종의 암호였던 것이다.

마중 나온 사람들 중에 검은색 점퍼를 입은 금발의 젊은이가 단연 돋보였다. 귀를 덮는 모자가 외투 주머니 밖으로 튀어나와 있었다. 그는 마치 태양이 해바라기 쪽으로 움직여야 하기라도 하듯이 해바라기 쪽으로 걸어갔다. 그러곤 빨간색 고깔모자를 쓴 여자 앞에 멈춰 서더니 해바라기를 향해 한쪽 손을 뻗으면서 말했다.

"데비! 유 아……. 아임 글래드(Deby! You are…….I'm glad)."

데비라는 이름의 신부는 미인이라고 할 수 없는 외모의 소유자였지만 미소는 무척 밝았다.

"사-네치-카! 야 테뱌 루블루!*"

피에르가 열심히 찾아낸 신붓감은 그야말로 흠잡을 데 없는 스토리를 갖고 있었다. 페미니스트 기자로, 여성국제연맹의 미국 활동원으로서 1년 전에 모스크바에서 소련여성위원회 측이 주최한 여성들을 위한 세미나에 참석했다. 바로 그곳에서 그들이 처음 만나서 사랑을 꽃피우게 된 것이다! 이 얼마나 완벽한 시나리오란 말인가!

---

* 러시아어로 "나는 너를 사랑해"라는 뜻.

그들은 포옹한다. 진보적 성향의 미국 신문의 특파원이 여성 인권 운동가 데비 오하라와 젊은 음악 이론가와의 만남에 깊은 인상을 받아서 '찰칵' 소리를 내면서 그들의 옆모습을 찍는다. 한편 데비는 통통한 두 손으로 사냐의 양 볼을 잡고 입 한가운데에 키스한다. 립스틱에서 비누 맛이 났다. 사냐는 한 손을 그녀의 목에 살포시 얹는다. 그녀는 그보다 머리 반만큼 크고 그보다 30킬로그램은 무겁다.

한 번 더 키스를 한다. 그러자 또 한 번 가볍게 카메라 셔터 누르는 소리가 들린다. 또 한 번 키스를 하자 또 한 번 셔터 누르는 소리가 들린다. 유진 마이클스는 자기 일을 끝내고 떠난다. 회색 옷을 입고 사람들 무리에 섞인 두 명의 형사가 각자 서 있는 홀의 양쪽 구석에서 시선을 교환했다. 그들은 몽유병 환자들처럼 출구 근처에서 만나서 잠시 귓속말로 뭐라고 하더니 또다시 헤어졌다.

그녀가 재잘거렸다.

"당신 영어 진짜 잘한다!"

"당신도!"

"당신 정말 잘생겼어요!"

"당신은 내가 평생 꿈꾸던 사람인걸!"

이런 대화를 주고받으면서 신랑과 신부는 큰 소리로 웃는다.

사냐 얼굴에 빨간 립스틱이 묻었다. 그러자 데비가 부드러운 숄로 사냐 얼굴에 묻은 핏자국 같은 얼룩을 닦아낸다.

사냐가 그녀의 여행 가방을 잡자 그녀가 도로 빼앗고 그를 살짝 밀치면서 말한다.

"무례한 사람 같으니, 사네치카! 난 페미니스트란 말이에요! 나서서 문 열어주고 여행 가방을 대신 드는 건 용납하지 않겠어요! 난 독립적인 여자란 말이에요!"

사냐가 그녀를 아래로부터 위로 슬쩍 훑어본다.

"그게, 난 그냥 여행 가방이 무거워 보여서……."

그녀는 뾰족하게 털이 서 있는 어두운 갈색 모피를 왼팔에 걸치고 오른팔에 힘을 주면서 말했다.

"봐요, 내 팔근육이 어떤가! 난 매일 역기를 든다고요!"

사냐는 그녀의 팔을 꼬집어본다.

"데비! 당신은 정말 내가 평생 꿈꾸던 여자예요! 내가 피곤하면 양팔로 나를 키워주고 안고 가줘요."

멋지고 빠른 영어였다고 사냐는 생각했다.

"오! 당신 잘못 말했어요! '브링 업(bring up)'은 드는 게 아니라 키운다는 거예요. 어머니가 수유하고 아이를 키우는 거 말이에요. 애들이 걷기 싫을 때 안아달라고 조르는 말은 '캐리 미(carry me)'고요!"

그녀는 여행 가방을 세우고 양손을 커다란 가슴 위에 올려놓았다.

그 순간 사냐는 조금 겁을 먹었다.

사냐는 신부를 베를린 호텔에 데려다주었다. 잠자리에 들기에 앞서(막상 잠을 청했을 때는 내리 열두 시간을 잤는데, 시차와 출국 전날 뉴욕에서 친구들과 가진 술자리, 건강한 신경에서 비롯한 당연한 결과였다) 그들은 아래층에 있는 바에서 보드카를 마셨다. 그곳에서 그들은 수다를 떨었다. 잠시 키스를 하고는 다음 날 아침에 보기로 하고 헤어졌다.

아침에 사냐는 신부에게 모스크바 시내를 구경시켜주고 저녁에는 음대에 데리고 가려고 했다. 그것이 그가 그녀를 위해 준비한 유일한 선물이었다. 그리고 두 사람이 함께 해야 할 일이 하나 있었는데 그것은 유일하게 국제결혼 서류를 받아주는 예식장에서 혼인신고를 하는 것이었다.

아침에 하기로 계획했던 모스크바 시내 관광은 점심 식사 이후에 시작되었다. 관광 일정은 사냐가 짠 것이었다.

크렘린은 지난번에 러시아에 왔을 때 이미 구경했기 때문에 이제 그녀는 '실제 생활'을 보고 싶었다.

그들은 호텔 밖으로 나왔다. 날씨는 그보다 더 좋을 수 없을 만큼 환상적이었다. 추웠지만 화창했고 하늘은 눈부시도록 푸르고 흰 눈이 참 아름다웠다. 혹독한 추위와 차가운 태양을 보며 텍사스에서 태어난 아일랜드 여자가 밀려드는 행복감에 황홀해하자 겨울을 싫어하는 사냐 역시 주위를 둘러보고는 "정말 멋지네!" 하고 동의할 수밖에 없었다.

하지만 사냐는 겨울 풍경을 보고도 아무런 감흥을 느끼지 못했으며, 자기도 모르게 잔뜩 들뜬 신부의 기분을 가라앉힐 가장 무시무시한 장소인 제르진스키 광장으로 데리고 갔는데, 광장 한가운데에는 피에 굶주린 혁명의 기사 동상이 세워져 있었다.

사냐는 그의 등 뒤에 있는 건물을 손가락으로 가리켰다.

"이곳은 루뱐카예요. 무시무시한 재판이 열리는 곳이죠."

"네, 알아요, 1937년*이죠!"

그가 데비의 팔짱을 꼈다.

"왜 1937년이라고 단정짓죠? 이 끔찍한 건물은 오늘날에도 여전히 건재하다고요. 내가 당신 기분을 조금 망쳤으니 이제 좀 걷자고요."

그는 책으로 배운 영어를 잘 구사했고, 말끝을 뭉개듯 길게 발음하는 텍사스식 발음을 청력이 발달한 귀로 순식간에 이해

---

* 소련에서 스탈린이 1937년부터 1938년까지 저지른 정치적 탄압과 박해 사건을 가리킨다.

했다.

그들은 푸시킨 광장까지 가서 트베르스코이 가로수길이 시작되는 지점에서 멈춰 섰다. 오래전에 수년간 이곳에서 러문애가 산책을 했다. 율리예비치 선생님은 푸시킨 동상 옆에서 만나자고 했고, 그들은 늘 그곳에서 출발해 과거로 견학을 떠나곤 했는데, 일리야는 사진기를 들고, 미하는 공책을 갖고 왔으며, 그들 말고도 지적 호기심이 왕성한 열 명의 사내아이들이 있었다…….

데비는 러시아 문화에 관해서는 아는 것이 거의 없었다. 완전히 백지 상태여서 어디서 시작해야 할지도 몰랐다.

"당신 혹시 톨스토이 책 읽어봤어요?"

사냐가 질문했다.

"네, 네! 난 〈전쟁과 평화〉라는 영화도 봤어요. 그것도 두 종류나! 너무 좋아해요! 오드리 헵번이 너무 예쁘더라고요! 당신 나라의 피에르 베주호프와 본다르추크 감독도 물론 너무 좋아요. 감독은 나중에 오스카상을 받았잖아요! 내가 기사도 썼거든요!"

"잘됐네요. 그럼 내가 로스토프 백작 가족이 살던 집을 보여줄게요……."

사냐가 한숨을 쉬면서 말했다.

'사람이 어쩌면 저렇게 단순할 수 있을까.'

그는 속으로 이렇게 생각하면서 그녀를 유명한 저택으로 데리고 갔다.

나흘 연속으로 축제 같은 날씨가 이어졌고, 그래서 그들은 나흘 동안 내내 모스크바 시내를 돌아다녔다. 그의 신부는 굉장히 단순하긴 했지만 감수성도 풍부하고 남을 돕는 것을 좋아하며 동행자로서 손색이 없었다. 걸음걸이도 빠르고 지적 호기심도 강했으며 러시아 문화에 놀라울 만큼 무지했던 까닭에 오히려 모든 새로운 정보를 흡입하듯이 채워나갔다. 이러한 흥미는 사냐에게도 얼마쯤 전달되었다.

그들은 꽁꽁 얼어붙은 모스크바를 햇볕이 내리쬐는 낮과 어두운 밤에 돌아다니면서 추위에 떨었고 당시로는 흔치 않은 카페와 식당에 들르기도 했다. 데비에게는 이것이 이번 여행에서 가장 로맨틱한 대목이었다. 그녀가 10년 전쯤 한 달 동안 머문 스페인과 견줄 만했는데, 당시에 어떤 잘생긴 스페인 남자가 그녀 앞에 나타나서 마드리드와 바르셀로나를 구경시켜주고는 그녀가 가진 모든 돈을 갖고 도망쳤다. 금전적인 피해가 크지는 않았지만……

데비가 감탄하면서 하마터면 울 뻔한(사네치카! 당신네 나라의 레프 톨스토이는 어느 모로 보나 볼테르만큼 위대한 인물이

네요!), 하모브니키에 위치한 톨스토이 집 박물관에서 나와서 추위에 떨던 그들은 어떤 오래된 건물 입구로 들어갔고 3층으로 올라가 창가로 가서는 라디에이터 옆에 앉았다. 사냐가 주머니에서 휴대용 술병을 꺼냈고(주머니에 휴대용 술병을 넣고 다니는 것은 일리야한테서 배운 것이었다!) 둘은 술을 병째 들이켰다.

데비는 쉴 새 없이 떠들었지만 이번에는 오는 동안 내내 말이 없다가 호텔에 다 와서 헤어질 때가 되자 입을 열었다.

"사네치카! 지금까지 내가 너무 많은 걸 놓치고 살았던 것 같아요. 집에 도착하는 대로 러시아어를 배워야겠어요!"

"데비, 뭐 하러?"

데비는 갑자기 흥분했는데 그녀에게는 아일랜드인의 기질뿐만 아니라 (그것도 모자라) 이탈리아인의 기질이 있었다.

"난 사랑해요! 난 러시아어를 사랑해요! 당신은 물론 굉장히 교양 있는 사람인 것 같아요. 하지만 나는 소질이 있는 여자예요! 나 빨리 배워요! 난 스페인도 마스터했어요! 난 포르투갈어도 다 배웠어요! 나 러시아어 마스터할 거예요! 두고 봐요!"

사냐는 조금 겁이 나서 화제를 자연스럽게 다른 쪽으로 돌렸다.

"데비, 당신 이사도라 덩컨이 누군지 알아요?"

"물론이죠! 그럼요, 물론이죠! 나는 페미니스트잖아요! 나는 모든 뛰어난 여성들을 다 알아요! '모던 댄스'! 무용의 새로운 형식, 맨발에 튜닉을 입고 말이에요! 고든 크레이그와 교제했고, 러시아 시인 그 이름이 뭐였더라⋯⋯."

"데비, 그녀는 1922년에 이 호텔에서 묵었고, 이곳에서 러시아 시인 세르게이 예세닌과의 연애가 시작되었어요!"

그러자 데비는 하늘을 향해 기도를 하려는 듯이 두 팔을 뻗고는 말했다.

"오, 신이시여! 믿기 힘든 일이 일어났습니다! 제가 여기에서 살다니요! 그것도 연애는 전혀 하지도 않고 말입니다!"

이 말을 하면서 그녀는 웃었다.

"아니, 저는 러시아와 연애합니다!"

다음 날 그들은 만일을 대비해서 올가와 일리야와 함께 그리보예도프 거리에 있는 예식장으로 갔는데 이곳이 유일하게 국제결혼 혼인신고를 할 수 있는 곳이었기 때문이었다. 게다가 국제결혼 중에서도 러시아 남자가 미국인 여자와 결혼하는 경우는 굉장히 드물었다. 데비가 미국에서 서류를 너무 잘 준비해 와서 그중 일부는 필요 없을 정도였다. 하지만 사냐는 출생증명서를 갖고 오지 않았고, 어디 있는지 자신 없어하며 택시를 잡아타고 문제의 서류를 찾으러 집으로 돌아갈 수밖에 없었다. 다행히도 안나 알렉산드로브나가 이번에도 그를 도왔다. 그가 좋아하는 책이 꽂혀 있는 선반의 프랑스 소설책들 사이에 둔, 그가 잘 아는 파일 속에 출생증명서부터 예방접종 확인서와 음대 학위까지 아주 잘 정리돼 있었다.

서류가 제출되었다. 혼인신고는 5월에 하기로 정해졌다.

"파이나는 5월에는 절대 결혼하면 안 된다고 입버릇처럼 말했는데. 평생 고생한다면서……."*

올가가 말했다.

일리야와 올가는 모험적인 이 결혼 준비를 적극적으로 도왔다. 올가는 그들의 결혼을 진심으로 기뻐하며 보르시를 끓이고 만두를 빚었다.

데비는 모스크바와 보르시와 서로 친해진 러시아 친구들이 모두 너무 좋았다. 여성 인권만 빼고 소련에 있는 모든 것이 마음에 들었다. 그녀는 올가가 점심을 준비하고 설거지를 하고 청소년인 아들을 돌보는 동안 일리야가 아무것도 도와주지 않는 모습을 보고 그런 결론을 내린 것이었다. 데비가 이를 놓고 분개하자 올가는 그런 그녀를 이해할 수 없었다.

모스크바에서 보내는 마지막 날에 데비는 사냐의 집에 가게

---

* '5월'을 뜻하는 '마이(май)'와 '괴로워하다'라는 뜻의 동사 '마야티샤(маяться)'의 발음이 비슷하기 때문이다.

됐다. 사실 키타이고로드에 갔다가 그녀가 화장실이 너무 급해서 가게 된 것이라 계획에 없던 방문이었다. 마침 사냐의 집이 가장 가까웠던 것이었다. 어머니도 계부도 집에 없었다. 데비는 할머니가 쓰던 안락의자에 자기 모피 코트를 벗어 던지고 캄무날카의 공동 복도를 지나 공동 화장실로 가서 볼일을 보고 공동 부엌도 들여다봤다.

텍사스 출신의 데비는 또 한 번 놀랐는데 그녀는 전에도 공산주의를 좋아하지 않았지만 스물여덟 명이 화장실 하나를 같이 쓰는 것을 보자 사회주의 체제에 대한 반감이 한층 더 커졌다. 안나 알렉산드로브나가 쓰던 안락의자에 앉아서 주위를 둘러보고 또 한 번 충격을 받았는데, 피아노는 굉장히 낡았고, 배가 볼록 튀어나온 서랍장에는 온통 꽃과 새가 그려져 있었으며, 3개 국어로 된 책으로 가득한 책장하며 악보와 그림에 파란 크리스털이 반짝이는 값비싼 샹들리에까지……. 데비의 눈에 비친 초라한 캄무날카의 모습과 사냐 방의 호화스러움은 굉장히 이질적이었다.

"몸 좀 녹이고 있어요. 차 줄까요? 내가 음악을 틀게요……."

"당신이 직접 연주하는 건 어때요?"

그녀가 머리에 쓰고 있던 우스꽝스러운 빨간 고깔모자를 벗자 아일랜드 여자의 건조한 빨간 머리카락이 사각거리는 소리를 냈다.

사냐가 동그란 피아노 스툴에 앉았다. 잠시 생각한 후에 바흐의 평균율 클라비어 1집 전주곡 1번 다장조를 치기 시작했다.

데비는 앉아서 시골 사람들이 잘 그러듯이 두 손을 깍지 끼고 배에 얹고는 그녀가 처한 상황을 곰곰이 따져봤다. 사냐의 생각과 달리 그녀는 그리 멍청한 여자는 아니었다. 사냐는 서른이 넘었고 러시아 남자였으며 그녀보다 세 살 어렸고, 그녀는 그가 무척 마음에 들었다.

그는 그녀보다 어렸고 교양도 더 풍부했으며, 게다가 그녀 스스로의 노력으로는 절대 만날 수 없는 수준 높은 부류에 속해 보였다.

사냐가 연주를 마쳤을 때 데비는 결심했다. 그녀가 처한 상황 자체는 우스꽝스럽고 이상하지만 여기엔 분명 어떤 뜻이 있을 테니 정말로 이 남자와 결혼하겠다고 말이다.

하지만 사냐는 이 일이 이렇게 위험한 국면으로 접어들 거라고는 상상도 하지 못했다.

마지막 날 저녁에 날씨가 돌변했다. 마치 모스크바가 데비의 비위를 맞추는 데 싫증이라도 났다는 듯이 말이다. 습한 바람이 불었고, 조금 따뜻해지는가 싶더니 눈이 내렸다. 사냐는 데비를 리흐테르 연주회에 데리고 가고 싶었지만 연주회가 취소되었다. 결국 그들은 걸어서 일리야와 올가가 사는 집으로 갔다.

올가는 친구들에게 식사를 대접했고, 그녀는 이것을 결혼 전야 만찬이라고 표현했다. 사냐는 이 무렵 데비를 데리고 다니는 것이 넌더리가 난 데다 위장 결혼이라는 계획 자체에도 시들해졌다. 게다가 이것은 그가 원한 것도 아니었다.

올가는 파이와 샐러드를 내왔고 일리야는 창문 밑에 있는 찬장에서 보드카를 꺼내 왔는데, 그것은 냉장고가 귀한 시절에 이 건물을 지을 때부터 존재하던 냉장고 대용 찬장이었다.

데비는 음식을 많이 먹었고 술도 잔뜩 마셨다. 그리고 그녀는 사냐 옆에 앉아서 그의 품에 파고들고 몸을 만졌는데, 그런 행동을 장난치듯이 즐겁게 했다. 그녀가 웃으면서 얼굴을 그의 얼굴에 가까이 갖다 댔고, 그때 그는 갑자기 이빨 위의 분홍색 잇몸이 반짝거리는 것을 발견했다. 그러자 문득 어렸을 때의 기억이 그에게 귀띔해주었다.

'나댜의 잇몸이잖아! 포타폽스키 골목 말이야!'

"사-네치-카, 왜 저항하는 거예요? 계속 그렇게 나한테 차갑게 굴면, 난 당신이랑 결혼 안 할 거예요! 처신을 잘하면 당신을 내 브래지어 안에 넣고 밀수하듯이 당신을 여기에서 빼내 갈 거고요!"

"데비, 이건 약속이랑 다르잖아요! 결혼하면 내가 이상적인 남편, 그러니까 영영 안 볼 사람이 되겠다고 했잖아요."

"아니, 아니, 생각이 바뀌었어요! 내가 봤을 땐 당신은 부엌에서도 침실에서도 이상적인 남편이 될 수 있을 것 같아요."

다음 날 사냐는 택시로 그녀를 셰레메티예보 공항까지 바래다주었다. 그리고 작별 키스를 나눴다. 통로에서 사라지기 직전에 그녀는 고깔모자를 꼭 쥔 손을 흔들어 보였다. 집으로 돌아갈 때 사냐는 버스를 탔다. 눈보라가 쳐서 버스 창문에는 눈이 잔뜩 얼어붙어 있었다.

'집엔 안 갈 거야. 일리야한테도 가기 싫어. 미하한테 들러야겠어.'

사냐는 생각했다.

하지만 그 즉시 미하가 이제 없다는 사실을 깨달았다. 안나 알렉산드로브나도 없다. 그건 엄마가 없는 것이나 마찬가지였다.

무엇이 남아 있나? 불행한 알레나가 있고 마예치카가 있고 많이 변한 엄마와 끔찍한 라스토치킨이 있다. 그리고 음악이 조금 남아 있다. 터무니없는 사고로 빼앗기기는 했지만. 그렇다면 피에르의 말처럼 도망치는 것밖에는 다른 수가 없다는 것인가? 아니면 태피스트리 쿠션에 얼굴을 박고 엎드릴까? 아니면 미하처럼……

등에 옅은 오한이 느껴졌다. 우울증이 사냐의 뒤를 따라붙고 있었다.

데비는 예고도 없이 팰로앨토에 갔다. 캘리포니아의 겨울은 러시아의 겨울과 공통점이 적었고 화씨 59도였다. 섭씨 영상 15도에 해당하는 기온이었다. 그녀는 모피 코트를 끌고 3층으로 올라가는 동안 화씨 온도와 섭씨 온도 환산법을 기억해내려고 애썼다. 정확하게 기억하는 것은 모스크바 날씨가 영하 25도였다는 것이었다.

문을 밀자 문이 열렸고, 데비는 문지방에서부터 소리를 질렀다.

"페탸! 러시아식으로 영하 25도면 미국식으로는 몇 도지?"

페탸는 화씨와 섭씨 온도 환산법을 알고 있었다.

"대략 19도지."

데비는 문지방에서 이미 모피 코트를 벗어서 안락의자에 던졌고, 그러자 모피는 바닥으로 미끄러져 내렸다.

"미쳤어? 전화라도 하고 오지 그랬어? 방금 집에 들어왔어! 내가 집에 없었으면 어쩌려고 그랬어?"

피에르가 화를 내면서 말했다.

"나도 방금 도착했는걸! 난 모피 코트 같은 건 필요 없어! 우리 기후에는 모피가 전혀 필요 없다고! 게다가 이건 너무 모욕적이야!"

"잠깐! 너 혹시 생각이 바뀐 건 아니지? 모욕적이라니 무슨 말을 하고 싶은 거야? 우리 약속했잖아!"

탁자 위에는 마시기 시작한 위스키병이 놓여 있었고 데비는 위스키를 마시려고 달려들었다. 피에르가 병을 쥔 그녀의 손을 잡고 잔의 3분의 1만큼 위스키를 따랐다.

데비가 위스키를 흔들더니 물기 있는 유리잔을 유리 탁자에 탁 내려놓았다. 위험하면서도 소름 돋는 소리가 났다.

"결국 그 사람은 아무런 호감도 없이 나와 결혼하겠다는 거잖아! 왜? 왜 나랑 결혼할 마음이 없는 건데?"

피에르가 냉장고에서 얼음을 꺼냈고, 위스키를 더 따랐다.

"잠깐, 잠깐! 우리 계약은 모피 코트를 선급금으로 주고 돈은 결혼 후에 주는 걸로 했잖아. 나한테 왜 이러는 거야?"

데비는 잽싸게 다음 단계로 넘어가 울먹이면서 말했다.

"너한테는 불만 없어! 내가 왜 매력이 없는 건지만 설명 좀 해줘! 사실 매력이 없는 건 그 남자야. 키도 작고 아마 페니스도 작을 거야! 게다가 무능한 데다 직업도 이상하고 말이야!"

"데비, 여기서 페니스 얘기가 왜 나와? 직업은 또 왜? 우리 계약했잖아…….”

"계약이고 뭐고 이젠 상관 안 해!”

데비가 화를 못 참고 말했다.

"왜 아무도 나랑 결혼하려 하지 않는 거지, 내가 뭐가 모자라서? 키 작은 네 친구 사네치카까지 말이야! 나는 나 스스로를 존중하는 독립적인 여자라고! 남자들한테는 관심도 없어! 그런데 남자들은 왜 나랑 결혼하고 싶어 하지 않는 거야? 난 굳이 결혼 안 해도 돼! 그래도 이유는 알고 싶어. 그냥 궁금해. 왜 그런 거야?”

피에르는 일이 틀어질 수도 있음을 깨달았다. 그는 바닥에 떨어진 모피 코트를 집어 들고는 소파 쪽으로 던졌다. 그런 다음 또다시 위스키를 한 잔씩 따랐다. 그리고 몸집이 큰 여자 옆에 앉아서 그녀의 손에 위스키 잔을 쥐여주었다.

"데비, 내가 모든 남자들을 대변할 수는 없어. 너도 알다시피 넌 정말 멋진 여자야. 하지만 모두 저마다 사정이 있어. 사냐에 대해서라면 내가 말해줄게. 사냐는 지금 우울증을 앓고 있어. 전에도 말했지만 정말 재능이 뛰어난 사람이야. 너 가까운 사람을 잃어본 적 있어? 한 달 사이에 그를 키워준 할머니가 돌아가셨고 가장 친한 친구가 자살했어. 사냐도 지금 경계선에 있어…….

결혼에 대해 생각할 겨를이 없을 뿐이야. 네 잘못이 아니라고. 사람부터 살리고 봐야지."

"그래, 그가 나한테 장가오면 내가 그의 목숨을 구해줄 텐데……. 그런데 왜 진짜 결혼은 하기 싫어하는 거야? 위장 결혼 말고! 정상적인 결혼 말이야!"

이젠 정말 마지막 카드를 꺼내야 할 때가 되었다.

"데비! 넌 생각지도 못했을 거야……. 일리야 주위에는 늘 여자가 많았고, 죽은 미하는 아내 외에 다른 여자는 사랑한 적 없어. 그런데 사네치카가 여자랑 같이 있는 모습은 한 번도 본 적 없어."

데비의 눈에 연민의 불꽃이 일었다.

"게이라고 생각하는 거야?"

"나도 몰라. 나는 그런 말 한 적 없어. 나는 다만 그가 여자랑 같이 있는 모습을 본 적이 없다고 말했을 뿐이야."

데비는 순식간에 새로운 결정을 내렸다.

"그렇다면 얘기가 달라지지. 그렇다면 그렇게 서운하지 않아. 만약 게이도 아니라면 상황이 완전히 달라져. 그냥 여자를 무서워하는 거니까. 혹시 숫총각일까?"

"그럴 가능성도 배제할 수 없지. 하지만 그건 우리 계약과는 아무런 상관이 없어."

그러자 데비의 마음이 조금 누그러졌다. 데비는 자신의 미래와 관련해서 이런저런 생각을 했다. 이제 데비에게는 흥미로운 임무가 생겼다.

"참, 너 거기 다녀온 이야기 좀 해줘, 여행은 어땠어? 유진은 어때?"

데비는 가방에서 사진 뭉치를 꺼냈다.

"여기! 유진이 찍어준 사진이야. 우스꽝스러운 사진들이야. 피에르, 그런데 도시는 정말 환상적이었어! 사람들도 너무 좋고! 거기 나흘밖에 안 있었는데 마치 3개월은 머문 것 같은 인상을 받았어. 그리고 내가 결혼식이 4개월 후에 있을 거라는 말을 했나? 정말이지 어쩜 그렇게 오래 걸릴 수가 있지? 대기자가 그렇게 많대! 게다가 사냐의 서류를 대사관에 제출해야 한대. 비자를 발급받으려면! 오래 걸린다고 하더라고."

데비는 살짝 긴장을 풀었다.

"저기, 피에르, 나 러시아어 배우고 싶어. 나한테 러시아어 가르쳐줄래?"

"러시아어는 배워서 뭐 하게? 수업 들으러 오려면 기름값도 많이 들 거고. 편도에 한 시간 반인데……. 그러지 말고 내가 샌프란시스코에서 선생님을 찾아볼게."

"좋은 선생님이 필요해!"

데비는 피에르의 발을 지그시 밟으면서 고집을 부렸다.

"좋은 선생님 구해줄게."

피에르는 데비가 술을 많이 마시고 일이 예상대로 진행된다면 자신에게 치근덕대지는 않으리라는 것을 알고 있었다.

그는 술을 더 따랐다.

"나는 사냐를 원해. 내가 그 사람과 진짜 결혼을 하면 너한테서 돈 안 받을게."

"하지만 우리 계약은 위장 결혼에 관한 거였잖아!"

피에르는 사냐의 자유를 지켜주고 싶었다.

"돈거래는 왜 하는 거야? 나 돈 있어! 나는 키 작은 사냐를 남편으로 들이고 싶어!"

데비는 히스테리를 부리면서 소리를 지르고는 울기 시작했다.

'다른 방도가 없군.'

피에르는 상황을 파악하고는 그녀의 어깨를 감쌌다. 그러자 그녀는 그 즉시 몸에 힘을 빼고 그에게 기댔다.

피에르는 부부 관계에서 배신은 용납하지 않았다. 결혼 전까지는 꽤 자유로운 생활을 했지만 가족은 존중했다. 하지만 부인이 딸과 함께 벌써 3주째 밀라노에 있는 부모님 댁에 가 있었고 그는 자기 러시아 친구와 그의 이익을 대변하는 만큼 변명의 여지가 있었다. 불가피한 상황이긴 했지만 그도 이 상황이 싫지는 않았다.

"만약 네가 사냐와 정말로 결혼하면 넌 나한테 호텔비랑 비행기 푯값을 대야 해!"

"웃기시네! 그걸 왜 내가 내냐? 러시아어 수업료는 낼게."

이 말을 하고 그녀는 커다란 가슴이 있는 높이에 집게손가락과 가운뎃손가락 사이로 엄지손가락이 삐져나오는 주먹을 만들어 보였다. 러시아에서 배운 것이었다.

"알았어, 만약 일이 잘 풀려 사네치카를 러시아에서 빼내면 비행기 푯값과 호텔비는 내가 낼게!"

그들은 연기를 마치면서 심드렁하게 키스를 했다.

"그다음엔 그를 유명하게 만들 거야!"

데비가 만족스러운 미소를 지으면서 말했다.

제출한 서류에 맞춰서 결혼식은 5월에 있었는데, 그날은 비가 왔고, 예로부터 결혼식 날 비가 오면 부자가 된다고 했지만 신빙성은 없어 보였다.

데비 오하라는 풍성한 흰색 드레스를 입고 있었다. 양손에는 미국에서 공수한 조화로 만든 동그란 웨딩 부케가 들려 있었다. 흰색 하이힐도 신고 있었다. 한편 사냐는 지퍼가 달린 벨벳 소재의 점퍼에 낡은 청바지 차림이었다.

유진이 트위드 재킷에 넥타이를 매고 있어서 신랑 역으로 훨씬 더 잘 어울렸다. 올가, 일리야, 타마라는 수수하지만 가장 좋은 옷을 입고 왔다.

신랑과 신부가 나란히 섰고, 유진이 한쪽에서 그들을 찍었다. 일리야는 반대편에서 찍었다.

그들은 크지 않은 예식장 안으로 들어갔다. 거기에는 벌써 두 명의 아프리카 남자와 금발의 여자들, 아랍 남자와 동양계 여자 그리고 체코인인지 폴란드인인지 알 수 없는 동양과 서양이 섞인 커플을 비롯해 벌써 몇 쌍의 젊은이들이 앉아 있었다. 줄을 서야 했다.

데비와 사냐는 말없이 앉아 있다. 사냐는 혼인을 앞둔 사람들의 얼굴을 자세히 살펴본다. 아프리카 남자들은 파트리스 루뭄바 대학교* 출신일 것이다. 한 명은 피부에 보라색이 살짝 도는

---

* 현 러시아 민족우호대학교로, 우호국의 유학생을 받아들여 교육하기 위한 목적으로 1960년에 설립되었다.

미남이었는데 주머니에서 카드를 꺼내더니 신부에게 같이하자고 제안한다. 하지만 여자는 거절한다. 그러자 남자는 혼자서 카드를 펼쳐놓기 시작한다. 두 번째 남자는 덩치도 작고 못생겼는데 신부의 밝은 피부를 마음에 들어 하면서 한 손을 잡고 있다. 그는 그녀의 손목을 만지작거린다. 아랍 남자는 나이가 더 들어보였는데 정체를 알 수 없었고 양손에 금반지를 여러 개 끼고 있었으며, 그의 신부도 온통 금으로 만든 액세서리로 치장하고 있었고, 서로 무척 호감을 갖고 있다는 것이 느껴졌다. 그는 여자의 허리에 손을 얹는가 하면 어깨에 손을 얹기도 했다. 여자도 무척 좋아한다. 체코인인지 폴란드인인지 알 수 없는 남자는 신문을 읽고 있다.

'체코어군.'

사냐가 알아차렸다.

데비는 초조해한다. 사냐는 재미있는 이야기로 긴장을 풀어주려고 한다. 드디어 그들은 긴 방으로 불려 간다. 붉은 카펫이 깔린 길은 책상 앞까지 이어져 있고 책상 앞에는 근엄해 보이는 여자가 앉아 있다. 배우 알라 라리오노바를 닮았으며 붉은 카펫을 축소한 것 같은 두꺼운 띠가 어깨에서 허리까지 사선으로 가로지르고 있다. 다른 문으로는 증인인 올가, 일리야, 타마라, 사진기를 든 유진을 들여보낸다. 예식장 사진사는 내보낸다. 멘델스존의 '결혼행진곡'도 끈다.

이후에는 식순에 따른 식상한 말을 한다. 어깨에 띠를 두른 여자가 자리에서 일어난다. 그런 후에 공개적으로 선언한다.

"미국 시민인 데비 오하라와 소비에트 사회주의 공화국 시민인 알렉산드르 스테클로프는 우리나라 법에 따라 혼인신고를 했습니다……."

데비는 결혼식을 원한다. 사냐는 사라지고 싶어 한다. 데비는 신혼여행을 떠나고 싶어 한다. 사냐는 지구 표면에서 사라지고 싶어 한다. 데비는 첫날밤을 보내고 싶어 한다. 사냐는 지구 표면에서 영원히 사라지고 싶어 한다.

올가는 자신의 집에서 서둘러 피로연을 열 준비를 한다. 데비는 지난 6개월 동안 러시아어를 조금 배워서 어느 정도는 의사소통이 가능해졌다. 그녀는 쉴 새 없이 말한다. 사냐는 러시아어로도 영어로도 침묵으로 일관한다. 저녁 무렵 그는 열이 나고 두통이 심해진다.

일리야가 그를 체르니솁스키 거리로 데리고 간다. 나제즈다 보리소브나는 안나 알렉산드로브나가 이런 상황에 했을 법한 모든 조치를 취한다. 그녀는 사냐의 이마에 뜨거운 수건을 얹고, 레몬에 설탕 탄 홍차와 진통제 두 알을 준다. 사냐의 열은 40도까지 오른다. 나제즈다 보리소브나는 이후에도 안나 알렉사드로브나가 이런 경우에 했을 법한 모든 조치를 취하는데, 사냐의 어깨와 가슴을 보드카로 닦아주고 그런 후에는 한참 동안 모직 천으로 윤이 날 때까지 닦는다. 아니, 그래도 안나 알렉산드로브나라면 이 모든 것을 그녀보다 더 잘했을 것이다.

사냐는 평상시처럼 사흘 동안 앓는다. 데비는 그동안 올가의 집에 머무르는데 첫날은 통곡을 하고, 둘째 날은 아침부터 저녁까지 올가와 의미 없는 수다를 떤다. 사흘째 되는 날에는 일리야가 그녀를 셰레메티예보 공항까지 바래다준다. 고열에 시달리는 사냐는 할머니가 쓰던 소파에 누워서 행복감에 젖어 있다.

'결혼'이라는 제목의 익살극은 이렇게 끝난다. 이제 미국 대사관에 신청서를 내고 하염없이 기다리는 일만 남았다.

8개월 후에 알렉산드르 스테클로프는 뉴욕에 도착했다. 페탸 장드가 케네디 공항에 마중 나와 있었다.

데비는 이 무렵 러시아어를 유창하게 구사했다. 사냐와는 1년 반 후에 변호사 사무실에서 데비의 진짜 신랑이 생겼을 때 만났는데, 그 역시 러시아인이었고 이번에는 진짜 혼인신고를 위해서 사냐와의 이혼이 필요했다.

데비는 약속대로라면 위장 결혼의 대가로 5천 달러를 받아야 했지만 돈을 받지 않았다. 모피 코트도 거절했다. 하지만 결국 모피 코트는 받게 되었는데 피에르가 팰로앨토에 있는 모피 코트 저장고에 보관하고 있다가 그녀가 두 번째로 결혼할 때 선물로 주었다. 그 무렵 데비는 뉴욕으로 이사했고, 그곳은 이따금 모피 코트를 입고 다녀도 될 정도로 겨울에 기온이 떨어질 때가 있었다.

사냐 또한 뉴욕에 살고 있는데 세계적으로 유명한 그곳의 음악학교에서 음악 이론을 강의하고 있다. 엔데 구트(Ende gut)!

에필로그: 좋은 시절의 끝

 그들은 만났다. 먼저 오른쪽 볼을 맞대고, 그다음에는 왼쪽 볼을 서로 맞댔다. 키가 비슷해서 편했다. 여자는 매부리코이고 얼굴이 좁고 길며, 남자는 들창코에 광대뼈가 튀어나왔다. 내리던 비는 갑자기 하얀색을 띠더니 눈으로 변했다. 바람이 서쪽과 동쪽으로부터 동시에 불었고 약속 장소인 광장 위에서 하얀 파도처럼 부서진다. 만(灣)에서는 축축한 공기가 불어오고 강 쪽에서는 뭔가가 썩은 냄새가 난다.

 "스테클로프, 느껴져? 치스티예 프루디 거리 냄새 나지?"

 "하나도 안 나는데, 리자. 전혀 안 나."

 이렇게 말하며 사냐는 그녀의 머리카락을 만졌는데 무척 차가웠다.

"어서 가자. 몸이 얼었지?"

"아직은 괜찮아. 굉장히 춥긴 하네."

"너 주려고 에셴바흐가 마드리드에서 1986년에 연주한 32번을 복사해 왔어. 이게 어떤 건지 알지?"

이 말을 하면서 그는 랩으로 싼 카세트테이프를 주머니에서 꺼내서는 그녀의 한 손에 쥐여주었다.

"고마워, 사네치카. 난 네 안목을 전반적으로 믿어. 하지만 에셴바흐는 항상 조금 조급하더라고. 그런데 스뱌토슬라프 리흐테르는 표현이 완전히 달라. 훨씬 더 알아듣기 쉽고……."

사냐가 그녀의 연주회에 갔던 빈에서 1년 반 전에 헤어진 뒤 첫 만남이었다. 이제 초대받은 집으로 가는 길에 그들은 빈에서 미처 다 하지 못한 대화를 이어갔다.

마리야가 문을 열었다.

건성으로 공중에 대고 뽀뽀를 했다.

"어서 와요. 안나가 아파요. 제가 아래층에 뉘어놨어요. 여기에서 겉옷 벗고 바로 위로 올라가세요. 나도 바로 올라갈게요."

다소 건조하고 다소 거리를 두는 태도는 여전하다. 아이가 아프다면 신경이 곤두서 있을 수 있다. 목선이 깊게 파인 파란색 원피스 밖으로 쇄골이 튀어나와 있다. 그녀가 움직일 때마다 베네치아의 무라노섬 유리공예 목걸이가 쇄골 위에서 이리저리 움직인다.

"날씨가 굉장하죠?"

"이보다 더 나쁠 수는 없을 정도예요. 바람도 불고 춥고 습하기까지 하네요."

사냐가 대답했다.

"올해는 제가 가는 곳마다 이런 날씨를 만나요. 마치 제 순회 공연 일정이 무슨 저기압의 이동 경로와 맞아떨어지기라도 하는 것처럼 말이죠. 밀라노, 아테네, 그다음에는 스톡홀름과 리우데자이네루까지 가는 곳마다 눈과 비가 오더라고요. 11월 중순부터 그랬어요."

주인집 남자가 그들의 목소리를 듣더니 나왔다. 위로 연결된 계단은 상당히 좁았고, 그는 웃으면서 문 옆에 서 있었다.

그들은 위로 올라갔다. 사냐는 책상 위로 시선이 향했는데 거기에는 오비디우스의 《고대 로마 시선집》이 펼쳐져 있었다. 우연의 일치였고 이런 일은 자주 있었다. 사냐도 집에서 오비디우스의 책을 읽고 있었다.

"어서 이리로 오세요. 거봐요, 리자. 이렇게 한 번 더 만나네요."

그들은 뽀뽀를 했다.

"벌써 20년째 똑같은 말을 하시네요. 내가 우리 만남에 더 큰 의미를 부여하길 원해서인가요? 이런 말 없이도 충분히 우리 만

남을 높이 평가하는걸요."

"아니요, 그저 20년 동안 우리는 만날 수밖에 없는 운명을 타고났다는 말을 하고 싶을 뿐이에요."

주인집 남자가 번개처럼 재빨리 대답했다.

그는 양손에 아직 불을 붙이지 않은 담배를 들고 있었고, 뽀뽀를 한 즉시 담배를 피우기 시작했다.

"담배 끊은 거 아니었어요?"

"아니요, 담배는 안 끊어요. 조금만 더 기다리면 담배가 나를 끊을걸요!"

"끊으려고 했잖아요!"

나이 든 여자가 퉁명스럽게 말했다.

"그러다가는 명을 20년이나 단축할 수도 있어요!"

그러자 주인집 남자가 웃으면서 말했다.

"리자, 난 삶의 끝이 아니라 앞부분을 잘라먹었어요. 그러는 편이 나았는지도 모르죠! 어쨌거나 지금 나는 거저 살고 있는 거니까요."

"거저 살다니요?"

"조국에 남아 있었으면 가난과 신경쇠약과 형편없는 의료 서비스로 오래전에 죽었을 테니까요."

사나는 뒤를 돌아서 마치 창문을 보듯 무거운 커튼을 바라

504

봤다.

'그렇지. 상상할 수 있는 최상의 의료에도 불구하고 내 끝은 불 보듯 뻔하지.'

사냐는 생각했다.

그는 자신이 앓는 병, 벌써 8년째 그의 핏속을 흐르는 그 병이 불치병인 것을 알고 있는 듯했다.

탁자 위에는 중국 식당에서 가져온 종이 상자가 있었다. 음식을 포장해 온 것이었다. 문이 살짝 열렸다. 현상액에서 방금 나온 사진 속 사람처럼 어둠 속에서 마리야가 등장했다.

"안나가 자기 전에 사냐를 보고 싶다고 고집을 부리는군요."

"나가도 될까요?"

사냐가 일어섰다.

"그럼요."

마리야가 고개를 끄덕였다.

"나도 내려갈게요."

주인집 남자가 말했다.

마리야가 앞장서고 나머지 사람 모두가 그 뒤를 따라서 계단을 따라 아래로 내려간 후에 현관에서 복도로 나가서는 살짝 열린 문 앞에서 멈춰 섰다. 여자아이는 침대에 앉아서 열을 식히고 있었다. 침대 옆의 스탠드형 전등이 아이의 헝클어진 머리카락을 금빛으로 물들이자 머리카락이 크리스마스 트리에 장식된 금실처럼 반짝거렸다.

"아빠, 나한테 약속했잖아요……."

"그게 뭐지, 아가?"

'맙소사! 사냐의 아이가 러시아어를 못한다니.'

리자가 속으로 이런 생각을 하면서 끔찍해했다.

"그게 뭔지는 기억 안 나는데, 아빠가 약속했어."

아이는 입술을 삐죽거리면서 울려고 했다.

"여기 이거, 봐봐."

사냐가 뭔가 작은 것을 한 손에 쥐고 있었다.

아이가 손가락을 펴려고 했지만 사냐는 장난을 치면서 손가락을 펴지 않았다.

"조심해, 안나. 이건 작은 물건이라 부서질 수 있어."

이 말을 한 후에 그는 손바닥을 펼쳤고, 그 안에는 유리로 만든 쥐가 있었다.

"이제 생각나니, 내가 너한테 뭘 약속했는지? 유리로 만든 쥐를 갖다줄 거라고 했잖아."

"아니야, 아빠는 쥐를 갖다주겠다고 약속한 적 없어. 약속하지는 않았지만 아빠는 쥐를 가져온 거야. 고마워, 아빠. 아무도 나한테 이런 쥐는 선물한 적 없어!"

"이제 쥐랑 같이 잘 거니?"

마리야가 물었다.

"네."

아이가 순순히 동의했다.

"엄마, 그래도 불은 끄지 마요."

"작은 등은 놔두고 큰 등만 끌게."

"쥐가 무서워할까 봐요."

"알았어, 그렇게 할게. 이제 모두에게 '안녕히 주무세요' 하고 인사하고 눈을 감으렴……."

빨간 머리의 아이는 딸기가 수놓인 흰색 잠옷을 입고 열이 나서 불그스름해진 얼굴에 염증 때문에 입술이 부어오른 상태로 양팔과 두 다리로 베개와 이불을 눌러서 이부자리를 둥지처럼 만들었다. 빨간 머리 아가씨와 유리 쥐 그리고 눈물, 이 모든 것이 이미 과거에 벌어졌던 일 같다는 묘한 기분이 들었다…….

리자는 결국 아이한테 다가가지 못한 채로 문지방에 서 있었다.

'다 늙어서 손주 볼 나이에 자기 자식을 갖는다는 건 참 놀라워…… 복 받았지……. 아니, 아니, 나는 싫어, 난 절대 이런 건 원치 않아. 과거에도 지금도…….'

그녀가 어린 시절부터 품어온 사랑에서 아이는 태어나지 않왔다.

마리야는 아이 방에서 조금 더 있다가 손님들이 있는 위층으로 올라갔다. 중국 식당에서 가져온 음식 중 남은 것이 문가 바닥에 놓인 쟁반 위에 있었다. 저녁 식사 후 차는 마시지 않았는데 식후에 차를 마시는 러시아식 관습은 망명한 지 15년이 되자 사라지고 없었다. 그들은 이탈리아산 와인을 마셨다.

주인집 남자는 종이 상자 안에 있는 조각 케이크를 먹었다. 그러고는 손등으로 입을 닦았다.

"어때요? 낭독할 건가요?"

그녀는 진실되고 교양 있는 사람이었는데 진실된 면이 더 큰 사람이었다. 그래서 그녀는 스스로 말해놓고 당혹스러워했지만 사실 그럴 필요는 전혀 없었다. 시인은 아무런 부탁 없이도 낭독을 했는데 그 스스로가 공기의 떨림과 삶의 증거를 느끼기 위해서였다.

당신에게 진실을 숨길 작은 도시들.

하긴, 진실이 무슨 의미가 있나요, 어차피 어제 일인 것을⋯⋯.

그는 이 시를 낭독했는데 누구도 들어본 적 없는 시였고, 그런 후에는 또 다른 시를 낭독했다.

사냐는 리자가 손가락으로 무드라 같은 동작을 하는 것을 눈치챘다. 어렸을 때부터 두통이 심해서 알약을 복용하기도 하고 동종 요법으로 이겨내기도 했는데 최근에는 이런 식으로 손가락을 움직여서 극복하고 있다. 인도식 마술이었다. 보통 리자의 두통은 연주가 끝난 뒤에 시작되었지만 가끔은 대륙과 대륙 사이를 비행기로 이동한 뒤에 생기기도 했다. 이제는 시 낭독이라는 또 다른 원인이 생긴 것이다. 이 시를 받아들이는 것이 힘들었으리라.

리자는 두 손을 깍지 낀 채로 양쪽 관자놀이를 눌렀다.

주인집 남자가 낭독을 중단했다. 그러고는 와인을 마저 마셨다.

'머리가 아픈가 보군.'

사냐가 속으로 생각했다.

"사냐가 음악을 좀 틀면 어떨까요? 작게 말이에요."

리자가 말했다.

"알약을 줄까?"

주인집 남자가 물었다.

"아니요, 괜찮으면 내가 여기에 잠깐 누워 있어도 될까요?"

이 말을 하고 리자는 소파에 누웠다.

사냐가 카세트테이프를 꽂았다. 이것은 에셴바흐가 연주한 베토벤의 마지막 소나타였다. 사실 사냐는 음악과 대화가 한데 섞여 들리는 것을 끔찍이도 싫어했다.

"자, 여기 에센바흐의 연주를 들어보죠."

사냐가 이 말을 하면서 카세트 플레이어 버튼을 눌렀다.

리자와 사냐가 연주 앞부분에서 서로 시선을 교환했다.

그러자 시인이 그들의 시선을 눈치채고 아내에게 말했다.

"일반인들의 귀에는 들리지 않는 것이 들리나 봐요."

그녀는 턱을 끄덕여 보였다.

'정말이지 너무나도 평화롭고 아름다운 얼굴이야……. 필리포 리피가 그린 '성모마리아'? 아니. 그쪽 계통이기는 한데 어디서 봤더라? 맞아, 나탈리야 곤차로바*야.'

사냐는 때늦은 자신의 발견을 흡족해하면서 미소를 지었다.

잠시 후에 마리야는 딸이 있는 방으로 내려갔다. 돌아온 후에 10분 정도 더 앉아 있다가 나갔다.

그들은 두 번째 병을 마저 마셨다. 굉장히 좋은 와인이었다.

그 후에 주인집 남자는 손님들을 현관까지 배웅하고는 그들과 함께 문지방을 넘어서 현관 앞 계단 쪽으로 나왔다.

밖에는 눈도 비도 바람도 없었다. 모든 것이 잠잠해졌다. 바깥

---

* 나탈리야 곤차로바(1881~1962). 러시아의 아방가르드 화가이자 무대 미술가.

공기가 더 차가워졌다. 발밑의 아스팔트, 건물 벽들, 나무줄기와 나뭇가지들, 이 모든 것에 얇은 얼음막이 덮여서 가로등 불빛 아래에서 반짝거렸다.

"그의 집에 들르길 잘했어. 그리고……."

사냐는 얼음으로 뒤덮여서 가로등 불빛 아래에서 반짝거리는 나무들 방향으로 모호한 동작을 하면서 말했다.

갑자기 문이 큰 소리로 닫히는 소리가 들렸다. 리자가 웃으면서 말했다.

"너는 이 세상에서 내 편두통을 알아차리는 유일한 사람이야."

"너로 말할 것 같으면 아무것도 못 알아차리는 유일한 사람이지……."

그러고는 갑자기 20년 혹은 30년 전에 질문했으면 좋을 법한 질문을 했다.

"저기, 리자, 우리는 왜 결혼을 안 했을까? 젊었을 때 말이야."

"너 정말 몰라서 묻는 거야?"

"알 것 같기는 한데……. 뚱뚱한 보리스가……."

"네가 모를 거라곤 생각을 못 했어! 보리스가 왜 나오니? 2년 후에 걔는 내 친구한테 갔고 그걸로 우리 관계는 끝났어. 너랑 나랑은 피가 섞였잖아. 이집트인들이야 친척 간에도 결혼을 하지만 우리가 속한 세계에선 형제자매는 결혼을 안 하잖아. 사촌이라도 말이야! 우리는 육촌이긴 하지만 그래도 친척이잖아. 안나 알렉산드로브나와 우리 할아버지도 사촌지간이었지. 두 분은 더 가까운 친척이었어."

"리자, 아니야. 그것 때문이 아니야. 할머니는 수용소에서 돌아가신 두 번째 남편인 배우를 무척 사랑했어. 그분과의 결혼이 행복한 결혼이었던 것 같아. 그런데 내 주변에는 할머니 빼고 결혼해서 행복한 사람을 못 봤어. 일리야와 올가 기억나? 끝이 끔찍했잖아. 미하와 알레나는 또 어떻고……. 그보다 훨씬 더 나빴지. 참 착한 친구였는데……."

"소련 정부가 다 죽인 거야. 끔찍해."

리나가 입술을 삐죽거리면서 말했다.

"모두라니? 알레나는 살아 있을걸……. 리투아니아인지 라트비아인지 그쪽 출신인 화가와 결혼한 걸로 아는데. 발트해 연안 어딘가에서 잘 살고 있어. 전부 다 소련 정부 탓만은 아니고. 어떤 정권이든 사람들은 때가 되면 죽으니까. 자, 그런 얘기는 이제 그만하고. 살아온 날이 살아갈 날보다 훨씬 긴 게 문제라면 문제일까……."

그는 미소를 지었다. 지난 과거를 회상하면서 미소를 지은 것인지, 다가올 미래에 지은 것인지는 알 수 없었다.

리자 역시 미소를 지었다.

"참, 에셴바흐가 왜 싫은지 너한테 말하고 싶었어. 템포가 다르다든가 에너지가 낯설어서는 아니야. 내 말뜻 오해하지 말고 들어. 그는 처음부터 사람들을 의식했어. 그는 사람들 마음에 들려고 연주하는 거야. 유디나는 절대 그런 수준으로 떨어지지 않았지."

리자는 어렸을 때 하던 대로 사냐의 소매를 잡아당겼다.

"그게 어때서? 라흐마니노프도 청중들 수준에 맞춰 심하게 내려왔잖아. 사람들이 지루해하면 곡을 빨리 끝내기도 했지! 리흐테르는 또 어땠고? 그는 천재이면서 연기도 잘했지! 조금은 광대 같기도 했으니까! 그도 사람들에게 맞춰줬어!"

"그러니까 다시 한번 말하지만 마리야 유디나는 사람들의 반응에 따라 움직이지 않았어! 늘 사람들을 자기 수준으로 끌어올렸지."

"리자, 시대가 변했고, 그건 부인할 수가 없어. 음악을 보면 가장 확실하게 알 수 있지. 음악도 변했어."

"하지만 아직까지도 베토벤과 바흐의 곡을 연주하잖아. 젊은 연주자들의 연주 레퍼토리를 봐. 존 케이지 같은 음악가의 곡을 연주하는 사람이 얼마나 될까?"

"상당히 많아. 리자, 내가 하고 싶은 말은 그 말이 아니야. 물론 그 누구도 베토벤과 바흐를 대신할 수는 없어. 그렇게 하고 싶어도 할 수 없는 거지. 하지만 과거의 문화는 가고 새로운 문화가 도래했어. 요즘 문화는 패치워크 같고 이것저것 인용하기를 좋아하지. 시간을 측정하는 방식도 과거와 다르고, 문화 전체가 하나의 완성된 공 같아. 과거의 문화 중 고루하지 않은 부분을 기반으로 두 번째 아방가르드가 시작된 거야. 아이러니하게도 혁신적인 것이 가장 빨리 낡더라고. 스트라빈스키, 쇼스타코비치, 심지어 아방가르드를 변형한 시닛케*까지도 고전이 됐지. 시간은 순환하며 계속해서 새로운 것을 흡수해. 그렇게 기존 것과 새로운 것의 경계가 무너지지. 유한하고 이미 폭로된 현상이라는 의미에서는 문화에 더는 어떤 진보도 없기 때문에 아방가르드도 설 자리가 없어지는 거야……."

"사냐, 오래전부터 묻고 싶었던 건데 '그랜드피아노가 반짝이는 돛을 열고 땅에서 스스로 만든 폭풍우 속으로 항해한다네'**라는 구절 말이야. 브로드스키는 제대로 이해하지 못한 걸까?

"폭풍우를 스스로 만들 수 없다는 건 이해하지 못한 것 같아."

사냐가 그녀의 말에 동의했다.

---

*   알프레트 시닛케(1934~1998). 러시아의 작곡가.
**   이오시프 브로드스키의 시 '바가텔(Bagatelle)'의 일부.

"대신에 그는 우리가 모르는 다른 많은 것들을 이해하고 있으니까, 시인 걱정은 할 필요가 없는 것 같아."

"그럼, 그래야지. 하지만 너 그거 알아? 이 땅의 모든 폭풍우는 브로드스키가 직접 만들었다고 말한 것들의 창백한 그림자이자 투영된 것일 뿐이라는 걸⋯⋯."

그들은 집까지 조금 남겨두고 텅 빈 거리 한가운데 서서 대화를 나누고 있었다.

"그럼, 우리야 물론 그걸 알지. 그런데 방금 주인집 남자 인상이 어땠어?"

"행복해 보였어."

리자가 무신경하게 대답했다.

"여자들이란⋯⋯."

사냐가 이해할 수 없다는 투로 말했다.

"내가 혹시 말실수한 거니?"

리자가 걱정스러운 투로 말했다.

"아니, 그 사람 피곤해 보였거든. 오늘따라 평소답지 않게 과묵했고."

이렇게 말하며 사냐는 그녀의 어깨를 끌어안았다.

길은 무척 미끄러웠다. 리자는 사냐의 팔짱을 꼈고, 그들은 조심해서 지하철역 쪽으로 걸었다.

"이제 모두 그가 천재란 걸 알아. 물론 러시아 사람들이 생각하는 천재와 유럽인들이 생각하는 천재가 다르긴 하겠지만."

"난 네가 무슨 말을 하는지 잘 모르겠어."

모호한 단어의 의미를 파악하는 데 능한 리자가 불편하다는 투로 말했다.

"그러니까 천재란 시나 음악에 천부적인 재능을 가진 사람에 그치지 않고 강이나 호수에 떠다니는 쇄빙선 같아서 시대를 앞서가서 벽을 부수고 얼음을 깨고 새로운 길을 만들어서 그의 뒤에 오는 온갖 크고 작은 배와 보트가 다닐 수 있도록 하는 사람이야. 천재 뒤에는 가장 영리하고 재능 있는 사람들이 따르고, 그들 뒤에는 군중이 따라와서 결과적으로 새로운 발견은 상식이 돼. 우리 같은—그러니까 너 말고 나 같은 사람 말이야—평범한 사람들은 천재들의 노력과 시간의 흐름 덕분에 점점 더 많은 것을 이해하게 되지. 그들은 시간을 앞서가는 사람들이고 말이야."

"그럼, 물론이지. 마침 32번 소나타가 아주 좋은 증거야. 그 소나타는 베토벤의 시간과 우리가 속한 시간을 통틀어 모든 시간을 앞서지."

"그래, 물론 베토벤은 천재야. 그는 카논을 만들었고 스스로 그걸 파괴하며 클래식을 만들었어. 그가 완성한 고전음악에는 주선율과 일련의 변주곡만 남았지. 그는 경계의 경계를 넘어섰어. 론도, 스케르초를 포함해서 모든 춤곡 형식이 더는 존재하지 않아."

사냐가 손사래를 치면서 말했다.

"놀라울 따름이지."

리자가 멈춰 섰다.

"난 네가 한 말에 전적으로 동의할 수는 없어. 첫째, 론도와 스케르초를 포함해서 모든 춤곡 형식은 베토벤의 창작 활동에 있어서 끝까지 존재했어. 둘째, 그럼 마지막 소나타인 '아리에타'는 뭐야? 그건 미뉴에트의 그림자 같은 것 아냐? 그건 저 멀리 하늘로 사라진 미뉴에트의 그림자야. 만약 그 곡에 맞춰서 춤을 춘다면 천사들만이 추겠지. 천사가 존재한다면 말이야! 그렇게 되면 그것은 이제 춤이 아니라 춤의 상징이고 상형문자야. 삶의 경계선 너머, 시간 밖에 육체를 떠나서 존재하는 것 말이야."

리자는 사냐와 팔짱을 끼고 있었는데 길은 지독히 미끄러웠고 가로등 아래에서 얼음 덮인 나무들이 빛을 받아 반짝이고 있었다. 그들이 어린 시절 음악학교에서 공부할 때 나란히 앉아 서로만 아는 비밀 사인을 주고받았을 때처럼 그녀는 점퍼 속에 있는 팔뚝을 꾹 눌렀다.

"당연하지, 그럼. 하지만 시간이란 것 자체도 복잡한 문제야……."

사냐는 하던 이야기를 중단할 수 없었다.

"시간은 A라는 지점에서 B라는 지점으로 움직이지 않고 여러 개의 층으로 나뉘지……. 겹겹으로 이뤄진 양파처럼 모든 것이 동시에 일어나……. 종국에 가면…… 그래서 인용으로 가는 경향이 생기는 거지. 가치 있는 모든 것은 시대가 변해도 여전히 그 가치를 잃어버리지 않는 것 같아. 왜냐하면 세상에는 무수히 많은 것이 존재하고, 그런 세계가 무수히 많이 존재한다는 생각이 들거든. 베토벤의 세계, 단테의 세계, 앨프레드 대왕의 세계, 스탈린이 속한 세계 등……. 비밀은 그러니까……."

"이제 그만, 그만해. 멈추라고. 인용 하나만 더 할게, 이거 기억나?"

리자가 그의 말을 끊고는 걷는 속도를 늦추었다.

이 비밀은 비-비-비-비-비-비-비-비
나는 더 정확히 말할 자격이 없다네.[*]

---

[*] 블라디미르 나보코프의 시 '영광'의 일부.

"그래, 맞아. 시인으로서 그는 소질이 없었지. 하지만 소설에서는 비밀에 근접했어. 네 생각은 어때?"

"사냐, 난 잘 모르겠어. 성인이 됐지만 어렸을 때보다 아는 게 훨씬 더 적은 것 같아."

그들은 한동안 아무 말도 하지 않고 미끄러운 바닥 위로 중심을 잡으며 간신히 발걸음을 옮겼다.

"봐봐, 택시가 한 대도 안 다니잖아. 전화해서 택시를 불렀어야 했어."

리자는 갑자기 아까부터 하고 싶었던 말을 떠올리고 말했다.

"베라를 내가 작년에 파리에서 봤는데, 마스터 클래스를 지도하고 있더라고. 처음에는 그녀가 더는 연주를 하지 않아서 아쉽다고 생각했어. 그다음에는 그녀의 수업에 잠깐 앉아 있었거든……. 그런데 그때 깨달았어. 연주자는 많지만 그녀처럼 피아노 연주법을 만들어내는 사람은 적다는 걸 말이야. 어쩌면 연주법을 더 발전시키고 있는지도 모르지. 러시아식 연주법 말이야. 너도 러시아식 연주법을 따르고 있지. 콜로소프의 제자니까."

"그런 셈이지. 그런데 유리 안드레예비치 선생님은 돌아가실 때까지 내가 떠난 걸 용서하지 않으셨어."

"그분은 특별한 분이야. 자기 방식대로 조국을 사랑하셨지.

우리는 세계시민주의자들이고. 우리에게는 음악이 조국이니까."

"그럼 러시아식 연주법 얘기는 왜 하는 거야? 아니, 너는 세계 시민주의자가 절대로 될 수 없어. 너는 네가 좋아하는 차이콥스키와 함께 러시아 음악에 속한 음악가야."

"왜들 그렇게 차이콥스키를 미워하는 거야?"

"난 이제 아무 감정도 없어. 자유로운 감정 표현과 파토스를 이유로 차이콥스키를 미워한 사람은 우리의 친구 브로드스키지."

"브로드스키는 파토스가 결여된 사람이었지만 그 역시 따지고 보면 러시아의 전통을 따르고 있어."

"아니, 그는 세계 시인이야."

"아니, 미안하지만 그는 러시아어로 글을 쓰잖아!"

"맞아, 러시아어로 쓰지."

이때 리자의 옷깃에 닿을 정도로 가까운 거리에 택시가 멈춰 섰다. 그리고 거기에서 술에 취한 덩치 큰 사람이 내렸다. 사냐가 택시 기사에게 한 손을 흔들고는 리자의 머리카락을 쓰다듬고는 키스했다. 그녀는 한 손으로 그의 관자놀이부터 턱까지 쓰다듬었다. 멀리서 보면 연인들이 작별 인사를 하는 것처럼 보일 터였다.

"널 먼저 바래다주는 것이 낫지 않을까?"

"아니, 난 근처에 사는걸. 걸어서 가면 돼."

"안녕."

"안녕."

1996년 1월 28일 새벽 1시가 넘은 시각이었다. 그날 밤에 시
인이 죽었다.

작가의 말

친애하는 내 친구들, 여러분과 함께 있으면 나는 마치 구조 대원 틈에서 수영을 하는 수영 선수가 된 기분이랍니다.

옐레나 코스튜코비치 씨, 수년 동안 매일 나를 도와주고, 함께 즐거운 대화도 나누고, 날카로운 비판을 해주고, 감수라는 엄청난 작업을 해주고, 지금까지 나와 함께해준 것에 감사를 표합니다.

알레나 스모르구노바와 유라 프레일리나, 내가 책을 집필하는 과정에 참여해줘서 감사합니다.

내 책을 꼼꼼하게 읽고 예술적인 측면에서 수많은 지적을 해주고 관심을 가져준 내 친구 스몰랸스키 알렉산드르, 오쿤 알렉산드르, 본다료프 알렉산드르에게도 고마운 마음을 전합니다.

사냐 다니엘, 비탸 잣코, 이고리 코간, 옐레나 무리나는 자신들이 살아낸 시대의 두려움 없고 정직한 산증인들입니다. 두려움이 전혀 없지는 않았겠지만, 그래서 더욱 그들의 용기를 높이 사고, 우리 모두가 겪은 과거에 대해 모스크바에서 나눴던 기나긴 대화에 감사를 표합니다.

2010년 무더운 여름에 나를 온 몸과 마음으로 도와준 나의 소중한 이스라엘 친구들인 수호천사 리카 누트케비치, 세료자 루제르, 류보치카 카민스카야와 산드리크 카민스키, 이고리 구베르만, 타타 구베르마노바, 류샤 고르쿠센코에게 그들이 내게 보여준 따스함과 무한한 관심에 감사를 표합니다.

집필 막바지에 기력이 쇠했을 즈음 편지를 보내주고 대화를 나눠준 나의 소중하고 용감한 친구들 레나 케시만, 타냐 사파로바, 이라 야시나, 베라 밀리온시코바에게 감사를 표합니다.

내가 음악이라는 멋진 숲을 통과할 수 있도록 도와준 음악가 친구들 베라 고르노스타예바, 올레샤 드보스키나, 볼로댜 클리모프, 올가 슈니트케-메예르손에게 감사를 표합니다.

지금 제가 미처 언급하지 못한 분들께는 용서를 구하며, 나중에 질책하시면 달게 받겠습니다.

마지막으로, 시간의 횡포 속에서 발을 헛디뎠거나 잘 버텼거나 힘든 삶을 살아낸 증인들, 영웅들, 무고한 희생자들을 영원히 기억하고자 합니다. 제 소설 속 인물들에 영감을 준, 이제는 고인이 된 분들께 영원한 감사의 마음을 전하며…….

2010년 11월

류드밀라 울리츠카야

옮긴이의 말

한국에서는 2012년 제2회 박경리문학상을 수상한 덕분에 이름을 알린 류드밀라 울리츠카야는 1943년에 가족이 피난을 가 있던 러시아 바시키르 공화국에 있는 도시 다블레카노보에서 태어났다. 1931년부터 1941년까지 정치범으로 유배 간 할아버지는 1948년부터 감옥에서 수감 생활을 했고, 2차 세계대전 이후에 울리츠카야 가족은 모스크바로 돌아왔다. 울리츠카야는 그곳에서 고등학교를 졸업하고 모스크바 국립대학교 생물학과에 입학했다. 대학교를 졸업한 후에는 소련 과학 아카데미 유전학 연구소에서 일했다. 당시 그녀는 어린이들을 위한 희곡을 썼으며, 몽골 시를 러시아어로 번역하는 작업도 했다. 1980년대 말에 여러 잡지에 단편을 게재하며 작품 활동을 시작한 울리츠카야는 직접 쓴 각본 〈리버티 자매들〉(1990)과 〈모두를 위한 여

자〉(1991)가 상영되고 문예지 〈신세계〉에 중편소설《소네치카》
(1992)가 게재되면서 작가로서 이름을 알리기 시작한다.《소네
치카》는 1994년에 프랑스에서 가장 우수한 번역서로 선정되며
프랑스의 메디치상을 수상하게 된다. (우리나라의 경우 한강 작
가가 2017년에《희랍어 시간》으로 메디치 외국문학상 후보에
오른 바 있다.)

류드밀라 울리츠카야는 정치 이데올로기에 얽매이지 않고 자
유롭게 사고하며 전 세계적으로 명성을 떨친 작가이다. 또한 여
러 해에 걸쳐서 노벨문학상 후보에 오르고 있다.

역사적 사실을 기록하려 애쓰는 작가인 그는 소설 속에 다양
한 여성들을 등장시키며 역사 속 여성의 목소리를 전달하려고
노력한다. 울리츠카야는 인터뷰에서 이렇게 말한 바 있다.

나는 철학자로 남으려고 노력해요. 사람은 자신이 할 수 있는 모
든 것을 다 이루고 자신의 한계에 도달하면 집에서 사색하고 책
을 읽으면서 시간을 보내야 한다고 생각해요. 자신이 해야 할 과
제를 가장 멋진 방식으로 이행하고 시대에 굴하지 않으며 부도
덕한 행위를 하지 않으려고 노력해야 합니다.

나는 여자들이야말로 한 민족을 구성하는 사람들 중 가장 훌륭

한 사람들이라고 생각해요. 20세기를 통틀어서 대외적으로 다양한 전쟁을 겪었고, 남자들은 끊임없이 내전이나 세계대전이나 수용소에서 죽어나갔어요. 감옥에 수감된 사람도 많았고, 알코올중독이라는 인류 최대의 재앙으로 죽음을 맞이한 사람도 많습니다. 결과적으로 러시아에는 남자보다 여자가 훨씬 더 많아졌습니다. 남은 여자들의 삶도 녹록지 않았는데, 여자들은 혼자서 자식을 키우며 아이들을 먹여 살리기 위해 일도 해야 했어요. 가족을 부양할 수 있는 남자들이 없기 때문이죠. 러시아에서 여성들은 자신의 의지와 달리 훨씬 고차원적인 평등을 겪어야 했죠. 다리를 짓고, 철로를 놓고, 전시에는 공장에서 무기를 만들기도 했어요. 서유럽에서 여성들이 평등을 외칠 때 러시아 여성들은 자녀를 키우고 그녀들을 보살펴줄 남자를 꿈꿨어요.

이러저러한 이유로 수많은 남자들이 죽어나간 후 아이들과 홀로 남겨진 여자들은 강해질 수밖에 없었다. 러시아에서 페미니즘이 독특한 양상으로 발달한 이유도 여기에 있다. 성비의 균형이 오래전부터 깨진 탓에 여성의 수가 월등히 많은 러시아에서는 이미 어떤 종류의 평등이 실현되었고, 남성과 같은 일에 종사하는 데다 집안일까지 해야 했던 러시아 여성들은 오롯이 누군가의 사랑을 받고 싶기도 한 것이다. 작가는 강해 보이고 강함을 강요받았지만 내면은 한없이 여린 러시아 여성들을 소설 속에 등장시키며 그럴 수밖에 없었노라 말하는 듯하다.

《커다란 초록 천막》은 삶, 세대, 가족, 친구, 사랑, 배신 그리고 선택에 대한 이야기이다. 소설은 등장인물들이 성장하고 고통스럽게 자신의 인생 여정을 찾아가고 사랑에 빠지고 결혼을 하며 이혼을 겪고, 시기하고 사랑하며 미워하고 늙고, 결국에는 죽는 이야기를 그리고 있다. 소설을 읽다 보면 암울한 시대에도 사랑을 하고 이별의 아픔을 겪는다는 것이 당연한 일이겠지만 지극히 당연하고 자연스러운 그 일들이 힘들고 고통스러울 수 있다는 것을 알게 된다.

소설에서 작가는 함께 성장하는 세 명의 남자 친구들(사냐, 일리야, 미하)과 세 명의 여자 친구들(올가, 갈랴, 타마라)의 이야기를 집중적으로 다루고 있다. 이들 한 명 한 명은 각각 특정 사회 계급을 대변한다. 사냐와 타마라는 인텔리겐치아의 후손들이며, 올가는 장군과 문예지 편집장의 딸이고, 미하는 부모님을 잃고 친척 집에서 자라는 고아이며, 일리야와 갈랴는 평범한 노동자 집안에서 태어난 아이들이다. 그들의 성장 지점은 '새로운 시대'를 예견하는 스탈린의 죽음과 맞닿아 있다. 스탈린의 죽음에 관한 소식을 접하며 이들은 내면의 자유를 만끽할 수 있을 것 같은 희망을 가진다. 하지만 그들의 희망은 여전히 계속되는 억압 앞에서 좌절되며, 사랑, 공포, 배신 등 인생에서 겪을 수 있는 여러 난관에 부딪힌다.

소설은 '국민의 아버지'인 독재자 스탈린이 죽은 1953년부터 시인 브로드스키가 사망한 1996년 사이에 일어난 일을 다루고 있다. 얼핏 반체제 인사들에 대한 내용을 다루는 것처럼 보이지만 조금 더 깊이 들여다보면 작가는 소련 시대에 지식인들이 얼마나 힘든 삶을 살았는지를 그리고 있다. 당시 사람들이 소련 정부의 눈을 피해 비밀리에 출간이 금지된 문학작품들을 인쇄하거나 베껴 적으며 지적 호기심을 채워간 사실 역시 중요한 테마다. 또한 소련에서는 출신 성분이 옳지 않다거나 가족이 어떤 일에 연루되었다는 이유만으로 사람들은 고통받아야 했다. 실제로 스탈린 시대에 대략 9백 만 명이 숙청당했다고 한다.

또한 소설에서는 데카브리스트들이 게르첸을 일깨웠으며, 게르첸은 레닌에게 영향을 끼쳤고, 문학 선생은 세 명의 친구들에게 깨달음을 준 이야기가 나온다. 문학 선생인 빅토르 율리예비치 솅겔리는 어린 시절과 어른이 되는 과정이라는 진귀한 현상에 주목한다. 물론 이것은 작가의 관심과 무관하지 않다. 솅겔리 선생은 비고츠키의 연구에 관심을 가져 생물학자였던 친구와 대화를 나누며 동물이 외형적으로 유체 상태에서 성장을 멈추고 번식하는 유형성숙이라는 현상에 주목한다. 이와 관련하여 작가는 소설에서 '러시아인의 어린 시절'에 대해 여러 가지 비유로 표현하기 때문에 독자들은 결국 작가가 말하고자 하는 '어린 시절'이 무엇인지 깨달음을 넘어서 확신하게 된다.

예를 들어 1930년대에 소련으로 망명해 수용소에 수감됐던 독일어 교수 빈베르크는 러시아를 두고 '미성숙한 나라'라고 한다. 그는 "러시아는 어린아이들의 나라라고! 문화는 어른들의 자연적 충동을 봉쇄해. 하지만 아이들은 예외지. 문화가 없으니 봉쇄도 없지. 러시아인들에게는 부모를 공경하고 순종하면서도 동시에 통제가 안 되는 아이같이 미성숙한 공격성이 있어"라고 말한다. 또한 작가는 빈베르크의 입을 통해 반체제 인사들이 '양심은 생존과 대치된다'는 원칙에 의거하여 생각하고 행동한다고 서술한다. 즉, 반체제 인사들에겐 생존 본능이 결여되어 있으며, 본능을 넘어서는 성숙이야말로 진정한 어른의 특징이라 역설한다.

파스테르나크의 《닥터 지바고》 역시 비중 있게 등장하며 꽤 묵직한 울림을 선사한다. 《닥터 지바고》와 《커다란 초록 천막》 모두에서 주인공들은 자기 자신을 이해하고 세상 속에서 자신이 있어야 할 곳을 찾아 헤맨다. 공통된 테마 중 비극적인 사랑은 특히나 중요한데, 이 사랑은 삶과 가족에 대치된다. 하지만

《닥터 지바고》에서 진정한 사랑은 상대방의 본래 모습을 알아보지만《커다란 초록 천막》에서 진정한 사랑은 눈을 멀게 한다. 《커다란 초록 천막》에 등장하는 인물들 모두 사랑하는 사람을 완전히 이해하지 못한다. 일리야를 사랑하는 올가는 그가 자신을 배신했다는 사실을 믿지 못하며, 마를렌은 오랫동안 자신을 사랑했던 타마라를 버리며 뻔뻔하게도 그녀에게서 굉장한 가치를 지닌 그림 몇 점까지 가져간다.

울리츠카야는 역사의 섬세한 증인답게 이들의 삶을 억누르는 당시의 시대를, 그 시대의 모습을 해석하며 묘사한다. 그녀는 러시아 고전문학에 표현된 신구약 성경의 상징화라는 방법을 통해 정확하고 온당하게 당시 사건들을 묘사하고 있다. 소설의 배경은 소련 시대이고, 울리츠카야는 이런 비인간적인 시대에 인간으로서의 존엄성을 지키는 것에 대해 쓴다. 즉, 소련 시대를 살아가는 주인공들의 삶을 들여다보며 그 시대에 인간의 존엄성을 지키며 사는 것이 얼마나 힘든 것이었는지를 생생히 드러내 보인다.

제목 '커다란 초록 천막'은 소설 속에 등장하는 하나의 에피소드의 제목이다. 죽어가는 여주인공인 올가의 꿈에서 지인들과 낯선 사람들 틈에 산 자와 망자가 함께 있고, 그들 모두는 천상의 행복이 기다리고 있는 초록색 천막으로 들어가려고 한다.

이를 통해 우리는 우리가 무슨 일을 하든 언젠가는 우리 모두 죽음을 맞이할 것이라는 걸 알 수 있다. 작가는 '천막'이라는 주제는 죽음을 의미한다고 말한다. 그리고 초록색은 생명, 자연, 조화를 상징한다.

울리츠카야는 우리 모두 힘든 삶을 사는 동안 갈등과 고통, 난관을 극복하며 결국은 모두 평등하게 조화로운 자연 속으로 돌아간다는 것을 말하고 싶었던 것은 아닐까?

참고 문헌

1. 올가 유리예브나 오시무히나. 「시대를 향한 소박한 끌림, 류드밀라 울리츠카야의 《커다란 초록 천막》」, 〈문학 문제들〉(2012), no. 3, pp. 108~119.

2. 바르바라 세르게예브나 부콜로바. 「《커다란 초록 천막》에서 1953년부터 1996년까지의 시대를 묘사하는 데에 사용된 상호텍스트성 방식」, 〈인문학들〉(2015), vol. 6, no. 3, pp. 218~224.

3. https://ncbs.ru/wp-content/uploads/2019/01/%D0%A3%D0%BB%D0%B8%D1%86%D0%BA%D0%B0%D1%8F.pdf

은행나무세계문학 에세 • 11

커다란 초록 천막 2

1판 1쇄 발행 2023년 7월 7일

지은이 · 류드밀라 울리츠카야
옮긴이 · 승주연
펴낸이 · 주연선

(주)은행나무
04035 서울특별시 마포구 양화로11길 54
전화 · 02)3143-0651~3 ┃ 팩스 · 02)3143-0654
신고번호 · 제 1997—000168호(1997. 12. 12)
www.ehbook.co.kr
ehbook@ehbook.co.kr

ISBN 979-11-6737-324-3 (04800)
ISBN 979-11-6737-117-1 (세트)